LIENS DE SANG

L'édition originale de ce livre a été publiée pour la première fois en 2020 en anglais
par Delacorte Press, une filiale de Random House Children's Books,
département de Penguin Random House LLC, sous le titre *The Cousins*.

Loi n° 49-956 du 16 juillet 1949 sur les publications destinées à la jeunesse,
modifiée par la loi n° 2011-525 du 17 mai 2011.

ISBN : 978-2-09-249098-3

Dépôt légal : mars 2022

KAREN M. McMANUS

LIENS DE SANG

Traduit de l'anglais (États-Unis)
par Anne Delcourt

NATHAN

Pour Lynne

L'ARBRE GÉNÉALOGIQUE DES STORY

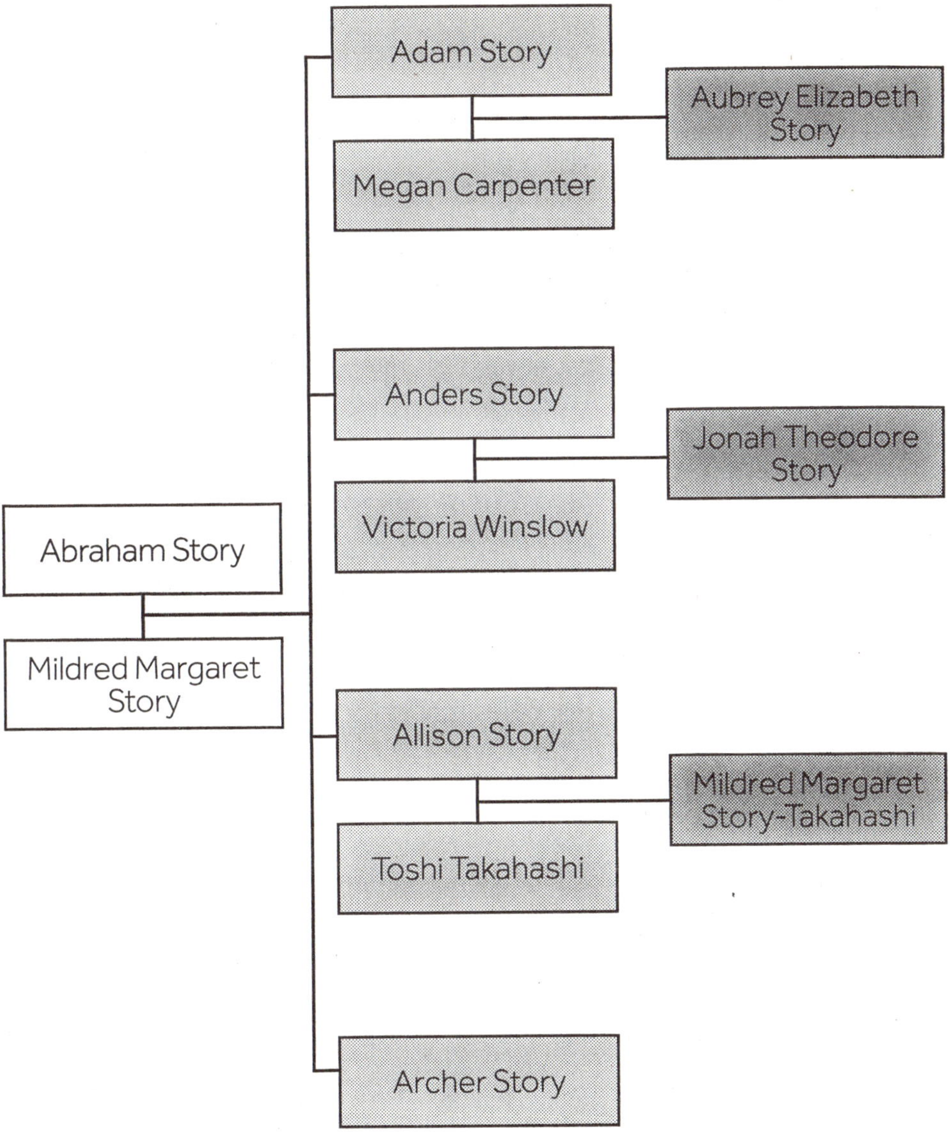

CHAPITRE UN

MILLY

Je vais encore être en retard pour le dîner. Mais cette fois, ce n'est pas ma faute. Je suis aux prises avec un mansplainer.

– Mildred ? C'est un nom de grand-mère, ça. Et une grand-mère pas commode, en plus.

Visiblement, il se croit malin, comme si, au bout de dix-sept ans, il était le premier à me signaler que je ne figure pas dans le Top des prénoms. Il fallait au moins un banquier d'affaires de Wall Street avec cheveux gominés et chevalière au petit doigt pour me gratifier d'une observation aussi pertinente.

Je bois la dernière gorgée de mon eau gazeuse.

– À vrai dire, *c'est* le prénom de ma grand-mère.

Je suis attablée dans un bar du centre-ville où je cherche à me fondre dans la clientèle de l'happy hour, par une journée pluvieuse d'avril à 6 heures du soir. C'est un petit jeu auquel je m'amuse parfois avec mes amies : on met nos robes les plus sobres en forçant sur le maquillage, on se rend dans des bars de restaurants, pour ne pas avoir à montrer nos papiers à l'entrée, on commande de l'eau gazeuse avec une rondelle de citron – « dans un petit verre, s'il vous plaît, je n'ai pas très soif » –, on boit en en laissant un peu au fond et puis on attend, au cas où quelqu'un aurait la bonne idée de nous offrir un cocktail.

Ça marche à tous les coups.

Chevalière-au-petit-doigt sourit, et ses dents sont presque fluorescentes dans l'éclairage tamisé. Il n'y va pas de main morte sur le blanchiment.

– J'aime beaucoup, ajoute-t-il. Ça crée un contraste très intrigant, porté par une si jolie jeune femme.

Il s'approche, et je suis assaillie par une bouffée d'eau de Cologne.

– J'aime beaucoup votre *look*, aussi. Vous êtes d'où ?

Pitié. C'est un tout petit peu moins lourd que le « Vous faites quoi dans la vie ? » qui tombe régulièrement, mais il ne fait pas vraiment dans la dentelle.

– New York, dis-je d'un ton appuyé. Et vous ?

– Je veux dire, d'où vient votre famille ? clarifie-t-il.

Cette fois, c'est bon, j'arrête les frais.

– New York.

Je me lève. Un cocktail avant le dîner, ce n'était pas une super idée, finalement. Heureusement qu'il a attendu le moment où j'allais partir pour venir me parler. J'essaie de croiser le regard de Chloe à l'autre bout de la salle pour lui faire signe que j'y vais, mais avant que j'aie pu m'extirper de là, Chevalière penche son verre en direction du mien.

– Je peux vous offrir un verre ?

– Non merci. On m'attend.

Il plisse le front avec un mouvement de recul. Malgré le Botox, il a *beaucoup* de plis. Et aussi des pattes-d'oie et des rides sur les joues. Même si j'étais vraiment étudiante, il serait bien trop vieux pour me draguer.

– Pourquoi vous me faites perdre mon temps, alors ? grommelle-t-il, son regard errant déjà par-dessus mon épaule.

Chloe a un faible pour ce jeu parce qu'elle trouve les garçons du lycée immatures. Ce en quoi elle a parfaitement raison. Mais je me demande parfois s'ils ne deviennent pas pires en vieillissant.

Je sors la rondelle de citron de mon verre pour la presser. Sans avoir exactement visé son œil, je suis quand même un peu déçue que le jus ne retombe que sur son col.

– Désolée, dis-je d'un ton mielleux en lâchant le citron dans mon verre. En temps normal, je ne me serais jamais laissée aborder. Mais il fait tellement sombre que sur le coup, je vous ai pris pour mon père.

N'importe quoi. Mon père est bien plus beau, et surtout, il n'est pas chelou, lui. Chevalière en a la mâchoire qui tombe, mais je file avant qu'il ait pu trouver une réplique.

Le restaurant dans lequel je dois dîner se trouve juste en face. L'hôtesse m'accueille avec le sourire.

– Puis-je vous aider ?

– J'ai rendez-vous avec quelqu'un. Au nom d'Allison.

Elle baisse les yeux sur son registre et deux petits plis se creusent entre ses yeux.

– Euh, je ne vois pas…

– Story-Takahashi ?

Mes parents s'entendent anormalement bien pour des divorcés, la pièce à conviction numéro un étant que ma mère continue à utiliser les deux noms de famille.

« Après tout, c'est encore ton nom, m'a-t-elle expliqué après le divorce il y a quatre ans. Et puis, je me suis habituée. »

Les petites rides de l'hôtesse se creusent davantage.

– Peut-être Story tout court ? dis-je. Story, comme sur Instagram.

– Ah, oui, le voilà ! Suivez-moi.

Armée de deux menus, l'hôtesse zigzague entre les nappes blanches jusqu'à une table d'angle, nichée près d'un mur recouvert d'un miroir. La femme qui y est assise sirote un verre de vin blanc tout en inspectant son reflet à la dérobée pour lisser des mèches invisibles qui se seraient échappées de son chignon.

Je me laisse tomber sur la chaise en face d'elle tandis que l'hôtesse pose les deux grands menus rouges devant nous.

– Alors comme ça, c'est juste Story, ce soir ? dis-je.

Ma mère attend le départ de l'hôtesse pour me répondre en soupirant :

– Je n'étais pas d'humeur à me répéter.

Je hausse un sourcil.

Ma mère a pour principe d'envoyer balader quiconque fait mine de ne pas savoir épeler ou prononcer le nom de famille de mon père.

– Qu'est-ce qui se passe ?

Je sais bien qu'elle ne me répondra pas. Elle a sûrement toute une batterie de critiques à me faire subir avant.

Elle pose son verre en faisant tinter l'amas de bracelets en or qui lui ornent le poignet. Elle est directrice adjointe des relations publiques dans une société de joaillerie, et porter les must-have de la saison fait partie des avantages de son job. Elle m'examine de la tête aux pieds, et je vois qu'elle enregistre mon maquillage un peu chargé et ma robe bleu marine.

– D'où viens-tu, habillée comme ça ?

Du bar d'en face.

– D'un vernissage avec Chloe.

La mère de Chloe tient une galerie d'art et toute notre bande y passe beaucoup de temps. Enfin, officiellement.

Ma mère reprend son verre, boit une gorgée, glisse un coup d'œil vers le miroir en battant des paupières, se tapote les cheveux. Ils tombent en vagues sombres lorsqu'elle les porte détachés, mais, comme elle se plaît à me le rappeler, leur texture est passée de soyeuse à rêche pendant sa grossesse. J'ai l'impression qu'elle ne m'a jamais pardonné ce coup-là.

– Je croyais que tu devais réviser.

– Je l'ai fait. Avant.

Voyant blanchir les jointures de ses doigts repliés sur son verre, je me prépare pour la suite : *Milly, tu ne peux pas terminer ton année de première avec un C de moyenne générale. Tu es à la lisière de la médiocrité, et ton père et moi avons bien trop investi dans ton éducation pour que tu gâches tes chances de cette manière.*

Si j'avais un minimum de sensibilité musicale, je créerais un groupe que je baptiserais « Lisière de la médiocrité », en hommage à l'avertissement préféré de ma mère. Ça fait trois ans que je l'entends décliner diverses variations de ce discours. Prescott Academy prépare ses élèves en mode « usine à facs de prestige pour gosses de riches », et ma mère porte comme un fardeau ma position fermement ancrée dans la moyenne basse de ma classe.

Curieusement, le sermon ne vient pas. Elle se contente de me tapoter la main d'un geste raide, comme une marionnette manipulée par un débutant.

– En tout cas, cette robe te va très bien.

Je passe aussitôt sur la défensive. C'était déjà plutôt bizarre qu'elle m'invite à dîner, mais de là à me faire un *compliment* ! Et en plus, elle me *touche* ! Ça ressemble vraiment trop à un traquenard. J'ai un peu peur d'entendre la suite.

– Tu es malade ? Ou c'est papa ?

Elle retire sa main en clignant des paupières.

– Quoi ? Mais non ! Pourquoi me demandes-tu ça ?

– Alors qu'est-ce que… ?

Je me tais à l'apparition d'un serveur muni d'un pichet en argent.

– Comment allez-vous, mesdames ? demande-t-il, tout sourire, en remplissant nos verres d'eau. Souhaitez-vous connaître nos plats du jour ?

Pendant qu'il égrène la liste des plats, j'observe ma mère en douce par-dessus mon menu. C'est clair, elle est nerveuse, elle serre toujours son verre dans une étreinte de la mort. Mais je réalise maintenant que j'avais tort de m'attendre à une mauvaise nouvelle. Des petites flammes dansent dans ses yeux bleu sombre et les coins de sa bouche ébauchent *presque* un sourire. Sa tension est un signe d'impatience et non d'appréhension. J'essaie d'imaginer ce qui pourrait bien la mettre en joie, à part me voir passer miraculeusement en tête de ma classe avec un A de moyenne.

L'argent. Je ne vois que ça. Toute la vie de ma mère tourne autour du fait de ne pas en avoir assez. Mes parents ont tous les deux un bon salaire. Mon père lui verse une pension alimentaire généreuse. Sa nouvelle femme, Surya, est l'opposé de la méchante marâtre à tout point de vue, y compris financier. Elle n'a jamais jalousé le gros chèque qu'il envoie chaque mois à ma mère.

Mais un « bon » salaire ne suffit pas quand on a un standing à maintenir à Manhattan. Et l'éducation que ma mère a reçue ne lui a pas appris à s'en satisfaire.

Une promotion, à tous les coups. Ce serait une excellente nouvelle, si on oublie le chapitre auquel je ne vais pas couper, comme quoi elle est arrivée là à force de travail, et d'ailleurs, à ce propos, qu'est-ce que j'attends pour faire des efforts dans, oh, toutes les matières.

– Je prendrai la salade César, déclare-t-elle au serveur en lui tendant le menu sans le regarder. Sans anchois, avec l'assaisonnement à part. Et un autre verre de Château-Langlois, je vous prie.

– Parfait. Et pour mademoiselle ?

– Un faux-filet, à point, avec une pomme de terre en robe des champs.

Quoi que cache ce dîner, autant que j'en profite.

Après le départ du serveur, ma mère vide son verre et je prends une gorgée d'eau. Ma vessie a déjà fait le plein d'eau gazeuse et je m'apprête à m'excuser pour aller aux toilettes quand elle m'annonce :

– J'ai reçu une lettre *très* intéressante aujourd'hui.

Nous y voilà.

– Ah ouais ?

– *Oui*, me corrige-t-elle.

J'attends, puis, comme elle ne poursuit pas, je relance :

– De qui ?

Elle suit le pied de son verre du bout de l'index tandis que les coins de sa bouche se relèvent d'un cran.

– De ta grand-mère.

Je cligne des paupières.

– Baba ?

Je ne vois pas du tout ce qui justifie un tel suspense. Certes, ma grand-mère contacte rarement ma mère, mais ce n'est pas non plus un événement. Baba est le genre de personne qui aime bien partager des articles trouvés sur Internet, et elle a continué à le faire avec ma mère après le divorce.

– Non. Ton autre grand-mère.

– Quoi ?

Là, je suis perdue.

– Tu as reçu une lettre de… Mildred ?

Je n'ai pas de surnom pour ma grand-mère maternelle, pas de *Granny*, de *Mimi*, de *Mamina* ni quoi que ce soit d'autre, pour la bonne raison que je ne la connais pas.

– Eh oui.

Le serveur lui apporte son verre de vin, dont elle savoure une longue gorgée. J'attends en silence, incapable de saisir le sens de ce qu'elle vient de m'annoncer. Ma grand-mère maternelle a jeté son ombre sur toute mon enfance, mais plus comme un personnage de conte que comme une personne en chair et en os : la riche veuve d'Abraham Story, dont l'arrière-arrière-arrière-grand-père à je ne sais quel degré est arrivé en Amérique en 1620 à bord du *Mayflower*. Mes ancêtres sont plus passionnants que n'importe quel livre d'histoire : ma famille s'est enrichie dans la pêche à la baleine, s'est presque ruinée dans les actions de chemin de fer et a dépensé le peu qui restait dans l'achat d'immobilier sur une petite île miteuse au large du Massachusetts.

Gull Cove Island n'était qu'un repaire d'artistes et de hippies à l'écart des circuits touristiques, jusqu'à ce qu'Abraham Story en fasse ce qu'elle est encore aujourd'hui : un endroit où des riches plus ou moins célèbres claquent des sommes absurdes dans un pseudo-retour à la nature.

Ma mère et ses trois frères y ont grandi, à la villa des Airelles, une énorme propriété en bord de mer où ils passaient leur temps à monter à cheval et à participer à des fêtes en tenue de soirée, comme s'ils étaient les princes et la princesse de l'île. Sur notre cheminée, il y a une photo de ma mère à dix-huit ans, descendant d'une limousine pour se rendre au gala d'été que ses parents organisaient tous les ans. Coiffée d'un gros chignon haut, elle porte une robe de bal blanche et un superbe pendentif goutte d'eau en diamant, cadeau de sa mère pour ses dix-sept ans. Plus jeune, je pensais qu'elle me le léguerait à son tour quand j'atteindrais le même âge.

Mais non. Pourtant, elle ne le porte jamais.

Mon grand-père est mort lorsque ma mère était en terminale. Deux ans plus tard, Mildred a déshérité tous ses enfants et coupé les ponts avec eux, sans autre explication qu'une lettre d'une phrase envoyée quinze jours avant Noël par son avocat, un certain Donald Camden, qui connaissait ma famille depuis toujours.

Vous savez ce que vous avez fait.

Ma mère a toujours soutenu qu'elle n'avait aucune idée de ce dont parlait Mildred. « C'est vrai que tous les quatre, on était devenus… égoïstes, j'imagine. On était tous étudiants, à l'époque, on commençait à vivre notre vie. Mère se sentait seule depuis la mort de Père. Elle nous suppliait tout le temps d'aller la voir. Mais on n'y retournait presque jamais. » Ma mère appelle ses parents *Père* et *Mère*, comme une héroïne de roman victorien. « Cette année-là, aucun d'entre nous n'est rentré sur l'île pour Thanksgiving. On avait d'autres projets. Elle était furieuse, mais… » Ma mère prend toujours un air pensif en me racontant ça. « C'était une broutille… Pas vraiment un acte impardonnable. »

Si Abraham Story n'avait pas mis de l'argent sur un compte pour les études de ses enfants, ils n'auraient peut-être jamais décroché leurs diplômes. Cela dit, une fois sur le marché du travail, ils ont dû se débrouiller. Au début, ils ont essayé de renouer avec Mildred. Ils ont harcelé Donald Camden, dont la réponse s'est toujours limitée à un mail confirmant sa décision. Ils l'ont invitée à leurs mariages, lui ont envoyé les faire-part de naissance de leurs enfants. Ils se sont même pointés à tour de rôle à Gull Cove, où ma grand-mère vit encore aujourd'hui, mais elle a toujours refusé de les recevoir et même de leur parler. Autrefois, j'imaginais qu'elle entrerait un jour dans notre salon, couverte de diamants et de fourrures, en annonçant qu'elle venait pour me voir, moi, son homonyme. Elle m'emmènerait sur-le-champ dans un magasin de jouets et me laisserait choisir ce que je voudrais, avant de me tendre une mallette remplie de billets à rapporter à mes parents.

Je suis à peu près sûre que ma mère a le même fantasme. Sinon, pourquoi aurait-elle affublé une fille du vingt et unième siècle d'un prénom comme Mildred ? Mais ma grand-mère, avec l'aide de Donald Camden, s'est obstinée à refuser tout contact avec ses enfants. Ils ont fini par baisser les bras.

Ma mère me regarde d'un air rempli d'attente et je me rends compte que je suis censée réagir.

– Tu as reçu une lettre de Mildred ?

Elle hoche la tête, puis s'éclaircit la gorge.

– Enfin, plus exactement, c'est toi qui l'as reçue.

– Moi ?

Mon vocabulaire s'est considérablement réduit au cours des cinq dernières minutes.

– Il y avait mon nom sur l'enveloppe, mais la lettre t'est adressée.

L'image d'un rêve vieux de dix ans surgit dans ma tête : moi avec ma grand-mère retrouvée, vêtues comme pour aller à l'opéra, avec tiares et tout le toutim, remplissant un caddie de peluches jusqu'à ras bord. Je repousse cette pensée pour chercher mes mots.

– Elle est… ? Est-ce que… ? Pourquoi ?

Ma mère prend une enveloppe dans son sac et la pousse vers moi sur la table.

– Le plus simple est que tu la lises.

Je sors de l'enveloppe une feuille de papier ivoire pliée en quatre au grammage épais, au léger parfum de lilas, sur laquelle les initiales MMS – Mildred Margaret Story – sont gravées en en-tête. On porte presque le même nom, si ce n'est qu'il y a Takahashi à la fin du mien. Les paragraphes, courts, ont été tapés sur un ordinateur, et le tout se termine par une signature en pattes de mouche.

Chère Milly,

Certes, pour des raisons compliquées, nous ne nous sommes jamais rencontrées. Mais, avec les années, ces raisons ont perdu de leur importance. Maintenant que tu arrives au seuil de l'âge adulte, je suis curieuse de faire ta connaissance.

Je possède à Gull Cove Island un domaine, l'hôtel de l'Anse aux Mouettes, qui est une destination de vacances très prisée. J'aimerais vous inviter, toi, ton cousin Jonah et ta cousine Aubrey, à y passer l'été en travaillant à l'hôtel. Vos parents y ont eux-mêmes travaillé lorsqu'ils avaient votre âge, et l'expérience a été pour eux à la fois stimulante et enrichissante.

Je suis certaine qu'un été à l'Anse aux Mouettes vous apporterait les mêmes bienfaits à tous les trois. Par ailleurs, comme je suis trop fatiguée pour accueillir des invités pour une durée prolongée, cela me donnerait néanmoins l'occasion de vous connaître.

J'espère que tu accepteras mon invitation. Edward Franklin, notre responsable des emplois saisonniers, s'occupera du transport et de la logistique. Tu peux le contacter à l'adresse ci-dessous.

ed.franklin@lanseauxmouettes.com

Cordialement

Mildred Story

Je replie la lettre après l'avoir relue. Je n'ai pas besoin de relever les yeux pour sentir le regard de ma mère peser sur moi dans l'attente de ma réaction. Malgré une envie de faire pipi de plus en plus pressante, je dois boire de l'eau pour me dénouer la gorge et réussir à parler.

– C'est quoi, ces conneries ?

Je ne sais pas à quoi ma mère s'attendait, mais visiblement pas à ça.

– Pardon ?

– Résumons, dis-je, les joues en feu, en rangeant la lettre dans son enveloppe. Cette femme que je ne connais pas – qui t'a sortie de sa vie sans un regard en arrière, qui n'est venue ni à ton mariage, ni à mon baptême, ni à aucun événement familial depuis vingt-quatre ans, qui ne nous a jamais appelés ni écrit avant aujourd'hui –, cette femme veut que je *travaille* dans son hôtel ?

– Je ne suis pas sûre que tu abordes les choses sous le bon angle, Milly.

Ma voix monte dans les aigus.

– Ah non ? Et je devrais les aborder comment ?

– Chut, siffle ma mère en jetant des regards inquiets autour de nous. (Elle a horreur qu'on se donne en spectacle.) Plutôt comme une opportunité.

– Une opportunité pour quoi ?

Elle hésite en faisant tourner sa bague – aucune comparaison avec la superbe émeraude de cinq carats que j'ai vue au doigt de ma grand-mère sur de vieilles photos – et, tout à coup, je percute.

– Non, attends, c'était pas la bonne question. J'aurais dû demander « pour qui ? »

– *Ce n'était pas* la bonne question, rectifie ma mère.

Elle ne peut pas s'empêcher de me reprendre.

– Tu penses que ça te donne une chance de rentrer dans ses bonnes grâces, c'est ça ? D'être réhéritée ?

– Ça ne se dit pas, Milly.

– C'est bon, maman, tu me lâches un peu ? On ne parle pas de mes fautes de syntaxe, là.

– Désolée.

Je suis tellement surprise de l'entendre s'excuser que j'en laisse tomber la diatribe que je préparais. Elle a les larmes aux yeux, maintenant.

– C'est juste que… c'est ma mère, Milly. J'attendais un signe d'elle depuis des années. J'ignore pourquoi elle le fait maintenant, pourquoi elle s'adresse à *toi*, et avec cette proposition. Mais elle s'est enfin décidée. Si on se détourne maintenant, il n'y aura peut-être pas de nouvelle occasion.

– De faire quoi ?

– De réapprendre à la connaître.

À la dernière seconde, je me retiens de commenter qu'on s'en fiche et qu'on s'en sort très bien sans elle, parce que c'est faux. On ne s'en sort pas si bien que ça.

Ma mère a vécu toutes ces années en bordure d'un trou en forme de Mildred Story. Cela a fait d'elle le genre de personne qui tient tous les autres à distance, y compris mon père, dont je sais pourtant qu'elle l'a aimé autant qu'elle en est capable. Quand j'étais petite, je les observais tous les deux, et la perfection de leur relation me faisait envie. Puis, en grandissant, j'ai commencé à remarquer tous les petits gestes par lesquels ma mère repoussait mon père. La façon dont elle se raidissait quand il la prenait dans ses bras, dont elle se planquait derrière le boulot en retard pour aller se coucher après tout le monde, ou prétextait des migraines dont elle ne souffrait jamais au travail pour échapper aux sorties en famille. Et puis elle s'est mise à critiquer absolument tout ce que faisait ou disait mon père. Jusqu'à ce qu'elle lui demande de partir.

Et maintenant qu'elle en a fini avec lui, elle fait la même chose avec moi.

Je trace un point d'interrogation sur la buée de mon verre.

– Tu veux que je disparaisse pour tout l'été ?

– Tu vas adorer, Milly.

Comme je ricane, elle ajoute :

– Si, si, crois-moi ! L'hôtel est magnifique. Les places sont chères, des centaines de jeunes envoient leur candidature tous les ans pour travailler là-bas. Les employés sont très bien logés et ont accès à tous les équipements. C'est presque des vacances !

– Des vacances où je serais l'employée de ma grand-mère.

– Tu ne seras pas seule. Il y aura Aubrey et Jonah.

– Je ne les connais même pas !

Je n'ai pas vu Aubrey depuis qu'oncle Adam a déménagé sur la côte Ouest, dans l'Oregon, quand j'avais cinq ans. Jonah vit à Rhode Island, ce qui n'est pas si loin de New York, mais ma mère ne communique presque jamais avec son frère Anders. La dernière fois qu'on s'est retrouvés tous ensemble, c'était chez lui, pour son anniversaire, alors que j'avais huit ans. Je ne me rappelle que deux choses à propos de Jonah : un, il m'a tapé sur la tête avec une batte en plastique et a paru déçu que je ne fonde pas en larmes ; deux, il s'est mis à gonfler comme une baudruche après avoir mangé un truc auquel il était allergique alors que sa mère l'avait prévenu.

– Ce serait l'occasion de faire connaissance ! Vous avez le même âge et vous êtes tous des enfants uniques. Ce serait sympa de vous rapprocher.

– Tu veux dire comme toi avec oncle Adam, oncle Anders et oncle Archer ? Vous ne vous parlez jamais ! Mes cousins et moi, on n'a absolument rien en commun !

Je repousse l'enveloppe vers ma mère.

– Je n'irai pas. Je ne suis pas un petit chien qui accourt dès qu'*elle* me siffle. Et je ne veux pas partir pour tout l'été.

Elle se remet à faire tourner sa bague cocktail.

– Je me doutais que tu dirais ça. Et je suis consciente que c'est beaucoup te demander. C'est pourquoi je voudrais t'offrir quelque chose en échange.

Sa main se porte sur la grosse chaîne en or qui orne sa robe noire.

– Je sais que tu as toujours adoré mon pendentif en diamant. Si je te le donnais pour te remercier ?

Je me redresse, voyant déjà le fameux diamant scintiller à mon cou. J'en rêve depuis des années… mais comme cadeau, pas comme appât.

– Tu ne pourrais pas me l'offrir simplement parce que je suis ta fille ?

Je me suis toujours posé la question sans oser l'exprimer. Sans doute par peur que sa réponse soit la même que celle qu'elle a fournie à mon père, pas explicitement, mais par ses actes : « Tu ne me suffis pas. »

– C'est un héritage, dit ma mère.

Ce n'est pas cela qui va atténuer mes soupçons. Je fronce les sourcils en la voyant poser sa main manucurée sur le bord de l'enveloppe. Mais elle se contente de la tapoter, sans aller jusqu'à la pousser vers moi.

– Je pensais te l'offrir pour tes vingt et un ans. Mais si tu passais l'été là où j'ai grandi… eh bien, il me paraîtrait normal de le faire dès maintenant.

Je reprends l'enveloppe avec un soupir silencieux et je la retourne dans ma main, tandis que ma mère boit une gorgée de vin en attendant patiemment que je me décide. Je ne sais pas ce qui me déprime le plus, qu'elle me fasse du chantage pour que je passe l'été à travailler pour une grand-mère que je ne connais pas, ou que je sois clairement disposée à tomber dans le panneau.

CHAPITRE DEUX

AUBREY

Je tends mes doigts vers la paroi lisse de la piscine. Dès que je l'effleure, je me retourne pour m'élancer sur ma dernière longueur. C'est le moment que je préfère dans les compétitions de natation : celui où, poussée par l'adrénaline, je fends l'eau en la sentant glisser sur mes membres tendus. Quelquefois, je refais surface plus tard que je ne le devrais, ce que Matson, mon entraîneuse, appelle mon *dérailleur* : un léger défaut technique qui peut suffire à faire la différence entre une bonne et une grande nageuse. Généralement, j'essaie de me corriger. Aujourd'hui, si je le pouvais, je resterais sous l'eau indéfiniment.

Mais le manque d'air finit par me forcer à remonter. Puis je me coule dans un rythme de brasse régulière. Les muscles de mes épaules me brûlent et je me concentre tout entière dans l'action de battre des jambes, la tête vide, heureuse de me perdre dans l'effort, jusqu'à ce que mes doigts touchent de nouveau la paroi carrelée. Le souffle court, je retire mes lunettes pour m'essuyer les yeux avant de regarder le tableau d'affichage.

Septième sur huit, mon pire score au deux cents mètres. Il y a deux jours, ce résultat m'aurait atterrée. Mais en voyant l'entraîneuse fixer le résultat d'un regard noir, les poings sur les hanches, je ne ressens rien d'autre qu'une flambée de colère triomphale.

Bien fait pour ta gueule.

De toute façon, je m'en fous. Je ne nagerai plus pour mon lycée. Si je suis venue aujourd'hui, c'est uniquement pour que l'équipe n'ait pas à déclarer forfait.

En sortant de l'eau, je vais récupérer ma serviette sur le banc. Le deux cents mètres était ma dernière épreuve de la journée, dans la dernière compétition de la saison. En temps normal, ma mère serait dans les gradins, en train de poster des vidéos super longues sur Facebook, et j'irais m'asseoir au bord du bassin pour soutenir les filles pendant le relais. Mais ma mère n'est pas là, et je ne reste pas.

Je file directement aux vestiaires déserts, où je prends mon sac dans le casier numéro 74. Je fourre mes lunettes et mon bonnet dedans, j'enfile un short et un tee-shirt sur mon maillot mouillé, je mets mes tongs et j'envoie un message :

`Me sens pas bien. On se retrouve à la porte?`

Le relais bat son plein quand je regagne le bassin. Celles qui n'y participent pas se tiennent sur le bord, trop occupées à encourager les autres pour me remarquer. Ma poitrine se serre, mes yeux picotent, jusqu'à ce que je repère Matson à son poste habituel près du plongeoir. Elle est penchée en avant, sa queue-de-cheval blonde étalée en éventail sur l'épaule, en train de crier à Chelsea Reynolds d'accélérer, et je suis saisie par l'envie presque irrépressible de foncer sur elle pour la pousser dans l'eau.

Pendant une délicieuse seconde, je me plais à imaginer la scène. Les spectateurs se tairaient, sous le choc, en tendant le cou pour mieux voir. *Ce n'est pas Aubrey Story, là-bas ? Qu'est-ce qui lui prend ?* Personne n'en croirait ses yeux. Je suis LA fille la moins susceptible de provoquer un scandale, jamais, sur rien.

Et surtout, je suis une grosse dégonflée. Bref, je poursuis mon chemin.

Une longue silhouette familière rôde près de l'entrée. Mon mec, Thomas. Il s'est coupé les cheveux pour l'été, comme toujours, et il porte le maillot des Trail Blazers de Portland que je lui ai offert. Le poids qui pesait sur ma poitrine s'allège un peu. On sort ensemble depuis la quatrième – on a fêté nos quatre ans le mois dernier. Je me laisse aller contre sa poitrine avec la sensation de glisser dans un bain chaud.

Ça y ressemble peut-être même un peu trop.

– T'es trempée, dit-il en se dégageant, les sourcils froncés. Alors comme ça, tu te sens pas bien ?

Depuis qu'on se connaît, j'ai peut-être eu un rhume, un seul. Je fais preuve d'une résistance anormale aux microbes. « Tu n'as vraiment pas hérité des Story, me dit toujours mon père avec un soupir. Au moindre coup de froid, on se retrouve au lit pendant des jours. » Il présente ça comme un motif de fierté, un peu comme si sa famille était une variété rare et fragile de fleur de serre et que ma mère et moi n'étions que des mauvaises herbes capables de prospérer dans n'importe quelles conditions.

Le fait de penser à mon père me remet les nerfs à vif.

– Je suis juste un peu patraque, dis-je.

– Ça doit être ta mère qui t'a refilé son truc.

C'est ce que j'ai prétendu hier en lui demandant s'il pouvait m'amener en voiture aujourd'hui : qu'elle ne pouvait pas le faire parce qu'elle ne se sentait pas très bien. Je ne lui ai pas avoué la vraie raison parce que je n'ai pas trouvé les mots. En arrivant devant sa Honda, j'ai envie de vider mon sac, et je suis soulagée de le voir se tourner vers moi d'un air inquiet. Il suffirait qu'il me demande : « Qu'est-ce qu'il y a ? » pour que je réussisse à tout lui raconter.

– Tu n'as pas envie de vomir, au moins ? Je viens juste de nettoyer.

– Non, dis-je en ouvrant la portière, dépitée. Il faut seulement que je m'allonge un peu, ça va passer.

Il hoche la tête sans se douter de rien.

– OK, je te ramène chez toi, alors.

Chez moi. Le dernier endroit où j'ai envie d'être. Mais j'en ai encore pour quelques semaines avant de pouvoir partir à Gull Cove. C'est drôle qu'un truc qui me paraissait si étrange et si peu tentant au départ soit devenu une vraie bouée de sauvetage.

Thomas démarre et je prends mon portable pour voir si ma cousine ou mon cousin ont écrit sur notre groupe de discussion depuis ce matin. Oui : Milly a posté ses horaires d'avion accompagnés d'une question :

Qu'est-ce qu'on fait, on essaie de prendre le ferry ensemble ?

Après avoir reçu la proposition de ma grand-mère – dont mon père a aussitôt conclu que j'allais l'accepter sans me demander mon avis –, j'ai cherché des infos sur Milly et Jonah. J'ai commencé par m'abonner à leurs comptes Instagram. Milly a accepté aussitôt, déverrouillant tout un historique de photos d'elle et de ses amis. Ils sont tous très beaux, elle encore plus que les autres : brune et mince, de type asiatique, avec de grands yeux expressifs et des pommettes de rêve. Moi, je ressemble à ma mère : blonde avec des taches de rousseur partout et un physique de sportive. Mon seul point commun avec mon élégante grand-mère est la tache de naissance que j'ai sur le bras droit. Elle en a une quasiment identique, mais sur la main gauche.

Je ne sais pas du tout à quoi ressemble Jonah. Je ne l'ai trouvé que sur Facebook, où sa photo de profil est le symbole de l'ADN. Il a sept amis, dont je ne fais pas partie étant donné qu'il n'a toujours pas accepté ma demande.

Les rares fois où il a envoyé un message sur notre groupe de discussion, c'était pour se plaindre. Il est beaucoup plus énervé que Milly et moi de devoir passer l'été à Gull Cove. Pendant que Thomas sort du parking, je relis notre conversation d'hier pour me changer les idées.

Jonah : *C'est trop nul. Je devais aller dans un camp de vacances cette année.*

Milly : *T'es animateur ?*

Jonah : *Non, je parle d'un camp scientifique super sélectif. Il est quasiment impossible d'y être admis, et maintenant, il faut que je laisse tomber ?*

Jonah : *Tout ça pour nettoyer des toilettes au SMIC pour quelqu'un qui déteste nos parents et qui va sûrement nous détester aussi.*

Aubrey : *On ne va pas nettoyer ses toilettes. T'as pas lu le mail d'Edward ?*

Jonah : *Qui ça ?*

Aubrey : *Edward Franklin. Le gars qui recrute les saisonniers. On peut choisir entre des tas de boulots. Moi j'ai pris maître-nageuse.*

Jonah : *Je vois. Tip top.*

Milly : *Pas la peine d'être cynique.*

Milly : *En plus, qui dit « tip top » ? Tu vis où, dans les années quatre-vingt-dix ?*

Ça a continué comme ça pendant dix minutes, et j'ai fini par le ghoster. L'affrontement, c'est pas mon truc.

La dernière fois que j'ai vu un membre de la famille du côté de mon père, c'était juste après notre déménagement dans l'Oregon, quand le plus jeune de mes oncles, Archer, est passé en coup de vent pour le week-end. Il n'a pas d'enfants mais, à peine débarqué chez nous, il s'est transformé en expert des Lego pour m'aider à avancer sur la ville que je construisais. Pour finir, il a vomi dans mon coffre à jouets. J'ai mis des années à réaliser qu'il était déjà bourré en arrivant.

Autrefois, du temps où il en parlait encore, mon père appelait sa fratrie les Quatre A : Adam, Anders, Allison et Archer, tous nés à un an d'écart. Chacun avait son rôle dans la famille : Adam était le golden boy musclé, Anders le génie excentrique, Allison la beauté réservée et Archer le charmeur qui fait des blagues.

Oncle Anders, le père de Jonah, est le seul à ne pas avoir hérité de la beauté des Story. Sur les photos, il est petit et maigrichon, avec des traits en lame de couteau, de gros sourcils touffus et des lèvres fines, toujours barrées d'un petit sourire ironique. Du coup, c'est comme ça que je visualise Jonah quand je lis ses messages.

Alors que je m'apprête à ranger mon portable, un message de Milly apparaît, adressé uniquement à moi. C'est la première fois qu'elle n'inclut pas Jonah.

Aubrey: *Question à 1000 $: c'est moi ou Jonah est un petit con?*

Je ne peux pas m'empêcher de sourire en répondant:

C'est pas toi.

Je pioche un roulé à la cannelle dans la boîte à gants de Thomas, qui lui sert de garde-manger. Pas mon préféré, mais mon estomac gargouille après l'épreuve de natation.

Milly: *Ce plan n'arrange personne. OK, j'ai pas signé pour un camp avec Einstein, mais moi aussi, j'aurais préféré faire autre chose.*

Avant que j'aie pu répondre, un nouveau message de Jonah surgit:

Jonah: *L'horaire de ce ferry n'est pas du tout pratique. Par ailleurs, je ne vois pas l'intérêt de grouper notre arrivée.*
Milly: *Je rêve, mais ce qu'il est chiant!!*
Jonah: *Pardon?*
Milly: ...
Milly: *Désolée, je me suis trompée de groupe.*
Milly (en privé): *Et merde.*

Je ris la bouche pleine, ce qui fait réagir Thomas:
– Qu'est-ce qui te fait marrer comme ça?
Je me dépêche d'avaler ma bouchée.

– Ma cousine Milly. Je sens qu'on va bien s'entendre.

– Tant mieux, tu n'auras pas totalement perdu ton été.

Il tourne dans ma rue en tambourinant sur son volant. C'est une voie étroite et tortueuse, bordée de modestes pavillons à deux étages. Mes parents ont acheté le nôtre il y a presque dix ans, juste après la parution du premier roman de mon père. C'était censé être provisoire. Son livre n'a pas été un best-seller, mais il a reçu des critiques assez bonnes pour que son éditeur lui signe un contrat pour le deuxième. Qu'il n'a toujours pas écrit, bien qu'il n'ait pas exercé d'autre métier qu'auteur depuis mes années de primaire. J'ai cru pendant très longtemps qu'il était payé pour lire, vu qu'il ne faisait rien d'autre. En fait, il n'est pas payé du tout.

Thomas se gare dans l'allée et met au point mort, sans couper le moteur.

– Tu veux entrer ?

– Euh…

Il prend une grande inspiration en continuant à tambouriner sur le volant.

– En fait, je me disais…

Je passe la langue sur mes lèvres, où le goût de la cannelle se mêle à celui du chlore.

– Tu te disais quoi ?

Il crispe les épaules, puis les hausse.

– Ben… pas aujourd'hui. J'ai des trucs à faire.

Je n'ai pas l'énergie de lui demander quoi. Je me penche pour l'embrasser, mais il a un mouvement de recul.

– J'aime autant pas. Je tiens pas à tomber malade.

Je bats en retraite, un peu blessée. Ça m'apprendra à mentir.

– OK. On s'appelle ?

– Ça marche.

Il repart dès que j'ai claqué la portière et je le regarde s'éloigner avec un pincement au cœur. Même s'il n'est pas du style à attendre que j'aie franchi la porte d'entrée pour partir, il ne disparaît pas aussi vite d'habitude.

La maison est silencieuse. Quand ma mère est là, elle met toujours de la musique, généralement du grunge, c'est-à-dire ce qu'elle écoutait à l'époque de la fac. Pendant une seconde, je me prends à espérer que j'ai l'endroit à moi toute seule, mais la voix de mon père retentit dès que je mets un pied dans le salon.

– Déjà rentrée ?

Mon estomac se noue. Il est assis dans le gros fauteuil en cuir trop grand pour notre petit bout de salon. Son fauteuil d'écrivain, que ma mère lui a offert à la sortie de son livre. Il aurait davantage sa place dans une pièce avec cheminée et bureau en acajou tapissée de bouquins du sol au plafond. Notre chatte tigrée, Beatrice, est allongée de tout son long sur ses genoux.

– Alors, comment ça s'est passé ?

Je bats des paupières. Il ne croit quand même pas que je vais lui répondre ? Pas après la bombe qu'il a lâchée hier soir. Mais il me regarde tranquillement, un doigt dans le livre qu'il est en train de lire pour ne pas perdre sa page. Je reconnais la couverture, le titre en gros caractères noirs sur un fond de couleur pâle, presque pastel. *Un silence bref et brisé*, d'Adam Story. C'est son roman, l'histoire d'un ancien champion universitaire qui accède à la gloire littéraire avant de se rendre compte qu'il n'aspire vraiment qu'à une vie simple en dehors du système, mais qui continue à être harcelé par ses fans.

Je suis presque sûre que le rêve de mon père était que son livre devienne autobiographique. Ça ne s'est pas produit, mais ça ne l'empêche pas de le relire au moins une fois pas an.

T'as raison, va, me dis-je dans une nouvelle flambée de colère. *Au moins comme ça, ça te fait un lecteur.*

– Où est maman ?

– Ta mère…

Il hésite, plissant les yeux face à la lumière de la baie vitrée. Elle fait scintiller des reflets dans ses cheveux bruns et le cerne d'une auréole dorée qu'il n'a pourtant rien fait pour mériter. Ça me serre le cœur, tout à coup, la façon dont j'ai toujours vénéré bêtement mon père. J'étais persuadée qu'il était supérieurement intelligent, et différent, et destiné à accomplir de grandes choses. J'étais fière qu'il m'ait donné un prénom en A. J'étais la cinquième A et, un jour, je serais comme eux : classe, mystérieuse, avec juste la petite touche de tragique de rigueur.

– Ta mère a besoin de faire un break.

– Comment ça ? Tu veux dire que… qu'elle est partie ?

Mais à peine ai-je achevé ma phrase que je sais que non. Elle ne serait jamais partie sans me prévenir.

Se réveillant en sursaut, Beatrice saute des genoux de mon père et traverse le salon avec cet air irrité qu'elle a quand on interrompt sa sieste.

– Elle passe l'après-midi avec tante Jenny. Ensuite, on verra.

Puis il ajoute d'un ton un peu acerbe, teinté de reproche :

– C'est dur pour nous tous.

Je le fixe, le sang battant à mes oreilles, et je m'imagine lui répondre comme je bous de le faire : par un rire bruyant, incrédule. Je rirais en traversant la pièce pour lui arracher son livre des mains et lui jeter à la figure, avant de lui balancer ce que je pense : *Il n'y a plus de « nous ». C'est fini, et c'est ta faute.*

Mais je ne le fais pas, pas plus que je n'ai poussé mon entraîneuse dans la piscine. Je me contente de hocher la tête avec raideur, comme si sa phrase voulait dire quelque chose. Puis je monte sans bruit dans ma chambre et j'appuie la tête sur le bois frais de la porte.

Vous savez ce que vous avez fait. C'est ce que dit la vieille lettre de ma grand-mère, et mon père a toujours juré ses grands dieux qu'il ne pouvait s'agir que d'une erreur. « Je ne peux pas expliquer ce qu'elle voulait dire, parce qu'il ne s'est *rien* passé, affirmait-il. Ni mes frères, ni ma sœur, ni moi, on n'a jamais rien fait qui mérite qu'elle nous traite comme ça. » Et je le croyais sur parole. Je croyais qu'il était innocent, victime d'une injustice, et que ma grand-mère était une vieille femme froide et capricieuse, voire un peu folle.

Mais hier, j'ai découvert avec quelle facilité il pouvait mentir.

Et je ne sais plus ce que je dois croire.

CHAPITRE TROIS

JONAH

Je vais être en retard.

Ça va faire trois heures que je suis dans cette voiture alors qu'il n'y a que cent vingt kilomètres entre Providence et Hyannis. C'est le trajet en Uber le plus long et le plus cher de ma vie.

– Dernier week-end de juin typique, commente Frederico, mon chauffeur, tandis qu'on se traîne comme des escargots dans les bouchons. C'est comme ça, qu'est-ce qu'on y peut ?

Il freine au feu, qui vient de passer à l'orange.

– Pour commencer, on avait le temps de passer, dis-je entre mes dents.

– Trop risqué, me répond-il en agitant la main. C'est bourré de flics, aujourd'hui.

D'après Google Maps, on est à moins de deux kilomètres du ferry qui doit me conduire à Gull Cove Island. Mais feu ou pas, la file de voitures qui se trouve devant nous est quasiment à l'arrêt.

– Mon bateau part dans dix minutes. Ça va le faire ?

Je me penche jusqu'à ce que mes genoux butent contre le siège avant. Ce qui est sûr, c'est que le dernier passager qui s'est assis à côté du chauffeur avait de la place pour mettre ses jambes.

– Alooors… me répond-il. Je n'irai pas jusqu'à affirmer que ça ne peut *pas* le faire.

Ravalant un soupir exaspéré, j'entreprends de ranger mes papiers dans ma chemise plastifiée. Elle est bourrée d'articles de presse sur Gull Cove et Mildred Story – bon, surtout sur l'île, parce que Mildred vit presque en recluse. Le seul événement mondain auquel il lui arrive d'assister est le gala d'été qu'elle organise tous les ans dans son hôtel. J'ai une photo d'elle dans *La Gazette de Gull Cove*, gantée et coiffée d'un chapeau géant spectaculaire façon reine d'Angleterre. Donald Camden, son avocat, l'expéditeur du tristement célèbre « Vous savez ce que vous avez fait », se tient à côté d'elle. Il a une tête de sale con arrogant qui a dû se délecter de sa mission.

Ces dernières années, Mildred a surtout fait parler d'elle pour ses activités de mécène. Apparemment, elle possède une collection de tableaux et de sculptures impressionnante et dépense des fortunes à soutenir les artistes locaux. C'est sans doute uniquement grâce à elle qu'il existe encore une communauté d'artistes sur ce caillou surcoté. Elle a au moins ce mérite.

Les dernières feuilles de ma chemise contiennent quelques infos sur Aubrey, Milly et leurs parents. De vieilles critiques du roman d'Adam Story, des reportages sur les compétitions de natation d'Aubrey, un article sur l'association de Toshi Takahashi avec l'un des plus gros cabinets d'avocats new-yorkais. J'ai même déniché un vieil article du *New York Times* sur son mariage avec Allison Story il y a vingt ans. Mais rien sur leur divorce.

Ça peut sembler un peu bizarre que je me balade avec toutes ces infos, mais je ne connais pas ces gens. Et quand je ne connais pas quelque chose, je me renseigne.

Je range la chemise dans mon sac, un de ces gros machins à fermeture éclair censés contenir tout ce dont on peut avoir besoin pour quinze jours de camp de vacances. Je n'ai pas mis grand-chose dedans.

– Vous ne connaissez pas un trajet bis ? demandé-je à Frederico. On n'a plus que huit minutes.

– *C'est* un trajet bis, me répond-il avec un coup d'œil dans le rétroviseur. C'est quoi, votre record de vitesse ?

– Hein ?

– Vous pouvez faire un mille cinq cents mètres en cinq minutes ?

– C'est pas vrai, dis-je en comprenant où il veut en venir. C'est une blague ou quoi ?

– On n'avance pas, jeune homme. À votre place, je tenterais ma chance à pied.

Le désespoir me rend hargneux.

– J'ai des *bagages* !

Frederico hausse les épaules.

– Vous tenez la forme, non ? C'est soit ça, soit rater le ferry. Il part quand, le prochain ?

– Dans deux heures et demie.

Je regarde le tableau de bord – plus que sept minutes – et je me décide.

– Et merde. J'y vais.

Mille cinq cents mètres, c'est jouable, non ? C'est toujours mieux que de camper sur un quai pendant des plombes. Frederico freine pour me laisser descendre et je glisse les bretelles de mon sac sur mes épaules pour le porter comme un sac à dos géant.

– Le GPS indique que c'est à droite. Donc en principe, c'est tout droit en suivant cette route. Bonne chance, hein !

Sans répondre, je m'élance sur l'herbe du talus. Pendant les trente premières secondes, ça ne se passe pas si mal. Puis ça tourne à l'enfer : mon sac me défonce le dos à chaque pas, je sens les cailloux sous mes semelles trop fines, mes poumons commencent à brûler. Frederico avait tort : je ne tiens pas du tout la forme. On pourrait le croire en me voyant, parce que je passe plusieurs heures par jour à porter des cartons, mais ça fait une paye que je n'ai pas couru. Niveau souffle, je suis pitoyable, et ça ne fait qu'empirer à chaque seconde.

Mais je persiste, en allongeant ma foulée parce que j'ai l'impression de faire du surplace. Ma gorge est tellement sèche que ça me fait mal et mes poumons sont au bord de l'implosion. Je passe devant un motel, un restaurant de fruits de mer et un parcours de minigolf. Il fait une chaleur moite, le genre qui se dépose sur la peau même quand on ne bouge pas, et la sueur plaque mes cheveux sur mon crâne et mon tee-shirt sur mon torse.

Grosse erreur. Énorme erreur. Comment je vais expliquer à mes parents que je me suis effondré au bord d'une route de Cape Cod ?

N'empêche que je cours toujours, le dos meurtri par mon sac à chaque pas. La transpiration me pique les yeux et me brouille la vue, mais à force de cligner des paupières, je finis par distinguer l'angle d'un gros bâtiment blanc qui se rapproche. Puis je repère un chemin pavé et un panneau qui proclame STEAMSHIP AUTHORITY. C'est le nom de la compagnie maritime. Je ne sais pas combien de temps j'ai mis, mais j'y suis.

Je me traîne en haletant jusqu'au guichet. L'employée qui se tient derrière la vitre, une blonde au maquillage chargé et à la frange bouffante, me regarde d'un air amusé.

– Allez, respire, beau gosse. T'es trop jeune pour moi.

– Un... ticket... dis-je en sortant mon portefeuille. Pour le... ferry... de 13 h 20.

Elle secoue la tête et mon cœur affolé me tombe dans l'estomac.

– T'aimes bien vivre dangereusement, toi. Tu as failli le rater. Ça fera dix-huit dollars.

Je n'ai plus assez de souffle pour la remercier. Je paie, je prends mon ticket et je franchis un portillon. La gare maritime est plus vaste que je ne l'aurais cru. Du coup, j'accélère vers le quai, une main sur mon point de côté.

Il y a cinquante pour cent de chances pour que je vomisse avant de monter sur le ferry.

Le quai est presque désert. Au pied de la passerelle, un type en chemise blanche et pantalon noir regarde l'heure, puis saisit une chaîne qui pend à un poteau pour fermer l'accès. À cet instant, il lève les yeux et me voit arriver en courant, bras tendu pour lui donner mon ticket.

Fais pas ça. Déconne pas.

Il détache la chaîne en prenant mon ticket.

– Il était moins une. *Buon viaggio*, petit, comme on dit à Rome.

Ouf. Il n'a pas déconné.

Je monte sur le ferry en réprimant un grognement de soulagement et je m'effondre sur un siège bleu vif, dans la délicieuse fraîcheur de l'air conditionné. Je cherche ma gourde dans mon sac et la vide presque en trois grandes goulées, avant de verser le reste sur ma tête.

Note à moi-même : me mettre au jogging cet été, parce que j'ai été pathétique.

Les autres passagers m'ignorent complètement. Ils ont l'air parés pour les vacances, avec la panoplie casquette de baseball, tongs et tee-shirt au logo que j'identifie logiquement comme l'emblème informel de l'île : un cercle orné d'une silhouette de mouette et surmonté des lettres GCI pour Gull Cove Island. La traversée dure deux heures vingt et passe par Martha's Vineyard et Nantucket. Gull Cove est la plus petite des trois îles – ce qui n'est pas peu dire quand on sait que Nantucket ne mesure que vingt-deux kilomètres de long – et, pour citer la brochure, « la plus éloignée et la plus sauvage ».

Traduire : pas beaucoup d'hôtels et des plages pourries.

Je range la brochure pour observer les passagers. Comme tout le monde a l'air de laisser traîner ses bagages n'importe où, je fourre mon sac sous mon siège avant de me lever. Autant en profiter pour faire un petit tour. Je me dirige vers l'escalier qui se trouve à côté du bar et mon estomac se met aussitôt à gargouiller. Je n'ai rien avalé depuis le petit-déjeuner, et ça remonte à cinq heures.

Le niveau supérieur est strictement identique à celui du bas, avec un escalier qui mène sur le pont à l'air libre. Là-haut, tout le monde est agglutiné aux rambardes. Le ciel est couvert, menaçant, mais l'air, qui était si étouffant sur le continent, est frais et iodé. Des mouettes font des cercles au-dessus de nos têtes, l'eau s'étend à perte de vue tout autour de nous et, pour la première fois depuis un mois, je me dis qu'aller sur cette île n'était peut-être pas une si mauvaise idée.

Ayant encore plus soif que faim, je décide de descendre prendre une boisson au bar. Occupé à vérifier ce que j'ai comme monnaie sur moi, je manque de bousculer quelqu'un qui monte l'escalier.

– Hé, attention ! s'exclame une voix de fille.

– Désolé, dis-je en marmonnant.

Puis je lève le nez et j'avale ma salive de travers.

– Euh, je veux dire : salut.

Je n'avais pas vu que cette fille était une bombe. Cheveux bruns, yeux noirs, et une bouche pleine dont les coins remontent dans un demi-sourire ironique qui devrait être énervant, mais même pas. Elle porte une robe à bretelles rouge vif, des lunettes de soleil sur le front, une grosse montre d'homme au poignet, et… *oh*.

Merde. Je n'en reviens pas d'avoir eu un blanc. Je sais qui est cette fille.

– Tu veux dire *salut* ? Tu es sûr ?

Son sourire s'est élargi, peut-être un peu dragueur sur les bords.

Oubliant que je suis dans un escalier, j'ai un mouvement de recul et je manque de me ramasser. En me rattrapant de justesse à la rampe, je réalise lentement dans quel pétrin je me suis fourré. J'ai failli foncer dans *la* personne que je tenais à éviter au moins jusqu'à mon arrivée à Gull Cove. Plus moyen de faire marche arrière, maintenant.

– Certain, confirmé-je. Salut, Milly.

Elle bat des paupières sans comprendre. Quelqu'un s'éclaircit la gorge derrière moi.

– Excusez-moi, j'aimerais descendre, dit une voix bourrue.

En me retournant, je découvre un vieux bonhomme vêtu d'un short à carreaux et d'une casquette des Red Sox, un pied sur la dernière marche.

– Juste une minute, on montait, dis-je en faisant demi-tour sur un coup de tête.

Le type s'écarte pour nous laisser passer et je me plaque contre le mur sur le palier.

Milly me suit, les poings sur les hanches.

– On se connaît ?

Merde, qu'est-ce que je fous à la mater comme ça ? Cela dit, ça n'a pas l'air de la déranger. Mais bon, c'est gênant.

– Ouais. Enfin, si on peut dire. Je suis Jonah.

Je lui tends ma main à serrer, mais comme elle ne la prend pas, je précise :

– Jonah Story.

– Jonah Story ?

– Ton cousin.

Cette fois, elle me fixe pendant une seconde, avant de me serrer la main si prudemment que ses doigts frôlent à peine les miens.

– C'est *toi*, Jonah ?

– Eh oui.

– C'est vrai ?

– Tu as des problèmes d'audition ? Je t'ai déjà répondu deux fois.

Je laisse l'irritation percer dans ma voix. Après tout, c'est censé être un trait de ma personnalité.

– OK, maintenant c'est bon, ça colle, réplique-t-elle, les yeux plissés. Excuse-moi, j'ai juste été un peu déroutée par ton look, disons… (elle décrit de vagues cercles avec la main autour de mon visage) sportswear pseudo branché. Je m'attendais à ce que tu aies une dégaine qui aille avec ta façon de t'exprimer.

Je ne vais pas mordre à l'hameçon en lui demandant d'être plus claire, mais elle précise spontanément :

– Le genre nerd constipé.

Au moins, elle n'y va pas par quatre chemins.

– Moi aussi, je suis enchanté de faire ta connaissance.

Elle me dévisage en fronçant le nez.

– Pourquoi tu transpires comme ça ?

Je résiste au réflexe de me renifler pour vérifier si je sens la sueur. Mais vu la tête qu'elle fait, c'est sûr.

– Je ne vois pas en quoi ça te regarde.

– Et qu'est-ce que tu fais là, d'abord ? Je croyais que tu ne voyais pas l'intérêt « d'arriver tous en même temps ».

Je croise les bras en me maudissant de m'être aventuré sur ce pont. Cette fille m'épuise déjà. Qu'est-ce qui m'a pris de me fourrer dans ce guêpier ?

– J'ai eu un changement de programme.

Milly prend un air désespéré avant de reprendre en me faisant signe de la suivre :

– Bon, ben viens. Autant que tu rencontres Aubrey.

Je ne suis pas vraiment d'humeur à socialiser. Ça doit se voir à ma tête, parce qu'elle lève les yeux au ciel.

– Ça ne va pas l'amuser plus que toi.

– Je ne crois pas que…

– Ah, te voilà ! lance une autre voix. Je croyais que je t'avais perdue.

Celle qui vient de parler est une autre fille de mon âge, vêtue d'un short et d'un sweat à capuche bleu à manches courtes. Elle est blonde, avec beaucoup de taches de rousseur, le genre pas seulement sur le nez et les joues mais vraiment partout.

J'ai déjà vu ce visage dans plusieurs articles archivés dans ma chemise, même si, en général, elle porte un bonnet de bain. Le sourire d'Aubrey, destiné à Milly, s'épanouit lorsqu'elle me voit.

– Oh, pardon, je ne voulais pas vous interrompre.

– Non, non, t'inquiète, s'empresse de dire Milly.

Elle agite la main dans ma direction comme une animatrice de jeux télévisée qui désignerait un lot dont personne ne veut.

– Devine quoi ? Je te présente Jonah.

Aubrey écarquille les yeux et nous regarde tour à tour d'un air dubitatif.

– Sérieux ?

– Il faut croire, répond Milly en haussant les épaules.

Les yeux d'Aubrey continuent à faire la navette entre nous. Même lorsqu'elle ne sourit pas, elle garde une expression amicale. Franche. Je parie qu'elle est super nulle pour mentir.

– Vous me faites marcher.

À moi de m'y coller.

– Pardon si je n'étale pas ma tête sur tous les réseaux sociaux comme tous ces suiveurs en mal d'attention.

– OK, fait Aubrey en hochant la tête. C'est bien lui. Salut, Jonah.

Elle se tourne vers Milly, dont les yeux errent vers la mer comme si elle hésitait à me balancer par-dessus bord.

– Tu n'as pas du tout le physique Story, ajoute Aubrey.

– Je ressemble à ma mère.

Elle écarte une mèche de cheveux de son visage avec un soupir.

– Moi aussi.

Puis elle prend une grande inspiration et se contracte, comme si elle se préparait à sauter dans une piscine d'eau glacée.

– Allez, venez, on va s'asseoir en bas. Autant qu'on fasse un peu connaissance.

Une demi-heure plus tard, Milly a eu son compte. Je ne la connais pas assez bien pour en être certain, mais je suis prêt à parier tout ce que je possède qu'elle ressent déjà une profonde antipathie pour moi.

Mission accomplie, dirons-nous.

– Je vais chercher un truc à boire, dit-elle en se levant de notre table, située près d'une vitre au niveau intermédiaire. Aubrey, tu veux quelque chose ? Ou tu m'accompagnes ?

Je m'attends à ce qu'Aubrey en profite pour s'enfuir, mais elle pense à autre chose. Régulièrement – en ce moment même, par exemple –, elle consulte l'écran de son portable et tout son visage s'affaisse. Visiblement, elle attend quelque chose et elle est déçue à chaque fois.

– Non merci, murmure-t-elle.

Milly se dirige vers l'escalier et le silence tombe, tandis qu'Aubrey essuie méthodiquement son téléphone. Le mien vibre dans ma poche : c'est un message d'un contact enregistré sous les initiales JT.

Alors, comment ça se passe?

Je tape en me raidissant de la tête aux pieds :

Très bien.

C'est tout ce que tu as à dire?

Je répondrais bien : « Va te faire foutre », mais je me limite à :

Ouaip. Je dois y aller.

Puis je range mon portable en ignorant la vibration qui annonce l'arrivée du message suivant.

– Désolée pour le camp de vacances spécial génies, me dit Aubrey en se recoiffant.

– Quoi ?

– C'est comme ça que Milly et moi, on appelle le camp scientifique où tu avais prévu d'aller cet été. Tu crois que tu peux reporter à l'été prochain, ou c'est cuit ?

– C'est cuit. Le but était de l'intégrer dans mon CV pour mes candidatures à la fac.

En l'absence de Milly, je n'arrive pas à mettre dans ma voix autant de dédain que je le voudrais. La jouer sarcastique avec Aubrey me fait l'effet de balancer des coups de pied à un chiot.

– C'est bête. Franchement, je ne pensais pas que tu viendrais. Tu avais l'air bien parti pour refuser.

– Je n'ai pas eu le choix.

– Nous non plus.

Elle croise les jambes et agite le pied en contemplant le ciel qui s'assombrit derrière la vitre. On dirait qu'un orage se prépare.

– Il est comment, ton père ? me demande Aubrey. La dernière fois que je vous ai vus, je devais avoir cinq ans. Je ne me souviens pas du tout d'oncle Anders.

Elle a prononcé son nom comme si elle parlait d'un personnage de film.

– Il est… excessif.

Les yeux bleus d'Aubrey se perdent au loin.

– J'ai l'impression que mon père a beaucoup de points communs avec tante Allison, et qu'il a un rapport un peu protecteur avec oncle Archer. Mais je ne sais pas pourquoi, il ne parle presque jamais d'oncle Anders.

Je passe la langue sur mes lèvres. Je me retrouve en terrain glissant, et je ne sais pas trop jusqu'où je peux me mouiller.

– Bah… je dirais que mon père a toujours été un peu sur la touche. Enfin, j'ai l'impression que c'est ce qu'il ressent.

– Tu es proche de lui ?

De ce connard ? Tu rigoles ? Il se met à pleuvoir. Ravalant la vérité, je tente un haussement d'épaules détaché.

– Moyen. Enfin, tu vois, quoi.

– Je vois très bien. Surtout ces derniers temps.

La pluie s'est mise à battre au carreau et Aubrey met la main en coupe sur la vitre pour regarder dehors.

– Tu penses qu'elle nous attendra sur le quai ?

– Milly ? Pourquoi ? Tu crois qu'elle s'est fait des amis sur le ferry ?

– Mais non, fait Aubrey avec un petit rire. Je te parle de Granny.

Son rire me met sur le qui-vive. On commence à se détendre tous les deux, ça ne va pas aller. Pour paraphraser les participants des émissions de téléréalité, je ne suis pas là pour me faire des potes.

Je ricane.

– Tu peux toujours rêver. Elle ne s'est même pas fatiguée à nous renvoyer un mot.

Le visage d'Aubrey s'assombrit.

– À toi non plus ? Je lui ai écrit six fois et je n'ai jamais eu de réponse.

– J'ai écrit zéro fois, même punition.

– Carrément glacial.

Elle a un petit frisson, mais je sais qu'elle ne parle pas de la température.

– Je ne comprends pas, reprend-elle. Déjà que la seule fois qu'elle nous a contactés, c'était pour nous proposer un *boulot*... Comme si elle avait affaire à du petit personnel et pas à des membres de sa famille. Et ensuite, elle n'est pas fichue de maintenir le contact ? À quoi ça rime, tout ça, si elle n'a pas envie de nous connaître ?

– Main-d'œuvre à bas prix.

C'est une blague, mais le visage d'Aubrey ne fait que s'assombrir davantage. Alors que je vais m'éclipser avec mes plus plates excuses, je surprends un éclair de rouge dans l'escalier : Milly est de retour. Du coup, allez savoir pourquoi, je reste vissé à mon siège, alors que ça devrait me faire fuir encore plus vite.

– Voilà, c'est pour vous.

Elle tient quatre gobelets en plastique, dont l'un est rempli d'un liquide incolore garni d'une rondelle de citron et les trois autres uniquement de glaçons. S'asseyant à côté d'Aubrey, elle entreprend de répartir le liquide équitablement entre les trois autres gobelets et nous en tend chacun un.

– Buvons à... je ne sais pas. À notre rencontre avec la mystérieuse Mildred ?

On trinque, et Aubrey boit une longue gorgée.

– Berk ! fait-elle en la recrachant. C'est *quoi*, ce truc, Milly ?

Celle-ci lui passe une serviette sans se démonter, pioche la rondelle de citron qui garnit le gobelet vide et la presse dans les nôtres.

– Pardon, j'ai oublié le citron. Gin-tonic.

Aubrey pose son gobelet avec une grimace.

– Sérieux ? Merci, mais je ne bois pas. Comment t'as fait pour qu'on te serve de l'alcool ?

– Chacun ses combines.

Milly observe un instant la file de gens qui descendent du pont pour s'abriter de l'orage.

– Bon, maintenant qu'on a couvert les banalités d'usage, abordons les vrais sujets. Alors, qu'est-ce que vous avez à cacher ?

J'ai la gorge sèche, tout à coup.

– Hein ?

– Toute la famille est bâtie sur des secrets, non ? C'est l'héritage Story. Je suis sûre que vous en avez de bien inavouables, vous aussi.

Milly incline son gobelet vers moi.

– Allez, à toi l'honneur !

Je glisse un coup d'œil à Aubrey, qui a pâli sous ses taches de rousseur. Un muscle de ma mâchoire commencer à tressaillir.

– Je n'ai pas de secrets, affirmé-je.

– Moi non plus, ajoute aussitôt Aubrey.

Elle serre ses deux mains jointes sur ses genoux et semble sur le point soit de fondre en larmes, soit de vomir. J'avais raison, elle ment comme une patate. Encore plus nulle que moi.

Mais Milly ne cherche pas à la cuisiner. Elle se penche vers moi et cale le menton sur son poing, ce qui fait glisser sa grosse montre sur son bras.

– Tout le monde en a, affirme-t-elle en sirotant une gorgée de gin. Ça ne se discute pas. La seule question qui se pose, c'est si ce sont les tiens ou si tu gardes ceux de quelqu'un d'autre.

Je descends la moitié de mon gobelet en me retenant d'essuyer la goutte de sueur que je sens couler sur mon front. Je n'aime pas le gin, mais à la guerre comme à la guerre, comme on dit. Et l'expression est assez de circonstance. J'improvise un air mi-las, mi-irrité.

– Ça ne peut pas être les deux ?

Milly me regarde droit dans les yeux tandis que la pluie fouette la vitre derrière elle.

– Dans ton cas, tu veux dire ? demande-t-elle en haussant un sourcil à la courbure parfaite. Si, sûrement.

CHAPITRE QUATRE

MILLY

— Pas terrible, hein ? commente Jonah.

Je lui jette un coup d'œil par-dessus la tête d'Aubrey. La pluie s'est calmée et on est montés sur le pont pour regarder l'île se rapprocher. Il pose les avant-bras sur la rambarde et le vent ébouriffe ses mèches brunes, à mi-chemin entre le blond d'Aubrey et mes cheveux presque noirs. Le menton pointu enregistré dans mes souvenirs s'est changé en mâchoire carrée. Un appareil dentaire a dû passer par là. Nette amélioration. Même s'il n'est pas du genre souriant.

– Moi, je trouve que c'est joli ! signale Aubrey en haussant la voix pour couvrir le moteur du ferry.

Le bateau penche vivement sur un côté en projetant un jet d'écume dans les airs. Je m'agrippe fermement à la rambarde d'une main, gardant l'autre pour me mordre le pouce, un tic qui horripile ma mère. Ma peau a un goût de sel, mais c'est toujours mieux que l'odeur de gaz d'échappement qu'on respire.

– Ouais, pareil, dis-je.

J'ai lâché ça juste pour contredire Jonah, mais il a raison. Même à distance, l'île paraît plate et insignifiante, entourée d'une bande de sable jaune pâle se fondant dans une mer presque du même gris que l'épaisse couverture de nuages. Tout est petit. De petites maisons blanches parsèment la côte sur fond de petits arbres, et la seule tache de couleur est un petit phare trapu bleu vif rayé de brun clair.

– Mais c'est minuscule, ici, observe justement Aubrey. C'est un coup à devenir claustrophobe.

Je baisse le bras, et ma montre glisse sur mon poignet. La vieille Patek Philippe de mon grand-père est le seul souvenir que ma grand-mère ait transmis à ma mère avant de rompre tout contact. Malgré toutes les tentatives pour la faire réparer, elle reste bloquée sur 3 heures. Bon, elle a quand même raison deux fois par jour – comme maintenant, à peu près.

– Mildred nous donnera peut-être assez de travail pour qu'on n'ait pas le temps de s'en rendre compte, dis-je.

– Tu l'appelles Mildred ?

– Ouais. Pas toi ?

– Granny. Comme mon père dit toujours « ta granny », j'ai pris le pli.

Aubrey se tourne vers Jonah.

– Et toi, tu l'appelles comment ?

– Je ne l'appelle pas.

On se tait un moment, tandis que le ferry poursuit son avancée vers la côte. Les petites maisons blanches grossissent, la bande de sable jaune se précise, et on passe bientôt si près du phare qu'on voit les gens autour. Le quai est encombré de bateaux, dont la plupart sont de dimensions bien plus petites que le nôtre.

– Bienvenue à Gull Cove ! nous lance le capitaine dans l'interphone au moment où le bruit du moteur cesse enfin.

– C'est blindé, en bas, dit Aubrey en scrutant nerveusement la foule qui peuple le quai.

– Le gros piège à touristes, commente Jonah en se tournant vers l'escalier. Vous avez vu le prix des chambres à l'Anse aux Mouettes ? Les gens sont vraiment dingues. Les plages de Martha's Vineyard ou de Nantucket sont bien plus cool. Mais le fait d'être l'île la plus petite et la plus moche est carrément devenu un argument de vente. Tout ça parce qu'elle est « hors des sentiers battus ».

Alors qu'on approche de la passerelle, il vire sur la gauche pour aller repêcher un vieux sac de voyage sous un banc.

– Où sont vos affaires ? nous demande-t-il.

– On les a enregistrées en montant à bord, dis-je en regardant son sac. C'est tout ce que tu as pris ?

– J'ai pas besoin de grand-chose, me répond-il en le hissant sur son épaule.

Puis on se mêle au flot de passagers qui quittent le ferry. Des touristes types : malgré le temps, tout le monde est en short. Ma robe rouge est totalement déplacée. Cela dit, je ne l'ai pas choisie par hasard. Ma mère la portait quand elle était au lycée, et c'est l'un des rares vêtements qu'elle ait conservés et que je puisse mettre aujourd'hui. Je me suis dit que ce serait une petite pique à l'intention de ma grand-mère, pour lui reprocher de nous avoir fait venir sans même parler à ses propres enfants. Un moyen subtil de lui rappeler qu'ils existent toujours, que ça lui plaise ou non.

La passerelle aboutit sur une large chaussée pavée flanquée de bâtiments aux toits pointus, couverts de bardeaux peints dans des teintes alternées de blanc et de gris. Je prends une grande inspiration et je suis surprise de détecter dans l'air iodé un parfum de chèvrefeuille. C'est le parfum de ma mère, mais je ne l'avais jamais senti en vrai.

Le long du chemin pavé, il y a un petit train de chariots à bagages. Aubrey et moi, on cherche le numéro 23, qu'on nous a donné en prenant nos valises, et on soulève le rabat.

– C'est bon, tout est là, constate Aubrey d'un ton soulagé en sortant du chariot un sac à dos et une valise.

Puis je récupère les miennes. Jonah lâche un ricanement incrédule en me voyant empoigner deux grosses valises à roulettes, un petit sac de voyage et une grosse sacoche d'ordinateur.

– Tu as vidé tes placards ?

Loin de là, mais il n'a pas besoin de le savoir. Ni que la valise la plus petite est uniquement remplie de chaussures.

– On en a quand même pour deux mois, rappelé-je.

Maintenant, il plisse les yeux en observant mes valises de plus près : des Tumi en aluminium anodisé qu'on peut trouver un peu ostentatoires, en particulier au milieu des touristes en tongs et en short, si on ignore que ma mère les a achetées d'occase sur eBay. Les gens de passage sur l'île ont de l'argent – beaucoup –, mais n'en font pas étalage. Ça fait partie du charme supposé du lieu.

– Tante Allison n'est pas trop à plaindre, on dirait, observe Jonah.

– Oh pitié. Tu étais bien prêt à participer à ton camp scientifique de riches, tu ne vas pas me juger parce que j'ai envie de pouvoir changer de fringues.

– Sauf que je n'ai pas pu me le payer, riposte-t-il avec ce qui ressemble à un éclair de colère, avant de reprendre son air mi-las, mi-méprisant. Et regarde où j'ai atterri.

Je retiens le « Eh ouais, on a vraiment du bol » que j'ai sur les lèvres. Après tout, je ne sais pas grand-chose de la situation financière de mon cousin. Je sais que la mère d'Aubrey est infirmière et que son père a passé les dix dernières années à essayer d'écrire un deuxième roman, et j'en déduis qu'ils ne roulent pas sur l'or.

Quant à oncle Anders, à ce que j'ai compris, il est conseiller financier. Il y a quinze jours, en cherchant à me renseigner sur Jonah, je suis tombée sur un article du *Providence Journal* dans lequel un client mécontent traitait son père de « Bernie Madoff de Rhode Island ».

Comme je ne savais pas qui est Bernie Madoff, j'ai creusé. Apparemment, c'est un conseiller financier qui a fait de la prison pour avoir roulé des milliers d'investisseurs. Ça m'a donné un petit frisson d'excitation – notre famille a toujours été bizarre, mais n'a jamais compté de criminels –, jusqu'à ce que je poursuive ma lecture. Au final, même si deux ou trois de ses anciens clients l'ont accusé d'escroquerie, il a juste été prouvé qu'oncle Anders était un mauvais conseiller. Pas de quoi faire la une des journaux new-yorkais. Du coup, ma mère n'était pas au courant. Elle n'a pas paru particulièrement choquée quand je lui en ai parlé.

« Aucun individu doué du minimum de bon sens ne ferait appel à Anders pour gérer ses finances. »

« Pourquoi ? Je croyais qu'il était brillant. »

« Oui. Mais il ne s'est jamais soucié que des intérêts d'une seule personne, à savoir lui-même. »

« Et ceux de tante Victoria et de Jonah ? »

« Je te parlais affaires, pas famille. »

Mais vu la façon dont ma mère a pincé les lèvres, elle ne donnait pas cher non plus de ses relations familiales. Ce qui explique peut-être l'expression amère que Jonah affiche à cet instant.

Aubrey scrute la foule qui nous entoure.

– Pas de Granny, déclare-t-elle tristement, à croire qu'elle espérait réellement la trouver sur le quai à notre arrivée. On fait quoi ? On prend un taxi ?

– Ouais, pourquoi pas, dis-je. Sauf qu'il n'y en a pas.

Les yeux plissés par le soleil, je fais descendre mes lunettes à monture d'écaille de tortue sur mon nez.

– Allison.

Il me faut entendre le nom répété plusieurs fois – et voir l'air perplexe de Jonah – pour me demander qui parle. Un homme âgé, frêle, aux cheveux blancs, se tient à côté de moi et me fixe avec des yeux larmoyants.

– Allison, répète-t-il d'une voix basse et un peu tremblante. Tu es revenue. Pourquoi tu es revenue ?

– Je…

Je cherche mes mots tandis que mes yeux font la navette entre l'inconnu, Aubrey et Jonah. On me dit souvent que je ressemble à ma mère – de manière étonnante, ajoutent parfois les gens avec un petit coup d'œil vers mon père – mais c'est la première fois qu'on me prend pour elle. C'est peut-être à cause de la robe ? Des lunettes de soleil ? Ou alors il a un Alzheimer.

– Mildred est au courant ? demande-t-il d'un air agité. Elle n'aimerait pas cela, Allison. Elle n'aimerait pas cela du tout.

Mes cheveux se dressent sur ma nuque.

– Je ne suis pas Allison, dis-je en enlevant mes lunettes.

Le vieil homme sursaute avec un mouvement de recul et son talon bute sur un pavé. Il trébuche, mais Aubrey se précipite à la vitesse de l'éclair pour le rattraper par le bras.

– Ça va, monsieur ?

Il continue à me dévisager sans lui répondre, comme s'il avait vu un fantôme.

– Vous connaissez notre grand-mère ? ajoute-t-elle. Mildred Story ? Elle, c'est Milly, la fille d'Allison. Je suis Aubrey, la fille d'Adam. Et lui, c'est Jonah. Il…

– Adam, dit l'homme d'une voix faible. Adam est ici ?

– Non, non, répond Aubrey avec un grand sourire. Il n'y a que moi. Je suis sa fille.

L'homme prend un air égaré et attristé, et se met à fouiller nerveusement une poche de son gilet comme s'il venait de se rendre compte qu'il avait perdu quelque chose.

– Ah, Adam. Il possédait les germes de la grandeur. Mais il les a gâchés. Quelle inconscience… Un seul mot de lui et tout aurait pu se passer autrement.

– Qu'est-ce qui aurait pu se passer autrement ? demande Aubrey, dont le sourire s'est effacé.

– Papi !

Une voix inquiète flotte jusqu'à nous, et je vois arriver à grands pas une fille de notre âge. Elle est petite et musclée, la peau mate parsemée de taches de rousseur avec un nuage de cheveux bruns. Ses poignets disparaissent sous une accumulation de bracelets en cuir tressé.

– Je t'avais dit de m'attendre devant L'Angélique ! Pas moyen de se garer, avec ces foutus touristes…

Et puis elle se tait en nous remarquant enfin. Aubrey est toujours accrochée au bras de son grand-père.

– Enfin, je parle de ceux qui continuent de descendre… Tout va bien ? lui demande-t-elle.

Il cligne plusieurs fois des paupières, lentement, comme s'il essayait de se souvenir qui elle est.

– Très bien, Hazel. Très bien, murmure-t-il. Juste un petit coup de fatigue.

Elle le prend par le bras et Aubrey bat en retraite.

– Je crois qu'il a été surpris de nous voir, explique celle-ci d'un air d'excuse, bien que la surprise soit plutôt de notre côté. Apparemment, il connaît notre grand-mère.

– Ah bon ? fait Hazel. C'est qui, votre grand-mère ?

– Euh, Mildred Story ? répond Aubrey, comme si elle doutait que la fille puisse la connaître.

Mais Hazel écarquille les yeux.

– Sans blague ! Vous êtes des Story ? Qu'est-ce que vous venez faire ici ?

– Travailler dans l'hôtel de notre grand-mère pour l'été, dit Aubrey.

Les yeux de Hazel passent sur chacun d'entre nous avec un intérêt non dissimulé.

– Wouah. C'est la première fois que vous venez ?

Aubrey et moi hochons la tête.

– Tu ne pouvais pas me dire que les petits-enfants Story passaient l'été ici ? dit Hazel à son grand-père en lui pressant le bras. Tu devais le savoir, toi.

– Non, réplique-t-il en se remettant à fouiller dans sa poche.

– Tu as dû oublier.

Elle se tourne vers nous pour ajouter à mi-voix :

– Mon grand-père en est au premier stade d'Alzheimer. Par moments, tout va bien, mais à d'autres, il s'embrouille totalement. C'est un ami de Mme Story. Et comme c'était aussi son médecin de famille, il a bien connu vos parents. Au fait, il s'appelle Fred Baxter-Clement. Et moi, c'est Hazel Baxter-Clement.

– Mais oui ! m'exclamé-je. Ma mère dit toujours qu'il devait être le seul médecin au monde qui continuait à assurer des visites à domicile.

– Oui, enfin, pour *votre* famille, précise Hazel avec un sourire.

– Mon père disait ça aussi, enchérit Aubrey. Et que c'est grâce à ton grand-père qu'il a pu reprendre le hockey au lycée après sa blessure au genou.

On se tourne vers Jonah au cas où il aurait de l'eau à apporter au moulin, mais il se contente de fixer son portable. Toujours aussi grossier, quoi.

– D'après Yelp, il faut aller à Hurley Street pour trouver un taxi.

– C'est juste au bout de la rue, dit Hazel en pointant le doigt sur la gauche.

Alors que je saisis les anses de mon sac, elle ajoute :

– Dites, c'est peut-être un peu bizarre de vous demander ça alors qu'on vient juste de se rencontrer, mais… en fait, l'an dernier, j'ai présenté un projet sur les premiers colons dont les descendants continuent à prospérer à l'ère numérique, dans lequel je parle de votre famille. Je prépare un master d'histoire à Boston. Comme mon prof a bien aimé mon travail, je pense en faire mon sujet de mémoire. Vous pensez que je pourrais vous interviewer un de ces jours ?

Devant notre absence de réaction, elle appuie sa demande par un sourire enjôleur.

– Pas de questions pièges, promis.

Je remets mes lunettes pour éviter son regard. Même des questions innocentes peuvent prendre une tournure scabreuse quand on s'appelle Story.

– Euh… Je ne sais pas si on aura beaucoup de temps libre.

– Je comprends. Je peux vous laisser mon numéro au cas où ? Et si vous avez envie de découvrir les trucs sympas à faire sur l'île, ça me ferait plaisir de vous servir de guide.

Elle se tourne vers Jonah, qui a toujours son portable à la main, et lui donne son numéro. Je ne peux pas dire s'il le note réellement ou s'il fait semblant.

– Bienvenue sur l'île! conclut-elle, Allez, viens, papi, on va manger une glace.

Le Dr Baxter, qui attendait tranquillement, appuyé sur son bras, semble tiré de sa rêverie par la voix de sa petite-fille et se concentre de nouveau sur moi.

– Tu n'aurais pas dû revenir, Allison, me dit-il d'un air sombre.

– Ce n'est pas Allison, papi, lui rappelle Hazel. Tu confonds.

Puis, avec un sourire et un signe de la main, elle l'entraîne vers le café qui se trouve derrière nous.

– À plus!

– Ça, c'était chelou, commente Aubrey après les avoir regardés disparaître à l'intérieur.

Puis elle glisse son sac à dos sur son épaule, agrippe sa valise et prend la direction de Hurley Street. Tandis que j'hésite devant mes bagages, Jonah pousse un gros soupir et s'empare de mes deux grosses valises.

– Tu pourras gérer le reste, princesse? me demande-t-il par-dessus son épaule en les tractant sur les pavés.

– Je pense que oui, grommelé-je.

S'il s'était dispensé de m'appeler « princesse », il aurait eu droit à un merci.

– Waouh, lâche Jonah quand le taxi arrive à destination.

L'hôtel de l'Anse aux Mouettes se dresse majestueusement sur la côte sauvage, à l'opposé du débarcadère. C'est un croisement entre manoir victorien et spa de luxe, ce qui fonctionne bien mieux qu'on ne pourrait le croire. C'est aussi la plus grosse construction que j'aie vue ici, bâtie sur quatre niveaux, avec je ne sais combien de fenêtres par étage. Elle est peinte dans un blanc immaculé, entourée de buissons en fleur de toutes les couleurs, taillés au cordeau. La pelouse est d'un vert plus vrai que nature. Même l'allée qui mène à l'entrée semble toute lisse et fraîchement bitumée.

– Bon séjour, nous souhaite le chauffeur en descendant du taxi pour nous aider à sortir nos bagages du coffre. Vous êtes là pour un moment, on dirait.

Je lui tends un billet de dix pour régler notre course à sept dollars.

– On peut dire ça.

– On est censés passer prendre nos dossiers administratifs dans le bureau d'Edward Franklin, nous précise Aubrey, le nez dans son portable. Rez-de-chaussée, près de l'entrée.

– On n'a qu'à tout laisser ici, suggère Jonah en regroupant nos affaires en bordure de l'allée.

Il lève les yeux au ciel face à mon air sceptique.

– Oh, c'est bon ! Avec des chambres à huit cents dollars la nuit, ça m'étonnerait qu'on te pique tes valises.

– La ferme, dis-je entre mes dents en récupérant ma sacoche d'ordi avant de passer devant lui.

Chaque fois qu'il ouvre la bouche, je me demande si j'ai bien fait de venir.

Dans le vaste hall, un concierge souriant nous indique le bureau d'Edward Franklin. On passe devant les ascenseurs et on s'engage dans un étroit couloir au sol tapissé d'une épaisse moquette. Je suis tellement absorbée dans l'observation des photos encadrées qui ornent les murs – à la recherche d'un portrait de ma grand-mère, voire de ma mère, parmi les visages souriants – que je manque de foncer dans Aubrey lorsqu'elle s'arrête.

– S'il vous plaît ? lance-t-elle en frappant à la porte. C'est ici qu'on récupère les formulaires d'embauche ?

– Oui, oui, répond une voix cordiale. Entrez !

On pénètre dans une petite pièce dont l'élément principal est un gros bureau en noyer, derrière lequel est assis un homme souriant, cerné par des dossiers entassés à la va-vite. Il a des cheveux blonds presque blancs coiffés sur le côté, à la Drago Malefoy, et porte une chemise blanche impeccable ainsi qu'une cravate à motifs de poissons bleu vif.

– Bonjour. Désolé pour le bazar, on est un peu désorganisés en ce moment.

– Vous devez être Edward, dis-je.

Ça paraît logique, étant donné qu'il occupe le bureau d'Edward.

Mais Drago version sympa secoue la tête.

– Non, moi c'est Carson Fine, responsable de l'hospitalité à l'Anse aux Mouettes. Mais j'assure également les fonctions d'Edward le temps qu'on lui trouve un remplaçant.

– Il est absent ?

– Il est parti avant-hier, un peu abruptement. Mais ne vous inquiétez pas, le programme des embauches saisonnières continue sans lui. Il me faut juste vos noms, s'il vous plaît.

– Milly Story-Takahashi, Aubrey Story et Jonah Story, dis-je.

La main de Carson s'immobilise au-dessus de son clavier.

– Incroyable ! Vous êtes au courant que vous portez le même nom que la propriétaire de l'hôtel ? C'est drôle, non ? Je ne pense pas qu'on ait jamais vu passer un seul Story, et voilà qu'on en a trois d'un coup.

Ses yeux bleus pétillent.

– Dommage que vous ne soyez pas de la même famille pour de vrai, hein ?

Jonah s'éclaircit la gorge tandis qu'Aubrey et moi échangeons un petit regard perplexe. Comment ce gars peut-il ignorer qui on est ? C'est pourtant le genre de sujet dont les gens doivent parler ici, même ceux qui ne s'occupent pas des embauches.

– Nous *sommes* de la même famille, dis-je. On est ses petits-enfants.

– Mais bien sûr, glousse Carson. Ah, c'est beau de rêver !

Mais comme personne n'ébauche un sourire, le sien finit pas disparaître.

– Attendez, vous êtes sérieux, là ?

– Edward ne vous a pas prévenus ? On a commencé à en discuter avec lui en avril.

Puis, prise par le besoin soudain de prouver mes dires, je sors de mon sac d'ordinateur une chemise remplie des échanges que j'ai eus avec Edward.

– Tout est là, si vous voulez vérifier.

Carson prend la chemise, mais y jette à peine un coup d'œil avant de me la rendre.

– Il ne m'a même pas prévenu ! C'est incroyable, ça. Ah, Edward, espèce de nul ! Si tu n'avais pas disparu, je te virerais. Voyons s'il m'a laissé un mot, au moins.

On le regarde taper frénétiquement sur son clavier dans un silence inconfortable. Puis son expression se détend.

– Bon, je ne trouve pas de précisions, mais la bonne nouvelle, c'est que votre grand-mère est à l'hôtel en ce moment même. Nous venons de finir de rénover la salle de bal pour le gala d'été et elle est en train de procéder à une visite de chantier. Si vous pouvez attendre quelques minutes, je vais la chercher.

– Quoi, maintenant ? demande Aubrey en ouvrant de grands yeux.

Carson se lève d'un bond, avec l'énergie de celui qui est décidé à réparer un accueil défaillant.

– Pourquoi remettre à plus tard ? Je reviens tout de suite.

Et il file dans le couloir en nous laissant plantés tous les trois dans son bureau.

J'essuie mes paumes moites sur ma robe. Moi qui pensais être prête à rencontrer ma grand-mère, maintenant que c'est imminent, je me rends compte que… non. Je n'arrive plus à penser. Il n'y a pas un bruit, à part le grésillement ténu d'une musique d'ambiance émise par un haut-parleur invisible. Au bout de quelques secondes, je reconnais un accord familier et je manque d'éclater de rire. C'est *Africa*, de Toto, la chanson préférée de ma mère quand elle était jeune. Sur la seule vidéo d'elle qu'elle ait conservée, et que j'ai regardée des dizaines de fois, on la voit, petite, chanter *Africa* sur la plage avec mes oncles.

Cette musique paraît curieusement appropriée pour accompagner les pas qui résonnent dans le couloir, ainsi que la voix de Carson s'exclamant avec fougue :

– Quelle chance que je vous aie rattrapée avant votre départ, madame Story !

Le temps d'entendre Aubrey déglutir et… la voilà. Debout devant moi pour la première fois de ma vie. L'insaisissable, l'excentrique, la mystérieuse Mildred Story.

Ma grand-mère.

Je note les détails un à un. D'abord les bijoux, une déformation chez moi. Elle porte un double rang de perles grises chatoyantes, mises en valeur par sa veste de tailleur noire, et des boucles d'oreilles assorties. Ses talons sont d'une hauteur impressionnante pour une femme de plus de soixante-dix ans, et sa tenue est parachevée par un petit chapeau à voilette. Elle a l'air parée pour se rendre aux funérailles d'un vieux politicien. Son sac est en peau de crocodile luisant, orné d'un fermoir en or bien reconnaissable. J'ai vu assez de faux Hermès à New York pour reconnaître un authentique Birkin à vingt mille dollars.

Si l'âge a émoussé les célèbres pommettes hautes de Mildred, son maquillage est aussi impeccable que sur toutes les photos que je connais d'elle. Mais le plus frappant, ce sont ses cheveux. Noués en chignon bas, ils sont d'un blanc si pur, si éclatant que je doute que ce soit leur couleur naturelle.

Son regard va de Jonah à Aubrey – qui ne ressemblent à leurs pères ni l'un ni l'autre – avant de se poser sur moi avec une lueur de reconnaissance.

– Ainsi, c'est vrai, déclare-t-elle d'une voix un peu enrouée. Vous êtes bien là.

Je dois résister à l'impulsion d'incliner la tête.

– Merci de nous avoir invités.

Mildred prend une rapide inspiration en fronçant les sourcils.

– Invités… répète-t-elle.

On se dévisage un moment. Puis Carson s'éclaircit nerveusement la gorge et le visage de ma grand-mère se change en un masque lisse et sans expression.

– Bien sûr, dit-elle en passant son sac Hermès sur l'autre bras. Vous devez être épuisés par le voyage. Carson, veuillez les accompagner dans l'aile des saisonniers. Mon assistante vous contactera pour vous proposer un moment plus adapté afin que nous puissions bavarder.

Derrière elle, Carson prend un air consterné.

– Oui, oui, absolument. Je suis désolé. J'aurais dû le faire immédiatement.

– Inutile de vous agiter, réplique froidement Mildred. Tout va très bien.

Mais je ne suis pas dupe. Dans les quelques secondes que ma grand-mère a mises à reprendre contenance, une pensée s'est dégagée du brouillard de mon cerveau avec une précision chirurgicale.

Elle ne se doutait pas une seconde de notre venue.

ALLISON (18 ANS)

JUIN 1996

Le ferry accostant sur la côte opposée de l'île, Allison ne distinguait depuis la terrasse de la villa qu'une vaste étendue de mer qui se fondait dans le bleu du ciel. Mais l'effervescence qui régnait autour de la maison ne laissait aucun doute : la saison d'été commençait, et Adam et Anders seraient bientôt de retour pour les vacances.

Sa mère avait voulu organiser une fête pour le retour de ses frères, mais avant même d'avoir commencé à la planifier, elle avait été débordée par l'ampleur de la tâche. Alors Theresa, son assistante, était intervenue, en bonne sauveuse efficace qu'elle était devenue depuis la mort d'Abraham Story six mois plus tôt. Une armée considérable œuvrait aux préparatifs de l'événement prévu ce soir-là, installant une estrade pour l'orchestre, accrochant des guirlandes d'ampoules dans tous les arbres et montant des chapiteaux blancs sur la pelouse, sur le flanc de la maison. Les invités y dîneraient de homard, d'huîtres et d'œufs de caille à la russe, la spécialité de l'île. Même si elle ne voyait pas la plage qui s'étendait en contrebas, Allison savait qu'une équipe s'y activait pour préparer un feu d'artifice plus spectaculaire que celui de la fête nationale de nombreuses grandes villes.

– Tu crois qu'on aura droit à tout ça, nous aussi, quand on reviendra de la fac à la fin de l'année ?

Le petit frère d'Allison, Archer, s'affala en souriant sur une chaise de jardin à côté d'elle, sans trop savoir quoi faire de ses jambes. À dix-sept ans, après une croissance tardive, il n'avait rattrapé que récemment le mètre quatre-vingt-deux d'Adam et n'avait pas encore apprivoisé ses nouvelles proportions.

– Mère n'en a pas fait autant pour Adam l'an dernier, en tout cas, lui rappela Allison. Je pense que c'est juste parce que c'est spécial cette année.

Leur frère aîné était à Harvard depuis deux ans, et le cadet, Anders, l'avait rejoint à la dernière rentrée. Allison romprait avec la tradition familiale en partant étudier à New York en septembre prochain.

Archer voûta les épaules, paraissant soudain bien plus petit et bien plus jeune.

– Je sais, dit-il. C'est bizarre, non, que la maison puisse être aussi pleine tout à coup, et en même temps… tellement vide.

Allison sentit sa gorge se nouer.

– Sans Père, ça ne ressemble pas à une fête chez les Story.

Son frère lui répondit par un sourire triste.

– Encore moins s'il y a des huîtres. Il avait horreur de ça !

Tous deux prirent une voix grave pour imiter leur père :

– La morve de la mer !

Ils lâchèrent des rires sans joie et Archer ajouta :

– Franchement, il n'avait pas tort. Même avec des tonnes de citron, c'est répugnant.

Presque tous les jours depuis la mort de leur père, Allison avait la sensation que le vide laissé par sa personnalité excentrique était impossible à combler, que la blessure de son absence ne cicatriserait jamais totalement. Mais de temps en temps – le plus souvent lors de moments de tranquillité avec Archer, semblables à celui-ci –, elle parvenait à imaginer un avenir dans lequel ses souvenirs deviendraient plus doux qu'amers. Quelque part, elle voulait continuer à les cultiver, mais les derniers mois lui avaient appris à quel point il était difficile de ne pas se laisser submerger par le chagrin. Si elle se mettait à s'apitoyer juste avant la grande soirée de sa mère, elle aurait du mal à y arborer le sourire qu'on attendait d'elle.

Archer parut faire le même constat. Il se laissa aller en arrière sur sa chaise, les mains derrière la tête, et croisa les chevilles, l'informant par ce changement de position que le sujet était clos.

– Sur une échelle de un à dix, demanda-t-il, tu crois que Harvard a aggravé le côté insupportable d'Anders de combien ?

– Vingt.

Ils rirent de nouveau.

– T'as sans doute raison, acquiesça Archer. Mais j'ai hâte de voir Adam.

Archer vénérait leur frère aîné à un degré qu'Allison ne partageait pas, mais elle était contente qu'il revienne. Il avait un talent unique pour faire sourire leur mère.

– Je lui ai parlé juste avant qu'il parte de chez lui et il m'a promis de venir à la fête de Rob Valentine samedi. On n'a plus qu'à persuader Anders.

– Je n'ai jamais dit que j'irais, signala Allison.

À partir du collège, tous les enfants Story avaient fréquenté une pension en banlieue de Boston, et seul Archer avait conservé – et développé – les amitiés qui s'étaient formées à l'école primaire de l'île. Ces dernières années, il passait chaque été à tenter de convaincre ses frères et sœur de l'accompagner à des fêtes. Mais aucun des trois autres n'avait son aisance pour s'intégrer.

– Allez, insista Archer. On va bien se marrer!

Sa sœur leva les yeux au ciel.

– La débâcle Kayla-Matt ne t'a pas servi de leçon?

– Oh, c'est de l'histoire ancienne.

– Pas pour Anders.

Allison se redressa vivement en tendant l'oreille.

– Mère m'a appelée, non?

– Je ne crois pas…

Archer sursauta tandis qu'un «Allison!» ténu mais distinct flottait jusqu'à eux depuis l'intérieur de la maison.

– Tu as raison. Ton ouïe supersonique a encore frappé.

Allison se leva et traversa la terrasse vers la porte vitrée du petit salon au moment où leur mère y entrait.

– Ah, Allison, Dieu soit loué, tu es là.

Mère avait déjà revêtu sa tenue de soirée, fourreau blanc, sandales argentées et bijoux en diamant jonquille. Ses cheveux étaient ramassés dans un chignon lâche dont quelques mèches bien choisies s'échappaient pour venir adoucir les angles aigus de son visage. Elle portait son rouge à lèvres fétiche et un smoky eyes exécuté à la perfection, comme toujours. Il fallait la regarder attentivement pour détecter toute sa tension sous le maquillage. Mildred Story n'avait pas le sens inné de l'accueil. Elle s'était toujours reposée sur le caractère liant de son mari pour naviguer dans les réunions mondaines.

– Tu peux aller voir les bouquets sous les chapiteaux et me dire ce que tu en penses? demanda-t-elle. Theresa les a commandées chez le nouveau fleuriste de Hurley Street. Fleurs Brewer, quelque chose comme ça. C'est la première fois qu'elle fait appel à eux, et je crains qu'elle ne les ait choisis que parce que Matthew travaille là-bas. Je viens de jeter un coup d'œil aux bouquets, ils me paraissent légèrement déséquilibrés.

– Déséquilibrés ? Comment ça ? demanda Allison.

– Un peu trop chargés en arums.

Mère se tordit les mains, puis les fixa d'un air soucieux. Ses mains étaient la cause d'une nouvelle angoisse chez elle : elle s'était persuadée que, en avance sur son visage, elles trahissaient l'approche de la cinquantaine. Allison les desserra doucement en les pressant dans un geste apaisant.

– Je suis sûre que ces bouquets sont magnifiques. Mais je vais aller voir ça.

Elle sortit du petit salon en refermant la porte. Elle entendait d'ici ce qu'aurait dit son père : « Indépendamment de ton avis personnel sur le sujet, Allison, ta mission dans l'immédiat est de rassurer ta mère sur le fait que chaque vase contient exactement le bon nombre d'arums. » Au moins, c'était dans ses cordes.

Traversant pieds nus les pièces aux parquets cirés et aux dallages de marbre, elle s'arrêta à l'entrée de service pour enfiler les sandales qu'elle y avait laissées. Le niveau sonore était sensiblement plus haut à l'extérieur, entre les voix, les bruits des menus travaux et les accords de guitare de l'orchestre qui faisait les balances. Le parfum du chèvrefeuille flottait partout, montant des buissons qui tapissaient ce côté de la maison. En tournant à l'angle, Allison faillit rentrer dans deux personnes en train d'observer la mer de chapiteaux qui s'étendait devant eux.

Donald Camden, l'avocat de Mildred Story, posa la main sur son bras.

– Bonjour, Allison. Où cours-tu comme ça ?

– Oh, euh…

Elle hésita en découvrant qu'il était en compagnie de Theresa. Elle ne se voyait pas avouer que sa mère venait de l'envoyer inspecter les bouquets parce que celle-ci soupçonnait son assistante d'avoir choisi un fleuriste médiocre par favoritisme.

– Je voulais juste voir où ça en était.

Theresa lui adressa un sourire amical. Elle était veuve, elle aussi, mais contrairement à Mildred, ne craignait pas de paraître son âge. Les cheveux grisonnants, elle était ronde et se distinguait par sa préférence pour les robes simples et les chaussures confortables en toutes circonstances.

– Tu me donneras ton avis, lui glissa-t-elle dans un murmure complice en posant la main sur son bras. Entre nous, le niveau d'exigence de ta mère est assez intimidant.

– À qui le dites-vous ! fit Allison en riant, soulagée d'avoir une excuse pour mettre son nez dans les préparatifs.

Traversant la pelouse, elle sentit qu'elle se redressait en rejetant les épaules en arrière à mesure que les gens s'écartaient avec déférence sur son passage. Généralement, elle essayait plutôt de se fondre dans le décor dans les réceptions données par ses parents. Mais ce soir, ce serait différent. Sa mère avait besoin d'elle dans le rôle de la maîtresse de maison, pas dans celui de l'ado réservée.

Une fois dans le chapiteau le plus proche, elle prit le temps d'apprécier à leur valeur les talents de Theresa. Tout était superbe : les nappes blanches, les chaises garnies de coussins, aux dossiers ornés de gros rubans vaporeux, l'argenterie et les verres en cristal étincelants, et, oui, les fleurs. Elles jaillissaient de vases blancs opalins posés au centre de chaque table, un festival de roses au blanc crémeux, d'orchidées vert pomme, d'une variété de succulente à plumetis dont Allison ignorait le nom et d'arums d'un éclatant rouge velouté.

Elle n'aurait rien pu imaginer d'aussi parfait.

– Alors, Allie, satisfaite ? fit une voix.

En se retournant, Allison se trouva nez à nez avec Matt, le fils de Theresa, vêtu d'un tee-shirt à l'emblème de Fleurs Brewer, et le maintien plein d'assurance qu'elle s'était soigneusement fabriqué s'envola.

– Personne ne m'appelle comme ça, bredouilla-t-elle.

– Dommage, ça te va bien.

Allison resta sans voix jusqu'à ce qu'il ajoute :

– Sérieusement, les bouquets te plaisent ? Parce que ma mère flippe à mort à propos de la fête. Si je dois renvoyer le tout, j'ai peur qu'elle fasse une attaque.

– Ils sont magnifiques, répondit-elle enfin.

Matt essuya sur son front une sueur imaginaire.

– Pfiou. Tu viens d'illuminer toute son année.

Allison se mordit la lèvre pour retenir un sourire. Matt était mignon, charmant, et – bien que le fils de Theresa – persona non grata auprès des jeunes Story. Leurs relations avaient toujours été assez cordiales, jusqu'au dernier Noël, moment auquel il avait commencé à sortir avec Kayla Dugas, la petite amie d'Anders par intermittence à Gull Cove. Ça n'avait pas duré plus de deux mois, mais cela avait suffi à faire de lui l'ennemi juré d'Anders. Allison avait même du mal à se rappeler l'époque où ses frères l'appelaient autrement que « ce connard de Matt Ryan ».

– Anders va bientôt arriver, se surprit-elle à déclarer.

Le sourire de Matt s'effaça.

– Merci pour l'info. Autant que je ne traîne pas dans le coin.

Il regarda le décor éblouissant avant d'ajouter :

– Et puis c'est pas comme si j'étais invité.

– Non, non, ne… Je ne voulais pas…

Et merde. Elle n'avait pas voulu le chasser. Elle aurait dû en vouloir à Matt par solidarité avec Anders, mais il fallait avouer que son frère avait mis dans sa relation avec Kayla le même degré d'investissement que dans tout ce qui ne concernait pas directement le fait d'être Anders : le minimum. Et Matt… était Matt.

Il la gratifia d'un sourire de travers.

– Bah, tout va bien. Tant que les fleurs te plaisent, j'ai rempli ma mission.

Il fit un pas vers elle et ses yeux bleus pétillèrent en enregistrant son tee-shirt délavé et son short de sport.

– Tu mets ça ce soir au gala ? J'aime beaucoup. Très « casual Anse des Mouettes ».

Allison savait qu'il blaguait, mais elle ne put s'empêcher de répondre :

– Si je faisais ça, ma mère tomberait raide morte avant de ressortir de sa tombe pour venir me tuer.

Matt s'approcha un peu plus.

– Elle te tuerait aussi si tu prenais un café avec moi la semaine prochaine ?

Pardon ? Il lui proposait un rencard, là ? Allison ouvrit la bouche pour répondre – quoi, c'était une autre question –, puis la referma en voyant un visage familier apparaître à la porte du chapiteau. Un beau visage, chargé d'attente et quelque peu arrogant. Son frère aîné était de retour de Boston, ce qui impliquait qu'Anders ne devait pas être loin derrière. Allison se redressa en rejetant les épaules en arrière, et dit à Matt avec son sourire le plus Story :

– Je suis sûre que ça ne la dérangerait pas du tout. On n'a qu'à prévoir ça. Mais, il faut que j'y aille, maintenant. Excuse-moi.

Même s'il n'était plus là, Allison savait exactement ce qu'Abraham aurait dit en la voyant prise en tenaille entre ses frères et le garçon pour qui elle craquait : « La famille d'abord, toujours. »

– Hey ! Vous voilà, les gars ! lança-t-elle en ouvrant grand les bras pour accueillir ses frères.

CHAPITRE CINQ

AUBREY

— Comment tu me trouves ? me demande Milly, la main sur la hanche, en se tournant de côté devant le miroir de son placard.

Elle a détaché ses longs cheveux et porte un jean blanc 7/8 et un haut vaporeux à imprimé floral gris et rose.

– Superbe, dis-je en toute sincérité.

Je passe la main sur la couverture élimée rabattue sur mon lit en attendant que ma cousine achève de se préparer. Les chambres des saisonniers sont loin d'arborer le luxe du reste de l'hôtel. Celle que je partage avec Milly est petite et spartiate, meublée de deux lits, deux placards ornés de miroirs, deux bureaux et deux chaises en bois. Les salles de bains sont au bout du couloir, et il faut aller dans la salle commune pour regarder la télé sur grand écran ou s'affaler dans un fauteuil. Les valises de Milly, ne rentrant pas dans son mini-placard, occupent tout l'espace qui sépare les deux bureaux. Cela dit, si toutes ses fringues sont du genre de ceux qu'elle a sur elle, je ne peux pas lui reprocher de les avoir apportées.

– J'adore ton chemisier.

– Merci, me répond-elle en brossant délicatement ses cheveux brillants. Baba me l'a rapporté du Japon en même temps que le gamaguchi qu'elle a pris pour toi.

– C'est vraiment sympa de sa part.

Peu après notre arrivée dans notre chambre, Milly m'a tendu un cadeau de la part de son autre grand-mère. C'est un adorable petit sac à fermoir, en forme de porte-monnaie à l'ancienne et à motif de vagues bleues, parce que, m'a précisé Milly, « elle sait que tu aimes nager ». Ça, ça m'a serré la gorge. Comme mes grands-parents maternels sont morts, je n'ai plus que Granny. Et pourtant, une femme qui n'est même pas de ma famille me manifeste cent fois plus d'attention qu'elle.

Quatre jours ont passé depuis notre arrivée trop bizarre dans le bureau de Carson Fine. Dès qu'on a été tranquilles dans notre chambre, Milly m'a soutenu que Mildred n'était pas au courant de notre venue.

« Tu as vu sa tête ? Elle était sous le choc ! »

« Ouais, enfin, c'est surtout qu'elle ne s'attendait pas à tomber sur nous comme ça. Elle avait dû prévoir un cadre plus formel pour notre première rencontre. Mais elle savait forcément qu'on venait, elle nous a invités ! »

« *Quelqu'un* nous a invités. Mais je ne suis plus du tout sûre que ce soit elle. »

« C'est absurde, ton histoire. »

J'étais sérieuse. Milly se faisait un film. Mais le fait est que, depuis, Granny nous a fait signe une fois et une seule, sous la forme d'un petit mot impersonnel nous informant qu'elle devait se rendre à Boston pour affaires. « *Je vous recontacte à mon retour* », précisait-elle.

Enfin… bon, d'accord, c'est bizarre. Qui disparaît juste après avoir rencontré ses petits-enfants pour la première fois de sa vie ?

Les coups de brosse de Milly se font plus agressifs et ses regards plus noirs dans le miroir.

– Baba aurait mieux fait de nous offrir des tee-shirts avec écrit dessus « Mon autre grand-mère est une pétasse ». Manque de chance, elle n'est pas médium.

Je ne peux pas m'empêcher de glousser, ce qui me fait culpabiliser, alors je change de sujet :

– Je me demande si Granny a lu l'article.

Dimanche, *La Gazette de Gull Cove* a publié un papier intitulé NOUVEAU CHAPITRE DANS LA SAGA DES STORY : LE RETOUR DES PETITS-ENFANTS À GULL COVE. On ne sait pas avec certitude qui les a tuyautés. Milly soupçonne Hazel, la fille qu'on a croisée en débarquant sur le quai, mais je voterais pour Carson Fine. Depuis notre arrivée, il nous traite comme si on était les duchesses de l'île. Il n'arrête pas de nous accorder des petits privilèges, comme nous laisser la Jeep de l'hôtel ou nous filer les meilleurs plannings. Je suis maître-nageuse dans une piscine qui ouvre à 6 heures du matin mais je ne commence jamais avant 10 heures. Jonah et Milly travaillent dans deux des restos de l'hôtel. Je n'ai presque pas parlé avec Jonah, mais je sais que Milly travaille trois heures par jour grand maximum.

– N'empêche que quelqu'un a prévenu le journal, fait Milly.

Hier après-midi, des enveloppes d'un blanc crémeux sont apparues dans nos boîtes à lettres. J'ai pensé que ça devait encore venir de Granny, mais c'était totalement autre chose.

À : Aubrey Story, Jonah Story et Milly Story-Takahashi

Me Donald S. Camden requiert le plaisir de votre présence

lors d'un déjeuner mercredi 30 juin à 13 heures.

Restaurant L'Étoile

RSVP à Melinda Cartwright

mcartwright@camdenandco.com

« Oh, c'est pas vrai, a lâché Milly en le lisant. Donald Camden. À tous les coups, il va nous bannir de l'île comme nos parents. » Et elle a ajouté une octave plus bas : « *Vous savez ce que vous avez fait.* »

« Il n'a pas le droit », ai-je objecté faiblement.

Mais au fond, je n'en sais rien. Plus le temps passe sans nouvelles de Granny, moins j'ai de certitudes. Au moins, on saura bientôt à quoi s'en tenir : il est 12 h 45 et la voiture que Donald Camden nous envoie devrait être là d'une minute à l'autre.

Milly met sa deuxième boucle d'oreille.

– Bon, parlons de sujets plus agréables, propose-t-elle. Des nouvelles de ton copain ? Tu ne lui manques pas trop ?

Instinctivement, je sors mon portable. Juste avant que mon avion décolle de Portland vendredi, Thomas m'a envoyé un « Passe un bel été ! » avec un gif de vagues déferlantes. Ça m'a paru étrangement… définitif. Je n'ai rien reçu depuis, alors que je lui ai envoyé des nouvelles tous les jours et même laissé deux messages vocaux. Je sais bien qu'il y a le décalage horaire et qu'il n'a pas le droit de se servir de son portable pendant son travail, mais quand même.

– Ce n'est pas vraiment le genre à se languir.

Ma cousine jette un bref regard à mon reflet dans le miroir, comme si elle pesait le pour et le contre d'une nouvelle question, avant de prendre un tube de gloss.

– Dans ce cas, tu as mon feu vert pour draguer qui tu veux chez les… Tobis, reprend-elle en butant sur le dernier mot.

– Tohis, rectifié-je.

C'est ainsi que les habitants de l'île appellent les saisonniers de l'hôtel qui sont encore au lycée. On n'est pas logés avec les employés à l'année, et on bénéficie d'activités de « *team building* » supplémentaires (à savoir, jusqu'ici, un feu de camp sur la plage le premier soir et un tournoi de volley hier). On a même eu droit à des tee-shirts arborant le mot « Tohi » en lettres attachées. Je portais encore le mien il y a quelques minutes avant de me changer. Milly a tout de suite remisé le sien au fond d'un tiroir.

En règle générale, les Tohis n'ont pas vraiment besoin de travailler. Le coloc de Jonah, Efram, est le fils d'une star de RnB du début des années 2000. Un autre a une mère sénatrice, et les parents de notre voisine, Brittany, ont développé l'appli de messagerie que tout le monde utilise dans mon lycée. Presque tous les saisonniers sont ici pour se faire une expérience, ou pour le prestige, ou juste parce que ça leur permet de ne pas rester chez eux.

Je vois Milly froncer les sourcils dans le miroir.

– Je ne comprends pas d'où vient ce nom. Ça veut dire quoi, Tohis ?

Elle n'a pas dû lire la brochure d'accueil avec autant d'attention que moi.

– Un tohi, c'est un oiseau, une espèce qu'on ne voit sur l'île qu'en été.

– Sympa, commente platement Milly.

J'ai déjà pu constater qu'elle n'avait pas tellement l'esprit « *team building* ». Alors que moi, si. J'ai toujours fait partie d'une équipe dans un sport ou un autre jusqu'au collège, époque où je me suis concentrée exclusivement sur la natation. Maintenant, en regardant ma cousine se préparer, je suis frappée par l'idée que, bien que mon équipe et Thomas soient les deux piliers de ma vie depuis mes treize ans, je me sens très loin d'eux, ici. Cette pensée me donne un sentiment de solitude qui s'abat comme une chape de plomb sur mes épaules.

Je me lève et je me secoue comme avant une compétition pour chasser mes idées noires.

– On passe prendre Jonah ou pas ?

– Pas utile, réplique Milly sans états d'âme. On le verra bien assez tôt.

Je jette un dernier coup d'œil à mon reflet. Ma queue-de-cheval n'a pas bougé, je suis prête. En seconde, j'ai traversé une brève phase « préparatifs interminables avant de sortir le soir », jusqu'à ce que Thomas me signale qu'il ne voyait pas la différence.

– Franchement, je m'attendais à pire avec Jonah, dis-je. Il oublie quand même d'être désagréable de temps en temps.

– De temps en temps, souligne Milly avec une grimace.

Mon portable vibre. Je consulte l'écran avec espoir, mais ce n'est que mon père. Encore. Ma mère m'a envoyé des tas de messages au début pour me poser des questions sur Milly et Jonah, sur le voyage, sur l'hôtel. Elle m'a aussi informée qu'elle allait passer « un peu de temps » chez ma tante. De son côté, mon père ne m'envoie que des déclinaisons d'une seule et même question : « Comment ça se passe avec ta grand-mère ? »

Je range mon portable. J'ai passé ma vie à tout lâcher pour accourir dès que mon père m'appelait. Pour une fois, il attendra.

La voiture envoyée par Donald Camden est spacieuse mais un peu juste pour trois personnes à l'arrière. Jonah s'est porté volontaire pour monter devant. À mon avis, il a dû le regretter en découvrant que notre chauffeur est une pipelette.

– Vous avez eu l'temps de visiter l'île, ou on vous fait trop trimer pour ça ? nous demande-t-il en prenant Ocean Avenue, la route au nom super original qui longe quelques-unes des plages principales de Gull Cove.

Jonah se contentant de répondre par un grognement, je me penche en avant pour me dévouer.

– En fait, ça ne fait que quatre jours qu'on est là. On est allés à la plage la plus proche de l'hôtel et on est passés deux fois au village.

– Vous avez pas remarqué qu'il manque quelque chose, ici ? lance-t-il du ton du gars qui va révéler un secret croustillant.

Secret qu'il révèle sans me laisser répondre :

– On n'a pas une seule chaîne de magasins ni de fast-food. Et c'est pas faute d'avoir essayé, j'vous l'dis. Surtout Starbucks. Nous, ici, on soutient le commerce local.

Jonah, plongé dans son portable, se réveille brièvement.

– Bravo, dit-il avec plus d'enthousiasme qu'il n'en a jamais montré jusque-là.

Milly donne un petit coup dans son dossier.

– Pourquoi ? Tu détestes Starbucks autant que tu détestes… (elle plisse le visage en signe d'intense réflexion) tout le reste ?

Il ne se fatigue même pas à répondre et le chauffeur reprend sur sa lancée :

– On va voir plusieurs plages en chemin. Celle-là, c'est la plage des Mille-Sous, très fréquentée par les familles. On l'appelle comme ça parce qu'on trouvait toujours des pièces dans le sable, dans l'temps. On raconte que tous les étés, l'gars qui a fondé l'hôtel de l'Anse aux Mouettes y enterrait plusieurs centaines de dollars en p'tites pièces, pour que les mômes puissent faire des chasses au trésor. J'peux pas dire si c'est vrai, mais c'qui est sûr, c'est qu'on a arrêté de trouver d'la monnaie pas longtemps après sa mort.

Je me retiens de confirmer. De toutes les légendes de la famille Story, celle où mon grand-père le magnat sortait en douce la nuit pour réalimenter la plage en piécettes est la préférée de ma mère. Mon père la lui a racontée à leur première rencontre, à une fête chez un ami, et elle dit toujours qu'elle est tombée plus ou moins amoureuse dès ce soir-là. Je ne m'étais jamais fait la réflexion que la première chose qui l'a attirée chez mon père était l'aura projetée par la générosité d'un autre.

Un coup d'œil en direction de Milly m'informe qu'elle aussi, elle connaît l'histoire de la plage des Mille-Sous. Mais on se tait. On ne va pas se lancer là-dedans pendant un trajet aussi court.

On s'arrête à un feu rouge et le chauffeur poursuit son monologue en nous désignant une étendue de sable gris sur notre droite.

– Et ici, on a la plage des Canots…

Je tressaille.

– La plage des Canoës ?

– Non, des Canots, avec un *t*.

– Est-ce que… ? On peut s'arrêter une minute ? C'était, euh… la plage préférée de mon père.

– C'est vrai ? demande Milly alors que notre chauffeur se gare au bord de la route.

– C'est pas la plus jolie, j'trouve, mais allez-y, jetez un œil.

Je sors de la voiture, Milly sur les talons. Une mince bande d'herbe sépare la route de la petite plage en forme de croissant de lune. Le sable est grossier et plein de cailloux, la végétation maigre et desséchée. Ici et là, il y a des gens sur des serviettes de bain colorées, mais je me serais attendue à en voir davantage en pleine saison.

Milly met ses lunettes de soleil.

– C'était *ça*, la plage préférée d'oncle Adam ?

– Tu n'as pas lu son livre, *Un silence bref et brisé* ?

– Ben… non. J'ai essayé, mais c'était un peu…

– Soûlant. Je sais. Le personnage principal – qui, évidemment, est une sorte de double de mon père – parle toujours d'une plage près de là où il a grandi. La plage des Canoës. Et il y a une phrase qu'il répète en boucle : « *C'est là que tout s'est mis à déraper.* »

– Ah.

Milly garde le silence un moment avant de signaler :

– Sauf que ça, c'est la plage des Canots.

– Ouais. C'est le côté super créatif de mon père. La femme du personnage principal s'appelle Magda alors que ma mère, c'est Megan. Et le nom de sa fille, c'est Augie.

– Augie ? fait Milly en plissant le nez.

– Diminutif d'Augusta.

– OK… Et alors ? Tu penses qu'il est arrivé un truc à ton père sur cette plage ?

C'est exactement la façon dont il le formulerait. Il dit toujours que les choses lui *arrivent*, comme s'il n'avait aucun contrôle sur elles. Mais ça ne se passe pas comme ça. En ce qui le concerne, en tout cas, elles ne se produisent jamais par hasard.

– Pas forcément. Ça m'amuse de la voir, c'est tout.

Un raclement de gorge bruyant nous fait nous retourner. C'est Jonah, qui nous fixe d'un œil noir par la vitre.

– Bon, vous avez fini de faire du tourisme, ou vous préférez qu'on annule le déjeuner pour continuer à admirer la plage la plus moche du monde ?

– Trois jours, pas plus, marmonne Milly en regagnant la voiture. C'est le max que je pourrai tenir avant de le tuer.

L'Étoile est le restaurant classique pour petits vieux : papier peint à fleurs et chaises basses ornées de coussins. Tous les plats figurant sur le menu bordé d'un filet d'or sont rôtis au four et coûtent au moins trente dollars.

– Si vous avez envie de quelque chose qui n'est pas sur la carte, n'hésitez pas à me le signaler, nous invite Donald Camden tandis qu'un serveur nous verse de l'eau. Le chef est un ami.

– Merci, dis-je à mi-voix en l'observant par-dessus mon menu.

Il est de la même génération que Granny et aussi bien conservé, avec une épaisse chevelure argentée et un hâle prononcé. Ses joues tirent sur le rouge, soit à cause du soleil, soit parce qu'il en est déjà à son deuxième whisky. Depuis notre entrée, il semble très à l'aise et se comporte de manière affable, nous interrogeant sur notre boulot et sur ce qu'on pense du programme des Tohis. De mon côté, je suis de plus en plus nerveuse. Je continue à me demander ce qu'on fait là et ce qu'il attend de nous, exactement.

– Je peux avoir un steak haché dans mon hamburger ? demande Jonah en étudiant le menu.

Il est le moins habillé de toute la salle, en tee-shirt élimé, jean et Vans usées. Au moins, Milly et moi, on a fait un effort vestimentaire après avoir regardé à quoi ressemblait le restaurant sur Internet. Mais si Donald est irrité par la nonchalance de Jonah, il n'en montre rien.

– Bien sûr, répond-il avec un petit rire amusé. Les habitués comptent les calories, mais tu n'as pas ce problème.

Le serveur revient prendre les commandes. Après son départ, Donald s'adosse à sa chaise en sirotant une gorgée du liquide ambré qui remplit son verre en cristal.

– Alors, avez-vous eu l'occasion de profiter de nos plages ? nous demande-t-il.

Son regard circulaire atterrit sur Jonah, qui se voûte un peu sur sa chaise.

– Je suis pas trop plage, marmonne-t-il.

Pour autant que j'aie pu voir, il n'est pas trop quoi que ce soit. Il n'a encore participé à aucune des activités proposées aux Tohis. À notre étage, plein de filles le trouvent craquant (en particulier Brittany), mais s'il est intéressé, ça ne saute pas aux yeux.

– Il paraît que celle des Airelles est sympa, dit Milly avec un gracieux jeté de cheveux en arrière. Vous savez, celle qui se trouve devant la maison de Mildred. C'était la préférée de ma mère.

Je me sens devenir écarlate. Le gant est jeté avant même l'arrivée des plats. Mais Donald se limite à reprendre une gorgée de son whisky.

– Elle est charmante. Superbes couchers de soleil.

– Et la plage des Canots ? dis-je.

C'est là que tout s'est mis à déraper.

J'observe attentivement la réaction de Donald (et si ce qui s'est passé sur cette plage était lié au fait que ma grand-mère a déshérité nos parents ?), mais il se contente de hausser les épaules.

Milly s'agite nerveusement sur sa chaise. Donald doit se rendre compte que ces échanges de banalités polies commencent à lui donner des fourmis dans les jambes, parce qu'il pose son verre en se penchant vers nous.

– Je pourrais vous parler de nos belles plages toute la journée, mais ce n'est pas pour cela que je vous ai demandé de venir. Puis-je être franc avec vous ?

– Allez-y, dis-je tandis que Milly répond « Bonne idée » et que Jonah grommelle quelque chose comme « Ah ? Vous en êtes capable ? », mais trop bas pour que je sois sûre d'avoir bien compris.

C'est le moment que choisit le serveur pour apporter nos assiettes. Donald attend qu'il soit reparti pour continuer.

– Votre grand-mère n'est pas en très bonne santé. Rien d'inquiétant dans l'immédiat, mais elle est de plus en plus fragile, et je crois nécessaire d'éviter toute perturbation dans sa vie. J'ai peur que l'hospitalité qu'elle vous a offerte ne la pousse à en faire trop, et que ce fardeau ne fasse que s'accroître au fil des semaines.

– Un « fardeau » ? répète Milly d'un air offusqué. Et de quelle « hospitalité » parlez-vous exactement ? On l'a à peine vue depuis notre arrivée.

Donald poursuit comme s'il ne l'avait pas entendue :

– Par ailleurs, je souhaitais vous informer d'une occasion intéressante qui vient de se présenter. Connaissez-vous la série de films *Agents spéciaux* ?

– Bien sûr, dis-je.

J'étais en quatrième quand le premier est sorti. C'est l'histoire de deux étudiants qui deviennent des espions version high-tech. Contre toute attente, il a rencontré un tel succès qu'ils en ont tourné deux autres. Pendant des années, j'ai craqué pour Dante Rogan, l'acteur principal. Encore aujourd'hui, quand Thomas m'embrasse, ça m'arrive de fermer les yeux et d'imaginer que c'est Rogan.

– J'ignore si vous êtes au courant, mais le quatrième se tourne à Boston cet été, reprend Donald. J'ai un vieil ami avocat dont le cabinet s'occupe des questions juridiques de leur franchise, et il m'a confié qu'ils auraient besoin d'aide sur le plateau. Quelques jeunes qui feraient les coursiers, qui pourraient jouer les doublures à l'occasion, voire, le cas échéant, faire un peu de figuration. Je me demandais si ça vous intéresserait.

– Trop cool ! lâché-je sans réfléchir.

– Je ne vous promets rien, reprend Donald en attaquant son cabillaud rôti. Mais si vous voulez que je me renseigne, ce sera avec plaisir. Vous seriez logés et on me dit que le salaire est très honorable. Bien meilleur que celui des saisonniers de l'hôtel. Ce serait gagnant-gagnant.

Il s'interrompt le temps de goûter son poisson.

– Pour vous trois, ce serait une expérience unique, et votre grand-mère, qui, comme je disais, n'est pas au mieux de sa forme pour jouer les hôtesses en ce moment, passerait un été paisible à l'abri de toute émotion forte.

– Mais on a déjà un travail, signale Jonah d'un air pensif. On ne peut pas partir comme ça.

Donald repousse son objection d'un geste de la main.

– Il y a toujours plus de candidatures que de postes disponibles dans le programme d'embauche estivale de l'hôtel. La liste d'attente est longue. Je suis sûr qu'il ne serait pas difficile de vous remplacer.

– Mais est-ce qu'on travaillerait *avec* Dante Rogan ? dis-je, le souffle presque coupé par l'émotion.

Là-dessus, Milly se lève brusquement en lâchant sa serviette sur sa chaise.

– Je dois aller aux toilettes. Tu viens avec moi, Aubrey ?

– Non, ça va, merci.

– Juste pour me *tenir compagnie*, ajoute-t-elle avec un sourire forcé.

Elle m'agrippe par le bras et tire un grand coup, ne me laissant pas trop le choix. Je la suis en zigzaguant entre les tables, dont la plupart sont inoccupées. Milly pousse la porte des toilettes et me poste en face du miroir au cadre doré qui surplombe les lavabos. À l'odeur, on a l'impression d'être tombées dans une bassine de pot-pourri.

Ma cousine croise les bras en s'adossant au carrelage mural rose.

– Tu ne trouves pas ça bizarre ?

Quelque part, j'enregistre son ton sceptique, mais l'autre partie de mon cerveau m'imagine encore bavardant avec Dante Rogan après lui avoir apporté son café.

– Bosser sur un tournage ? Franchement, ça doit être dingue !

– Ah oui ? Moi, je trouve que ça ressemble furieusement à une ruse.

Je fronce les sourcils, m'arc-boutant contre sa tentative de gâcher mon fantasme.

– Sérieux, Aubrey, soupire-t-elle. On parle de Donald Camden. L'ennemi juré de nos parents. Il n'est pas là pour défendre nos intérêts.

– Leur ennemi juré ?

Ça me ferait presque rire, mais… elle n'a pas tort. Mon père n'arrêtait pas de parler de lui quand j'étais petite, et toujours avec amertume. « Donald ne répond pas à mes mails. Donald dit que ma mère n'est pas revenue sur sa décision. Donald dit que, en admettant que Père n'aurait pas voulu déshériter ses enfants, ça ne change rien puisqu'il ne l'a pas mis par écrit… »

– Où tu veux en venir ? Tu penses que Camden essaie de se débarrasser de nous ?

– Exactement.

– Mais pourquoi ?

Milly se tapote le menton.

– Bonne question. En revanche, le point intéressant, c'est qu'il n'en a pas le pouvoir.

– Hein ?

Comme toujours, j'ai la sensation que Milly a cent mètres d'avance sur moi.

– Clairement, si ça ne tenait qu'à lui, on serait déjà repartis. Il n'aurait pas besoin de nous appâter avec un boulot de rêve, il lui suffirait de nous virer. Ce qui implique que, pour cette fois, Donald Camden et Mildred Story ne sont pas en phase. Il ne peut pas se débarrasser de nous en écrivant « Vous savez ce que vous avez fait » sur un bout de papier.

Elle se lisse les cheveux avec un petit sourire en se regardant dans le miroir.

– Ça, au moins, c'est jouissif, non ?

– Alors, quoi ? Tu penses que Granny nous a réellement invités, maintenant ?

– Non. Elle peut très bien être d'accord pour qu'on reste sans pour autant nous avoir fait venir.

– Tu m'embrouilles complètement, Milly.

Avec un grand sourire, elle passe le bras sous le mien pour m'entraîner vers la porte.

– T'en fais pas. Tu t'y feras.

CHAPITRE SIX

JONAH

Deux jours après notre déjeuner avec Donald Camden, Mildred Story n'a toujours pas daigné nous faire l'honneur d'une visite.

On est vendredi et il est 4 heures de l'après-midi, une heure avant le début du coup de feu au Sevens, le bar qui ressemble le plus à un pub à l'hôtel de l'Anse aux Mouettes. Serveur, c'est pas le pire boulot d'été que j'aie connu. Surtout qu'on est bien nourris.

Je vais m'asseoir sur un tabouret en face de Chaz, le barman.

– Ça roule, Jonah ? me demande-t-il. Tu prends le spécial ?

Ce n'est pas le crétin que son nom laisse imaginer. Il est même plutôt sympa, malgré sa grosse barbe noire broussailleuse d'homme des bois, dont je m'étonne qu'elle soit conforme aux exigences du dress code de l'hôtel. Je me demande quel âge il a. Il pourrait aussi bien avoir vingt-cinq ans que quarante-cinq.

– C'est quoi ?

– Linguine aux crevettes.

Je hoche énergiquement la tête et Chaz passe la commande sur son iPad.

– T'as du bol, il n'y a même pas d'attente. La cuisine vient d'en préparer pour un client qui a changé d'avis. Ça arrive tout de suite.

Il se retourne pour prendre des verres et les aligne soigneusement sur le comptoir. Le Sevens est un mélange de high-tech et de rétro. Les écrans fixés au mur sont les plus grands, les plus haute-déf que j'aie jamais vus, alors que l'intérieur du resto est tout de bois sombre, éclairage tamisé et sièges en cuir. Le comptoir du bar est énorme, encadré par deux gros piliers, avec des tabourets tout le long. Les saisonniers commencent à s'y agréger pour manger autour de 16 h 30, mais j'ai toujours faim bien avant.

– Déjà prêt à te goinfrer, pour changer ? lance une voix caustique dans mon dos.

C'est Milly, dans son uniforme de travail : petite robe noire, tablier noir, baskets noires branchées et rouge à lèvres rouge sombre, dont la teinte doit être fixée par le règlement parce que toutes les serveuses de La Véranda – le restaurant chic de l'hôtel – portent le même. Elle a les cheveux attachés et les cils lourdement chargés de mascara.

– Et alors ? J'aime bien la cuisine, ici, dis-je en la regardant non sans méfiance s'asseoir sur un tabouret à côté de moi.

En dehors de la traversée sur le ferry et de ce déjeuner super bizarre avec Donald Camden, on ne s'est pas adressé la parole depuis qu'on est là, et j'étais persuadé que ça lui convenait parfaitement. Je me demande ce qu'elle me veut, tout à coup.

Les écrans sont réglés sur CNN, comme toujours – Chaz aime bien suivre les infos avant d'être obligé de se caler sur le sport à partir de l'happy hour. Les yeux de Milly papillonnent vers le journaliste qui parle à l'écran.

– Encore un banquier arrêté pour escroquerie, fait-elle, un peu plus fort que nécessaire. Ça a l'air d'être un problème récurrent dans le milieu des finances. Oncle Anders n'a jamais été confronté à ce genre de chose ? Par exemple, je ne sais pas… à un Bernie Madoff de Rhode Island ?

Et merde. Pas besoin de la regarder pour comprendre qu'elle a dû tomber sur l'article du *Providence Journal* :

Un client malheureux a vu disparaître la totalité des économies prévues pour sa retraite et pour les études de son fils, et risque maintenant d'y laisser sa petite entreprise familiale. Frank North, qui vient de déposer son bilan, a qualifié Anders Story de « Bernie Madoff de Rhode Island ». « Sa stratégie d'investissement n'était rien d'autre qu'une vente pyramidale, dénonce M. North. J'ai été le dindon de la farce. »

En revanche, j'ignore si elle sait que tout est vrai.

Chaz me sauve la mise en zappant sur le sport.

– Tout le secteur des finances n'est qu'une grosse arnaque, de toute facon, commente-t-il. C'est logique, pourquoi tu voudrais que les autres se soucient de ton fric aussi bien que toi ?

Puis il ajoute avec un sourire las :

– Dit le gars qui n'a pas un rond. Mais n'oubliez pas ça, les mômes, une fois que vous dirigerez le monde. Qui boit un truc ?

– Non merci, répond Milly.

– Un Coca, ce serait cool, dis-je.

J'attends que Chaz ait disparu derrière l'un des piliers pour demander à Milly sans tourner autour du pot :

– Qu'est-ce que tu veux ?

– Ce que t'es à cran, toi, réplique-t-elle en prenant un air faussement blessé. Ben quoi ? Je n'ai pas le droit d'avoir envie de profiter de la compagnie de mon cher cousin ?

– J'ai comme un doute.

Laissant tomber son numéro, elle sort une enveloppe crème de sa poche et prend un ton plus pragmatique.

– Tu en as reçu une aussi ?

L'enveloppe est la jumelle de celle qui contenait l'invitation à déjeuner de Donald Camden.

– J'y étais, je te rappelle. Le hamburger au steak.

– Mais non, reprend-elle avec impatience en tirant une carte de l'enveloppe. Ça, c'est la suite.

Elle me la tend et je lis :

> Je vous incite vivement à reconsidérer mon offre.
> Les conditions d'embauche sont encore plus généreuses que je ne le pensais.
> Voir ci-dessous.
>
> Me Donald S. Camden

Le chiffre inscrit plus bas me fait écarquiller les yeux. C'est plus du triple de ce que je gagne ici. Je retourne la carte, mais le verso est vierge.

– Je ne pourrais pas te dire si j'en ai reçu une aussi, dis-je en lui rendant la carte tout en m'efforçant de garder l'air détaché face à un tel paquet de blé. Je n'ai pas ouvert ma boîte aux lettres depuis un moment.

– Salut, Jonah ! me lance une douce voix féminine, juste un peu enjôleuse.

Brittany, qui est serveuse ici comme moi, bat des cils en me gratifiant d'un sourire faussement effarouché, comme chaque fois que je la croise. Ça ne m'arrange pas vraiment. Brittany est sympa, mais j'essaie de me tenir à carreau, ici.

– On me dit que c'est toi, l'heureux bénéficiaire du plat d'un client capricieux.

Elle glisse l'assiette devant moi et rejette son épaisse tresse blonde derrière son épaule. Milly suit la scène les bras croisés.

– Merci, Brittany.

Les arômes d'ail et de fruits de mer qui me montent aux narines me donnent une faim de loup.

– Avec plaisir, me répond Brittany avec un sourire rayonnant.

Puis son regard se décale sur ma droite.

– Salut, Milly. Quoi de neuf?

– Pas grand-chose. Je bavarde avec mon cousin. Des histoires de famille.

L'implicite «et tu nous déranges» est si évident que ça aurait de quoi m'énerver si j'avais des vues sur Brittany. Comme ce n'est pas le cas, je me contente de poser ma serviette sur mes genoux et de prendre ma fourchette.

– Bon, faut que j'y retourne, moi, dit Brittany en tortillant sa tresse. Sinon… il y a toute une bande qui va au Dunes ce soir après le service.

Devant mon air d'incompréhension, elle précise:

– Un bar sur la plage. Enfin, ce n'est pas vraiment un bar, on n'a pas besoin d'avoir vingt et un ans pour y entrer. Ils servent à manger, et il y a de la musique, tout ça. Comme c'est juste au bout de la rue, on peut y aller à pied. Ça te tente?

Pas trop. Comme je disais, je n'ai rien contre elle, mais ici, moins je socialise, mieux je me porte.

– Bah, je sais pas. En général, je suis crevé à la fin du service et…

– Et Jonah déteste les gens, complète Milly avec l'air de quelqu'un qui fournit une information utile.

Brittany bat de nouveau des cils tandis que je fusille Milly du regard.

– Si tu t'occupais de tes affaires, pour une fois ?

– Ah, tu vois ? commente Milly en écartant les mains.

– Bon ben, tu me diras, reprend Brittany avec un sourire un peu forcé.

Je pioche rageusement dans mes pâtes tandis qu'elle retourne en cuisine.

– Je ne te retiens pas, dis-je à Milly.

Elle inspecte mon assiette en fronçant les sourcils.

– C'est des crevettes.

– Tu crois ?

J'enfourne la bouchée la plus grosse possible par esprit de provocation. Elle continue à me fixer, ce qui est à la fois bizarre et grossier, jusqu'à ce que Chaz dépose un Coca devant moi. Les yeux de Milly se posent alors sur le gros anneau argenté qu'il porte à l'index droit.

– J'aime bien ta bague, lui dit-elle.

– Ce n'est pas vraiment une bague.

Il la retire et la brandit sous nos yeux, révélant un mince fil métallique qui court comme une fermeture éclair tout le long de l'anneau d'argent.

– C'est une corde de guitare. Je jouais beaucoup, avant. Ça m'arrive encore, mais pas souvent.

– Cool, répond Milly avec un demi-sourire. Et tu joues bien ?

Chaz remet son anneau et balaie le bar d'un geste du bras.

– Bah, pas aussi bien qu'il faudrait. Ou je serais pas barman.

Je m'enfile mon assiette depuis le début de la conversation, toujours sous le regard insistant de Milly.

– C'est bon ? me demande-t-elle quand je m'arrête pour respirer.

– Ça ne se voit pas ? répond Chaz à ma place en se lustrant la barbe avec un sourire amusé.

– OK, les gars, vous pourriez pas vous trouver un autre truc à faire ? grommelé-je.

Les repas sont les meilleurs moments de la journée, et ils me gâchent le mien en me collant comme ça.

– Finalement, j'ai changé d'avis, déclare Milly en descendant de son tabouret. Je veux bien boire un truc. Je vais me le chercher moi-même.

– Pas d'alcool ! lui rappelle Chaz tandis qu'elle disparaît derrière le pilier. Je connais le niveau précis de chaque bouteille, je vérifierai !

Puis il s'arme d'un torchon en secouant la tête.

– Elle sait se repérer dans un bar, en tout cas.

C'est pas la seule, me dis-je en le regardant essuyer les verres avec des mains qui tremblent un peu. On dirait ma tante préférée, la petite sœur de ma mère, quand elle se prive de boire trop longtemps. Elle fait partie de ces alcooliques bien rodés qui sont toujours un peu imbibés, mais rarement vraiment bourrés. Ou alors je refuse de le voir.

Je repousse mon assiette sans la finir.

– C'est ta cousine, c'est ça ? me demande Chaz.

Comme si toute l'île n'était pas au courant. J'acquiesce d'un signe de tête.

– Et vous êtes proches ?

– Non.

Comme la rapidité de ma réponse lui fait hausser les sourcils, je me justifie :

– Je ne l'avais pas vue depuis des années. Nos familles ne se fréquentent pas.

– Eh bien, voilà enfin l'occasion de faire connaissance. C'est important, la famille. Ça devrait l'être, en tout cas.

Le visage lisse de Chaz accuse soudain la fatigue. Il s'escrime à essuyer son verre, qui porte plus de traces qu'au début.

De retour avec un verre d'eau, Milly se hisse de nouveau sur son tabouret en posant la carte de Donald Camden sur le comptoir. C'est plus fort que moi, je la prends pour relire le chiffre inscrit dessus.

– Et alors ? dis-je. Tu vas dire oui ?

J'ai baissé la voix, mais Chaz s'est un peu éloigné pour refaire le plein de bouteilles sur les étagères.

– Vu tout ce qu'il est prêt à faire pour se débarrasser de nous, certainement pas.

On échange un regard entendu qui dure une seconde. Malgré l'attrait de la somme, moi non plus, je n'ai pas envie de partir. Mais soudain, son expression change.

– C'est drôle que Brittany ait parlé du Dunes. Aubrey et moi, on se disait justement qu'on devrait sortir tous les trois. Se faire une petite soirée en famille.

Elle ouvre de grands yeux innocents, et je lève les miens au ciel.

– Ben voyons.

Sans paraître surprise par ma réaction, Milly semble attendre une suite, et je clarifie :

– Au cas où tu aurais un doute, ça voulait dire non.

– Oh, allez! insiste-t-elle d'un ton persuasif qui marche sûrement dans quatre-vingt-dix-neuf pour cent des cas. Ça ferait du bien à Aubrey. Je sais qu'il y a un problème avec oncle Adam, mais elle refuse de me dire quoi. Tu pourrais peut-être la décider à en parler.

Je ricane. Là, elle me prend vraiment pour un débile, parce qu'il n'y a aucune chance pour qu'Aubrey me confie un truc qu'elle n'est pas prête à lui raconter à elle.

– Arrête ton sketch. On sait tous les deux que tu n'as aucune envie de passer ta soirée avec moi. Dis-moi plutôt ce que tu veux.

Son visage se durcit.

– Viens ce soir et tu le sauras.

On se dévisage un instant.

– Je verrai, dis-je enfin.

Le Dunes est blindé. Plongée dans la pénombre, la salle est couverte de lambris, comme le sous-sol de mes parents – ils n'ont pas touché à la déco depuis les années soixante-dix. Malgré le volume de l'endroit, ça donne une sensation d'enfermement. Il y a une zone restaurant d'une douzaine de tables, un bar éclairé par des ampoules clignotantes et une petite scène où un gars et une fille munis respectivement d'un clavier et d'une guitare sont en train de faire la balance. Le fond de la salle, meublé de quelques tables hautes, héberge le coin billards-fléchettes.

Je repère quelques visages familiers. Il semble que les Tohis aient pris possession de deux tables de billard et de tous les sièges environnants. Brittany m'adresse de grands signes frénétiques depuis un coin où s'est agglutiné un groupe de filles. À ma vue, Efram, mon coloc, recule en laissant tomber sa mâchoire pour mimer la surprise. Il fait partie de ces gars qui font preuve de gentillesse contre vents et marées, et persiste à me proposer de sortir malgré mes refus à répétition.

– Qu'est-ce qui se passe ? Il y a le feu dans notre chambre ? me demande-t-il en posant une main sur son cœur et l'autre sur mon épaule. Tu n'as rien ? Tu as réussi à sauver mon ordi, j'espère !

Milly se matérialise derrière lui avec un sourire malicieux.

– Jonah avait envie de voir du monde ce soir.

Je n'aime pas du tout l'étincelle de triomphe qui luit dans ses yeux. Alors que je songe sérieusement à rentrer me coucher, quelqu'un m'attrape par le bras. C'est Aubrey, munie d'une queue de billard, un grand sourire aux lèvres.

– Le timing est parfait, me dit-elle. Tu n'as qu'à faire équipe avec Milly contre Efram et moi.

Je plisse les yeux. Elle est dans le coup ou quoi ? Après réflexion, je m'en tiens à ma première impression : Aubrey ne serait pas fichue de mentir même pour sauver sa peau. Peut-être même qu'elle est sincèrement contente de me voir. D'accord, c'est un peu étrange, mais je ne l'ai pas vue traîner avec qui que ce soit à part Milly et Efram, qui est maître-nageur comme elle. Elle s'intègre à peine mieux que moi.

– Super, dis-je en prenant une queue de billard. Je commence.

Efram termine de disposer les boules dans le triangle.

– Pour êtres honnêtes, on doit te prévenir qu'Aubrey et moi, on a battu tout le monde, y compris deux mecs du coin qui sont en train de noyer leur humiliation au bar. Montre-nous de quoi tu es capable, l'ermite.

Il retire le triangle d'un geste théâtral. Après un coup d'œil sur la table, je me positionne en me concentrant sur la blanche. Pendant plusieurs secondes, je ne bouge que pour effectuer quelques micro-ajustements visant à me placer pile dans l'angle voulu. Puis je frappe. Les boules se percutent dans un tel bruit d'explosion qu'Aubrey ouvre la bouche. Les rayées disparaissent les unes après les autres, tandis que les pleines vont rouler tranquillement contre les bandes. Lorsqu'elles s'immobilisent, il ne reste plus que deux rayées sur le tapis, ainsi que toutes les pleines moins une.

D'un coup d'œil, j'enregistre l'air impressionné de Milly et je fais de mon mieux pour ne pas pavoiser. Je n'y réussis pas à cent pour cent.

Efram baisse les bras dans un geste de défaite.

– Pourquoi tu ne m'as pas dit que ton cousin était un tueur, Aubrey ?

– Je n'étais pas au courant ! fait-elle en clignant des paupières comme si elle me voyait pour la première fois.

Tout à coup, je me demande si je n'ai pas manqué de prudence. J'aurais peut-être dû m'en tenir à mon premier réflexe : m'en aller. Mais dès que j'ai vu les tables de billard, ça m'a démangé. J'ai grandi dans une salle de billard, j'y passais tous mes après-midi. Un habitué m'a appris à jouer, et après sa mort – crise cardiaque foudroyante à cinquante ans ; ce que mon père appelle « la retraite du cadre dynamique » –, j'ai continué à m'entraîner tout seul. À douze ans, j'ai commencé à défier des adultes. Ils trouvaient ça mignon, jusqu'à ce qu'on mise de l'argent et que je me mette à les battre.

Milly me balance des petits coups de coude anormalement amicaux.

– Mais dis donc, on a découvert ton talent secret, on dirait.

Elle continue à m'encourager jusqu'à la fin de la brève partie – je déblaie la table avant même qu'Aubrey et Efram aient eu le temps de jouer –, puis elle pose sa queue contre le mur en déclarant qu'elle a besoin d'aller aux toilettes.

– Après, on fait la revanche, lance-t-elle à Aubrey et Efram par-dessus son épaule. Ce sera à vous de commencer, cette fois, histoire de vous laisser une chance.

– Seulement si Jonah joue avec une main attachée dans le dos, marmonne Efram en prenant le triangle.

– Où tu as appris à jouer comme ça ? me demande Aubrey.

– Bah, à droite, à gauche.

Mes yeux se posent sur l'une des tables voisines, cernée par les membres de l'Escadron BCBG. C'est Efram qui les appelle comme ça. Ils sont tous grands, blonds et ils portent des bermudas pastel et des chaussures bateau. Officieusement, leur chef est un certain Reid Chilton. Sa mère est sénatrice et compte se présenter aux présidentielles. Je ne le croise pas souvent, sauf quand il vient cogner à notre porte pour nous piquer du dentifrice, mais je sais un truc : je ne l'aime pas.

Reid s'arrête au milieu d'une conversation pour regarder Aubrey se pencher sans grâce sur la table de billard, et dit quelque chose qui fait rigoler tout l'Escadron. Plus je les observe, lui et ses copains, plus je me demande s'il n'y avait pas un fond de sagesse dans le coup de folie de Mildred. Si ça se trouve, elle a préféré agir avant de voir ses enfants devenir de parfaits petits crétins semblables à ceux-là.

– Toi.

La voix qui m'interpelle est glaciale, autant que le regard de Milly que je croise ne me retournant.

– Tu viens avec moi. *Maintenant*.

M'arrachant la queue de billard des mains, elle la cale contre le mur à côté de la sienne.

– Temps mort. Je dois parler à Jonah, dit-elle à Aubrey.

– À propos de quoi ? demande celle-ci.

Mais Milly m'a déjà menotté le poignet avec ses doigts pour m'entraîner vers la porte de service. Plus aucune trace de cordialité chez elle. Sans être franchement étonné, je suis un peu pris de court par la rapidité du changement.

– C'est quoi, ton problème ? dis-je en libérant mon poignet. Pas la peine de me tirer comme une brute, c'est bon, je te suis.

– Tu devrais plutôt me remercier de ne pas faire pire que ça, réplique-t-elle d'une voix sourde en poussant la porte d'un coup d'épaule.

On se retrouve dans la fraîcheur du dehors. Je prends une grande inspiration pour me calmer, avant de suffoquer à cause de la puanteur. On est juste à côté d'une benne à ordures. Milly me fait face, les poings sur les hanches.

– On ne pourrait pas s'éloigner un peu de la poub…

Avant que j'aie pu finir ma phrase, elle me pousse violemment en arrière.

Je recule en trébuchant, surpris autant par le geste que par sa force. Je ne me serais pas attendu à une telle puissance chez une fille de ce gabarit.

– Mais qu'est-ce qui te prend, bordel ?

Je lève les mains dans un geste d'apaisement mais, là, elle commence à m'énerver.

Milly tire de sa poche une petite carte rectangulaire qu'elle agite sous mon nez.

– Et ce bordel-*là*, tu m'expliques ?

La lumière fixée au-dessus de la porte nous éclaire assez pour que je distingue ce qu'elle me montre. Mon ventre se noue et toute ma colère retombe. Je glisse la main dans la poche arrière de mon jean pour prendre mon portefeuille. Qui n'y est plus.

Ah, OK. Voilà pourquoi elle était si sympa tout à l'heure : pour me le piquer pendant que je frimais au billard. J'ai envie de me coller des baffes pour ne pas avoir vu clair dans son petit jeu.

– Rends-moi ça.

J'essaie de prendre un ton à la fois autoritaire et détaché, mais je sens déjà de la sueur perler sur mon front.

Merde, merde, merde. Je suis mal barré, moi.

Milly agite de nouveau mon permis de conduire en me fixant sous ses cils interminables.

– Avec plaisir. Dès que tu m'auras expliqué qui tu es, Jonah *North*, et pourquoi tu te fais passer pour mon cousin.

CHAPITRE SEPT

MILLY

Je ne sais pas si on peut mettre ça à son crédit, mais il n'essaie même pas de nier.

– Merde, pourquoi j'ai pris ce foutu permis ? grogne Jonah bis pour lui-même.

– Merci pour la confirmation, dis-je.

Je sors son portefeuille pour y remettre son permis de conduire. De toute façon, j'ai sa photo sur mon portable.

– Te voir t'enfiler une plâtrée de linguine aux crevettes au Sevens alors que tu es censé être allergique aux fruits de mer, ça m'a un peu mis la puce à l'oreille.

Dès qu'il a attaqué son plat, j'ai attendu que son visage se mette à enfler, comme la fois où il a mangé une crevette au bacon chez nous il y a neuf ans. Je n'ai pas compris pourquoi il ne rougissait même pas. Alors, en allant me chercher un verre d'eau à l'autre bout du bar, j'en ai profité pour taper « Peut-on guérir d'une allergie aux fruits de mer ? » sur Google. Il s'avère que c'est possible, mais hautement improbable, et il reste toujours une réaction minimum. Assez pour éviter d'engloutir toute une assiette en moins de cinq minutes.

Et puis ce garçon n'a pas été crédible une seule seconde dans le rôle de Jonah Story. Dès l'instant où je l'ai vu sur le ferry, j'ai senti que ça ne collait pas. Déjà, il est beaucoup plus beau gosse que dans mon souvenir, même en admettant qu'il se soit amélioré. Ensuite, même s'il a fait des efforts au début pour imiter les travers insupportables de mon cousin, il n'a pas réussi à tenir longtemps. Ce Jonah est exaspérant dans son genre – il est toujours négatif et a clairement une revanche à prendre sur quelqu'un ou quelque chose –, mais il n'a pas le ton scolaire et coupeur de cheveux en quatre de Jonah Story.

Son expression tourne à l'incrédulité.

– Une allergie aux fruits de mer ? C'est une blague ? Sympa de m'avoir prévenu, JT.

– C'est qui, JT ?

Je crois que j'ai déjà ma petite idée.

La mâchoire de Jonah tressaille et il me regarde en silence pendant quelques secondes, avec l'air de se demander s'il peut tout me dire.

– C'est ton cousin. On est dans le même lycée. Tout le monde l'appelle JT pour qu'on ne me confonde pas avec lui. Son deuxième prénom, c'est Theodore. Mais ça, tu dois déjà le savoir.

En fait non – ou alors j'ai oublié. Je ne peux pas me retenir de me réjouir à l'idée que mon cousin n'arrive qu'en deuxième position quelque part. Je parie que ça le rend dingue.

– Tu veux dire qu'il est au courant ?

Jonah se frotte la nuque d'un air hésitant.

– C'est même lui qui m'a demandé de prendre sa place.

– Il t'a demandé de te faire passer pour lui ? fais-je d'une voix aiguë.

Là je suis scotchée.

– Chuut, dit Jonah, bien qu'on soit tout seuls dans les parages.

Il jette un regard dégoûté a la benne à ordures.

– Écoute, je n'arrive pas à penser dans cette puanteur. Toi, tu fais comme tu veux, mais moi, je ne reste pas là.

– T'inquiète, je ne vais pas te lâcher comme ça, dis-je en le suivant vers le fond du parking. Pourquoi Jonah, ou JT comme tu dis, t'aurait demandé de faire un truc pareil ?

À l'écart des lumières du restaurant, son visage est plongé dans l'ombre.

– Je veux bien tout t'expliquer, mais à une condition.

Il hausse la voix pour couper court à la protestation que je m'apprête à lui opposer.

– Tu ne dis à personne qui je suis vraiment. Enfin, tu peux le dire à Aubrey, mais c'est tout.

– Pardon ?

Il ne répond pas. Je croise les bras pour me réchauffer. La température a chuté d'au moins dix degrés depuis qu'on est arrivés au Dunes, et mon haut sans manches, parfaitement adapté à l'intérieur, ne m'est pas d'un grand secours dehors. Jonah, lui, semble tout à fait à l'aise avec sa chemise de bûcheron passée sur son tee-shirt.

– Tu es mal placé pour dicter tes conditions.

Il hausse les épaules.

– OK. Alors bonne nuit.

Il se retourne pour partir et je le rattrape par le bras.

– Tu ne peux pas t'en aller comme ça !

– Tant qu'on n'a pas de deal, si.

– Mais c'est…

Je bégaye quelques secondes, avant de réaliser que j'ai déjà fait pire que mentir à un menteur.

– Bon, OK. Je ne dirai rien.

– C'est marrant, j'ai du mal à te croire, dit-il presque pour lui-même. Mais bon, je pourrai toujours raconter que tu étais dans le coup si je me fais griller.

– Je comprends pourquoi tu es ami avec JT. Vous ne manquez pas de points communs.

– Je n'ai jamais dit qu'on était amis. On a passé un marché, c'est tout.

Je me force à me taire et, au bout de quelques secondes, il reprend avec un soupir :

– Bon, alors voilà : JT avait prévu d'aller dans un camp de vacances scientifique. Il vous en a parlé, je crois ?

Je hoche la tête.

– Mais quand ils ont reçu l'invitation de ta grand-mère, son père a voulu tout annuler. JT était vénère parce qu'il avait réussi à décrocher une bourse, ce qui est une vraie galère, mais son père s'en fichait. Moi aussi, je voulais y aller, mais comme je n'avais pas eu la bourse, je ne pouvais pas.

Il ajoute avec une pointe d'amertume :

– Tout ça, c'était son idée. Il m'a coincé un jour à la cafète pour me dire qu'on pouvait s'entraider. (Sa mâchoire se crispe.) Sur le coup, j'ai cru qu'il allait me proposer sa bourse. C'était débile, parce que ce n'est pas son genre. Mais il a proposé de me payer pour que je vienne ici pendant qu'il serait au camp. De mon côté, j'aurais un boulot d'été peinard plus la prime qu'il me filait.

– Une prime ? Et ça se monte à combien, de nos jours, de se faire passer pour quelqu'un d'autre ?

– Une somme correcte, répond-il sèchement.

Le vent se lève et je serre de nouveau les bras sur ma poitrine en frissonnant. Jonah commence à retirer sa chemise, mais je l'arrête d'un geste.

– C'est bon, pas la peine de faire le chevalier servant. Vous avez vraiment réfléchi à tout ce que ça implique, tous les deux ? Parce que pour être francs, si on est tous là, c'est pour se faire bien voir de Mildred. Jonah – ou JT, si tu veux – comptait s'en tirer comment quand elle aurait compris que tu étais un imposteur ?

Jonah remet sa chemise en place d'un coup d'épaule.

– Il est persuadé que votre grand-mère ne fera jamais rien pour vous ni pour vos parents. Il pense que c'est juste un plan tordu qui ne ferait que mettre le bordel dans sa vie à lui. Et vu la façon dont les choses se présentent, il n'a peut-être pas tort.

Ouais. Ça me fait mal de l'admettre, mais le fait est que JT Story n'est pas tombé dans le panneau comme Aubrey et moi. On s'est montrées super naïves, alors qu'il passe son été tranquille comme il l'avait prévu. Ce constat rend mon ton plutôt désagréable.

– Et tu espérais tenir comme ça pendant deux mois ? Je t'ai démasqué en moins de huit jours.

Jonah se passe la main dans les cheveux.

– Bonne question. Sur le coup, ça avait l'air de pouvoir coller. On vit dans la même ville, on a le même âge, le même prénom, la même couleur de cheveux. L'hôtel n'a jamais réclamé de papiers d'identité. JT a zéro existence sur les réseaux sociaux, personne ne s'attend à ce qu'il poste des nouvelles de ses vacances. Vous ne l'avez pas vu depuis des années, ni Aubrey ni toi, et il n'a jamais rencontré sa grand-mère. Et puis il m'a filé des tas d'infos sur la famille, toute l'histoire sur la lettre de Mildred, plus des détails sur vos parents et les trucs que chacun a tenté pour renouer avec elle. Je croyais savoir tout ce dont j'avais besoin. (Il secoue la tête d'un air dégoûté.) Une allergie aux fruits de mer… Je rêve.

– Alors, les messages après l'arrivée de la lettre, c'était toi ?

– C'était lui. Quand vous avez lancé le groupe de discussion, il pensait vraiment venir. Ensuite, une fois que j'ai accepté de prendre sa place, il a continué comme si de rien n'était. Et il a imprimé tous vos échanges pour que je sache de quoi vous aviez parlé.

– Mais c'est quoi, ton intérêt à toi, là-dedans ? Tu es qui ?

– Tu as vu mon permis, je m'appelle Jonah North. J'habite à Providence et je vais au même lycée que ton cousin. J'avais besoin de fric. Point.

– Qu'est-ce que ça peut te faire si je vends la mèche, alors, maintenant qu'il t'a payé ?

– J'ai juste touché une avance, ça correspond à un tiers de la somme. Sans compter que l'hôtel paie bien mieux que ce que je gagne dans la boîte de mes parents.

– Il te donne plus que ce que tu aurais gagné sur le tournage d'*Agents spéciaux* ?

– Non, admet Jonah d'un ton de regret. Mais je ne pouvais pas accepter. Je dois envoyer des photos à JT toutes les semaines pour qu'il puisse faire croire à son père qu'il est ici.

– Et tes parents, ils te croient où ?

– Ils savent que je suis là. Ils pensent que j'ai décroché ce job en or par un coup de bol. La seule chose qu'ils ignorent, c'est que je ne me suis pas inscrit sous mon vrai nom.

– Ils ont une boîte de quoi ?

– Peu importe.

Jonah recule d'un pas et, cette fois, je vois clairement son visage au clair de lune. Je ne sais pas si c'est en rapport avec ma dernière question, mais il a les traits tirés, l'air complètement crevé.

– Bon, je vais me coucher. Je ne peux pas t'obliger à tenir parole, mais j'espère que tu le feras.

Il commence à s'éloigner et j'envisage de le suivre pour obtenir des réponses à toutes les questions que je me pose encore. Mais finalement, je regagne le resto, où je vais retrouver la seule personne de mon âge qui est vraiment de ma famille ici.

À mi-chemin de la porte, quelque chose de chaud et de doux me frôle la main, et je l'attrape sans réfléchir. La chemise de Jonah North.

– Mets-la ce soir pour rentrer, me lance-t-il avant de disparaître dans l'obscurité.

Le lendemain soir, toujours préoccupée, je fais le service à La Véranda sur pilote automatique. Dix fois, j'ai failli prendre mon portable pour écrire à ma mère : « Jonah est un imposteur ! » Mais je ne l'ai pas fait. Je l'ai dit à Aubrey – qui était tellement choquée que c'en était presque comique –, et c'est tout. Je ne sais pas ce qui me retient. Sauf, peut-être, l'idée que je ne pourrais plus revenir en arrière une fois que j'aurais tout révélé.

Une chance que je n'aie pas trop de boulot ce soir. Carson Fine supervise la salle, et il n'arrête pas d'insister pour que je prenne une longue pause chaque fois que j'ai servi une table. Soi-disant parce que je suis nouvelle. À mon avis, la vraie raison est qu'il meurt d'envie de me bombarder de questions sur Mildred, parce qu'il me rejoint au bar à la première occasion. Ce soir, il a mis une cravate violette à motifs de coquillages rose vif.

– Alors comme ça, tu ne l'avais jamais rencontrée avant le week-end dernier ?

– Non, jamais.

À quoi bon prétendre le contraire ? Personne ici n'ignore que les enfants de Mildred ont été déshérités. Chaque fois que ma mère ou ses frères ont tenté de faire valoir leurs droits sur une partie de la fortune de mon grand-père, ils ont dû révéler de nouveaux détails sur la façon dont ils avaient été jetés dehors.

– Ah, c'est tellement romanesque, tout ça ! murmure Carson d'un air exalté. Et tellement bizarre ! Mme Story est on ne peut plus charmante avec ses employés et tous les gens du coin. Je ne comprends pas qu'elle se montre aussi impitoyable avec ses propres enfants !

Internet ne fournissant pas d'éclaircissement sur ce pan de l'histoire, Carson compte visiblement sur moi pour compléter le dossier.

– Aucune idée, dis-je. On n'a jamais compris pourquoi.

Il ne cache pas sa déception.

– Enfin, au moins, elle vous a fait venir. C'est déjà ça.

– Et elle a disparu tout de suite après.

Il l'a forcément remarqué, et sa curiosité avide peut peut-être me servir. Plus le temps passe sans que Mildred nous recontacte, plus je suis convaincue qu'un truc cloche dans toute cette affaire. Qui a commencé par une lettre nous invitant à contacter Edward Franklin.

– Je finis par me demander si on ne s'est pas trompés de dates, dis-je avec un sourire légèrement perplexe.

Je termine mon verre d'eau et Marty, le barman de La Véranda, surgit de nulle part pour le remplir. Tout le monde à l'hôtel semble persuadé que mes cousins et moi avons je ne sais quelle influence sur Mildred, d'où le traitement de faveur.

– J'aimerais bien contacter Edward Franklin, mais je n'ai que son mail professionnel.

Je laisse passer quelques secondes, comme si j'étais perdue dans mes pensées.

– Vous n'auriez pas son adresse personnelle dans vos dossiers, par hasard ? Ou un numéro de téléphone ?

– Je dois avoir ça, me répond Carson en repoussant une mèche de cheveux blonds de son front. Mais je n'ai pas le droit de te le donner. Protection des données personnelles.

– Oui, je comprends, dis-je, dépitée.

Alors que je pèse le pour et le contre de lui proposer un échange contre je ne sais quel ragot salace sur la famille Story, son portable vibre dans sa poche. Il le prend et fronce les sourcils.

– Hmm, on a besoin de moi à l'accueil. Je reviens.

Je le regarde slalomer entre les tables jusqu'à ce que Marty s'éclaircisse la gorge. Je n'avais pas réalisé qu'il était toujours là.

– Tu sais, si tu veux joindre Edward, tu devrais demander à Chaz, me dit-il.

– Pourquoi à Chaz ?

– Ils étaient en couple, avant. Ils sont peut-être restés en contact.

– Ah, d'accord. Merci, je lui poserai la question. Tu sais s'il travaille ce soir ?

– Non. Arrêt maladie. Et ça risque de durer plusieurs jours, si tu vois ce que je veux dire.

Marty mime le geste de porter un goulot à ses lèvres.

– Ah mince ! fais-je.

J'ai bien vu que Chaz sifflait pas mal de petits verres pendant le service, mais comme il est toujours super pro, je pensais qu'il gérait.

– Et, euh, ça arrive souvent ?

– Trop souvent. Ce n'est pas un secret, ici. Tout le monde est au courant à part Carson.

Les yeux de Marty se tournent vers l'intéressé, qui est justement en train de revenir.

– En attendant, Chaz est un mec bien, et un super barman. Alors on essaie de prendre soin de lui.

– Message reçu, dis-je tandis que Carson lève la main pour me faire signe.

Il n'est pas seul, et mon cœur bondit dans ma poitrine quand je réalise que la personne qui l'accompagne est une femme d'un certain âge. Mildred ferait-elle enfin son apparition ? Non, cette femme est de la même génération que ma grand-mère, mais elle a les cheveux gris et pas blancs comme neige, et porte une robe marron toute simple avec des sabots. Carson nous rejoint avec un sourire ravi.

– Milly, j'ai quelqu'un à te présenter : Theresa Ryan, l'assistante de ta grand-mère. Elle a des nouvelles pour toi.

Il a débité cela à toute vitesse, visiblement excité.

La main de Theresa est chaude lorsqu'elle serre la mienne.

– Voilà qui me donne bien de l'importance, non ? dit-elle avec un petit rire. Bonjour, Milly. Enchantée de te rencontrer.

– Moi de même.

Mon pouls s'accélère. Ma mère s'entendait bien avec Theresa – elle dit toujours qu'elles étaient les deux seules fans des Yankees dans une maison remplie d'inconditionnels des Red Sox –, et elles sont restées en contact pendant des années. Theresa a toujours fait preuve de gentillesse envers elle, tout en soutenant que ma grand-mère n'a jamais fourni d'explications à personne à part Donald Camden. Voyant qu'elle n'en apprendrait jamais plus, ma mère a fini par prendre ses distances avec elle.

– Mme Story m'a demandé de passer. Elle sera bientôt de retour et souhaite vous recevoir tous les trois pour un brunch dimanche à la villa des Airelles. Non, pas demain, rassure-toi, précise-t-elle devant mes yeux écarquillés. Elle ne sera pas encore rentrée de Boston, et de toute façon, c'est le 4 Juillet, c'est férié. Je vous conseille de ne pas vous éloigner de l'hôtel, on propose toujours de super activités pour les clients et le personnel et il y a un magnifique feu d'artifice. Mais je suis sûre que Carson vous a déjà informés de tout ça.

Je glisse un petit regard à Carson, dont le sourire figé me supplie : « S'il te plaît, Milly, pour une fois, fais semblant d'avoir écouté ce que je disais quand je t'ai parlé des activités pour les Tohis. »

– Oui, oui, bien sûr. J'ai hâte.

– Parfait. J'espère que ça vous plaira, dit Theresa. Donc, votre grand-mère aimerait vous recevoir pour un brunch dimanche en huit, le 11 juillet. J'espère que ce n'est pas incompatible avec tes horaires de travail ? ajoute-t-elle en se tournant vers Carson avec un sourire.

– Absolument pas, lui assure celui-ci.

– D'accord, dis-je.

Je scrute son visage en me demandant ce que cache cette histoire de brunch. Ma grand-mère a-t-elle vraiment envie de nous voir ? Ou se sent-elle obligée de le faire par respect des convenances ? Quoi qu'il en soit, Theresa garde son air cordial.

– Mme Story voulait également s'assurer que vous restiez disponibles le 17 juillet. C'est un samedi, le soir du gala d'été, et elle souhaite vous y inviter.

Une image surgit dans ma tête, celle de ma mère à dix-huit ans, en robe de bal blanche, avec son diamant goutte d'eau autour du cou. Celui pour lequel j'ai renoncé à mes projets pour cet été.

Sauf que, comme je l'ai compris entre-temps, les choses ne sont pas si simples.

Oui, je le veux, ce collier. Mais ce que j'aurais voulu surtout, c'est que ma mère ait envie de me l'offrir. Qu'elle soit le genre de mère soucieuse de transmettre un objet chargé de symbole à sa fille sans y être obligée. Mais là, c'est raté. Du coup, la vraie raison qui m'a amenée ici est la suivante : avoir l'occasion de côtoyer ma grand-mère et son cercle de confiance, et tous les gens de Gull Cove qui ont connu ma mère enfant et adolescente. Parce qu'il y en a sûrement un parmi eux qui sait ce qui a pu pousser Mildred Story à rompre tout lien avec ses quatre enfants il y a vingt-quatre ans. Peut-être que si je découvre ça, je réussirai enfin à comprendre ma mère.

Mais Theresa parle toujours, et je ramène mon attention sur elle.

– C'est une soirée habillée, précise-t-elle. Smoking pour les hommes et robe longue pour les femmes. Je me doute qu'aucun de vous n'a de tenue appropriée. N'hésitez pas à aller faire du shopping dans les boutiques de l'île, et mettez vos achats sur le compte de l'hôtel.

Malgré l'étrangeté de la situation, je suis un peu excitée par cette perspective. Ça ressemble aux fantasmes de shopping de mon enfance, si ce n'est que Mildred délègue les opérations à son assistante. Sans compter que…

– Rien ne m'ira, dis-je en me désignant. Je suis trop petite pour pouvoir porter une robe longue en prêt-à-porter.

Theresa a un nouveau petit rire.

– Ne n'inquiète pas pour cela. Les retouches seront effectuées en urgence, quelle que soit la boutique que tu auras choisie, déclare-elle comme si le problème était réglé.

Et je suppose qu'il l'est.

CHAPITRE HUIT

AUBREY

— Bon ! me lance Milly d'un air interrogateur. On balance Jonah l'Imposteur avant le brunch avec Mildred, ou pas ?

J'avale la fin de mon « plumwich » avant de répondre. On s'est installées à L'Angélique pour goûter le dessert signature du salon de thé : un sandwich fait d'un beignet fourré de glace à la prune.

– Je ne sais pas, dis-je. À qui veux-tu raconter ça ?

– Euh, à nos parents ? suggère Milly d'un ton indécis qui ne lui est pas habituel. Ou peut-être à Theresa ?

– Oui, on pourrait, mais…

Je me tâte. Contrairement à Milly, je sais ce que c'est que d'avoir besoin de fric. Et le fait que Jonah North ait remplacé Jonah Story ne me choque pas plus que ça. À part son côté râleur, j'ai l'impression qu'on a gagné au change.

– Au fond, ce n'est pas notre problème numéro un.

Ça fait rire Milly, mais je suis sérieuse. Jonah North n'arrive qu'en quatrième position dans la liste des sujets qui m'inquiètent. La première est occupée par mon père. La deuxième, par les invitations à un brunch et à un bal en grande tenue avec une grand-mère qui n'a même pas encore admis symboliquement mon existence. Et en trois, il y a le silence bizarre de Thomas, plus le fait qu'il me manque nettement moins que je ne l'aurais cru. De mon côté, j'ai arrêté de lui envoyer des messages. Je regarde mon portable muet une fois de temps en temps, en me demandant si ça veut dire qu'on n'est plus ensemble, et pourquoi je n'arrive pas à trouver assez d'énergie pour m'en préoccuper. Ça me paraît presque inévitable, comme si plus rien dans mon ancienne vie, si confortable et si prévisible, ne pouvait se poursuivre à l'identique.

Les festivités du 4 Juillet ont eu lieu il y a deux jours. Après les feux d'artifice et la fête des Tohis, je me suis couchée bien trop tard, et ensuite j'ai été incapable de m'endormir. Pendant que Milly respirait paisiblement dans son lit, j'ai passé des heures à suivre une fissure dans le mur du bout du doigt en songeant à la mécanique des effets pervers. À la façon dont une action accomplie l'an dernier, qui m'était apparue à l'époque aussi infime et insignifiante que cette minuscule imperfection, a déclenché une réaction en chaîne qui a abouti à l'implosion de ma famille.

Depuis mon arrivée ici, la culpabilité qui en découle m'empêche de parler à ma mère aussi souvent qu'il le faudrait. Je lui ai quand même envoyé une question dimanche, au pire moment de mon insomnie : « Est-ce que papa parle parfois de la plage des Canots ? »

Ma mère, qui s'endort toujours le soir devant la télé, ne m'a répondu que le lendemain matin. « La plage des Canots ? Pourquoi tu me demandes ça ? »

Ne sachant pas trop quoi dire, je suis restée vague. « J'y suis allée avant-hier, ça m'a fait penser à lui. »

Il lui a fallu du temps avant de réagir. « Ça lui est arrivé d'en parler. J'ai toujours eu l'impression qu'il ne l'aimait pas beaucoup, mais je ne pourrais pas te dire pourquoi. Cela dit, ça fait un moment qu'on n'a pas abordé l'époque où il habitait sur l'île. »

Ça m'a mise très mal à l'aise. Non seulement parce que ça renforçait le lien bizarre papa-plage des Canots qui s'était formé dans ma tête, mais parce que ça m'a rappelé à quel point les relations entre mes parents étaient tendues. Et cela sans doute depuis très longtemps. Du coup, j'ai trouvé une excuse pour mettre fin à la discussion.

Quand j'ai montré ces messages à Milly, elle s'est contentée de hausser les épaules :

« Ben c'est vrai qu'elle est moche, cette plage. Moi non plus, je l'aime pas. »

La voix de ma cousine me ramène au moment présent, et je dois me secouer pour me remémorer notre sujet de conversation. Ah oui : Jonah l'Imposteur.

– Il n'arrivera pas à se faire passer éternellement pour un Story. Et une fois qu'il sera démasqué, les autres nous tomberont dessus pour l'avoir couvert.

– Il va me falloir du café si on veut continuer cette conversation, dis-je en me levant. Tu reprends la même chose ?

– Ouais, s'te plaît.

La queue est moins longue que tout à l'heure, mais il reste quand même trois personnes devant moi, et j'inspecte la salle pour passer le temps. La décoration intérieure de L'Angélique ressemble à une sucette en forme de canne : murs à rayures blanches et rouges, avec tables et chaises en fer forgé et revêtement de sol rouge cerise. L'air est tiède malgré le ronronnement de la clim, et chargé d'une odeur de sucre et de chocolat. Il y a une douzaine de photos dans des cadres noirs derrière la caisse. Je les regarde distraitement, jusqu'à ce que mon œil tombe sur un visage familier.

Mon père dans toute la gloire et la beauté de sa jeunesse, un bras autour du tableau le plus nul que j'aie jamais vu. On croirait l'œuvre d'un petit de maternelle qui aurait peint son truc avec une pelote de laine trempée dans la gadoue. L'autre bras de mon père est passé nonchalamment autour des épaules d'une femme d'âge moyen dont la paume repose affectueusement sur sa joue. Même à distance, je distingue la tache de vin sur sa main. Mon insaisissable grand-mère, qui m'apparaît soudain à l'endroit le plus improbable.

Je m'approche pour lire la légende inscrite sous la photo : MILDRED ET ADAM STORY PRÉSENTANT LE PREMIER PRIX DU CONCOURS 1994 DES ARTISTES DE GULL COVE ISLAND.

J'ai du mal à croire qu'une femme propriétaire d'une collection d'art mondialement connue ait pu remettre une médaille à l'auteur de ce *truc*.

En arrivant à la caisse, je tends ma carte de crédit de la main gauche, même si c'est ridicule de penser que cette fille, une ado qui m'accorde à peine un regard, puisse se rendre compte que je suis une Story rien qu'en voyant ma tache de naissance. Il n'empêche que j'évite de la lui montrer en lui demandant :

– Dites, les photos qui sont derrière vous ne seraient pas à vendre ?

– Hein ?

La fille croise enfin mon regard, l'air un peu surpris.

– Non, je crois pas. C'est juste de la déco.

– OK, merci.

Je me sens un peu idiote, là. Mon père était en master à Harvard quand Mildred les a déshérités. Il logeait sur le campus de la fac de

Boston, et il n'a pas eu le temps de revenir chercher ses affaires aux Airelles. Quelqu'un d'autre s'est chargé de les mettre en cartons pour les lui envoyer, et il n'y avait presque pas de photos de famille. Ce serait sympa d'en avoir une. Mais je me vois mal expliquer tout ça à une inconnue qui s'en fiche complètement.

En me retournant, je manque de rentrer dans la personne qui attend dans la queue derrière moi.

– Chouette photo, hein ? En revanche, ce tableau est vraiment une horreur.

C'est Hazel Baxter-Clement, qui fait signe à la personne suivante de passer devant nous. Cette fois, elle n'est pas avec son grand-père.

– C'était la première année du concours, précise-t-elle. J'ai la faiblesse de penser qu'on a fait des progrès depuis.

– Tu es peintre ?

– Moi ? Non, répond-elle en remontant ses bracelets en cuir sur ses bras. Je m'intéresse à l'histoire de Gull Cove, c'est tout. Ça se passe bien, à l'hôtel ?

– Pas mal. Comment va ton grand-père ?

– Très bien. J'espérais que vous me feriez signe, ajoute-t-elle avec un sourire.

– On est assez pris par le boulot, dis-je un peu bêtement.

Derrière Hazel, je vois Milly me désigner sa grosse montre en or qui ne marche pas, puis la porte.

– On va devoir y aller, justement. On reprend dans un quart d'heure.

– Bon, mais prévenez-moi si vos emplois du temps s'allègent. Mon grand-père va beaucoup mieux ces jours-ci. Il pourrait sûrement vous raconter des anecdotes sur vos parents.

J'hésite. J'avoue que la proposition est tentante.

– Tu me redonnes ton numéro ? C'est Jonah qui l'a noté et il est un peu tête en l'air.

– Pas de problème.

Hazel me le rappelle, puis s'écarte pour me laisser passer.

– Quand vous voulez !

Milly se tient déjà à la porte, qu'elle maintient ouverte d'un pied en tapant par terre de l'autre.

– Qu'est-ce qu'elle t'a raconté ? marmonne-t-elle entre ses dents quand je la rejoins.

– Elle proposait qu'on se voie, dis-je en lui tendant son café glacé. Elle dit que son grand-père va mieux en ce moment et qu'il pourrait nous parler de nos parents. Il pourrait peut-être aussi expliquer les trucs bizarres qu'il a dits l'autre jour.

Milly met ses lunettes de soleil d'un air sceptique.

– C'est une ruse pour pouvoir nous mettre dans son projet pour la fac.

On longe les boutiques et les restaurants en tournant le dos au quai du ferry.

– On se croirait sur la Cinquième Avenue, ici. Oooh, regarde ça, c'est trop mignon ! s'exclame-t-elle en s'arrêtant pour inspecter la vitrine d'une boutique nommée Chez Kayla. C'est là qu'on devrait aller pour acheter nos robes.

– OK, dis-je, toujours travaillée par la photo de mon père suspendue au mur du salon de thé.

Je lui dois un appel, justement, et pour la première fois depuis mon arrivée, je me surprends à avoir envie de lui parler. Le fait de l'avoir vu si détendu, si heureux avec Granny me rappelle ce que j'éprouvais lorsqu'il se tournait vers moi avec ce même sourire éblouissant, autrefois. Prenant mon portable, je tape sur son numéro.

– J'en ai pour une minute, dis-je à Milly.

Il répond au bout de quatre sonneries, d'une voix crispée.

« Salut, Aubrey. »

– Salut, papa.

Je vais m'isoler dans une petite rue plus calme, à l'ombre de grands arbres qui s'élèvent derrière un mur de pierre. J'entends le claquement des sandales de Milly qui arrive derrière moi.

– Comment tu vas ?

« Bien », fait-il platement.

Puis c'est le silence, au point que, dans d'autres circonstances, j'aurais cru qu'on a été coupés. Je sais très bien qu'il me punit pour avoir ignoré ses appels toute la semaine. C'est sa technique quand il n'est pas content : refuser son affection et son approbation pour bien montrer qu'on le déçoit. Je le sais, et pourtant…

– Maman t'a dit que je brunche avec Granny ce week-end ?

« Oui. »

Nouveau silence, avant qu'il ajoute :

« Elle a mis le temps. »

– C'est parce qu'elle a dû aller à Boston.

Je n'ai pas pu m'empêcher de prendre un ton défensif, ce qui m'énerve. Buvant une gorgée de café glacé, je manque de le recracher. Il est à la noisette, et je déteste ça. Je balance mon gobelet presque plein dans une poubelle en continuant à marcher.

« Ouais, je suis au courant, reprend mon père. Ça m'étonne que tu aies laissé faire ça. »

Je bouche mon oreille libre avec l'index. J'ai dû mal entendre.

– Comment ça ? Je n'ai rien « laissé faire », moi. Elle est partie, c'est tout.

« Évidemment. Parce que tu n'as pas été assez moteur pour l'en empêcher. »

– Pas assez *moteur*? répété-je en pilant.

Milly s'arrête à son tour. On se trouve sous un passage voûté, où une plaque indique qu'il s'agit d'un lieu digne d'intérêt touristique ou historique. Mais ma vue se brouille trop pour que j'arrive à lire.

– Et j'aurais dû faire quoi, selon toi?

« C'est ça, ton problème, Aubrey: tu es passive. Tu préfères gâcher tout ton été que de prendre les choses en main. »

Je le sens qui part dans son numéro, à croire qu'il avait ce reproche en réserve depuis un petit moment et que je viens de lui fournir l'occasion parfaite de me balancer sa tirade.

« As-tu pensé une seule fois que tu pouvais contacter toi-même ta grand-mère, ou au moins parler avec son assistante? »

Comme je ne réponds pas, il renchérit d'un ton de plus en plus condescendant:

« C'est bien ce que je pensais: tu n'agis pas, tu réagis. Voilà ce que je veux dire. »

Pendant quelques secondes, je reste sans voix, vissée au trottoir, et les paroles du Dr Baxter sur le quai résonnent dans ma tête. *Adam possédait les germes de la grandeur. Mais il les a gâchés. Quelle inconscience. Un seul mot de lui et tout aurait pu se passer autrement.*

Je me demande quel était ce mot, et s'il était aussi exaspérant que…

– Moteur?

J'ai lâché le mot comme un glaçon, dur et froid.

– Tu veux dire comme toi quand tu couches avec mon entraîneuse et qu'elle tombe enceinte?

Milly lâche un petit bruit étranglé en posant les mains sur mes épaules pour me pousser sous la voûte, à l'écart des passants.

On se retrouve dans une cour tranquille et verdoyante, mais je ne perçois rien d'autre que la réponse incrédule de mon père, prononcée d'une voix âpre :

« Pardon ? »

Je me remets en marche en tremblant de la tête aux pieds. Ma gorge est si nouée que les mots ont du mal à sortir.

– Tu m'as bien entendue.

« Aubrey Elizabeth, comment oses-tu me parler sur ce ton ? Excuse-toi tout de suite. »

Il s'en faut d'un cheveu que je le fasse. Mon besoin de lui plaire est si enraciné au bout de dix-sept ans que, malgré tout, je ne rêve que d'effacer la colère de sa voix. Or c'est *moi* qui devrais être en colère. Et je le suis, mais ce n'est pas la colère froide et impitoyable qu'il mériterait. Plutôt le genre qui va s'émietter pour finir en excuses lamentables si je continue à discuter. Alors je m'accroche.

– Je te laisse. Je ne veux plus te parler.

J'éteins mon portable dans la foulée, avant de m'affaler dans l'herbe comme une pierre et d'enfouir mon visage dans mes mains.

J'entends un froissement à côté de moi, et quelqu'un me tapote timidement le bras.

– Wouah. La vache. Non mais wouah. Je ne l'avais pas vue venir, celle-là, me dit Milly.

Puis elle ajoute, presque pour elle-même :

– Je n'aurais pas cru que tu aurais le cran de parler à ton père comme ça.

J'écarte les mains avec un regard de reproche.

– Sérieux ? Tu veux dire que toi aussi, tu me vois comme une loseuse incapable de me bouger ? Je te remercie, Milly.

Elle écarquille les yeux, horrifiée.

– Mais non ! C'est pas du tout ce que je voulais dire ! Je... Écoute, je suis désolée, je suis nulle pour consoler les gens. Ça, c'est clair.

Elle continue à me tapoter le bras mécaniquement, et il faut avouer que ça n'a strictement rien de réconfortant.

– Oncle Adam est un salopard et je suis contente de lui avoir vomi dessus quand j'avais deux ans, reprend-elle.

Ça me fait rire malgré moi.

– Tu as fait ça ?

– C'est ce que m'a raconté ma mère.

– Il ne m'en a jamais parlé. C'est pas étonnant, remarque. Il ne parle jamais de rien si ça ne le montre pas sous un jour parfait.

Ma gorge se serre de nouveau et j'avale ma salive.

– Non seulement il a trompé ma mère, mais il a fallu que ce soit avec Matson, mon entraîneuse ! Je la connais depuis l'école primaire. C'était mon idole ! La personne que je voulais devenir ! J'ai même... Au secours, c'est même moi, la crétine qui les a présentés.

L'image flotte dans un coin de mon esprit depuis des semaines : moi en seconde, en train de tirer mon père vers le bord du bassin en insistant pour qu'il rencontre la femme qui m'entraîne depuis trois ans. Je me tiens fièrement entre ma jeune et jolie coach et mon père le bel homme distingué, heureuse de faire se rencontrer les deux personnes que j'admire le plus au monde. Par la suite, il ne m'avait jamais traversé l'esprit une seconde qu'ils puissent penser l'un à l'autre autrement qu'en rapport avec moi.

Il y a plein de trucs moches dans cette histoire, mais le pire est de me rendre compte que l'un comme l'autre n'en ont jamais eu grand-chose à faire de moi.

Les larmes me montent aux yeux et roulent sur mes joues. Je n'ai pas pleuré pour de bon une seule fois depuis que mon père nous a annoncé la nouvelle il y a un mois. Au début, j'étais sous le choc, et après – comme je l'ai toujours fait –, je me suis calée sur lui. Il ne voulait pas en parler, alors je n'ai rien dit. Il s'est comporté comme s'il s'agissait d'un événement qui serait tombé du ciel sur notre famille, et pas de quelque chose qu'il avait fait. Une sorte d'accident naturel aussi inéluctable qu'imprévisible. Il a fallu que je parte à cinq mille kilomètres de chez moi pour réaliser à quel point c'était tordu.

Je prends une grande inspiration pour tenter de me calmer, mais je ne réussis qu'à lâcher un sanglot étouffé. Puis un autre.

– Oh. Mais non ! C'est, euh... ça va aller ! m'assure Milly alors que je pleure de plus en plus fort. Attends, j'ai un mouchoir quelque part...

Je l'entends qui fouille dans son sac et elle reprend d'un ton dépité :

– Bon, c'est pas un mouchoir, juste un chiffon pour nettoyer mes lunettes. Mais il est tout doux. Et... à peu près propre. Tu le veux ?

Je lui prends son chiffon avec un petit rire étranglé pour m'essuyer les yeux.

– T'as raison, hein. T'es vraiment nulle pour consoler les gens.

– En attendant, j'ai réussi à te faire rire. Ou presque.

Milly prend ma main entre les siennes et la serre d'un geste énergique, plus comme une politicienne rencontrant un homologue que comme une cousine ou une amie, mais je laisse filer.

– Je suis vraiment désolée, déclare-t-elle avec chaleur. Rien de tout ça n'est ta faute. C'est tout à fait normal de vouloir que les personnes qui comptent pour toi s'entendent bien.

– Ça, pour bien s'entendre… Le pire, c'est que j'ai toujours cru qu'ils s'appréciaient à cause de moi. C'est pathétique.

– C'est clair.

En réponse à un nouveau regard lourd de reproche, elle s'empresse de clarifier :

– Enfin, si on parle de tonton Crise-de-la-quarantaine et de l'entraîneuse Briseuse-de-ménage. Franchement, ton père est trop cliché. Et elle ne vaut pas beaucoup mieux.

Je ravale de nouvelles larmes.

– C'est le cauchemar total. Je m'en veux tellement que j'ai du mal à parler à ma mère, même si elle m'a répété mille fois que ça n'avait rien à voir avec moi. J'ai arrêté de nager avec mon équipe parce que je ne supporterais pas de revoir ma coach. Je ne peux pas imaginer à quoi ressembleront les compètes l'an prochain, quand toutes les filles sauront. Pour l'instant, personne n'est au courant.

Thomas pas plus que les autres. J'ai voulu lui en parler, mais ce n'était jamais le bon moment. Je ne sais pas trop comment interpréter le fait que ma cousine soit au courant au bout de quinze jours alors que je n'ai toujours rien dit au garçon avec qui je sors depuis quatre ans, mais ça explique sans doute notre rupture tacite.

– Qu'est-ce qui va se passer maintenant ? me demande Milly. Avec le bébé, tout ça ?

– Ben je vais me retrouver avec un demi-frère ou une demi-sœur dans le courant de l'automne. Ce sera peut-être le fils dont mon père a toujours rêvé. (Milly me presse la main encore plus fort.) Ça m'étonnerait que mes parents s'en remettent. Et comme mon père refuse de prendre un boulot et d'être autonome financièrement, il se pourrait bien que ma coach devienne ma belle-mère.

Je frémis rien qu'à l'idée. Puis je jette un regard d'excuse à Milly.

– Pardon, je sais que tu as une belle-mère, mais…

– T'inquiète, ça n'a rien à voir. Du côté de mes parents, il n'y a pas eu d'infidélité. Ils étaient divorcés depuis longtemps quand mon père a rencontré Surya. Et ce n'est même pas lui qui a voulu partir.

– C'est quoi, le problème de mon père ? dis-je, la tête basse. Il aurait pu devenir quelqu'un de tellement mieux ! Comme disait le Dr Baxter, il avait un énorme potentiel et il l'a gâché. Au final, il… il n'a rien fait de sa vie.

– Je sais, je pense la même chose de ma mère. Enfin, elle n'est pas aussi horrible que ton père, mais… elle est tellement froide ! Elle se ferme à tout le monde. Mon père n'a jamais trouvé comment s'y prendre avec elle, et ce n'est pas faute d'avoir essayé. Du coup, je me dis : « À quoi bon ? » Si lui n'y est pas arrivé, je n'ai aucune chance. Il est bien plus cool et patient que moi.

Elle me presse la main une dernière fois, puis s'allonge, en appui sur les coudes.

– La famille Story est bien flinguée.

Cette vérité toute simple me frappe plus qu'elle ne le devrait. Bien que j'aie toujours su que la famille de mon père n'était pas tout à fait normale, avant, je trouvais qu'il y avait un côté… disons, romantique dans son mode de dysfonctionnement. Mais la vérité, c'est que mon père et ses frères et sœur sont tous malheureux. Lui qui fait exploser notre famille à cause d'un besoin profond de se sentir spécial sans rien faire pour l'être ; tante Allison qui a repoussé son mari et qui tient Milly à distance ; oncle Anders qui a une relation pourrie avec son fils au point que JT a payé un imposteur pour le berner ; et oncle Archer qui a disparu depuis des années à cause de problèmes d'addiction… L'espace d'une seconde, je regrette de ne plus être au téléphone avec mon père. Je lui dirais : « Maintenant, il est temps que tu affrontes ce qui a poussé Mildred à se retourner contre toi. Avant que la personne que tu aurais pu être ne disparaisse définitivement. »

Cela dit, ce serait peine perdue. Si mon père a une croyance inébranlable, c'est bien en son génie incompris.

Clignant des paupières pour chasser mes dernières larmes, j'enregistre enfin notre environnement.

– Mais… on est dans un cimetière ?

– Euh, oui. C'était… un peu plus tranquille ici. Enfin tu vois.

Un petit sourire faire remonter les coins de sa bouche.

– Regarde un peu avec qui on se retrouve. Une vraie réunion de famille.

Je suis son regard et mes yeux tombent sur les lettres gravées sur la pierre tombale qui se trouve juste à côté de nous.

Abraham Story

Époux et père bien-aimé

Philanthrope

« La famille d'abord, toujours »

– C'est plutôt ironique, non ? commente Milly.

Je lâche un petit rire.

– Tu sais quoi ? Mon père avait raison sur un point. Juste un, précisé-je en la voyant hausser les sourcils.

Je me sens plus légère après m'être enfin autorisée à pleurer, et j'ai aussi les idées plus claires, comme si je venais de me débarrasser d'œillères qui me masquaient la moitié de ce qui se passe autour de moi.

– C'est débile de rester planter là à se demander ce qui se passe. On devrait agir.

– OK, mais on fait quoi ? me demande Milly, passant aussitôt en mode résolution de problèmes. On va parler à Chaz ? Il peut peut-être nous mettre en contact avec Edward Franklin.

Je me relève en frottant mon short.

– Par exemple. Mais je pensais à autre chose. Et si on acceptait de se faire interviewer par Hazel ? On en profiterait pour lui poser quelques questions.

ALLISON

JUIN 1996

En entendant des voix familières, Allison s'arrêta devant la porte du bureau de sa mère.

– Reposez-vous et prenez l'air, Mildred. L'un et l'autre vous feront un bien fou, disait le Dr Baxter en refermant sa sacoche.

Les visites à domicile n'étaient pas dans ses habitudes, encore moins à 21 heures, mais il avait toujours fait une exception pour les Story. En particulier au cours des six derniers mois, depuis que Père était mort d'un infarctus et que Mère était soudain constamment consciente de son propre rythme cardiaque.

« J'ai l'impression qu'il est irrégulier, disait-elle, une main sur la poitrine. »

Allison savait ce qui n'allait pas avec le cœur de sa mère : il était brisé.

– Je n'arrête pas de le lui répéter, déclara la voix de Theresa. Faisons venir un professeur de yoga, Mildred. C'est apaisant et excellent, comme exercice. Ça nous ferait du bien à toutes les deux.

Theresa semblait tendue. Sur l'insistance de Mère, elle avait emménagé aux Airelles quelques mois plus tôt – « temporairement, juste le temps que je me remette » – et devait trouver cette promiscuité fatigante. Les craintes permanentes de Mildred et son incapacité à prendre la moindre décision n'avaient rien de surprenant à ce stade du processus de deuil, mais elles étaient déconcertantes pour tous ceux qui étaient habitués à voir les affaires des Story tourner comme une mécanique bien huilée. Allison savait qu'Adam en subissait la pression lui aussi. Leur mère n'arrêtait pas d'insister pour qu'il revienne plus souvent le semestre suivant, et qu'il joue un rôle plus actif dans la gestion des biens familiaux.

« Le seul intérêt de partir à la fac, c'est de *partir* ! s'était-il plaint la veille, alors que toute la fratrie était vautrée sur des serviettes sur la plage derrière la maison. Ça me gonflerait de devoir revenir un week-end sur deux comme un vulgaire autochtone. »

« Il faudrait préciser ce que tu entends par *autochtone* », avait souligné Anders, d'une voix étouffée par le chapeau à la Indiana Jones qui lui couvrait la figure.

Le reste de sa tenue, pantalon en lin et chemise à manches longues, était tout aussi adapté à une expédition archéologique. Contrairement à ses frères et sœur, Anders était très sensible au soleil, même tartiné de crème solaire. Mais comme la température ne dépassait pas vingt degrés ce jour-là, il paraissait moins décalé qu'en temps normal. Allison, quant à elle, avait enfilé un sweat-shirt et regrettait d'avoir mis un short.

« Vous aussi, vous pourriez vous y coller, avait repris Adam d'un ton grognon. Si on se répartissait le boulot, ce serait moins lourd. »

« Non merci, avait répliqué Anders en bâillant. C'est toi l'aîné, c'est ton job. Mère peut enfin toucher le retour sur investissement de toutes tes années de golden boy. »

« Totalement foireuse, ta métaphore », avait grommelé Adam.

Allison frappa doucement à la porte du bureau de sa mère avant de passer la tête dans la pièce.

– Bonsoir. Ravie de vous voir, docteur Baxter.

– Moi de même, Allison.

– Mère, je voulais te prévenir qu'on va à la fête, finalement, reprit la jeune fille.

Devant le regard d'incompréhension de Mildred, Allison ajouta :

– La fête de Rob Valentine, tu te souviens ?

Archer avait réussi à convaincre ses frères et sœur, Anders compris, d'aller à la soirée de son ami.

– Tous les quatre ?

– Oui. Je t'en ai parlé tout à l'heure, lui rappela sa fille en réfrénant un mouvement d'impatience.

Elle avait même abordé le sujet deux fois mais, ces derniers temps, Mildred faisait la sourde oreille à tout ce qu'elle n'avait pas envie d'entendre.

Celle-ci s'assombrit.

– J'avais oublié. Je pensais qu'on pourrait se faire une petite soirée jeux de société. J'ai attendu ça toute la journée.

– Oui, mais…

Si Adam avait été là, il aurait géré l'humeur de sa mère bien mieux qu'elle.

– Archer n'a pas vu Rob depuis un moment, et on lui a promis…

– Allons, Mildred, laissez-les sortir, intervient Theresa. On est samedi. Ils sont là tout l'été.

Mère lâcha un soupir résigné.

– Je crois que Matt y va aussi, précisa Theresa à Allison avec un sourire chaleureux. Dis-lui qu'il me manque, et que j'espère qu'il mange autre chose que des ramen quand il est tout seul à la maison.

Allison sentit son cœur s'emballer. Le rendez-vous que Matt lui avait proposé la semaine précédente n'avait pas eu lieu, et elle espérait précisément le croiser à la soirée de Rob.

– Entendu.

Elle battit en retraite dans le couloir en refermant la porte avant que sa mère ait eu le temps de protester.

– Elles sont vraiment pourries, ces vacances, grogna Anders alors que le quatuor sortait du parking de la plage des Mille-Sous, juste en face de chez Rob. En plus, on gèle.

Joignant le geste à la parole, il remonta la fermeture éclair de son épais sweat-shirt de Harvard.

– C'est l'été le plus froid depuis dix ans, précisa Adam, du ton qu'il prenait toujours pour fournir une information que, de son point de vue, les autres n'étaient pas censés ignorer. Ça chamboule totalement le schéma des marées côtières.

– Hyper intéressant, merci, marmonna Anders, avant de piler abruptement devant un scooter vert pomme. Ah merde, ce connard de Matt Ryan est là.

– Je crois que tout le monde est là, commenta Archer avec diplomatie, avant de céder à l'envie d'ajouter en poussant son frère du coude : l'île fait vingt kilomètres de long, je te rappelle. Ça augmente un peu les risques de se croiser.

Au bout de six mois, Allison avait espéré que la colère de son frère contre Matt se serait calmée, mais il fallait croire que non.

– Laisse tomber. Ce mec est un naze, dit Adam en montant les marches du perron quatre à quatre pour ouvrir la porte d'un geste chevaleresque.

Rob Valentine avait fini le lycée l'année précédente et venait d'emménager dans un bungalow à l'abandon. Le petit jardin de devant n'était qu'une étendue de longues herbes jaunes, la peinture s'écaillait, les vitres des fenêtres étaient remplacées par des plaques de carton qui n'étaient d'aucune utilité contre le froid. Mais il était rempli de musique et de la moitié des étudiants tout juste sortis du petit lycée de l'île. Allison ne put s'empêcher de comparer l'ambiance à celle des fêtes bien plus calmes qu'elle fréquentait en pension. Beaucoup de professeurs du lycée privé de Martindale logeaient sur le campus en plus des élèves, ce qui avait tendance à limiter la vie sociale.

Une jolie blonde coiffée d'une couronne Burger King et munie d'une bouteille de vin rouge se dressa en titubant sur le chemin des Story dès qu'ils eurent franchi la porte.

– C'est mon anniversaire, les informa-t-elle en mangeant ses mots. C'est toi, mon cadeau ?

Du goulot de sa bouteille, elle poussa doucement Adam, qui répondit en passant le bras autour de sa taille :

– Quand tu veux.

– Archeeer ! Tu viens faire un quarters ?

Un garçon qu'Allison identifia vaguement comme étant Rob Valentine leur adressait des signes frénétiques depuis un coin de la pièce, au milieu de gens assis sur des oreillers autour d'une table basse. Incrédule, elle vit Adam embrasser la fille contre un mur. Trente secondes après leur arrivée : un nouveau record.

– Ils sont tous en train de tomber comme des mouches, là-dedans, constata Anders tandis qu'Archer filait rejoindre son ami. Viens, Allison, on va se prendre un verre.

Elle n'avait pas particulièrement envie de rester collée à son frère mais, ne voyant autour d'elle que des visages inconnus, elle le suivit dans le semblant de cuisine.

– Tu veux une bière ? lui cria-t-il par-dessus son épaule.

Sans attendre sa réponse, il prit deux gobelets en carton sur la table. Il y avait une queue d'au moins dix personnes devant le fût, mais Anders passa devant comme si de rien n'était et écarta sans ménagement le gars qui était en train de se servir.

– Certaines choses ne changent jamais, je vois, lança une voix ironique.

C'était Kayla Dugas, l'ex d'Anders, troisième côté du tristement célèbre triangle amoureux Matt-Anders-Kayla. Ses cheveux longs jusqu'à la taille – elle ne les avait jamais coupés – ruisselaient en boucles souples sur ses épaules. Avec son jean et son débardeur noir, sans autre maquillage qu'un rouge bordeaux sur sa petite bouche pulpeuse, elle était incroyablement sexy. Allison, qui avait passé des heures à se torturer avant de se décider pour le mix short-sweatshirt validé par Matt huit jours plus tôt, eut soudain l'impression d'avoir dix ans.

Kayla lui faisait toujours cet effet-là. Sans être antipathique, elle avait une attitude distante qu'Allison trouvait un peu énervante. Si la vie avait été un film, la petite amie îlienne d'Anders par intermittence aurait tout fait pour briller aux yeux de la riche famille de son amoureux. Or Kayla se comportait toujours comme si c'était elle qu'il fallait apprivoiser. En conséquence, aucun Story n'avait jamais eu d'élan de sympathie pour elle, à l'exception du père d'Allison, qui trouvait qu'elle était pour la famille une bouffée d'air frais bienvenue.

«Je dirais que ton père a le *béguin*», avait dit un jour Mildred à Allison d'un ton acide. Celle-ci en avait conclu qu'elle devait être la première à se réjouir des ruptures à répétition entre Anders et Kayla.

La dernière en date, qui avait suivi le rapprochement de Kayla avec Matt, était aussi la plus longue. Anders était retourné à Harvard pour le deuxième semestre en jurant qu'il n'adresserait plus jamais la parole à son ex, et Allison ne l'avait pas entendu prononcer son nom depuis. Jusqu'à ce que…

– Kayla.

Anders lui tendit la bière d'Allison comme si elle lui était destinée depuis le début.

– Quelle charmante non-surprise, poursuivit-il.

– Salut, Anders, dit Kayla en acceptant le gobelet avec un sourire. Je croyais que tu ne me parlais plus.

Allison s'éloigna sans attendre la réponse de son frère. Elle n'avait jamais compris leur fonctionnement ; comment Anders, avec son caractère si tranchant et si hautain, pouvait en arriver à ramper devant Kayla jusqu'à ce qu'elle cède, avant de se mettre à la traiter comme quantité négligeable aussitôt après. Allison alla attendre son tour dans la queue du tonneau de bière avec le sentiment d'être invisible, tandis qu'Anders et Kayla se rapprochaient centimètre par centimètre, devenus le centre de l'attention même si tous faisaient semblant de rien.

– Ça va péter, murmura une voix à son oreille.

C'était Matt, muni de deux gobelets de bière. Il lui en tendit un. Elle le repoussa d'une main sur sa poitrine, avec un air inquiet qui n'était qu'à moitié feint.

– Pars avant qu'Anders te voie ! souffla-t-elle d'un ton pressant.

Mais Matt se contenta de rire tout en se laissant entraîner hors du coin cuisine.

– Anders ne voit que Kayla. J'espérais que tu viendrais, ajouta-t-il une fois qu'ils furent à l'abri dans un coin.

Allison nota ses joues enflammées, ses cheveux ébouriffés et son sourire de travers. Il avait déjà dû faire la queue devant le fût plusieurs fois.

– Au fait, sympa d'avoir appelé pour qu'on aille se boire ce café, dit-elle d'un ton sarcastique.

Oups. Ce n'était pas comme ça qu'elle avait décidé de s'y prendre. Elle était censée la jouer cool, pas comme si elle avait pensé à cette invitation tous les jours. Elle sentit ses joues brûler. Matt se borna à lui adresser un grand sourire.

– Tu sais bien que je ne peux pas appeler chez toi. Tu es la seule qui ne me raccrocherait pas au nez. À part ma mère.

– Elle te dit bonjour et elle espère que tu manges correctement, transmit consciencieusement Allison.

Elle se mordit la lèvre. Quoi de plus sexy que de passer à un gars le message de sa maman ?

– Non, répondit-il en riant, mais c'est pas la peine de lui répéter. À tous les coups, elle flipperait et demanderait à ma tante de venir habiter avec moi. Tante Paula comme coloc, c'est la dernière chose dont j'aie besoin. Tiens, ça te dit de faire un quarters ?

Non, Allison n'en avait pas spécialement envie. Elle but la moitié de sa bière pour gagner du temps. Elle aurait préféré continuer à parler tranquillement avec Matt, mais ne voyait pas trop comment y parvenir dans une fête remplie de gens qu'il connaissait et pas elle.

À moins de piquer l'une des tactiques brevetées d'Adam. Elle s'éventa en fronçant les sourcils.

– Il fait super chaud ici, non ? J'irais bien prendre un peu l'air. Tu viens avec moi ?

– OK.

Matt avait gobé sans difficulté la phrase qui avait permis à Adam, selon sa propre expression, de « s'envoyer des filles sur toutes les plages de l'île ». *Mais là, ce n'est pas pareil,* se défendit intérieurement Allison en traversant la pièce bondée. D'abord, elle n'était jamais très à l'aise dans les fêtes. Et même si ses frères l'avaient lâchée à la minute où ils étaient arrivés, elle ne tenait pas à ce qu'ils la voient avec « ce connard de Matt Ryan ».

Sans parler du problème Kayla. Si elle finissait par s'ennuyer avec Anders, elle risquait de reporter son intérêt sur Matt. Et Allison n'était pas de taille.

Cela dit, elle avait oublié qu'il faisait froid et se mit à frissonner à peine la porte refermée derrière eux.

– Ce n'était peut-être pas une bonne idée, dit-elle alors que ses jambes nues se couvraient de chair de poule sous l'assaut du vent froid.

– Bah, il nous faut juste un petit remontant.

Descendant la fermeture de son blouson en cuir, Matt tira une petite bouteille de whisky de la poche intérieure.

– Un peu de chaleur liquide, précisa-t-il avec un grand sourire en la débouchant pour la lui passer.

Devant son hésitation, il haussa un sourcil taquin.

– Sauf si tu te défiles ?

Allison eut l'impression qu'il savait exactement ce qu'elle avait en tête en lui proposant de prendre l'air, et fut tentée de faire demi-tour. Elle prit une petite gorgée de bourbon. C'était chaud et épicé, si agréable qu'elle en reprit une grande. Soudain, elle n'avait plus la moindre envie de jouer la sécurité. Kayla ne se dégonflerait pas, se dit-elle, avant de se maudire de choisir cet instant pour penser à l'ex de Matt. Cette fille occupait déjà bien assez de place dans l'espace mental des Story.

– Tu rigoles ? répliqua-t-elle.

Matt passa le bras autour de ses épaules et son sourire s'épanouit.

– Bien. Voilà la réponse que j'attendais.

CHAPITRE NEUF

JONAH

Je peux regarder mon écran autant de fois que je veux, ça ne change rien au solde de mon compte en banque.

Crédit compte courant: 10,71 dollars. Bon, ça montera quand je déposerai le chèque de mon premier salaire. Personne n'a moufté à la compta quand je leur ai donné mon vrai nom. J'ai raconté que mon compte était au nom de jeune fille de ma mère. Tout ce qui les intéressait, c'était que je leur rende le formulaire dans les temps.

Le chiffre qui me tue est celui de mon compte épargne: *0.* Il y a cinq mois, j'avais assez pour couvrir deux ans d'études après le lycée. Je comptais bien tout déchirer, en travaillant à mi-temps à côté jusqu'à ce que je puisse me payer une vraie fac pour passer un master. J'aurais décroché le premier diplôme universitaire de la famille, en prenant un emprunt minimum parce que j'avais économisé chaque chèque d'anniversaire, chaque cent reçu en bossant dans la salle de billard de mes parents, et tout le fric gagné en donnant des cours particuliers depuis des années. J'espérais encore décrocher une bourse, mais au pire, je n'en aurais pas eu besoin. Ça aurait été la cerise sur le gâteau.

Ça, c'était avant que je file tout mon fric à mon père pour profiter d'une occasion d'investissement « sûre à cent pour cent » qui devait doubler la mise. Peut-être même la tripler. Et voilà où on en est : mon compte est à sec, et ce n'est pas le plus gros pari que la famille North ait pris avec Anders Story.

Un client malheureux a vu disparaître la totalité des économies prévues pour sa retraite et pour les études de son fils, et risque maintenant d'y laisser sa petite entreprise familiale.

Marrant, non, que le fils d'une des principales victimes d'Anders Story se fasse passer pour le sien ? Bon, ce n'est pas vraiment un hasard. J'avais des projets très précis pour cet été, mais je les ai probablement flingués en mangeant une assiette de linguine aux crevettes.

– Hey, mec !

La voix d'Efram me ramène brutalement dans ma chambre de l'Anse aux Mouettes. On n'a pas la clim et le ventilateur géant d'Efram vrombit bruyamment sur son bureau en m'envoyant un gros souffle d'air dans la figure à chaque rotation. De l'air tiède, mais c'est mieux que rien.

– Sérieux, tu n'entends pas qu'on frappe à la porte ?

Je le regarde en battant des paupières, soudain conscient des coups en question.

– Pourquoi t'y vas pas, toi ?

Je suis assis à mon bureau et il est avachi sur son lit, voûté sur son ordi portable avec un casque autour du cou.

– Vas-y, mec, répète-t-il en agitant la main entre la porte et moi. C'est toi le plus près.

Ce critère pour désigner celui à qui revient une corvée faisant partie des règles implicites de la colocation, je me lève sans discuter. Derrière la porte, je découvre Milly, le poing levé pour frapper de nouveau, Aubrey à ses côtés.

– C'est pas trop tôt, grogne-t-elle en entrant.

– Salut, dit Efram d'un air un peu dérouté. Il se passe quoi ?

Il faut dire que c'est la première fois que mes « cousines » passent me voir dans ma chambre depuis dix jours qu'on est là.

– On t'emprunte Jonah, lui répond Milly en faisant tourner un trousseau de clés autour de son index.

Je me force à garder les yeux sur son visage et pas sur son mini-short parce que je ne suis pas censé remarquer ce genre de choses.

– Carson nous prête la jeep de l'hôtel pour l'après-midi. On va voir Hazel.

Son ton implique que je suis supposé savoir de qui elle parle, mais désolé, je ne vois pas.

– Qui ça ?

– Hazel Baxter-Clement. La fille qui prépare un projet sur notre famille pour la fac. Tu te souviens ? La petite-fille du médecin.

Mon estomac se noue. Si je me souviens… C'est tout juste si j'ai pu regarder cette fille en face, tellement j'avais peur qu'elle me grille avant même que j'arrive à l'hôtel.

– Ouais, ouais, je situe. Pourquoi on doit la voir ?

– Pour l'interview ! me répond Milly joyeusement. Avec Aubrey, on a décidé de la faire. Et on doit y aller tous les trois. Ben oui, c'est un truc *familial.*

Elle continue à faire tournoyer ses clés et je lis clairement le défi dans ses yeux. Je l'ai à peine revue depuis qu'elle m'a démasqué, mais je suis à cran. À chaque minute, je m'attends à ce qu'elle m'annonce qu'elle a tout balancé et que je dois rentrer chez moi. Apparemment, elle a décidé de s'abstenir… tant que je ferai tout ce qu'elle veut.

Je joue le jeu, mais ce n'est pas top. Encore moins s'il s'agit de rencontrer une fille qui a littéralement étudié l'histoire de la famille Story. Vu que JT n'a même pas jugé utile de me mentionner son allergie aux crevettes en me briefant, je ne peux clairement pas me contenter des infos qu'il m'a données.

– Je croyais que vous ne vouliez pas lui parler, dis-je.

Efram, toujours allongé sur son lit avec son casque autour du cou, ne fait même pas semblant de ne pas écouter.

– On a changé d'avis, me répond Milly. Bon, tu viens ou pas, *Jonah* ?

La façon dont elle durcit le ton ne me laisse pas le choix.

– OK, OK, fais-je en prenant la clé de la chambre sur ma commode. Mais je n'aurai pas grand-chose à dire.

– Ça ne nous changera pas beaucoup, commente-t-elle en levant les yeux au ciel. À plus, Efram.

– À plus, les cousines, fait-il en calant son casque sur ses oreilles.

Je suis les filles dans le couloir, et j'attends que la porte de la cage d'escalier se soit rabattue derrière moi pour demander :

– Je dois comprendre que tu ne diras rien ?

Milly me fait face.

– Dire quoi ? On ne sait rien du tout. S'il se passe un truc chelou, on sera aussi étonnées que le reste du monde quand ça arrivera.

Elle pince les lèvres avant d'ajouter :

– *Et* ça arrivera.

Elle commence à descendre l'escalier, tandis qu'Aubrey me tapote l'épaule.

– T'as encore des progrès à faire dans le rôle du cousin, me dit-elle, plutôt gentiment. Mais accroche-toi, tu vas y arriver.

Puis elle emboîte le pas à Milly et je les suis avec soulagement. Je demande quand même, histoire d'être sûr :

– Mais vous ne direz rien, alors ? Ni à Carson, ni aux parents, ni à JT ? À personne, quoi ?

Milly me laisse sur le gril jusqu'au bas de l'escalier, où elle me répond enfin :

– On gardera ton secret, Jonah North.

Dans la voiture, je fais défiler les derniers messages de JT. Comme je comptais précisément sur le genre de sursis que je viens de gagner, je ne l'ai pas prévenu que Milly avait découvert la combine, mais je l'ai quand même tenu au courant des invitations de Mildred. L'idée que je rencontre sa grand-mère ne lui plaît pas du tout. À ses messages de plus en plus énervés, je vois bien qu'il n'avait pas prévu que les choses en arrivent là.

Le jour du brunch, dis que tu ne te sens pas bien.

Et aussi le soir du gala.

Elle finira par se lasser.

De toute façon, pour elle, tout ça c'est qu'un jeu.

Je ressens une espèce de satisfaction amère en rangeant mon portable sans lui répondre. Parce que si jamais Mildred ne joue pas, si elle souhaite vraiment que ses petits-enfants fassent partie de sa vie, ça implique que JT n'est qu'à un pas de devenir millionnaire. Dans mon lycée, il y a des gens comme Milly, qui ont des parents assez riches pour se payer des grosses baraques et des belles voitures et pour financer leurs études. Mais Mildred Story, c'est un autre niveau. Elle a du fric à ne plus savoir qu'en faire. Si JT n'en récupère ne serait-ce qu'une petite fraction, sa famille est à l'abri à vie.

Or, en acceptant la manip, je me suis juré de tout faire pour que ça n'arrive pas.

Je n'ai pas dit toute la vérité à Milly quand elle m'est tombée dessus avec mon permis, ou ça aurait été direct retour à la maison. Le truc, c'est que je n'ai pas accepté le plan de JT pour le fric, ni pour les vacances. J'ai accepté parce qu'on n'a pas tous les jours l'occasion d'entuber les gens en leur faisant rater une chance de devenir multimillionnaires, encore moins quand ces gens sont la branche de la famille Story installée à Providence. Je n'ai rien contre JT personnellement. C'est juste un crétin inoffensif. En petit con gosse de riche qu'il est, il m'a fait miroiter ce job comme un prix de consolation pour ce que son père avait fait perdre à ma famille. « Tu m'en veux pas, hein, Jonah ? Les tuiles, ça arrive. »

Surtout quand on les provoque, oui. JT n'y est pour rien. Mais son père…

Je hais ce type.

Et JT le sait forcément. Le fait qu'il m'a proposé de prendre sa place prouve que son intelligence est surtout scolaire et que ce n'est pas le roi pour déchiffrer les gens. Il s'est juste dit qu'il proposait un boulot peinard à un gars en galère de fric. Alors qu'il m'offrait sur un plateau l'occasion d'empêcher définitivement Anders Story de se réconcilier avec sa mère richissime.

Je l'aurais même fait pour rien.

Dès qu'on s'est mis d'accord sur notre plan, je me suis mis à fantasmer sur ce que je ferais une fois en face de Mildred Story.

Mon idée était de me comporter comme un connard, d'être si grossier qu'elle me ficherait dehors. Anders Story ne manquerait pas d'apprendre que tout ça était de ma faute, et maudirait le jour où il a croisé le chemin de ma famille.

Quand je me suis retrouvé face à Mildred dans le bureau de Carson Fine, j'ai été trop pris de court pour ouvrir la bouche avant qu'elle nous congédie. Ensuite, Milly m'a démasqué et j'ai cru que tout était foutu. Or, on dirait qu'il me reste une chance. Sauf que…

Mon bel optimisme retombe un peu tandis que je regarde les cheveux de Milly voler dans le vent qui s'engouffre par la vitre. Je n'avais pas prévu de m'inquiéter pour les filles, persuadé que ce serait le dernier de mes soucis. Mais Aubrey est l'une des personnes les plus adorables que je connaisse, et Milly… bon. Elle ne me laisse rien passer depuis qu'on s'est rencontrés sur le ferry, mais je ne peux pas le lui reprocher, et ça ne m'empêche pas de l'apprécier un peu plus qu'il ne faudrait.

Je ne veux pas tout gâcher pour elles. Si, en me vengeant d'Anders, je flanquais aussi par terre leurs chances de se rapprocher de Mildred ? Et si, du coup, elles se mettaient à me détester ?

– Ah la vache, souffle Milly tout à coup.

Elle paraît tellement interloquée que, pendant une fraction de seconde, je me dis qu'elle a lu dans mes pensées. Mais elle ajoute en ralentissant :

– Je crois que c'est la villa des Airelles.

Puis elle s'arrête à un endroit qui nous donne une vision dégagée sur la route côtière, et… wouah. Une énorme bâtisse se dresse tout en bordure d'un promontoire au flanc abrupt qui tombe droit dans la mer. Ses lignes blanches et épurées créent un contraste frappant avec la roche sombre et déchiquetée. Presque entièrement vitrée, la maison étincelle au soleil. Une rambarde métallique délimite une grande terrasse sur le toit et une autre entoure une surface plane au-dessus d'une aile de la maison. Je parie pour une piscine à débordement. De là-haut, la vue doit être à couper le souffle.

Même moi qui ne suis pas un grand fan d'architecture, je suis frappé par l'aspect spectaculaire de la maison. Sans parler de son volume. Elle n'est pas beaucoup moins grande que l'hôtel. Et tout ça pour *une* personne ! Ma poitrine se serre et, une fois de plus, j'espère de toutes mes forces arriver à empêcher Anders Story de remettre un jour les pieds ici. Je prie pour qu'il meure sans avoir revu le palais de bord de mer dans lequel il est né. Même si je dois le tuer moi-même pour empêcher ça.

– Incroyable, murmure Milly.

Mes pensées meurtrières se dissipent, ou presque.

– Je me demande à quoi ça ressemble à l'intérieur, dit pensivement Aubrey.

Plus je la fréquente, plus j'ai le sentiment qu'elle se fiche complètement de l'argent. Tout ce qu'elle demande, c'est que quelqu'un dans cette famille de déglingués se soucie d'elle un minimum.

– On le saura dimanche, répond Milly en redémarrant.

Les mots sont anodins, mais son ton est crispé. Quant à elle, ses sentiments sur la famille Story ne sont pas évidents à déchiffrer. Quand elle nous a raconté que sa mère l'avait appâtée avec un pendentif en diamant, ma première pensée a été : « Cette fille est totalement superficielle. Elle n'aime que ce qui brille, comme Anders Story. » Mais elle aurait facilement pu se mêler à la bande hyper friquée des Tohis – ce faux-cul de Reid Chilton, le fils de la sénatrice, en pince clairement pour elle – et elle ne l'a pas fait.

Quelques minutes plus tard, on prend une allée privée longue et sinueuse, qui ne permet de découvrir l'énorme maison coloniale des Baxter qu'à mi-chemin.

– Wouah, sympaaa, commente Aubrey. J'ai vu sur Internet que cette baraque a appartenu à un capitaine de baleinier. C'est un bâtiment historique.

– Tu as cherché des infos sur Internet ? répété-je, amusé. Tu fais dans l'espionnage ?

– Hazel a l'air de savoir pas mal de choses sur nous, réplique-t-elle en haussant les épaules. Y a pas de raison.

Milly se gare à côté d'une Range Rover noire.

– Bon, c'est vous qui parlez, hein ? fais-je en descendant de voiture.

– Bah, je sais pas, dit Milly d'un ton léger. Ça dépendra des questions de Hazel. Je pense qu'oncle Anders est un Story particulièrement intéressant.

Visiblement, ça l'éclate de me déstabiliser.

Aubrey appuie sur la sonnette. Un « j'arrive ! » étouffé, des bruits de pas, puis la porte s'ouvre sur Hazel.

– Salut ! nous lance-t-elle en s'écartant pour nous laisser entrer.

Ses yeux se posent sur nous à tour de rôle et je baisse aussitôt le regard.

– Vous êtes pile à l'heure. On peut faire l'interview dans le salon, si ça vous va. Mon grand-père y est déjà.

– Très bien, approuve Aubrey.

On suit Hazel dans un couloir aux murs décorés de photos de famille couvrant plusieurs générations.

– Tu vis toute seule avec lui ? demande Milly.

– Ma mère aussi vit ici. Elle est revenue il y a deux ans, après le divorce.

On passe devant un petit salon de réception aux sièges raides comme des meubles de musée, et je me réjouis qu'on ne s'installe pas là. La situation est déjà assez inconfortable.

– Elle est souvent en déplacement en été. Mais comme je suis là pour m'occuper de mon grand-père, ça se goupille bien.

Elle baisse la voix pour ajouter :

– On a une infirmière à domicile, mais on dirait que son état s'aggrave quand la famille n'est pas là.

– Tu as dit que ça allait mieux, non ? demande Aubrey dans un murmure plein d'espoir.

– Tout à fait.

On entre dans un salon à l'atmosphère beaucoup plus détendue que les pièces précédentes. Il est baigné de soleil, meublé de canapés joufflus calés contre les murs clairs. Le Dr Baxter est assis dans le plus gros, une tasse et une théière sur un plateau devant lui. Il suffit qu'il lève les yeux pour que je remarque la différence avec l'autre jour. Sans être exactement affûté, son regard est bien plus concentré aujourd'hui.

– Papi, les petits-enfants Story sont arrivés, lui annonce Hazel en lui versant du thé. Je te présente Aubrey, Jonah et Milly.

– Ravie de vous revoir, docteur Baxter, dit Milly avec un sourire chaleureux.

Aubrey le salue à son tour, tandis que je fixe mes pieds en fourrant les mains dans mes poches. Opération Invisibilité.

– Mon Dieu, mon Dieu, dit le docteur d'une voix faible. Je croyais que j'avais mal compris, Hazel. Mais ce sont bien eux.

Relevant les yeux, j'ai juste le temps de surprendre une vague inquiétude sur son visage, avant qu'il ne la masque par un sourire crispé.

– C'est magnifique ! Excusez-moi de ne pas me lever pour vous accueillir. Mes jambes ne me portent plus aussi bien qu'autrefois.

– Vous voulez boire quelque chose ? nous propose Hazel.

Comme on décline, elle s'assoit à côté de son grand-père en nous faisant signe de faire de même.

– Installez-vous où vous voulez.

Je m'assois le plus loin possible du Dr Baxter. Aubrey fait le contraire en prenant place tout au bord du canapé qui se trouve en face de lui, de l'autre côté de la table basse.

– Je suis la fille d'Adam, lui annonce-t-elle en souriant. Il parle souvent de la façon dont vous l'avez aidé à récupérer après sa blessure au genou, au lycée.

– Ah, bah, dit le docteur en s'humectant les lèvres. Adam était un jeune homme très déterminé. Vraiment très déterminé.

Alors qu'Aubrey semble sur le point d'enchaîner, Hazel déclare en prenant un carnet et un stylo sur la table basse :

– Dites, je suis vraiment curieuse de savoir : qu'est-ce que ça fait de grandir en sachant qu'on aurait eu une vie totalement différente s'il n'y avait pas eu cette rupture familiale ?

– Ah ouais, fait Milly en battant de ses cils XXL. Droit au but, hein ?

Hazel a un sourire d'excuse, mais ne se laisse pas démonter.

– C'est passionnant, d'un point de vue sociologique, d'étudier comment la conscience d'une hypothétique vie parallèle peut affecter les objectifs et les aspirations d'une nouvelle génération.

Je me tasse dans mon fauteuil tandis que Milly, à l'inverse, se redresse pour répondre :

– Et tu sais ce qui m'intéresse, moi ? Ce que les gens de Gull Cove pensent qu'il s'est passé entre ma grand-mère et ses enfants. J'adorerais savoir ce qu'ils racontent.

– Hou là là, répond Hazel avec un petit rire coupable. Tu veux vraiment le savoir ? On entend un peu tout et n'importe quoi, tu sais.

Sur ma gauche, le Dr Baxter, qui vient de boire bruyamment une gorgée de thé, manque de reposer sa tasse à côté de sa soucoupe dans un fracas de porcelaine.

– Vas-y, ça m'intrigue, insiste Milly.

Hazel tire sur l'une de ses boucles d'oreilles.

– Alors… la théorie la plus répandue est que votre grand-mère a perdu les pédales après la mort de son mari. Elle a pratiquement vécu en ermite à partir de là, en refusant de voir qui que ce soit à part ses enfants. Jusqu'à ce qu'elle refuse de les voir eux aussi. Cela dit, mon grand-père la connaissait depuis des années et il ne l'a pas trouvée réellement instable à cette période. Hein, papi ?

– Euh, en effet, répond le Dr Baxter d'un ton hésitant.

Il semble encore plus mal à l'aise que moi, ce qui m'interpelle. Oubliant mes efforts pour me rendre invisible, je me penche en avant pour mieux voir son expression. Mon mouvement attire son attention et il plisse profondément le front.

– Vous ne ressemblez pas du tout à Anders, me déclare-t-il tout à trac.

Merde. Je me renfonce aussitôt dans mon fauteuil, tandis que Milly s'empresse de demander à Hazel :

– Et quelles sont les autres théories ? Parmi le « tout et n'importe quoi » ?

Hazel me glisse un coup d'œil et je me passe la main sur le visage comme si je réfléchissais.

– En fait, c'est drôle, ce que vient de dire mon grand-père, dit-elle lentement. C'est vrai que Jonah ne ressemble pas du tout à Anders, qui ne ressemblait déjà pas du tout au reste de la famille. Certains disent qu'il n'est pas le fils de Mildred, qu'Abraham a eu un fils hors mariage et qu'il a obligé sa femme à l'élever comme le sien.

Alors qu'Aubrey écarquille les yeux, elle ajoute :

– On dit même que Mme Story a voulu le déshériter et que ses frères et sa sœur ont quitté l'île par solidarité.

– Impossible, dit Aubrey, si précipitamment que je lâche un petit ricanement.

– C'est du délire ! enchérit Milly.

– À part ça, il y a des histoires carrément sordides, reprend Hazel. Par exemple, il y a eu une rumeur comme quoi l'un des frères d'Allison l'aurait mise enceinte et qu'ils auraient essayé de le cacher. Mais Mildred l'aurait appris et aurait pété un plomb. Et le bébé serait toujours…

– Quoi ? la coupe Milly d'une voix aiguë, doublée d'un air assassin. Il y a vraiment des gens qui racontent ça ? Mais c'est *répugnant* !

Hazel semble vouloir disparaître sous terre. Je me demande si elle n'avait pas oublié à qui elle parlait.

– Je sais, pardon, désolée, bafouille-t-elle en refermant vivement son carnet. Je ne voulais pas… Bon, écoutez, personne ne croit à cette histoire. Franchement, c'est juste des ragots colportés par des tordus.

Milly, qui la regarde fixement, semble sur le point d'éclater en sanglots, et moi, je casserais bien la gueule à quelqu'un. Je ne parle pas de Hazel et de son grand-père, évidemment. Même Aubrey, qui serait du genre à adopter une araignée au lieu de l'écraser, déclare en serrant les poings :

– J'aurais moins de mal à y croire si on me disait qu'ils ont commis un meurtre.

Nouveau fracas de porcelaine tandis que le genou du Dr Baxter percute la table basse. Les trois filles se tournent vers lui en même temps et il prend maladroitement sa tasse, dont il fixe le fond d'un air dépité.

– Où est mon chocolat chaud ?

Ses yeux un peu aqueux se posent quelque part au-dessus de l'épaule de Hazel.

– Katherine, c'est l'heure de mon chocolat.

– Mais non, papi, soupire Hazel. Tu sais bien que tu n'as pas droit au sucre raffiné. Et maman n'est pas là.

Puis elle se lève pour repousser la table basse à distance prudente.

– Katherine, c'est ma mère. Je crois que je ferais mieux de le conduire en haut pour qu'il se repose. Ce n'est pas très bon signe quand il commence à nous confondre.

Puis elle aide son grand-père à se lever et à traverser lentement le salon tandis qu'il continue à réclamer son chocolat chaud. Aubrey et Milly semblent pas mal perturbées. À mon avis, ni l'une ni l'autre n'ont remarqué que le docteur écoutait sa petite-fille d'un air parfaitement alerte ; jusqu'au moment où il a délibérément cogné la table basse.

CHAPITRE 10

MILLY

J'avoue, j'ai pris beaucoup trop d'affaires. Mais en me préparant ce matin pour mon rendez-vous avec Donald Camden, j'étais bien contente d'avoir emporté ma robe bustier bleu marine et mes escarpins. Bon, maintenant que je patiente dans la salle d'attente luxueuse, je ne suis plus si sûre que ça s'imposait. Je n'ai vu personne à part l'hôtesse d'accueil, occupée à se limer les ongles.

Je l'écoute répondre à un appel – on dirait que quelqu'un essaie de lui vendre un nouveau photocopieur – tout en parcourant l'affichette que j'ai prise sur le tableau d'affichage en entrant.

VENDREDI 9 JUILLET
VENEZ VOUS ÉCLATER AVEC LES ASTÉROÏDES,
LE MEILLEUR GROUPE DE REPRISES DES ANNÉES 80
DE GULL COVE
21 H AU DUNES

Évidemment, c'est super ringard, mais elle m'intéresse à cause de l'info qui figure en bas en petits caractères : AVEC ROB VALENTINE, JOHN O'DELL, CHARLIE PETRONELLI ET CHAZ JONES.

Je ne connais pas le nom de famille de Chaz, mais il ne doit pas y en avoir tant que ça sur l'île. Comme il est toujours en arrêt maladie, je n'ai pas encore pu lui demander les coordonnées d'Edward Franklin. Et ça m'arrangerait vraiment d'arriver à le contacter avant le brunch avec Mildred. Du coup, je suis bien partie pour me retrouver dans une soirée au Dunes. Je pourrai peut-être décider quelques Tohis à m'accompagner.

– Mademoiselle Story-Takahashi ? me lance l'hôtesse d'accueil. M. Camden va vous recevoir.

Elle se lève et me fait signe de la suivre dans le couloir dallé de marbre. Après une succession de bureaux vides, j'en vois enfin un où une jeune femme voûtée sur un téléphone écrit frénétiquement sur un bloc-notes. Visiblement, c'est la période des vacances chez Camden & Associés.

L'hôtesse d'accueil s'arrête enfin devant un bureau dont le mur du fond entièrement vitré donne sur le port de Gull Cove, et m'invite à entrer.

– Bonjour, Milly, me dit Donald Camden en se levant pour m'accueillir.

Son bureau noir est recouvert d'un vernis si brillant que j'y vois mon reflet en me penchant pour lui serrer la main. Toute la pièce est dans des tons noirs, blancs et chromés, jusqu'au fauteuil de bureau aux lignes futuristes dans lequel il se rassoit une fois que je suis installée en face de lui.

– Ravi de te revoir.

– Moi de même.

– Merci, Miranda, dit-il à la secrétaire, qui repart sans un mot en refermant doucement la porte.

Mes yeux se posent sur une photo glissée dans un cadre argenté. Alors que je m'attends à y voir une bande de petits-enfants blonds posant artistiquement, je découvre un portrait de Camden avec le Dr Baxter et Theresa Ryan, tous trois en tenue de soirée, dans ce qui semble être l'escalier majestueux de l'hôtel de l'Anse aux Mouettes.

La famille d'adoption de ma grand-mère.

– Très jolie, cette photo, dis-je. Elle a été prise durant un gala d'été ?

– Oui, l'année dernière, précise-t-il en joignant les mains sous son menton.

Le soleil qui entre à flots par la baie vitrée fait étinceler ses boutons de manchette en or.

– Je suis très heureux que tu aies décidé de réfléchir à ma proposition, Milly. Que souhaites-tu savoir de plus ?

Aucune idée. Mon plan se limitait à me retrouver dans la même pièce que le garde du corps numéro un de Mildred, au cas où il laisserait échapper quelque chose d'intéressant. Ou que je réussisse à le lui arracher.

– Je me demandais quel genre de conseils le cabinet de votre ami apporte à la production du film. Comme je pense m'orienter vers le droit, je me disais que je pourrais effectuer le stage dont vous nous avez parlé dans ce cadre-là.

Une expression un peu condescendante passe sur son visage.

– J'ai peur que leur domaine d'intervention ne soit un peu trop technique, et assez austère, aussi. Une jeune fille comme toi n'y trouverait pas beaucoup d'intérêt.

Non mais je rêve, quel connard méprisant ! Grâce au travail de mon père, j'ai engrangé des tas de notions juridiques. Mais Camden semble être le genre de type susceptible de baisser sa garde si on le pousse à jouer les experts. Je tente le coup :

– Ça concerne surtout les contrats, tout ça ?

Le voilà qui se lance dans des explications à rallonge, que j'écoute d'une oreille distraite, parce que je m'en fiche. La conversation d'hier avec Hazel m'a pas mal secouée. Cette nuit, je n'ai pas arrêté de me tourner et de me retourner dans mon lit, écœurée par les rumeurs immondes qui circulent sur ma mère, sans que ceux qui connaissent la vérité ne prennent la peine de les contredire.

Ce qui inclut ce type, prêt à payer une petite fortune pour nous faire dégager.

– C'est super intéressant ! m'exclamé-je avec enthousiasme lorsqu'il s'interrompt enfin pour respirer. Ça pourrait être une excellente formation pour moi. Seulement, j'hésite, parce que… (je me mords la lèvre) enfin, j'avais très envie de faire connaissance avec ma grand-mère. Je n'ai jamais compris ce qui s'est passé entre elle et ma mère. Si je le savais, j'aurais moins de mal à repartir.

Donald secoue la tête.

– Ah, Milly, c'est précisément le sujet qu'il faut à tout prix éviter avec ta grand-mère. Ça ne pourrait que la perturber, et ce serait dangereux pour sa santé.

– C'est pour ça que je ne l'ai pas fait et que je préférais en parler avec vous, dis-je de mon air le plus innocent. Et puis, Mme Ryan pense tellement de bien de vous !

Un peu de flatterie ne peut pas faire de mal. Theresa Ryan ne m'a envoyé en tout et pour tout qu'un mail à propos du brunch, mais il n'a pas besoin de le savoir.

– C'est très gentil de sa part, me répond-il avec une réserve que je ne décode pas.

– Elle ne sait pas que je suis ici, précisé-je à tout hasard. Et je ne vois pas non plus la nécessité d'en parler à ma grand-mère.

Donald se redresse en fronçant les sourcils et je comprends que j'ai poussé le bouchon un peu loin.

– Je ne trahirais jamais la confiance de ta grand-mère, Milly. Ce serait non seulement immoral, mais illégal. Je suis son conseiller juridique avant tout.

– Je sais bien, mais…

Je m'agrippe à mon sourire de façade en changeant de ligne d'attaque, tout en sachant que j'ai déjà perdu la manche.

– Vous ne pourriez pas l'inciter à nous expliquer ce qui s'est passé ? Ça assainirait tellement les choses ! Peut-être que ça lui ferait du bien et qu'elle serait plus heureuse si on crevait l'abcès.

Donald me regarde posément.

– Milly, es-tu prête à écouter les conseils d'un vieux bonhomme ?

Dans tes rêves.

– Bien sûr.

– Évite de remuer le passé. Aubrey, Jonah et toi, vous me semblez être des jeunes gens très équilibrés. Ce qui, soyons honnêtes, n'était pas le cas de vos parents à votre âge. Personne ne gagnerait quoi que ce soit à rouvrir de vieilles blessures. Au contraire.

Il me sourit avec un pseudo-air de bienveillance grand-paternelle, avant de reprendre :

– Bien, maintenant, m'autorises-tu à appeler mon ami pour lui confirmer votre venue à tous les trois sur le plateau d'*Agents spéciaux* ?

Bon, je n'en tirerai rien. Mais j'ai au moins la satisfaction de le voir changer de tête quand je réponds :

– Non.

Le Dunes est plein à craquer. Il fait super chaud là-dedans et il n'y a pas moyen de s'entendre à cause des Astéroïdes, qui braillent des reprises de Journey à plein volume. Chaz joue assis sur un tabouret dans l'ombre au fond de la scène. On ne voit que ses jambes et la bordure inférieure de sa guitare.

– Milly ! Une question pour toi ! me crie Brittany dans l'oreille.

On s'est entassés autour d'une petite table avec Efram, Aubrey et deux autres Tohis. Derrière nous, Jonah joue au billard avec un gars plus âgé. Sans doute quelqu'un du coin, vu qu'il n'y a pas beaucoup de touristes ici ce soir. Efram a fait entrer en douce une bouteille de rhum pour améliorer nos Coca, sauf celui d'Aubrey. J'en suis à ce stade légèrement alcoolisé où tous ceux qui m'entourent semblent plus sympathiques qu'en temps normal, et je me tourne vers Brittany avec un sourire rayonnant alors qu'on n'est pas particulièrement proches.

Comme elle me tape sur le bras, je réalise qu'elle attend une réponse.

– Quoi ? hurlé-je à mon tour.

Le groupe arrive à la fin d'un morceau et la foule l'ovationne bruyamment en en réclamant un autre.

– Il a une copine, ton cousin ? Il est trop craquant.

Suivant son regard, j'observe Jonah, en train de calculer son prochain tir, une mèche brune dans les yeux et les biceps saillants. Objectivement, c'est vrai qu'il en jette. Son visage coche toutes les cases : nez droit, bouche pleine, mâchoire carrée. Bon, ça me fait un peu drôle de remarquer ça. Exactement comme sur le ferry, quand j'ai découvert que le mec sexy que je matais dans l'escalier était mon cousin.

Sauf qu'il ne l'est pas.

Il croise mon regard en relevant la tête, me fait un clin d'œil et lâche un sourire retors avant de jouer. Je sens que je rougis, et je m'aperçois que Brittany est en train de nous observer d'un air un peu perdu.

– Vas-y, va lui parler, dis-je. Il t'a fait un clin d'œil.

– Je ne crois pas que…

– En fait, la coupé-je, je ne peux pas te dire s'il a une copine. On n'est pas super proches. Mais je vais te chercher l'info.

Je fais tourner mes glaçons dans mon verre avant de le vider d'un trait et je descends de mon tabouret. Tout le monde pète un plomb aux premières notes de piano bien reconnaissables de *Don't Stop Believin'*. Jonah est en train de finir son rhum-Coca en foudroyant du regard sa queue de billard comme si elle l'avait trahie.

– Ne me dis pas que tu perds, lui dis-je avec un coup de coude.

Son partenaire s'approche de la table pour jouer.

– Excuse, *small town girl*, me lance-t-il bien fort en même temps que le chanteur du groupe.

Je m'écarte en levant les yeux au ciel.

– J'ai été distrait, me répond Jonah en me regardant par en dessous avec un petit sourire.

– Arrête.

– Arrêter quoi ?

– De me draguer.

– Moi ? Je ne te drague pas.

Il pose sa queue de billard contre le mur et s'y adosse avec un sourire nonchalant. L'alcool doit lui faire le même effet qu'à moi, parce que je ne l'ai jamais vu aussi détendu.

– Tu ne doutes jamais de toi, hein ?

– Tu m'as fait un clin d'œil!

– Ouais, un clin d'œil du genre: « Salut, cousine, j'espère que ton enquête sur le barman de notre grand-mère avance bien. » Pas: « Salut, Milly, t'es super jolie ce soir. »

Et il ajoute en se penchant vers moi:

– Même si c'est le cas.

– Arrête, t'es con.

Je dois lutter pour ne pas sourire. C'est pas vrai! Je n'ai pas flashé sur un seul mec depuis presque un an, ce n'est franchement pas le moment. C'est déjà assez le bazar sans que je complique les choses.

– Je retourne voir Brittany.

– Non, attends.

D'un geste vif, il pose les mains sur mes hanches pour me faire pivoter vers la table de billard, tandis que j'évite soigneusement de regarder Brittany, qui doit se demander à quoi on joue.

– C'est mon tour et tu me portes chance.

Je ferais mieux de m'enfuir en courant. La scène doit paraître super bizarre aux yeux d'un observateur lambda. L'ennui, c'est que si je suis capable de gérer Jonah le Crétin et Jonah l'Imposteur, je suis totalement démunie face à ce Jonah-ci. Alors je reste plantée là tandis qu'il fait le tour de la table comme s'il était le maître des lieux, rentre quatre boules puis la huit en moins de deux secondes et voila, terminé. Son adversaire s'incline devant lui en joignant les mains, dans un geste caricatural qui n'en exprime pas moins un certain respect, puis lui fait un check avant de disparaître dans la foule. Les gens applaudissent bruyamment le groupe, dont les membres se mettent à débattre entre eux au lieu d'entamer le morceau suivant.

– Un de ces jours, il faudra que tu nous expliques comment tu as acquis tes talents de malade, dis-je à Jonah.

C'était un compliment, mais son sourire de satisfaction s'efface d'un seul coup.

Avant que j'aie eu le temps de m'excuser – sans savoir de quoi –, le chanteur des Astéroïdes se penche sur son micro. Il a le même visage buriné par le soleil que le gars du coin que Jonah vient de battre, et doit être plus jeune qu'il n'en a l'air.

– Bonsoir, tout le monde, merci d'être là ! On arrive au bout, mais notre guitariste, qui est plutôt un homme de l'ombre en temps normal, aimerait finir la soirée par sa chanson préférée. On applaudit Chaz très fort !

– Viens, on va voir, dis-je à Jonah en commençant à me diriger vers Brittany.

Il me suit, de si près que je manque de lui rentrer dedans quand je me retourne. Je devrais sans doute reculer, mais je ne le fais pas.

– Ah, au fait, j'allais oublier ! J'étais censée te cuisiner pour savoir si tu avais une copine.

Ma voix est plus aiguë que prévu et je tâche de prendre un ton plus pro en ajoutant :

– Pour Brittany.

Jonah me fixe un instant, les lumières de la scène jetant des étincelles dans ses yeux.

– Non, je n'ai pas de copine. Et Brittany ne m'intéresse pas.

J'ai le visage en feu, tout à coup.

– OK. C'est noté.

Je détourne vivement le visage pour lui cacher que j'ai rougi et on regagne la table alors que Chaz s'avance au centre de la scène, en clignant des paupières comme s'il se demandait ce qu'il fait là.

Même de loin, il n'a pas l'air d'aller très fort, et on voit bien qu'il n'est pas encore sorti de la phase de récup dont parle tout l'hôtel.

Je reprends mon tabouret en évitant de croiser le regard de Brittany.

– Je dédie cette chanson à ma famille, marmonne Chaz, dont la voix crépite dans le micro.

Il joue un riff familier et le groupe suit une seconde plus tard. Aubrey se redresse sur son tabouret.

– Hé, mais ce n'est pas… ?

– *Africa*, dit Brittany. De Weezer.

– C'est une chanson de Toto, au départ, rectifie Efram. Les Astéroïdes, c'est un groupe de reprises des années quatre-vingts, je vous rappelle. D'ailleurs, il est typique de l'époque, ce morceau. Le gars qui a écrit les paroles n'avait jamais mis les pieds en Afrique, c'est n'importe quoi.

Il n'a pas tort. Mais ce n'est pas ce qui me préoccupe tandis que j'essaie de croiser le regard d'Aubrey. Cette chanson a-t-elle occupé une place aussi importante dans son enfance que dans la mienne ? Mais peut-être qu'oncle Adam ne partageait pas ce pan du folklore Story avec les autres. Est-ce qu'elle connaît la vidéo où nos parents enfants chantent ça à tue-tête sur la plage ?

Comme elle continue à regarder la scène, je reporte mon attention sur Chaz, qui entonne le refrain en penchant la tête sur le côté, les yeux fermés, et… *ohhhh*.

J'y crois pas.

Je suis debout, me frayant un passage dans la foule à coups d'épaule pour me retrouver devant l'estrade. J'ai déjà été plus près de Chaz au Sevens, mais je le vois presque mieux ici, sous l'éclairage de la scène.

C'est dingue qu'il m'ait fallu tout ce temps pour comprendre.

Dès que la chanson s'achève, Chaz pose sa guitare sous les applaudissements et quitte la scène en faisant signe au barman. Je file au bar, mais je reste bloquée derrière une bande de gars. Je dois bientôt me résoudre à respirer par la bouche, tellement je suis submergée par des odeurs de déo qui se font concurrence.

– Salut, Milly, ça roule ? me demande Reid Chilton avec un grand sourire.

En regardant par-dessus son épaule, je distingue Chaz, l'air légèrement paniqué, mais déterminé. Visiblement, il sait qu'il a intérêt à s'enfuir, mais il n'est pas prêt à le faire sans emporter un truc à boire.

– Ça va super, mais je n'ai pas le temps, là, dis-je à Reid en passant entre lui et un gars en polo bleu.

– Wouah, Reid, le râteau, lâche l'autre en se marrant.

Je poursuis mon slalom jusqu'à Chaz, que j'agrippe par la manche. Je tire d'un coup sec et il se retourne. Les yeux qui croisent les miens me sont si familiers que je m'en veux de ne pas l'avoir remarqué avant. Tout le monde braille autour de nous, mais je baisse quand même la voix pour lui dire à l'oreille :

– Bonsoir, oncle Archer.

Le plus jeune des frères de ma mère écarquille les yeux, paniqué.

– C'est toi qui nous as fait venir sur l'île ?

CHAPITRE ONZE

AUBREY

— Il faudrait que je sois bien plus bourré que ça pour avoir cette discussion, grommelle oncle Archer en passant une main un peu tremblante sur sa bouche.

– Tu l'es largement assez, objecte sombrement Rob, le chanteur du groupe.

On est tous chez lui, plus exactement dans le bungalow qu'il prête à oncle Archer, au fond du jardin. Ça ne paye pas de mine vu du dehors, mais l'intérieur est bien plus propre et spacieux que je ne l'aurais cru.

Le chanteur nous a informés en chemin qu'il a une petite entreprise de peinture en bâtiment et qu'Archer et lui sont amis depuis le lycée. S'il n'avait pas été là pour l'en empêcher, Archer aurait sans doute filé par la porte du fond du Dunes à la seconde où Milly a prononcé son nom.

« Allez, avance, lui a dit Rob en le poussant de force vers une vieille Toyota garée sur le parking. On arrête de se planquer, maintenant. Il est temps d'expliquer ce qui se passe aux mômes. »

Milly, Jonah et moi, on a suivi passivement, un peu sonnés.

« Je le ferai quand on sera à la maison », a fini par céder Archer.

Une fois dans la voiture, il n'a pas tardé à tomber dans les vapes, ou il a fait semblant.

Le trajet a juste laissé le temps à Rob de nous demander des nouvelles de nos parents, un peu maladroitement. Ensuite, ça a été une vraie galère de faire sortir oncle Archer de la voiture, de le traîner jusqu'au bungalow et de le déposer dans le petit canapé. Maintenant, il se tient moitié assis, moitié affalé sur les coussins à motifs écossais à côté de Rob. Milly, Jonah et moi, on attend la suite, en rang d'oignons sur un futon en face d'eux.

Enfin, oncle Archer déclare après s'être éclairci la gorge :

– Bon... Ce n'est pas vraiment comme ça que j'avais prévu de vous révéler mon identité.

Son regard flotte vaguement dans notre direction sans jamais se poser sur nous.

– Maintenant que j'y pense, je n'aurais jamais dû...

Il s'interrompt et Milly s'agite à côté de moi en émettant des ondes d'impatience presque palpables.

– ... choisir cette chanson, achève-t-il.

Milly se redresse en fronçant les sourcils.

– C'est de *ça* que tu vas nous parler ? De cette chanson ?

– C'est un peu ma signature, répond-il, paraissant prendre le mouvement d'irritation de Milly pour une vraie question. Enfin, celle de ma famille, au temps où on vivait tous ici. Ta mère a dû t'en parler. Et les gens du coin...

Il se tait de nouveau et c'est Rob qui finit à sa place :

– ... s'en souviennent. C'était pas le meilleur moyen de garder ta couverture, *Chaz*.

– De toute façon, j'étais déjà grillé depuis la semaine dernière, marmonne Archer.

– Ça, t'en sais rien, réplique Rob d'un ton las qui laisse supposer qu'ils ont déjà eu ce débat plusieurs fois. Il n'a rien dit pour l'instant, si ?

J'échange un regard dérouté avec Milly.

– Qui n'a rien dit ? demande-t-elle. Vous parlez de qui ?

– Explique-leur, Archer. Mais commence par le début.

En guise de réponse, oncle Archer se contente de baisser la tête. On patiente, jusqu'à ce que Rob soupire et nous déclare avec un regard d'excuse :

– Il y a des soirs où il vaut mieux le laisser dormir pour écluser.

– Fatigué… murmure Archer.

Après les avoir soupesés du regard, Milly se lève pour se rendre à la cuisine. Elle revient avec un verre d'eau, se campe en face d'oncle Archer, soulève le verre et lui jette le contenu à la figure.

– Mais merde !? s'exclame-t-il en rouvrant les yeux.

Il s'essuie avec sa manche, mais des gouttes d'eau restent accrochées dans sa barbe.

– Tu nous dois des explications, dit Milly.

– Hé, doucement, intervient Rob, gentiment, mais fermement. Je comprends que tu t'impatientes, mais ton oncle ne le fait pas exprès. L'alcoolisme, c'est une maladie, tu sais.

Milly s'apprête à lui répondre, puis referme la bouche et va se rasseoir, toute rouge. C'est bien la première fois que je la vois s'écraser, et je dois avouer que dans ce cas précis, ça me soulage. Dans l'ensemble, j'aime bien son côté rentre-dedans, mais ça me fait mal de voir oncle Archer dans cet état. Milly n'a pas arrêté de dire qu'on aurait dû deviner qui il était, mais je ne vois vraiment pas comment. Dans mon souvenir, c'était un beau jeune homme rieur qui m'aidait à construire une ville en Lego, à quatre pattes sur la moquette.

– Je suis désolée, dit Milly tout bas.

– Pas grave, répond oncle Archer en clignant des paupières. Et puis je ne l'ai pas volé.

Il a un rire saccadé et essuie les dernières gouttes qui parsèment sa barbe.

– C'est moi qui vous dois des excuses. Tout à l'heure, tu m'as demandé si c'était moi qui vous avais fait venir. La réponse est oui.

Bon, au moins, voilà la solution d'un mystère qui nous occupait depuis quinze jours. Mais cela ne fait que soulever de nouvelles questions, et pour une fois, Milly paraît hésiter à les poser. Ce n'est pas Jonah qui va faire avancer les choses, trop inquiet qu'il est de dire le truc qu'il ne faut pas. Ça ne laisse plus que moi.

– Pourquoi ? Et comment ?

Oncle Archer jette un coup d'œil plein d'envie sur le verre vide de Milly. Il préfèrerait sûrement qu'il soit rempli, et pas avec de l'eau.

– C'est un peu à cause d'Edward. Vous voyez qui c'est ?

On hoche la tête tous les trois. Milly a suffisamment retrouvé ses esprits pour me coller un petit coup de coude dans les côtes avec un sourire satisfait, histoire de me rappeler qu'elle a passé la semaine à essayer de suivre cette piste.

– On s'est rencontrés l'hiver dernier à Boston par l'intermédiaire d'un ami commun. Ça a tout de suite collé entre nous. Quand j'ai su où il travaillait, j'y ai vu un signe du destin. Je m'étais remis à penser souvent à la famille, et à l'île, et… j'avais envie de revenir. Mais comme je savais que je ne pouvais pas débarquer sous l'identité d'Archer Story, j'ai demandé à Edward de me trouver un boulot de barman à l'hôtel, et à Rob si je pouvais me faire passer pour un pote à lui, le temps de décider quoi faire.

– Comment ça ? dis-je.

– Au début, je me suis bêtement imaginé que je finirais par tomber sur ma mère et que tout s'arrangerait. Qu'elle réaliserait qu'au fond, elle souhaitait ces retrouvailles autant que moi. Mais ça ne s'est pas passé comme ça. Je ne l'ai même jamais aperçue. Elle a une vie de recluse. Les rares fois où elle passe à l'hôtel, c'est pour le travail et elle ne parle quasiment à personne.

Je me penche un peu en avant.

– Oncle Archer, tu sais ce que signifiait la lettre ? Le fameux « Vous savez ce que vous avez fait » que vous a envoyé Donald Camden. Tu sais ce que, euh… ce que vous avez fait ?

– Aucune idée, fait-il en écartant les mains dans un geste d'ignorance. Je donnerais cher pour le savoir, pourtant.

Même réponse que celle que mon père n'a cessé de répéter, et que j'ai toujours admise sans me poser de questions. Mais depuis que je sais quel fourbe il peut être, je considère cette réponse sous un autre angle. Dans ces moments-là, il a le regard un peu fuyant, sa mâchoire se crispe et ses narines se dilatent. Des petites réactions qui, après coup, me font soupçonner qu'il me cache quelque chose. En revanche, je ne vois rien de tel en scrutant le visage d'oncle Archer. Rien que de la tristesse et de l'incompréhension.

– Tu n'as jamais envisagé de contacter Granny ?

– Des milliers de fois ! Mais au bout d'un moment, j'ai réalisé que je m'étais raconté des histoires en m'imaginant que je pouvais retrouver une place dans sa vie. Adam, Anders, Allison, moi… aucun de nous ne le peut. Quoi qu'il ait pu se produire il y a vingt-quatre ans, la position de Mère n'a pas bougé depuis. Ça fait longtemps qu'on est sortis de l'histoire des Story. Sauf qu'un jour, je suis tombé sur un article à propos de toi, Aubrey.

– Moi ?

– Ouais. Ton équipe de natation participait à un championnat national couvert par *USA Today*. En lisant l'article, j'ai trouvé ça dingue que notre famille ait explosé à ce point. Le fait de ne même pas savoir que tu étais devenue une nageuse d'élite, ça m'a donné le sentiment d'un immense gâchis.

– Je ne suis pas une nageuse d'élite, dis-je, gênée. C'était un truc d'équipe.

– C'est un accomplissement énorme ! insiste oncle Archer.

Soudain, les larmes me montent aux yeux. Mon père n'est même pas venu à cette compète. Il a prétexté qu'il ne se sentait pas bien. En réalité, il n'avait sûrement pas envie de tomber sur sa maîtresse en débarquant avec sa femme.

– J'étais super fier, j'aurais voulu te féliciter ! reprend oncle Archer. Mais comme on se connaissait à peine, j'ai eu peur que ça paraisse bizarre, que ça tombe de nulle part. Et puis j'ai pensé à Mère, au fait qu'elle ne connaissait aucun de vous. Et j'ai dit à Edward que, si elle vous rencontrait par hasard, elle comprendrait l'erreur qu'elle avait commise en se coupant de toute sa famille. C'est comme ça que j'ai eu l'idée. Après ça, impossible de penser à autre chose.

Milly, qui se taisait jusque-là, n'y tient plus.

– L'idée… de nous faire revenir en nous mentant ?

Les mots sont durs, mais pas le ton.

– Je n'ai pas vu ça sous cet angle, admet oncle Archer avec un sourire triste, mais en résumé… oui. Comme, en plus, Edward avait déjà décidé de partir, je l'ai persuadé de vous inviter en se faisant passer pour Mère. Je, euh, je n'ai de bonnes relations avec aucun de vos parents, c'est pour ça que je ne les ai pas mis dans le coup. Je me suis dit que si les choses marchaient comme je l'espérais, ils me pardonneraient ma petite ruse.

Ma tête va exploser, à essayer de traiter toutes ces informations.

– C'est toi aussi qui as prévenu *La Gazette de Gull Cove* ?

– Oui, reconnaît oncle Archer. Comme Mère accorde beaucoup d'importance aux apparences, j'ai pensé que ça la pousserait à vous rencontrer. Je n'avais pas prévu que vous tomberiez sur elle dès le premier jour. Mais tant mieux, parce que… j'avais raison, pas vrai ? Elle a envie de vous connaître. Elle vous a bien invités aux Airelles et au gala d'été, non ?

– Ouais, enfin, après nous avoir totalement ignorés pendant quinze jours, nuance Milly en secouant la tête. Elle donne plus l'impression d'essayer de sauver la face que de chercher la réconciliation. Parce que c'était quoi, le plan à long terme ? Tu espérais pouvoir lui cacher jusqu'au bout que c'était venu de toi ?

– Pas du tout ! Je compte tout lui dire après le gala. Je ne sais pas, dans une lettre, peut-être, ajoute-t-il en se frottant le front. Parce que je serais très étonné qu'elle accepte de me revoir.

Milly le dévisage comme elle regarderait un Martien.

– Tu n'as pas peur qu'elle t'en veuille à mort d'avoir monté ce plan ? Qu'elle soit encore moins prête à te réhériter ?

– À quoi ? fait oncle Archer en plissant le front.

– À te remettre dans son testament, quoi. Ce n'est pas ce que tu veux ? C'est ce qu'espère ma… c'est ce qu'espèrent nos parents, en tout cas. Je me trompe ? nous demande-t-elle en nous regardant tour à tour.

Jonah s'éclaircit la gorge.

– Non. C'est clairement ce que mes… parents espèrent.

– Les miens aussi, confirmé-je.

– Ben ça va sans doute vous paraître naïf, répond Archer en battant des paupières, mais moi, tout ce que je voulais, c'était qu'elle vous rencontre et inversement.

On se tait pendant une longue minute, le temps d'absorber ça. J'ai quand même du mal à le croire – un Story qui se ficherait de sa fortune perdue ? Ça va à l'encontre de tout ce qu'on m'a toujours raconté sur la famille de mon père. Et je ne peux pas imaginer un scénario dans lequel cette histoire tournerait bien pour oncle Archer. Même si Granny finissait par se réjouir de nous connaître – hypothèse hautement improbable –, elle ne s'en serait pas moins fait manipuler par son fils. Et on sait déjà qu'elle n'a pas le pardon facile.

– De toute façon, je m'attends à me faire virer dès que je repointerai le nez au bar, déclare Archer avant de regarder ses chaussures avec un soupir. C'est pour ça que je me planque.

– Pourquoi tu te ferais virer ? demandé-je.

Puis je me rappelle ce qu'il a dit à Rob tout à l'heure : « J'étais déjà grillé. »

– Quelqu'un t'a reconnu ?

Archer fait la grimace.

– Fred Baxter ! Vous imaginez ? C'était notre médecin de famille quand j'étais petit. Je suis tombé sur lui la semaine dernière à la pharmacie. Comme il était seul et qu'il avait l'air un peu paumé, j'ai cru qu'il avait semé son infirmière. J'ai proposé de l'aider et il m'a sorti : « Non merci, Archer. Un peu de temps rien qu'à moi, ça ne me fait pas de mal. » Je suis là à me dire que ce type est incapable de retrouver le chemin de chez lui, et c'est le seul de toute l'île qui me reconnaît. Il m'a demandé où je logeais et je… j'étais tellement scié que je le lui ai *dit* !

– Bah, il a sans doute oublié, dis-je en matière de consolation. Ça lui arrive souvent.

– Vous le connaissez ?

– Je n'en serais pas si sûr que toi, me lâche Jonah en parlant en même temps qu'Archer.

Comme il en reste là, je réponds à mon oncle :

– On a surtout parlé avec sa petite-fille, mais il était là.

Puis je me tais, parce qu'il est hors de question que je parle des horribles ragots répétés par Hazel.

Oncle Archer paraît dérouté.

– Bon, d'accord… Enfin, que Fred Baxter se rappelle m'avoir vu ou pas, une fois que j'aurai dit la vérité à Mère, ce sera terminé pour moi.

Il se penche en avant, les coudes sur les genoux, l'air soudain épuisé.

– Vous devez me prendre pour un dingue, et je le suis peut-être. Mais j'ai juste voulu bien faire.

À ce moment-là, mon portable vibre. Je le sors par pur réflexe et mes yeux s'arrondissent.

Thomas : *Comment ça va ?*

C'en est presque comique. Qu'est-ce qui t'arrive, Thomas ? Tu t'ennuies à ce point, pour me contacter après quinze jours de silence radio ?

Au fond, je sais très bien ce qui le fait réagir : je ne pense plus à lui.

Thomas a un sixième sens pour ces choses-là. Ça fait des années que je l'inonde d'attentions en ne récoltant que des miettes, et les seules fois où il y a eu un vague changement sont celles où j'ai inversé la dynamique involontairement en prenant mes distances. En seconde, il a refusé de m'emmener au Bal du printemps parce que « la danse, c'est chiant », jusqu'à ce que je décide d'y aller avec un garçon de ma classe aux beaux yeux bruns veloutés. Bien que je n'aie jamais prononcé son nom, Thomas a senti que je n'étais plus aussi accro que d'habitude et on est allés au bal tous les deux comme si c'était prévu depuis le début.

Il ne se réveille que quand l'adoration qu'il s'estime due commence à faiblir. Exactement comme…

C'est pas vrai. Cette révélation me donne la nausée. Non seulement je me dégoûte tout à coup d'avoir supporté ça aussi longtemps, mais je n'avais pas réalisé jusqu'à cette minute que je sors depuis toutes ces années avec l'équivalent lycéen de mon père.

Un nouveau coup de coude dans les côtes de la part de Milly me ramène à l'instant présent.

– Ça te va, Aubrey ?

Mes cousins attendent visiblement ma réponse, tandis qu'oncle Archer s'est affalé dans son canapé comme si la poussée d'énergie qui l'avait fait tenir jusque-là venait brusquement de le lâcher.

– Pardon, quoi ?

– On laisse reposer tout ça et on en reparle demain ? clarifie Milly.

– Ouais, enfin, moi, je… commence oncle Archer.

Agitant la main dans un geste incertain, il fait tomber une pile d'enveloppes posée au coin de la table basse.

– Merde. C'est quoi, tout ça ? demande-t-il tandis que je me baisse pour les ramasser.

– Ton courrier, répond Rob, manifestant de l'impatience pour la première fois de la soirée. À l'endroit où je te le laisse toujours quand tu en reçois.

– Bah, de toute façon c'est que des conneries, marmonne oncle Archer. « Cher vacancier », bla bla bla…

– Il y a une lettre personnelle, en tout cas, signalé-je en lui tendant une enveloppe sur laquelle son vrai nom est écrit à la main.

Il n'y a ni timbre ni adresse, elle a dû être glissée directement dans la boîte à lettres.

– Ah bon ? fait-il, tout surpris. Qui peut m'envoyer une lettre ? Personne ne sait que je suis là, à part…

Il ouvre l'enveloppe dont il tire une unique feuille de papier, et les rides se creusent encore davantage sur son front.

– C'est… Je ne comprends pas.

– C'est quoi ?

Je lui prends la feuille sans qu'il oppose de résistance, je lis les quelques lignes et je regarde mon oncle avec autant de perplexité que lui.

– Il n'a pas oublié, on dirait.

– Qui ça ? demande Milly. Oublié quoi ?

Je consulte oncle Archer du regard et, comme il hoche la tête, je lis tout haut :

> Archer,
>
> Je n'ai pas eu de répit depuis que je t'ai vu l'autre jour.
>
> Il y a des choses dont j'aurais dû te parler il y a des années.
>
> Et je crains de ne plus avoir beaucoup de temps pour le faire.
>
> Aurais-tu la gentillesse de passer me voir ?
>
> Amicalement,
>
> Fred Baxter

ALLISON
JUILLET 1996

-- Allô, Matt ? C'est Allison. Ils passent *Independence Day* au ciné, je pensais y aller le week-end prochain. Je ne résiste jamais à une histoire d'invasion d'extraterrestre. Tu me diras si tu veux venir ? Bon, à plus. Salut.

À peine Allison eut-elle raccroché qu'elle se mit à faire les cent pas dans sa chambre en se maudissant. « Je ne résiste jamais à une histoire d'invasion d'extraterrestre ? » *Sérieusement ?* En même temps, elle aurait pu dire n'importe quoi, ça n'aurait rien changé. Matt n'avait pas répondu à ses deux messages précédents et effacerait sûrement celui-ci sans même l'écouter. Il était temps de regarder les choses en face : la soirée sur la plage à la fête de Rob Valentine, qu'elle avait vue comme un coup de tonnerre romantique susceptible de changer le cours de sa vie (ou au moins de son été) n'avait été pour lui qu'une aventure d'un soir.

Matt Ryan l'ignorait totalement.

Depuis cette fameuse soirée, qui remontait maintenant à trois semaines, elle ne l'avait entrevu qu'une fois, alors qu'il entrait dans les bureaux de Donald Camden pour livrer des fleurs. Allison était allée jusqu'à le suivre à l'intérieur, en préparant une excuse du type « Tiens, salut, je passais juste déposer un truc de la part de ma mère ». Mais Kayla Dugas, qui travaillait cet été-là dans l'équipe de ménage du cabinet, avait été plus rapide qu'elle.

« Salut, toi, ça fait une paye », avait-elle lancé à Matt en poussant sa serpillère dans sa direction avec un petit pas de danse qui l'avait fait rire.

Même avec sa blouse informe et ses gants en caoutchouc, Kayla était superbe. Allison s'était cachée derrière un pilier, mais elle aurait aussi bien pu être invisible. Kayla et Matt se dévoraient des yeux. Elle avait fini par ressortir discrètement.

Elle s'était raconté toutes sortes d'histoires pour expliquer le silence de Matt. Il se la joue cool. Il a peur de ce que dirait sa mère. Il est intimidé par ma famille. Mais au bout de trois semaines, aucune de ces excuses ne tenait plus.

Ça craignait, tout ça. Mais Allison avait un problème nettement plus sérieux.

Sa chambre lui parut soudain trop petite, trop vide. Elle glissa la tête dans le couloir à l'affût d'un signe de vie dans la villa. Ses frères étaient à la plage, activité qu'elle avait décliné parce qu'elle voulait être seule pour appeler Matt. Pour le cas où il décrocherait, hypothèse qui apparaissait a posteriori totalement absurde.

Mère devait être là. Elle ne sortait presque plus de la maison.

Allison descendit et, en effet, tomba sur Mildred en train de feuilleter des catalogues de décoration à la table de la cuisine. Récemment, elle avait fait refaire la crédence du piano de cuisson avec de la céramique italienne peinte à la main, avant de décider qu'elle était trop voyante et qu'il fallait la remplacer.

– Que penses-tu de celui-là ? demanda-t-elle à sa fille en retournant le catalogue.

Allison considéra la page remplie de carrelage blanc.

– Si tu fais ça, tu vas briser le cœur de Theresa.

C'était elle qui avait conseillé la céramique italienne et, de fait, Allison trouvait les carreaux superbes, des petits chefs-d'œuvre qui apportaient de la couleur et de la profondeur à la cuisine. Mais Mère avait besoin d'une activité qui lui permette de se changer les idées sans avoir à sortir, et elle avait jeté son dévolu sur la déco.

– Theresa ne vit pas ici, que je sache, objecta Mildred en reprenant le catalogue.

– À vrai dire, si, lui rappela Allison.

Puis, parce qu'elle en était à ce niveau de passion amoureuse où toute excuse est bonne pour prononcer le nom de l'élu, elle ajouta :

– Matt doit se sentir seul sans elle.

– Les garçons se passent très bien de leur mère à cet âge-là. Ils ne les écoutent même pas. C'est une vérité universelle que je suis bien placée pour connaître.

Puis elle ajouta d'une voix sèche en tournant une page :

– Anders a recommencé à voir cette fille, non ?

– Quelle fille ?

Allison savait parfaitement qu'elle parlait de Kayla. Et Mère avait raison : quoi qu'il se passe entre elle et Matt, elle était retombée à fond dans ses vieilles histoires avec Anders.

Mère pinça les lèvres en feuilletant le catalogue de plus en plus vite.

– Ces bêtises ne sont plus de son âge. Il y a tellement de filles brillantes à Harvard, des filles avec qui il pourrait bâtir un avenir ! Ton père et moi, nous étions déjà fiancés en seconde !

Allison aurait éclaté de rire si sa mère n'avait pas été aussi sérieuse.

– Anders a dix-neuf ans, maman. Il ne pense pas à se marier.

– Eh bien elle, si, je te le garantis, fit sa mère avec mépris. Il ferait mieux de se méfier s'il ne veut pas se faire piéger.

La conversation prenait une pente glissante sous trop d'aspects.

– Je vais voir si les garçons sont rentrés, dit Allison en se levant.

– Je compte sur vous pour être tous présents ce soir à table, précisa Mère sans relever les yeux de son catalogue.

– Promis.

Sortant de la cuisine, elle remonta d'un pas vif le couloir de l'entrée et faillit foncer dans Theresa, qui réceptionnait un colis.

– Bonjour, dit Allison en plaquant un sourire sur sa figure.

Elle croisa les doigts pour que Theresa n'ait pas entendu ce qu'elles se disaient.

Mais celle-ci se contenta de lui sourire distraitement.

– Bonjour, Allison. Laissez cela ici, s'il vous plaît, demanda-t-elle au livreur.

Celui-ci poussa dans l'entrée son diable chargé d'un grand carton.

– Une nouvelle sculpture, précisa Theresa en aparté à Allison. Encore un bronze.

– Ah.

L'information se suffisait à elle-même. Mère était dans une phase bronze, et chaque sculpture était plus laide que la précédente. Theresa était franchement héroïque de réussir à rester sérieuse en en parlant.

– Vous n'auriez pas vu les garçons ? lui demanda Allison.

– Dans l'allée. Je crois qu'ils vont faire un tour au village.

Elle lui désigna la porte ouverte, par laquelle on voyait la BMW décapotable rouge cerise d'Adam.

Voilà qui pouvait lui être utile. Elle s'élança dehors en faisant de grands signes à Adam, qui amorçait une marche arrière.

– Quoi ? cria-t-il d'un ton impatient en s'arrêtant.

– Je viens avec vous, dit Allison en se glissant à l'arrière à côté d'Archer. J'ai une course à faire.

Il y avait foule dans Hurley Street, et Adam dut rouler au pas pour s'adapter au flux des touristes. Allison regarda son frère ajuster ses Ray-Ban dans le rétroviseur et contracter le biceps hâlé qui reposait sur la vitre abaissée. Il ne résistait jamais au plaisir de faire son numéro, et considérait toute l'île comme une scène de théâtre rien que pour lui.

– Mais pourquoi y a pas moyen de se garer ? râla-t-il, semblant ignorer que la saison touristique battait son plein. Plus qu'à espérer que ce n'est pas le souk à L'Angélique.

– Je vais d'abord passer à la librairie, signala Archer avec un regard en coin à Allison.

Elle était la seule à en connaître la vraie raison : il flashait sur le beau mec qui tenait la caisse pour l'été. Il lui avait avoué qu'il était gay à Noël, et cela l'avait touchée qu'il lui confie un secret qu'il ne partageait avec aucun autre membre de la famille. Il avait prévu d'en informer sa mère, mais Père était mort peu après. Et Archer n'avait jamais trouvé le bon moment depuis.

– Tu me gardes une place au café ? lui demanda-t-il.

– Je fais un saut chez Mugg avant.

Anders bâilla bruyamment.

– Je viens avec toi, il me faut un rasoir.

– Je te le prendrai, proposa aussitôt Allison.

Il eut un bruit de gorge dédaigneux.

– Tu ne choisirais pas le bon.

– Tu n'as qu'à me dire ce que tu veux.

– C'est plus simple si je choisis moi-même. Et je n'ai pas pris de liquide.

– Tu me rembourseras, proposa Allison en essayant de garder un ton naturel.

Elle cherchait à tout prix à éviter qu'il lui colle aux basques à la pharmacie, mais s'il s'en rendait compte, elle ne réussirait plus à se débarrasser de lui.

Anders tordit le cou pour la regarder.

– C'est un rasoir artisanal qui coûte plus de deux cents dollars. Tu es sûre que tu veux me les avancer ?

– Mais oui, grommela-t-elle. Pas de problème. Les cartes de crédit, c'est pas fait pour les chiens.

Anders se lança dans un descriptif détaillé de son rasoir en or massif, tandis qu'Allison contemplait le spectacle de la rue.

– Compris, dit-elle quand il eut fini.

– Hé, cool ! Regardez ça !

Une voiture venait de sortir d'une place de stationnement de choix juste devant eux et Adam positionna la BMW pour se garer en mode expert.

– Ma chance ne m'a pas abandonné ! jubila-t-il en passant en marche arrière.

Les places de stationnement se libéraient toujours miraculeusement pour Adam. C'en était même énervant.

– Félicitations, lui dit platement sa sœur. On se retrouve à L'Angélique.

Elle descendit de la voiture sans attendre qu'il ait éteint le moteur. Ils n'étaient garés qu'à un pâté de maisons de la pharmacie et elle fila d'un pas rapide sur le trottoir bondé jusqu'à l'auvent rayé marron et blanc. Une clochette tinta discrètement lorsqu'elle poussa la porte.

– Salut, Allison. Qu'est-ce qui t'amène ?

Le fils de M. Mugg, Dennis, se tenait derrière la caisse. Évidemment. Ça n'aurait pas pu être un interne en pharmacie en remplacement pour l'été, qu'elle n'aurait jamais revu.

– Salut, répondit-elle avec un sourire forcé. Alors, pour commencer, il me faudrait un rasoir Zéphyr AS à lame unique pour mon frère. Il dit que vous les rangez derrière le comptoir.

– Absolument. Excellent choix, approuva Dennis en décrochant un trousseau de clés de sa ceinture.

Il déverrouilla la petite vitrine qui se trouvait derrière lui et en retira une boîte en velours. Allison eut soudain l'impression d'être entrée dans une bijouterie.

– Bloc d'acier inox tout d'une pièce avec fini mat, souligna Denis en ouvrant la boîte.

Il fallait admettre que dans la catégorie rasoirs, c'était un bel objet. Anders pourrait peut-être l'exposer sur un mur, lui qui n'avait que deux poils sur le menton.

– Excellente ergonomie, ajouta Dennis. Il te faut des lames ?

Anders n'en avait pas parlé, et comme elles coûtaient vraisemblablement aussi cher que le rasoir, elle décida qu'il n'aurait qu'à se les acheter lui-même.

– Non merci, seulement le rasoir.

– Il te faut autre chose ? demanda Dennis en rangeant la boîte dans un sachet aux couleurs de la boutique.

– Oui, mais ne te dérange pas, je vais le chercher moi-même.

Et, après avoir ouvert son sac, Allison prononça la formule qui la prémunissait contre tout commentaire supplémentaire :

– J'ai besoin de tampons.

Puis elle s'engouffra dans une allée avant que Dennis ait pu se mettre à bégayer en rougissant. Il ne maîtrisait pas encore l'art de l'expression impassible pour ce qui était des produits d'hygiène féminine.

Test de grossesse
Résultat en cinq minutes !
Fiable dès deux semaines après la conception

Allison fit glisser un test dans son sac en remerciant le ciel que M. Mugg soit trop vieux jeu pour avoir installé des caméras de surveillance. Elle se retourna… et se figea.

– Tiens, tiens, tiens. Qu'avons-nous là ?

Le petit sourire d'Anders laissait peu de doutes sur ce qu'il avait vu.

CHAPITRE DOUZE

JONAH

Le samedi matin, je suis réveillé par une sonnerie persistante. Il fait chaud dans ma chambre, et même un peu étouffant. Je repousse l'enchevêtrement de draps qui pèse sur moi avant de tâtonner sur le carrelage à la recherche de mon portable. Efram est parti, il doit être dans l'équipe du matin à la piscine, aujourd'hui. Je n'ai pas besoin d'être au Sevens avant midi, ce qui me laisse encore une heure à glander même s'il est déjà 10 heures passées. Je n'aurais même pas eu besoin de me lever si…

Ah merde.

C'est mon père qui essaie de me joindre. Je le laisserais bien tomber sur ma boîte vocale, mais je ne peux pas. Je sais très bien pourquoi il appelle.

– Salut, p'pa, fais-je en m'asseyant. Comment ça s'est passé, l'audience ?

« Reportée. »

– Quoi ?

« Ta mère et moi, on avait besoin d'un peu plus de temps pour boucler le plan de restructuration qu'on veut proposer. On a demandé un report d'une semaine. »

– Ah, d'accord, dis-je prudemment. Et c'est une bonne nouvelle, alors ?

« Oui, plutôt. Ça nous laisse de meilleures chances de garder l'Empire. »

L'Empire, c'est l'Empire Billard Club, baptisé en hommage à *Empire Records*, le film préféré de ma mère. Mes parents l'ont acheté quand j'étais tout petit. Mon premier souvenir du club est le jour où on a fêté ses deux ans. Mon père a franchi le seuil en portant ma mère, avec moi qui suivais derrière, et on s'est retrouvés dans ce qui ressemblait à une méga fête. Cela dit, en y repensant, j'imagine que ça devait se limiter à la famille, quelques ouvriers du chantier devenus des habitués et beaucoup de ballons de baudruche.

Peu importe. J'adorais l'Empire. C'était magique, un endroit où je pouvais apprendre un nouveau jeu et où les adultes étaient toujours de bonne humeur. J'ai mis pas mal d'années à réaliser que cette gaieté tenait beaucoup aux bouteilles alignées derrière le bar, et à mesurer le nombre de fois où le barman, Enzo, devait dissuader les clients avec tact quand ils avaient eu leur dose. Au final, tout restait toujours sous contrôle à l'Empire. Cet endroit sombre et mal aéré au lino collant était ma deuxième maison.

« Jonah ? fait la voix de mon père. Tu es toujours là ? »

– Oui, oui, tu disais que ça vous donnait de meilleures chances de garder l'Empire. Pourquoi, ce n'est pas sûr ? »

« Rien n'est jamais sûr. On fait ce qu'on peut et on verra bien. »

En assurant mon dernier service à l'Empire, la veille de mon départ pour Gull Cove, je me suis préparé à le trouver fermé à mon retour. Je me croyais prêt. Mais chaque fois que mes parents m'appellent pour me donner des nouvelles, je suis saisi par le même mélange d'angoisse et d'amertume. Ça n'avance jamais. Il y a toujours des reports, des rendez-vous avec des créanciers, et tout un charabia de termes juridiques auxquels je ne comprends rien. C'est une torture sans fin, et même si c'est moi qui leur ai demandé de me tenir au courant, je commence à le regretter.

– Mais vous êtes toujours ouverts, non ?

« Oui, oui. On étudie différents moyens de baisser les charges. »

Quelque chose dans la façon dont il s'éclaircit la gorge me dit que je ne vais pas aimer ce qui va suivre.

« C'est moche, mais on a dû se séparer d'Enzo. »

J'aurais payé cher pour m'être trompé.

– Papa, c'est pas vrai !

En plus d'être le seul joueur de la salle qui soit encore capable de me battre, Enzo est le barman de l'Empire depuis son ouverture. En prime, il est drôle, loyal, et je le considère plus comme un tonton que comme un employé.

– Comment t'as pu le virer ? C'est une institution chez nous ! Il bosse comme un malade !

Ma voix est âpre et grinçante, comme si j'avais avalé quelque chose d'acide.

« Il nous coûtait cher, Jonah. On a dû prendre des décisions difficiles. »

– Mais c'est un *être humain* ! Tu ne peux pas décréter qu'il est trop cher !

« Si tu crois une seconde que… »

Après avoir haussé la voix pour couvrir la mienne, mon père s'interrompt, inspire et expire pour se calmer. Lorsqu'il reprend, son ton est presque normal, juste un peu cassant.

« Si tu crois que ça ne nous a pas brisé le cœur, à ta mère et moi, tu te trompes. On n'avait pas le choix. »

Tu l'as eu, le choix. T'avais qu'à pas écouter Anders Story, pensé-je. Au dernier moment, je garde ma remarque pour moi. Pas la peine de retourner le couteau dans la plaie.

– Bon, mais…

Je suis interrompu par un grand coup cogné à la porte de ma chambre.

– Attends, quelqu'un frappe. Je m'en débarrasse et je reviens.

« Non, non, vas-y, fais ce que tu as à faire, me répond mon père, apparemment aussi soulagé que moi par la perspective de mettre fin à cette conversation. C'est tout ce que j'avais à te raconter, de toute façon. »

Il s'éclaircit de nouveau la gorge.

« La prochaine fois, peut-être que je t'enverrai un message. »

Tout à coup, j'ai honte d'avoir été aussi dur avec lui. Mais je suis encore trop en colère à propos d'Enzo pour être capable de m'excuser.

– Ça marche, dis-je avant de raccrocher.

Lâchant mon portable sur l'oreiller avec un grognement rageur, je me saisis les cheveux à deux mains et je tire jusqu'à ce que ça me fasse mal. On frappe de nouveau, encore plus fort que la première fois.

– Minute, papillon !

Enzo me balançait toujours cette expression totalement périmée quand je le harcelais pour qu'il joue avec moi. « Minute, papillon, j'ai du boulot. » Mais bon, si je continue sur ce terrain, la journée va être longue. Après m'être forcé à respirer calmement, je me lève pour aller ouvrir. Au passage, je m'aplatis les cheveux en voyant ma tête dans le miroir. Même si on s'en fout.

À tous les coups, c'est Reid Chilton qui vient encore me taxer du dentifrice.

J'ai à peine le temps d'entrebâiller la porte qu'elle s'ouvre en grand. Et c'est pas Reid.

– Regarde ça ! s'exclame Milly en me fourrant son portable sous le nez.

– Bonjour à toi aussi.

À vrai dire, sa vue me remonte le moral d'un cran. J'attrape un tee-shirt sur le dossier de ma chaise et elle rougit presque en réalisant que je suis en caleçon. Ça lui apprendra à débouler dans ma chambre à… euh, OK, à 10 h 30.

– Elle est où, Aubrey ?

Je n'ai pas l'habitude de voir l'une sans l'autre.

– Elle travaille, me répond Milly.

Elle est superbe, comme toujours, avec son short beige, son haut blanc à dentelle et ses sandales compliquées avec plein de lanières. Quand ma tête émerge de mon tee-shirt, elle continue à brandir son téléphone, les yeux rivés sur un point situé quelque part derrière mon épaule.

– Oncle Archer avait raison, il n'aurait jamais dû chanter cette chanson. *La Gazette de Gull Cove* a remis ça.

– Remis quoi ?

Je lui prends son portable et mon estomac se serre dès que je lis le titre de l'article :

SUITE DE LA SAGA STORY : ARCHER LE FILS RENIÉ
SE CACHAIT-IL SOUS LES YEUX DE TOUS ?

– Ben merde.

L'article détaille les témoignages de « diverses sources » sur la présence d'un musicien qui ressemblait à Archer hier soir au Dunes.

– En quoi c'est un scoop, ça ? Et franchement, les gens avaient vraiment besoin de cette foutue chanson de Toto pour le reconnaître ?

Milly soupire.

– On est à Gull Cove, je te rappelle. Les histoires sur les Story, c'est une obsession ici.

– Il vaut mieux que je prévienne JT. Je pensais attendre qu'Archer ait l'occasion de voir sa mère, mais puisque c'est sorti…

J'envoie le lien de l'article à JT en lui demandant de m'appeler.

– Tu crois qu'il l'a lu ?

– Qui ça, JT ? demande Milly, sceptique.

– Mais non, Archer.

– Aucune idée.

Elle se mordille nerveusement le pouce.

– Je l'ai appelé plusieurs fois ce matin et je lui ai envoyé un message, mais il ne répond pas.

– À cette heure-ci, il doit encore dormir.

Puis, de peur qu'elle interprète ça comme « il doit encore cuver », j'ajoute :

– Je ne serais pas debout non plus si tu n'avais pas débarqué.

– Ouais, sauf que je pensais… Je ne sais pas. Je pensais qu'il voudrait nous reparler le plus vite possible.

Ses épaules se voûtent, et j'ai ce drôle de petit pincement au cœur que je sens chaque fois qu'elle a l'air triste.

– Il ne va pas tarder à nous faire signe, dis-je, comme si j'en savais quelque chose.

En réalité, il y a une chance sur deux pour que l'épisode d'hier soir l'ait poussé à se soûler. Et si jamais ça n'a pas suffi, l'histoire de ce matin va sûrement l'achever.

– Peut-être qu'il est allé parler au Dr Baxter, dit Milly. À sa place, je n'aurais pas pu attendre. Cette lettre était super bizarre.

C'est le Dr Baxter qui est super bizarre. Comme Milly et Aubrey étaient perturbées, je ne leur ai pas parlé de ce que j'avais vu : le docteur en train de heurter la table basse exprès pour mettre fin à la discussion sur les rumeurs concernant les enfants Story. Et puis, sur le coup, ça ne m'avait pas paru très important. On était tous mal à l'aise et j'étais surtout soulagé que ça s'arrête. Jusqu'à ce qu'Aubrey lise sa lettre hier, il ne m'a pas traversé l'esprit qu'il avait pu le faire exprès pour empêcher Hazel d'en dire trop. *Il y a des choses dont j'aurais dû te parler il y a des années.* Si j'étais Archer et que j'avais passé les vingt et quelques dernières années à me demander pourquoi j'ai été privé de la fortune familiale, je m'arrangerais pour être en état d'aller frapper à la porte du Dr Baxter à la première heure.

– Tu as sans doute raison, dis-je.

Milly lève la main pour coincer une mèche de cheveux derrière son oreille et sa grosse montre glisse le long de son bras. Le Dr Baxter et Archer s'éloignent de mon esprit tandis que je m'avance pour passer les doigts sur le bracelet en acier poli par le temps.

– Tu n'as jamais pensé à le faire ajuster à ta taille ?

– Non.

Tout naturellement, elle retire sa montre et me la tend.

– C'était celle de mon grand-père. Elle ne marche plus.

Je retourne la montre dans ma paume. Elle est lourde, encore tiède de la chaleur de sa peau. Le métal est lisse et patiné.

– Pourquoi tu la portes, alors ?

– Parce que je l'aime bien.

Il y a une inscription au dos : *Omnia vincit amor. À toi pour toujours, M.*

– C'était un cadeau de Mildred ?

Milly acquiesce d'un hochement de tête.

– Qu'est-ce que ça veut dire ?

– « L'amour triomphe de tout. »

Elle hausse une épaule avec un pli amer au coin de la bouche avant d'ajouter :

– Sauf si on parle de ses enfants, bien sûr. Ou de ses petits-enfants.

Milly ne rigole pas avec son image. J'ai tiré ses valises géantes assez longtemps pour savoir que les apparences comptent *beaucoup* pour elle. Du coup, c'est particulièrement intéressant de découvrir que le seul truc qu'elle porte tous les jours est un objet cassé qui lui rappelle constamment sa position d'exclue.

Je lui prends la main pour remettre la montre à son poignet.

– Mildred est dingue de ne jamais vous avoir donné une chance avant qu'Archer la mette au pied du mur. Tu le sais, ça, non ? C'est elle qui a un problème. Pas vous.

– Oui, j'en suis consciente. Mais merci pour la séance de psy.

– Quand tu veux. On t'a déjà dit que l'ironie est un mécanisme de défense ?

Je n'ai toujours pas lâché sa main.

Elle jette un regard circulaire sur ma chambre, le posant partout sauf sur moi.

– Et toi, on t'a déjà dit que ta chambre est à classer zone sinistrée ? Tu es au courant que tu as une commode ? Et que c'est fait pour *ranger* ses fringues ?

– Changer de sujet est *aussi* un mécanisme de défense.

Le coin de sa bouche tressaille.

– Contre quoi ?

– La peur de l'abandon, je dirais.

Elle rit doucement, en me glissant par-dessous ses longs cils un de ses regards qui affolent mon rythme cardiaque. Tout à coup, je me rappelle un truc que m'a raconté Efram avant-hier. Il m'a dit qu'il avait dragué sa petite amie alors qu'elle attendait à un feu rouge en hochant la tête en mesure avec la musique qu'il écoutait. Il avait attaqué en lui disant : « Faut savoir tenter sa chance quand elle se présente, on ne sait jamais si on en aura une autre. » Ça m'a tout de suite fait penser à Milly, au fait qu'il est impossible de tenter sa chance avec une fille qu'on fait passer pour sa cousine.

Sauf que pour une fois, on est tout seuls.

Je garde un ton détaché pour ne pas la faire fuir.

– Ou alors tu éprouves de l'attirance pour quelqu'un alors que tu ne devrais pas.

– Ah oui ? fait-elle en haussant les sourcils. Qui, par exemple ?

– Un fan des Red Sox ? Un gars du coin plus âgé ? Un faux parent ? Y a l'embarras du choix.

Elle ricane et récupère sa main, mais sans se fâcher.

– Pas tant que ça.

– N'essaie pas de lutter, dis-je de mon ton le plus sérieux. Le refoulement, c'est très mauvais.

Elle rit pour de bon, maintenant. Elle glousse presque, ce qui ne lui ressemble pas. C'est si craquant que je me creuse les neurones pour trouver un autre truc drôle à dire. Mais elle croise les bras en fixant de nouveau les yeux quelque part derrière mon épaule.

– Tu recommences, déclare-t-elle d'un ton accusateur.

– À quoi faire ?

– À me draguer.

– Moi ? Pas du tout.

Je laisse passer une seconde.

– Sauf si tu me le demandes. Ça te dit ?

Elle réprime un sourire.

– Mets un pantalon, au lieu de parler.

Voilà qui semble partir à l'opposé de là où je voudrais qu'on aille, mais je ne vais pas discuter ce point avec elle.

– Message reçu. Tu pourrais... ?

J'agite la main et elle se tourne vers la porte. J'enfile le jean qui traîne au bout de mon lit. Il fait trop chaud ici pour ce genre de vêtement, mais je n'ai jamais été très short, sauf pour jouer au basket. Et je ne joue plus au basket depuis que je travaille nuit et jour à l'Empire. Mais je ne vais pas penser à ça maintenant, avec Milly dans ma chambre et...

Elle étouffe une exclamation, puis se retourne en fixant son portable, les yeux écarquillés.

– Quoi ? Archer donne enfin des nouvelles ?

Elle secoue la tête en portant la main à sa gorge.

– Non. Oh, non.

Je ne l'ai jamais vue aussi boulversée, même les deux fois où elle a été confrontée à de fausses identités, dont la mienne.

– Tout va bien ? C'est à propos de ta grand-mère ? De tes parents ? D'Aubrey ?

– Oui. Enfin non, ce n'est pas à propos d'Aubrey, mais Carson Fine vient de lui annoncer une mauvaise nouvelle.

Ses yeux croisent les miens, toujours agrandis par le choc.

– C'est le Dr Baxter. Il est mort. Il s'est noyé dans un ruisseau dans les bois derrière chez lui.

CHAPITRE TREIZE

MILLY

Un portail en fer forgé de quatre mètres de haut se dresse devant nous, encadré par un mur de pierre aussi haut que lui qui s'étend à l'infini des deux côtés. C'est le seul moyen d'accès aux Airelles, à moins d'être prêt à escalader la falaise qui plonge dans l'océan derrière la maison.

– Nous y sommes, déclare notre chauffeur.

Il baisse sa vitre tout en ralentissant, et je suis de nouveau assaillie par le parfum du chèvrefeuille. Puis il sort un mince rectangle argenté qui ressemble à une carte de crédit et le plaque contre un capteur fixé à un pilier. On entend un gros cliquetis, et la porte à double battant s'ouvre lentement.

La Bentley qui est venue nous chercher comprend quatre places à l'arrière, disposées en carré et séparées par une table en chrome et en noyer. Les sièges, en cuir bicolore moka-beurre frais, sont équipés de dizaines de boutons permettant de régler leur position et leur température. Après avoir passé tout le trajet à les tripoter, Jonah se décide à relever le nez pendant que la voiture remonte lentement l'allée sinueuse. À droite, des buissons de chèvrefeuille en fleur escaladent de hauts treillages. Des arbres au vert luxuriant, que je n'ai vus nulle part ailleurs sur l'île, se dressent sur notre gauche.

Aubrey soupire. Elle paraît crispée et mal à l'aise dans sa robe-chemise rayée, la seule que je lui aie vue porter depuis le début du séjour.

– J'ai reçu un message de Hazel ce matin, annonce-t-elle. L'enterrement de son grand-père a lieu mercredi. On devrait demander notre journée à Carson.

– Oui, bien sûr, dis-je. Vous croyez qu'oncle Archer a eu le temps de le voir avant sa mort ?

– Je crois que…

Jonah hésite, comme s'il avait des scrupules à faire une remarque négative, puis il se décide :

– Franchement, je serais surpris qu'il ait dessoûlé depuis l'autre soir.

C'est probable. Ça fait trente-six heures qu'on est partis du bungalow d'oncle Archer et on n'a eu aucun signe de lui. Pas de réponse à nos messages, et les appels atterrissent droit sur sa boîte vocale.

– Granny doit être au courant, maintenant, non ? suppose Aubrey. Enfin, elle a dû lire l'article.

– Ça, c'est sûr.

Je ne peux pas imaginer qu'une rumeur pareille ne lui ait pas été rapportée sur-le-champ.

Aubrey se mord la lèvre et demande :

– À votre avis, on doit lui dire que c'est lui qui nous a fait venir ?

– Non, lui répond-on d'une seule voix.

Jonah me sourit en penchant la tête sur le côté et ça me fait comme des papillons dans le ventre. Je ne sais pas trop ce qu'il se serait passé dans sa chambre hier si la nouvelle de la mort du Dr Baxter ne nous était pas tombée dessus. Je serais assez curieuse de le savoir.

– J'ai une raison très claire de ne pas le faire, se justifie-t-il. J'aimerais bien garder mon job le plus longtemps possible. JT est déjà en panique à propos d'Archer. Et toi, Milly ?

Je relève fièrement le menton.

– On ne doit rien à Mildred. Elle n'a qu'à se débrouiller pour le découvrir elle-même. On l'a bien fait, nous.

En le disant, je suis frappée de m'apercevoir que je pense vraiment à Aubrey, Jonah et moi comme à un « nous », un drôle de trio uni par quelque chose que nous sommes les seuls à pouvoir comprendre. Cet été ne cesse de prendre des virages inattendus, et je suis contente d'avoir ces deux-là avec moi dans cette aventure.

Aubrey est assise à côté de moi dans le sens de la marche et, à la manière dont elle retient soudain sa respiration, je devine qu'elle est saisie par la vue de la villa.

– Wouah, lâche-t-elle.

Je me tords le cou pour regarder par la vitre, mais l'allée file en ligne droite deux secondes plus tard, et la maison surgit devant nous.

Si l'arrière, qu'on a déjà entrevu depuis la route, est tout en vitres étincelantes et en lignes modernes, la façade est celle d'un pur manoir style Nouvelle-Angleterre. Le corps central est encadré par de grosses colonnes blanches surmontées d'un petit balcon. Il est flanqué de deux ailes symétriques, chacune aussi grosse qu'une maison standard de l'île. Le toit en ardoise, très pentu, se termine sur une terrasse, aux quatre coins marqués par de grandes cheminées. La façade n'est qu'une enfilade de hautes fenêtres à volets verts que je renonce à compter. Accolé à l'aile gauche, il y a un garage à quatre portes fait dans la même pierre que les cheminées, couvert de chèvrefeuille de différentes teintes de rose.

Derrière la maison, un ciel bleu pâle parsemé de nuages blancs légers comme de la dentelle se fond dans le bleu profond de l'océan.

J'ai déjà vu des photos de la propriété, mais aucune ne m'a préparée à la réalité. C'est spectaculaire. Pendant une seconde, j'ai le souffle coupé en imaginant une vie parallèle où j'aurais passé tous mes étés ici, sous l'œil vigilant d'une grand-mère gâteau.

La femme qui se tient devant la porte entre les deux colonnes ne semble pas à sa place au milieu de cette splendeur, avec ses sabots et sa robe grise informe. Le chauffeur se gare et Theresa Ryan nous fait signe tandis qu'on descend de la Bentley.

– Bienvenue ! nous lance-t-elle.

Aubrey la rejoint la première, et Theresa prend sa main entre les siennes.

– Tu dois être Aubrey. Et voilà Jonah, bien sûr.

Ayant déjà rencontré Theresa, je reste un peu en retrait le temps qu'ils se saluent.

Hier, quand j'ai parlé à ma mère, elle a paru nostalgique lorsqu'on a évoqué l'assistante de Mildred.

« Dis-lui que je sens bien l'équipe de releveurs des Yankees cette année, comme en 96 », m'a-t-elle demandé de lui transmettre.

Mais lorsque Theresa me tend sa main à serrer, les mots ne sortent pas. Ça ferait un peu lèche-cul. C'est la personne la plus sympathique de l'entourage de Mildred Story, mais elle a choisi son camp depuis longtemps, et ce n'est pas le nôtre.

Elle pose une main sur la poignée de la porte, sans pour autant la tourner.

– Je voudrais vous dire un mot avant que vous n'entriez, déclare-t-elle d'un air un peu assombri. Le week-end a été très éprouvant. Fred Baxter était un ami très cher de votre grand-mère, et elle est très affectée par sa disparition. Par-dessus le marché, je suppose que vous avez lu dans la presse que votre oncle était de retour ?

Je fais ce que je peux pour garder un air neutre sous son regard inquisiteur.

– Oui, dis-je à mi-voix. C'est dingue, cette histoire.

Aubrey et Jonah fixent leurs chaussures.

– Ça fait beaucoup de choses à digérer d'un seul coup, reprend Theresa. J'espère que vous ne nous en voudrez pas si nous ne laissons pas ce brunch se prolonger trop longtemps.

– Non, bien sûr, fais-je en hochant la tête.

Puis elle ouvre la porte et nous fait signe d'entrer. Le hall est majestueux, les murs d'un blanc de neige, le plafond s'élève à une hauteur vertigineuse et le vaste espace est rempli d'une collection de tableaux, de sculptures et de vases dignes d'un musée. Un homme mince vêtu de noir examine attentivement une grande toile abstraite en prenant des notes sur un petit carnet. Moi qui traîne depuis toujours dans la galerie d'art de la mère de mon amie Chloe, je suis à peu près certaine qu'il s'agit d'un original de Cy Twombly.

Il referme son carnet en nous voyant.

– Je suis sûr qu'il y a moyen de faire quelque chose, déclare-t-il à Theresa. Je vous recontacte.

– C'est parfait ! Merci, répond Theresa en revenant sur ses pas pour lui rouvrir la porte.

Ils se parlent un instant à mi-voix, puis elle revient avec un grand sourire.

– Votre grand-mère envisage de se séparer d'une partie de sa collection.

Se séparer: se débarrasser de quelque chose dont on ne veut plus ou qui ne nous est plus utile.

Même si ce tableau dont Mildred s'apprête à se « séparer » n'est sans doute qu'une œuvre mineure de Twombly, il suffirait à payer nos études à tous les trois dans les universités les plus cotées du pays.

Bon, je ne vois pas laquelle m'accepterait, mais ce n'est pas la question.

Ces pensées amères m'ont distraite, jusqu'à ce que Theresa nous fasse franchir une porte vitrée qui donne sur une vaste terrasse couverte surplombant la mer. Bien que je ne sois jamais venue ici, j'ai une sensation de déjà-vu à cause de toutes les descriptions détaillées que m'a faites ma mère. C'était son endroit préféré de la maison.

– Mildred, les enfants sont là, lance Theresa.

Ma grand-mère est assise à une table en teck, à l'ombre d'un énorme parasol en toile diaphane. Il y a quatre assiettes et des plateaux à trois étages couverts de tout un assortiment de sandwichs, de fruits et de pâtisseries qui me mettent l'eau à la bouche. Mildred porte un chapeau de soleil malgré le parasol, et une très belle étole drapée sur une robe à manches longues en lin crème. Ses gants sont de la même couleur, assez courts pour laisser voir l'accumulation de bracelets en or qui ornent son bras gauche. Ses cheveux blancs ondulés sont détachés, et ses yeux sont cachés par de grandes lunettes de soleil à monture noire.

C'est pas du jeu, pensé-je en m'asseyant. J'ai failli prendre les miennes, avant de me dire que ce ne serait pas poli. Pourtant, je n'aurais pas dit non à un moyen de camouflage.

– Aubrey, Jonah, Milly, dit Mildred en inclinant la tête devant chacun de nous. Bienvenue à la villa des Airelles.

Theresa s'écarte pour laisser passer un homme vêtu d'un tablier noir qui nous propose à mi-voix du thé, du café et du jus de fruit.

– Je vous en prie, prenez ce que vous voulez, ajoute Mildred.

– Merci, répondons-nous en chœur, sans faire un geste pour nous servir.

– À moins que rien ne vous fasse envie ? demande-t-elle sèchement.

Aussitôt, on essaie de remplir nos assiettes tous en même temps dans un grand cliquetis de couverts.

La garce, me dis-je en plantant ma fourchette dans une tranche de melon. Ça ne fait pas trois minutes qu'on est là et on est déjà à ses ordres.

Jonah, assis à côté de moi, fixe les sandwichs d'un air d'appréhension.

– Ils sont tous à la laitue, me chuchote-t-il.

– Tiens, dis-je en en piquant un avec ma fourchette. Je crois que celui-là est au rosbif.

Aubrey joue la sécurité en bourrant son assiette de pâtisseries miniatures.

– Bien, dit Mildred en croisant les mains sous son menton.

J'attends la question qui s'impose : « Pourquoi êtes-vous là ? » Au lieu de cela, elle incline la tête vers Jonah et poursuit :

– Je dois avouer que je ne retrouve rien d'Anders en toi.

Jonah essaie de gagner du temps en enfournant la moitié de son sandwich au rosbif, puis c'est la catastrophe. Il devient écarlate, ses yeux larmoient et il s'étouffe avant de se jeter sur une serviette pour recracher des fragments de sandwich à moitié mâché.

– Qu'est-ce qu'il y a là-dedans ? demande-t-il d'une voix étranglée en prenant son verre d'eau.

Jetant un coup d'œil sur le reste de son sandwich, je repère une substance blanche entre les tranches de viande.

– Oh, on dirait du raifort. Désolée, dis-je tandis qu'il écluse son verre en deux gorgées. Il n'aime pas beaucoup ça, précisé-je à Mildred.

– C'est ce que je vois.

Elle prend une mûre sur le plateau et son geste a quelque chose d'étonnant. Genre, il arrive à cette femme de *manger* ? Je n'aurais pas été plus surprise que ça d'apprendre qu'elle se nourrissait exclusivement de sa rancœur.

Mildred se décide à retirer ses lunettes. Ses yeux, aussi chargés d'eye-liner que la dernière fois, se posent sur Jonah.

– Raconte-moi. Comment va Anders ?

Jonah se fige, à part un muscle de sa mâchoire qui tressaille. Ça dure si longtemps que je me demande s'il a compris la question. Puis il remplit de nouveau son verre d'eau, en prenant tout son temps, pas du tout gêné par le silence. Enfin, il regarde Mildred et, lentement, prend une grande inspiration, comme s'il se préparait pour un long discours.

– Vous attendez une réponse sincère ?

Son ton est calme, à peine teinté de provocation. Il paraît soudain libéré de toute trace de tension, ce qui, je ne sais pas pourquoi, *moi*, m'inquiète.

Mildred hausse les sourcils.

– Je t'en prie.

Je lâche une toux nerveuse. Jonah bat des paupières, croise mon regard et rougit violemment. Puis il se tourne de nouveau vers Mildred et marmonne :

– Je dirais que ça va. Je ne sais pas vraiment. On n'est pas très proches.

Une émotion indéfinissable traverse le visage de Mildred, qui se tourne vers Aubrey.

– Toi, tu ne ressembles pas non plus à ton père, mais je le retrouve dans la forme de tes yeux et dans ton menton.

Aubrey paraît un peu surprise, mais plutôt dans le bon sens.

– Comment va Adam ?

Aubrey s'humecte les lèvres en tirant sur le col de sa robe. Elle n'a pas encore touché à son assiette. Elle a l'air nerveuse, elle aussi, mais elle répond d'une voix ferme :

– Il ne change pas.

– Autrement dit, commente Mildred après une gorgée de thé, il pense toujours que le soleil se lève et se couche pour lui, et ne s'entoure que de gens qui sont d'accord avec lui.

Non mais je rêve, pensé-je. *S'il est vraiment comme ça, tu ne t'es jamais dit que tu avais peut-être ta part de responsabilité ?*

Aubrey rougit. Le fait qu'elle soit clairement d'accord avec la pique lancée par Mildred la met en porte-à-faux vis-à-vis de son père, et bien qu'il ne mérite pas sa loyauté, ce conflit intérieur se lit sur son visage. Mildred bat en retraite, allant jusqu'à tapoter la main d'Aubrey de sa main gantée.

– Excuse-moi. Le week-end a été difficile. Je ne voulais pas… Enfin, parlons de choses plus gaies. Ainsi, il paraît que tu es une nageuse de compétition ?

Aubrey hoche la tête avec soulagement et Mildred ajoute :

– Ton père doit être fier de toi. Il a toujours attaché de l'importance aux aptitudes sportives.

Aubrey semble se demander s'il y a un piège.

– Euh… j'espère, oui.

Puis Mildred se tourne de nouveau vers Jonah, occupé à se débarrasser du goût du raifort en tapant dans les tartelettes aux fruits.

– Et toi, Jonah, on me dit que tu as de très bonnes notes ? Tu vas présenter ta candidature à Harvard ?

Jonah avale tranquillement sa bouchée, apparemment soulagé de la facilité de cette question.

– Ouais, sans doute.

Je mets bien un quart d'heure à déchiffrer le schéma de l'interrogatoire. On a une demi-douzaine de sujets passionnants à disposition dont le déshéritement de nos parents, la mort du Dr Baxter, la réapparition d'Archer, sans oublier la question qui ne peut que tarauder Mildred : « Qu'est-ce que vous fabriquez ici ? » Or aucun n'est mis sur le tapis. Ma grand-mère concentre son attention exclusivement sur Aubrey et Jonah, les sondant sur leurs vies, leurs accomplissements et leurs pères. Ses interrogations frôlent parfois l'indiscrétion – elle cherche clairement quelque chose en lien avec ses deux fils aînés, même si elle tourne autour du pot –, et elle ne lâche pas l'affaire.

Jonah a l'air sur des charbons ardents pendant tout l'interrogatoire, mais réussit à ne pas se trahir. Aubrey s'épanouit comme une fleur au soleil, baignant dans la lumière inespérée de l'intérêt que lui manifeste Mildred.

Et moi, pendant ce temps, je me demande ce que je fais là.

Toute ma vie, je me suis imaginé cette rencontre avec ma grand-mère. D'accord, mes fantasmes de séances shopping étaient ridicules. Mais au fond de moi, je me disais que le fait que je m'appelle Mildred pourrait avoir un sens pour elle. Tout comme ma ressemblance avec ma mère. Et le fait que je porte en permanence la montre de mon grand-père. Et mon goût pour l'art et la mode, que je partage avec elle.

Or, maintenant que je me retrouve à l'endroit préféré de ma mère dans la légendaire villa des Airelles, que je regarde les petites crêtes blanches des vagues glisser à perte de vue sur l'océan en mangeant trop parce que je n'ai rien à dire, tout ce que je pense, c'est que rien de tout ça n'a de sens.

Peut-être qu'elle est raciste et qu'elle n'a aucune envie de s'embêter avec une petite-fille métisse. Ou qu'elle est sexiste et qu'il n'y a que ses fils qui comptent. À moins que ma tête ne lui revienne pas, tout simplement.

– Il faudrait que j'aille aux toilettes, dis-je en me levant brusquement.

Mildred me désigne la baie vitrée.

– C'est à gauche dans le couloir. La deuxième porte.

– D'accord.

Mais en quittant la pièce sur laquelle donne la terrasse, je prends à droite. Elle peut aller se faire foutre. Je n'ai jamais mis les pieds ici, c'est l'occasion de visiter. J'enlève mes sandales que je prends à la main et je traverse en silence de grandes salles superbement meublées, qui semblent tout droit sorties d'un magazine. Il y a des œuvres d'art et des fleurs partout. En passant devant la cuisine, j'admire la batterie d'appareils de luxe, si rutilants qu'ils semblent ne jamais avoir servi pour quelque chose d'aussi vulgaire que préparer à manger. Une voix attire mon attention.

– Je trouve cela excessif, est en train de dire Theresa.

Elle se trouve dans une pièce adjacente à la cuisine. Depuis le couloir, je distingue un pan de mur couvert de rayonnages de livres.

– On en a déjà parlé. Vous vous imaginez que ça réglerait le problème, mais cela ne ferait qu'en créer des dizaines d'autres.

Elle a l'air en colère, une émotion que je n'aurais pas associée spontanément à son caractère posé. Je m'approche sur la pointe des pieds.

– Ils sont là en ce moment même. J'essaie d'éviter que ça se prolonge, mais je ne sais pas trop quand je vais pouvoir la tirer de là. Elle a une curiosité… presque morbide, je pense.

Il y a un long silence, au bout duquel elle ajoute :

– À votre avis ? Toujours cette vieille obsession. Et ce n'est vraiment pas le moment qu'elle se laisse déconcentrer.

Nouveau silence.

– Oui, je suis d'accord que ça vaudrait mieux pour tout le monde. Entendu. On se rappelle cet après-midi.

Puis j'entends des pas, et je file me réfugier dans la cuisine pour me cacher derrière le comptoir. Mais elle passe dans le couloir sans s'arrêter, en chantonnant. Quand je ne l'entends plus, je ressors discrètement pour aller inspecter la pièce qu'elle vient de quitter. Elle est meublée d'un énorme bureau en bois sculpté, remplie de livres et de meubles de classement. Je meurs d'envie de fouiner, mais je me suis déjà absentée trop longtemps. Je prends juste le temps de vérifier un truc.

Il y a un téléphone fixe sur le bureau, un appareil à écran intégré comme celui que ma mère a à son travail. Elle n'arrive pas à lâcher ces vieilles technologies dépassées. J'appuie sur la touche *Menu*, puis sur *Dernier appel.*

Un nom apparaît sur l'écran : *Donald Camden.*

CHAPITRE QUATORZE

AUBREY

Ma cousine est une cliente de rêve.

– Tout vous va! s'exclame la gérante de Chez Kayla en se pressant les mains quand Milly sort de la cabine pour se camper en face du miroir. Mais je crois vraiment qu'on a trouvé, cette fois. C'est *exactement* ce qu'il vous faut.

Je suis d'accord. Milly a passé une robe longue sans manches, constituée d'un haut noir au décolleté plongeant, mais très chic, et d'une jupe blanche bouillonnante. Il y a une flaque de trente centimètres de tissu à ses pieds chaussés de talons hauts noirs. À part ça, elle est prête pour la cérémonie des Oscars.

Or son expression reste fermée et distante. Elle est comme ça depuis notre drôle de brunch aux Airelles il y a deux jours, qui a pris fin abruptement quand Granny s'est plainte d'une migraine soudaine. Je pensais que le shopping lui rendrait le sourire, mais elle a l'air d'être sur pilote automatique. Polie, mais ailleurs.

– Il faut reprendre l'ourlet, bien sûr, mais elle tombe à la perfection, reprend la gérante.

C'est une jolie brune au teint mat à l'approche de la quarantaine, vêtue d'une robe droite écrue toute simple, rehaussée de plusieurs rangées de colliers. Elle a fermé la boutique derrière nous et nous traite comme des princesses depuis presque une heure, assistée par une vendeuse.

Je n'étais jamais entrée dans ce genre de boutique. Tout luit d'un éclairage velouté qui nous fait un teint parfait. Les fauteuils sont en cuir ivoire, les cadres des miroirs sont en bois argenté et le sol est tapissé d'une matière chatoyante comme de la nacre. Des brassées de roses rouges embaument l'air. L'impression générale est celle d'un écrin, luxueux et confortable.

– Tu es hyper belle, comme ça, dis-je à Milly.

Je suis assise à moitié en position fœtale près du miroir après avoir essayé une seule et unique robe, dans laquelle j'avais l'air atrocement ridicule.

– Je confirme, enchérit la gérante. Si elle vous plaît, nous pouvons nous occuper des retouches tout de suite.

– D'accord, dit Milly.

La vendeuse nous rejoint, suivie d'une couturière qui a dû être appelée entre-temps exprès pour nous, car elle n'était pas là à notre arrivée. Celle-ci s'agenouille devant Milly et commence à marquer l'ourlet avec des épingles, par petits gestes rapides et précis. Cette prévenance semble réveiller Milly, qui sourit chaleureusement à la gérante.

– Merci pour tout. J'adore cette robe.

– Votre mère serait très fière si elle vous voyait.

– Ma grand-mère, vous voulez dire ?

– Oui, elle aussi, j'espère. Mais je parlais bien de votre mère. J'ai un peu connu Allison. À l'époque, j'étais trop jeune pour sortir avec toute la bande, mais ma sœur était amie avec eux quatre.

Je jette un coup d'œil sur l'enseigne, Chez Kayla, reproduite en épaisses lettres noires au-dessus du comptoir.

– C'est vous, Kayla ? demandé-je.

Son sourire s'estompe.

– Non, moi, je suis Oona. Kayla était ma sœur. Elle est morte quand j'étais au lycée. J'ai donné son nom à la boutique pour lui rendre hommage.

– Je suis vraiment désolée, dit-on d'une même voix, Milly et moi.

Je me mords la lèvre. Heureusement que je suis là pour donner une tournure déprimante à notre virée shopping de luxe.

– Merci, répond Oona. C'était il y a longtemps. Cela dit, je me souviens très bien de vos parents. Allison était magnifique. Et Adam… Ah, Adam faisait rêver toutes les filles, à l'époque.

Elle lâche un petit rire de gamine. Mon père paraît avoir eu cet effet sur tout le monde quand il était jeune. Mais je n'ai pas envie d'entendre parler de lui.

– Et vous connaissiez Archer ?

Notre brunch avec Granny remonte à avant-hier et on est toujours sans nouvelles de lui. Il n'est pas retourné travailler au bar. Je commence à me demander s'il n'a pas filé après avoir réalisé qu'il était démasqué. Cette pensée me déprime, en me donnant la sensation d'avoir perdu quelque chose avant même d'avoir pu en profiter. Je n'arrête pas de le revoir à quatre pattes au milieu d'une mer de Lego, à la recherche d'un mini-képi de policier en plastique, après que mon père, lassé de m'entendre geindre, a décrété que je l'avais sûrement perdu.

« C'est important, le bon chapeau, a déclaré posément oncle Archer. On va le retrouver. » Et on a fini par le retrouver.

– Bien sûr que je connaissais Archer, me répond Oona d'un ton insouciant alors que toute l'île bourdonne de rumeurs sur lui. Il a toujours été sympa avec les gens d'ici. On est restés en contact. C'est quelqu'un d'adorable, malgré quelques… (elle cherche brièvement ses mots) fêlures.

– Et Anders, vous le connaissiez aussi ?

– C'est celui que je connaissais le mieux. Kayla sortait avec lui, à l'époque.

Milly et moi, on ouvre des yeux surpris, et Oona a un rire un peu ironique.

– Je crois que ça ne plaisait pas beaucoup à votre grand-mère.

– Et vous ? Je veux dire, vous l'aimiez bien ?

Oncle Anders reste un mystère pour moi, le membre de la famille Story sur lequel j'en sais le moins.

Oona hausse les épaules.

– C'était quelqu'un de très impétueux.

La couturière se relève. La robe de Milly frôle tout juste la pointe de ses chaussures et Oona approuve la longueur d'un hochement de tête.

– C'est parfait. Linda, vous pouvez aider Milly à enlever sa robe pour que Karen s'occupe de l'ourlet ?

La vendeuse raccompagne Milly jusqu'à la cabine et Karen la couturière s'éloigne, me laissant seule avec Oona. Celle-ci me sourit gentiment en haussant un sourcil parfaitement épilé.

– Vous n'êtes pas aussi à l'aise pour les essayages que votre cousine, je me trompe ?

Mes yeux se posent sur la pile de tissu amoncelé sur une chaise à côté de moi. Cette robe a l'air bien inoffensive comparée à la monstruosité rose qu'elle est devenue quand je l'ai enfilée.

– Les robes, ça ne me va pas.

– Qu'est-ce qu'il ne faut pas entendre !

Oona baisse la voix pour ajouter :

– Linda ne travaille pas ici depuis très longtemps, elle ne maîtrise pas encore parfaitement l'art de choisir les bonnes robes.

Ce rose vous met en valeur, mais j'en vois une autre pour vous. Si vous passiez en cabine ? Je vous l'apporte.

Je hoche la tête sans conviction, mais elle est déjà en train de foncer vers un portant.

– Gardez juste vos sous-vêtements, j'arrive !

C'est l'inconvénient du *personal shopping* : aucune intimité.

Dans la cabine, j'enlève mon tee-shirt en redoutant le pire. Milly va être éblouissante au gala. Jonah, parti choisir un smoking dans une boutique au bout de la rue, sera sûrement super classe. Et moi, je serai la fille mal fagotée planquée dans un coin, qui fera murmurer à tout le monde : « Vous êtes sûrs que c'est une Story ? »

– Et voilà !

Oona ressurgit avec une robe sur le bras. Elle est d'un bleu nuit magnifique, mais j'entrevois des perles et… je ne sais pas. Ma règle est plutôt « plus c'est simple, mieux c'est ». Mais Oona, très sûre d'elle, est déjà en train de descendre la fermeture éclair après l'avoir suspendue à la patère.

– Alors, qu'en pensez-vous ?

– C'est joli, dis-je, un peu hésitante.

Puis j'ajoute, histoire de reporter le moment de m'insérer dans cette espèce de colonne en tissu qui ne doit faire aucun cadeau :

– Vous disiez tout à l'heure qu'oncle Anders était « impétueux ». Dans quel sens ?

Comme elle fronce les sourcils en regardant mon reflet dans le miroir, j'explique :

– Je ne l'ai pas vu depuis des années, je me souviens à peine de lui.

Prenant la robe à la patère, Oona fait glisser le tissu soyeux entre ses mains.

– Bah, c'était il y a longtemps. C'est un peu flou. Mais je me rappelle qu'il y avait sans arrêt des psychodrames. Kayla et lui étaient toujours en train de rompre. Chaque fois elle jurait que c'était la bonne, et chaque fois elle replongeait. C'était dur de résister à un Story, à l'époque.

Ses yeux se perdent dans le vague.

– Foncièrement, Kayla savait qu'étant donné son milieu social, une relation avec Anders n'avait aucune chance de tenir sur la durée.

Je m'en veux de l'avoir relancée sur sa sœur.

– Désolée. Je n'aurais pas dû reparler de ça.

– Sincèrement, ça ne me pose aucun problème, Aubrey, m'assure-t-elle en me tapotant l'épaule. Kayla est morte il y a vingt-quatre ans, et j'aime bien parler d'elle.

J'ai comme un petit picotement dans la nuque. Il y a vingt-quatre ans, on était en 1997, l'année où les enfants Story ont été déshérités. « *C'est là que tout s'est mis à déraper.* » Moi qui n'avais pas pensé depuis un moment à la plage des Canots, ni à cette phrase curieuse du roman de mon père, j'ai l'envie irrépressible de demander à Oona si c'est sur cette plage qu'il est arrivé quelque chose à Kayla. Mais je n'ose pas. Lui poser des questions sur l'ex-petit ami de sa sœur, c'est une chose, mais sur les circonstances de sa mort...

En plus, elle est en train de me tendre la robe d'un air décidé.

– Elle sera parfaite sur vous.

– Ça ne pourra pas être pire qu'avec la première.

– Ce n'était pas le bon style. Allez-y, passez-la. Quand on a des bras et des épaules pareils, il faut les montrer.

– Vous croyez ?

– Mais évidemment !

Je croise les bras sur mon soutien-gorge de sport défraîchi.

– Pourtant je les déteste, mes épaules. Et aussi mes bras. J'ai même mis une robe à manches longues pour le bal de promo.

– Eh bien c'était du gâchis, réplique Oona en agitant la robe au bout de son bras. Allez, enfilez-la.

Je m'exécute docilement, en me tenant à son coude pour ne pas perdre l'équilibre.

– Mon copain a dit que j'avais l'air d'une gamine qui jouait à se déguiser.

Je ne sais pas pourquoi je lui raconte ça. C'est sans doute l'atmosphère faussement intime de la situation qui me pousse aux confidences.

Oona plisse le front.

– Il ne m'a pas vraiment l'air à la hauteur, pour un petit ami.

Puis elle tire la robe sur mes hanches et remonte le bustier sur ma poitrine.

– C'est bon, vous pouvez enlever le soutien-gorge. Avec ce décolleté, il vous en faut un sans bretelles. Nous avons plusieurs modèles qui vous iront parfaitement.

– Euh, d'accord.

De nouveau, je fais ce qu'elle me demande. Je suis un peu tentée de défendre Thomas par esprit de loyauté… mais elle a raison. Il n'est pas *du tout* à la hauteur.

– C'est peut-être bien mon ex, maintenant, dis-je tandis qu'elle remonte la fermeture éclair dans mon dos. Mon petit ami, je veux dire.

– « Peut-être bien » ?

– Bah, il ne s'est pas vraiment précipité pour répondre à mes derniers messages. Et maintenant que c'est moi qui ne lui réponds plus, il…

Comme je ne termine pas ma phrase, elle enchaîne :

– Ah, c'est comme ça qu'ils font, les jeunes, aujourd'hui ? Franchement, je vous plains. Le numérique, ça ne vous facilite pas la vie. Cela dit, je n'ai pas l'impression que ce garçon vous mérite. Et… Ah !

Elle lisse le tissu sur mes hanches et s'exclame, enchantée :

– Regardez-vous ! Vous êtes parfaite !

Je me fixe dans le miroir, et je ne vois que des épaules en face de moi. « Elles sont plus larges que les miennes », m'a dit Thomas, un jour. Malgré tout le temps que j'ai passé au soleil, je suis toujours aussi pâle et mes bras ne sont que deux bandes toutes blanches parsemées de taches de rousseur, dont l'une est interrompue par la marque lie-de-vin de ma tache de naissance. Cette robe est bien plus couvrante que le maillot que je mets pour les compétitions, évidemment, mais en maillot, je ne pense pas à mon allure. C'est un vêtement purement utilitaire. Là, la gêne m'envahit, mes yeux me piquent, je voudrais avoir quelque chose pour me couvrir. N'importe quoi, un anorak.

– Je ne… Je trouve qu'elle est trop dégagée en haut.

– Mais pas du tout, ma belle ! Vous êtes superbe ! On dirait une déesse grecque ! On va vous torsader les cheveux, vous trouver des boucles d'oreilles qui en jettent et vous serez la plus belle pour aller au bal.

– La plus belle du bal, ce sera ma cousine.

Ce n'est pas de la jalousie. C'est la vérité.

Oona me tapote le bras.

– Votre cousine est très belle, c'est vrai. Mais vous aussi. Ceux qui ne sont pas capables de le voir ne valent pas la peine que vous perdiez votre temps avec eux.

J'essaie de regarder la robe avec des yeux neufs. La couleur est géniale, c'est clair. Il y a une bretelle en perles d'un seul côté, qui passe sur l'épaule gauche et traverse le bustier en biais. La robe est ajustée, ce que je préfère généralement éviter, mais le tissu – une sorte de soie lourde, je dirais – est si dense qu'elle tombe infiniment mieux que la robe cheap de mon bal de promo.

– Après, il faut les bons accessoires, bien sûr, reprend Oona. Linda ? Vous pouvez m'apporter la paire de dormeuses en saphir ? Et aussi l'un des peignes sertis de perles de culture qu'on vient de recevoir ? Autant soigner les détails jusqu'au bout dès maintenant.

– Je n'ai pas les oreilles percées.

– Plutôt des clips, Linda ! lance Oona.

Je m'examine en battant des paupières. « Les Story ne sont pas des nageurs, m'a souvent dit mon père. Ma mère et ma sœur n'auraient jamais pu avoir autant de force dans les bras. Elles sont bien trop délicates. » J'ai toujours pris ça comme une insulte déguisée, et c'était sans doute le cas. Un rappel pervers que les Story sont une race à part, raffinée et bien trop précieuse pour ce monde-ci. Mais j'en ai marre d'entendre la voix de mon père ou celle de Thomas dans ma tête chaque fois que je me regarde dans un miroir. Chaque fois que je fais quoi que ce soit. Il serait temps que je me mette à en écouter d'autres.

Je croise le regard bienveillant d'Oona, qui passe le bras autour du mien et le presse gentiment.

– Ne vous inquiétez pas, Aubrey, je ne vous donnerais jamais de mauvais conseils. Promis. Vous êtes plus que jolie dans cette robe.

Mon reflet me hérisse toujours mais, plus je me regarde, plus je me demande si ce que je vois, moi, n'est pas une vieille image déformée de la réalité. Je ne sais pas encore comment regarder au-delà, mais j'ai envie d'essayer.

– Je la prends.

CHAPITRE QUINZE

JONAH

On arrive en avance aux funérailles du Dr Baxter parce que *quelqu'un* – merci, Aubrey – a insisté pour qu'on prenne une heure de battement. On a mis deux minutes à arriver au village et l'église n'est pas encore ouverte au public. Du coup Aubrey nous entraîne, tout transpirants dans nos habits d'enterrement, à la bibliothèque de Gull Cove qui se trouve à deux pas.

– On aurait pu aller dans un endroit où ils servent du café, grommelle Milly en posant son sac sur une table libre.

Elle porte une robe noire très classe avec des talons et s'est attaché les cheveux. Aubrey a mis la même robe qu'au brunch chez Mildred. Quant à moi, faute d'avoir emporté des affaires adaptées à un enterrement, j'ai dû emprunter une chemise et un pantalon à pinces à Efram. Le pantalon est trop court et la chemise me serre un peu. Chaque fois que je lève les bras, j'ai l'impression qu'un bouton va sauter.

– Je voudrais vérifier un truc, nous dit Aubrey en inspectant la salle jusqu'à ce que ses yeux se posent sur une rangée d'écrans mastoc à l'air vintage. Vous saviez que *La Gazette de Gull Cove* n'est numérisée que depuis 2006 ?

– Non seulement je l'ignorais, mais je m'en fiche complètement, réplique Milly, en même temps que je réponds « oui ».

Comme Aubrey me regarde d'un air étonné, j'explique en haussant les épaules :

– Quand j'ai su que j'allais devoir me faire passer pour JT, j'ai fait des recherches sur votre famille sur le site de ce journal. Mais je n'ai pas trouvé grand-chose sur la vie de vos parents ces quinze dernières années.

– D'accord, dit Aubrey. En attendant, il me faut un lecteur de microfilms.

Elle se dirige vers les écrans et on la suit, un peu perplexes.

– Un lecteur de quoi ? demande Milly.

– De microfilms, répète Aubrey en glissant la bretelle de son sac sur le dossier d'une chaise devant l'écran le plus proche. En résumé, ce sont des photos de pages de journaux.

– Et elles sont dans cet engin ? fais-je.

Ce truc ressemble à un ordi des années quatre-vingts.

Ça la fait rire.

– Mais non, me répond-elle en ouvrant le tiroir du milieu d'un meuble de classement. Elles sont stockées sur des bobines rangées là-dedans. Il faut que je charge une bobine dans la machine pour les lire.

– Comment tu sais tout ça, toi ? demande Milly, du ton sèchement impatient qu'elle emploie systématiquement depuis le brunch chez Mildred dimanche.

Aubrey inspecte les rangées de petites boîtes qui emplissent l'armoire de classement.

– J'ai consulté le site de la bibli hier soir.

– D'accord, mais pour quoi faire ? insiste Milly.

Aubrey extrait l'une des boîtes du tiroir et en tire une bobine en plastique bleu de la taille de sa main.

– Tu te rappelles ce qu'Oona a dit à la boutique ? demande-t-elle à Milly.

Sa question est du chinois pour moi, mais Milly hoche la tête. Aubrey prend la peine de m'expliquer :

– Oona, c'est la sœur d'une fille qui sortait avec Anders et que Granny n'aimait pas. Elle est morte il y a vingt-quatre ans, c'est-à-dire…

Elle s'interrompt, et se concentre sur la machine jusqu'à ce qu'elle trouve un petit crochet auquel fixer la bobine.

– C'est-à-dire l'année où nos parents ont été déshérités, achève Milly à sa place.

– De quelle boutique vous parlez ?

Pendant que Milly me briefe, Aubrey insère l'extrémité de la pellicule dans une glissière sous la plaque en verre de la machine. Puis elle appuie sur un bouton, la bobine se met à tourner et la page de une d'un numéro de *La Gazette de Gull Cove* de 1997 apparaît à l'écran.

– Et alors, quoi ? dis-je. Tu crois qu'il y a un lien ?

Aubrey tourne une molette pour passer à la page suivante.

– Je n'en sais rien. Mais j'aimerais bien savoir comment c'est arrivé. Ces numéros datent de novembre, un mois avant que nos parents reçoivent la fameuse lettre.

On se tait quelques minutes, tandis qu'Aubrey fait défiler sous nos yeux les parutions de *La Gazette* sur plusieurs semaines.

– Je ne trouve rien, déclare-t-elle enfin en appuyant sur un bouton pour rembobiner.

Puis elle retire le film de la machine et le range dans sa boîte.

J'avais l'esprit ailleurs en regardant défiler les pages du journal.

– Dites, vous vous rappelez tous les trucs que Hazel a racontés quand on était chez le Dr Baxter ?

– Je fais tout ce que je peux pour les oublier, me réplique Milly en se crispant. Mais oui, je me rappelle.

– Désolé. Mais vous vous souvenez qu'il a failli renverser la table basse ?

Aubrey hoche distraitement la tête en remettant la boîte dans l'armoire de classement et en prend une autre.

– Il l'a fait exprès.

Elle suspend son geste.

– Quoi ?

– Il était tout à fait attentif et puis, à un moment, l'une de vous a dit quelque chose, je ne sais plus quoi, et il a cogné la table avec son genou en se mettant à jouer le type paumé.

– Tu n'as jamais parlé de ça, relève Milly, poings sur les hanches.

– Sur le coup, j'ai pensé qu'il nous rendait service, dis-je, tandis qu'Aubrey charge une deuxième bobine. Ça nous sortait tous d'une situation inconfortable. Mais ensuite, il y a eu sa lettre à Archer et… je ne sais pas, peut-être qu'on a dit un truc qui lui a fait peur.

Le visage de Milly se marbre de plaques rouges.

– Écoute, ma mère n'a pas été *mise enceinte* par un de ses *frères*. C'est ign…

– Ce n'est pas de ça qu'on parlait, la coupe Aubrey en faisant défiler les pages.

– Bien sûr que si, insiste Milly d'un ton énervé.

– Avant, oui. Mais il n'a pas bronché, jusqu'à ce que je dise que j'aurais moins de mal à croire qu'ils aient tué quelqu'un.

Il y a un long silence. Je ne sais pas comment réagir. J'avais totalement oublié ça. Soudain, Aubrey déclare :

– Je l'ai ! 22 décembre 1997.

Elle tourne une molette pour agrandir un article intitulé UNE JEUNE FEMME SE TUE DANS UN ACCIDENT TRAGIQUE. Milly et moi nous penchons par-dessus son épaule pour lire la suite.

– C'était un accident de voiture, lâche Milly d'un ton clairement soulagé au bout de quelques secondes. Et elle était toute seule.

D'après le rapport, Kayla Dugas, âgée de vingt-deux ans, a percuté un arbre en voiture à huit cents mètres de la plage des Canots. Elle sortait d'un bar. L'autopsie a révélé une alcoolémie légèrement supérieure à la limite autorisée.

– Mais c'était à la plage des Canots, murmure Aubrey en fixant l'écran.

– Il n'y a que ton père qui en a parlé, observe Milly. Et l'accident de Kayla n'a pas eu lieu sur la plage, mais dans les environs. Ce n'est qu'un point de repère, c'est tout.

– Hmm, fait Aubrey. Ils précisent que c'est le Dr Baxter qui est intervenu après l'accident.

– Ben évidemment ! riposte Milly. On est à Gull Cove. Il devait être le *seul* médecin à exercer ici.

Aubrey se tourne finalement vers elle, le front plissé.

– Écoute… tu es fâchée à cause d'un truc ?

– Non, je… C'est quoi, ce bazar, en plus ? demande Milly en englobant d'un geste l'armoire de classement et le lecteur de microfilms. Qu'est-ce que tu cherches à prouver ? Que nos parents ont assassiné une fille et que c'est pour ça que Mildred les a chassés de l'île ?

Aubrey cligne des paupières, un peu blessée.

– J'essaie seulement de comprendre ce qui s'est passé.

– Pourquoi tu ne demandes pas à Mildred? Vu que vous vous entendez si bien.

– On ne…

Il est temps que j'intervienne.

– Dites, on va finir par être en retard. La cérémonie commence dans un quart d'heure.

Cette discussion ne mène nulle part, et on a déjà traîné trop longtemps.

– Je vous attends dehors, déclare Milly.

Elle tourne les talons et fonce vers la porte.

Aubrey la suit des yeux d'un air consterné.

– Qu'est-ce qui lui prend?

– Allez, Aubrey, tu le sais très bien.

Mais, alors qu'elle m'a toujours paru plutôt en phase avec les émotions des autres, en particulier celles de Milly, elle me regarde sans comprendre jusqu'à ce que je clarifie:

– Ta grand-mère l'a ignorée du début à la fin pendant le brunch. Elle n'a adressé la parole qu'à nous deux. En résumé, elle l'a traitée comme une merde.

– C'est ce qu'elle t'a dit?

– Elle n'a pas eu besoin.

– Mais elle s'en fiche complètement, de Granny! objecte Aubrey. Elle ne parle même pas d'elle comme de sa grand-mère.

– Tu crois vraiment que si elle porte cette montre tous les jours, c'est parce qu'elle se fiche que sa grand-mère s'intéresse à elle?

– Mais…

Aubrey se mord la lèvre, ne sachant plus quoi penser.

– Mais c'est Milly. Elle est déjà la mieux placée des petits-enfants, la meilleure Story de nous trois. Enfin, toi, tu ne comptes pas. Oh, pardon…

– T'inquiète.

– Mais JT est insupportable et moi, je… Tout le monde trouve toujours que je n'ai rien hérité de mon père. Alors que Milly est magnifique, elle est super classe, et stylée, et…

– Il faut croire que rien de tout ça n'intéresse Mildred.

– Ah, quelle idiote ! s'exclame Aubrey, atterrée. J'ai bien vu que quelque chose n'allait pas quand on est allées choisir nos robes. Je n'avais pas réalisé, mais maintenant que tu le dis, c'est vrai que Granny l'a totalement ignorée. Et moi qui étais contente qu'elle se soit intéressée à moi ! Je ne m'y attendais tellement pas !

– Tu n'y es pour rien. Plus je découvre votre grand-mère, plus je me dis que JT avait raison. Elle adore jouer avec les gens.

Je manque d'ajouter ce que je pense depuis dimanche : que Mildred, sous couvert de s'intéresser à nous, cherchait surtout à avoir des nouvelles d'Adam et Anders. Mais inutile d'insister là-dessus. Aubrey est déjà persuadée qu'elle n'arrivera jamais à la cheville de son père.

– Il faut vraiment qu'on y aille, là, rappelé-je en montrant l'horloge. J'ai beau ne pas être un spécialiste des enterrements, quelque chose me dit que ça ne se fait pas d'arriver en retard.

Je tends la main vers le lecteur de microfilms pour rembobiner, mais Aubrey arrête mon geste.

– Attends, je voudrais imprimer la page.

Je patiente en trépignant, avec l'impression que l'engin met dix minutes à cracher une malheureuse feuille. Le temps qu'on ressorte, Milly a disparu, et je m'en veux d'être resté avec Aubrey au lieu de la suivre. Sur le chemin de l'église, on a l'air totalement déplacés dans nos tenues d'enterrement au milieu des touristes. Quand on arrive à la porte de St Mary's, une silhouette familière aux cheveux gris nous salue gravement.

– Merci à vous d'être venus, nous dit Donald Camden.

Je ne l'ai pas revu depuis qu'il a essayé de nous appâter avec ses boulots dans le cinéma, et j'ai l'impression que c'était il y a des mois. Il a l'air vieilli, fatigué, avec des poches sous les yeux que je n'avais pas remarquées la première fois.

– On est en retard ? lui demande Aubrey d'un air inquiet.

Donald la dévisage sans comprendre.

– C'est juste que je m'étonne que vous ne soyez pas déjà entré, explique-t-elle. Avec notre grand-mère. La cérémonie commence à 11 heures, non ?

Elle rougit, s'emmêle les pinceaux. Donald lui tend le bras.

– Je reste dehors pour accueillir et placer les gens, lui répond-il. Fred Baxter était un ami très cher. Je le connaissais depuis toujours.

Cette phrase me rappelle quelque chose, et je mets quelque temps à me rappeler la première fois que je l'ai entendue : prononcée par Theresa sur les marches de la villa. *Fred Baxter était un ami très cher de votre grand-mère.*

Comme aurait dit Agatha Christie, *N'en resta plus que deux*, pensé-je tandis qu'Aubrey entre au bras de Donald.

– Je crois que Milly est déjà à l'intérieur, déclare-t-elle en la cherchant des yeux.

– En effet, confirme Donald. Comme elle m'a dit qu'elle n'était pas accompagnée, je l'ai installée au bout d'un banc qui était déjà bien rempli.

– D'accord, fait Aubrey en pinçant les lèvres.

On remonte presque toute l'allée centrale. Je n'aurais pas cru qu'on nous ferait asseoir autant à l'avant alors qu'on s'est présentés aussi tard. Malgré la musique d'orgue qui flotte dans l'air, je n'entends que l'écho de nos pas, qui fait se retourner une fille au premier rang. Hazel Baxter-Clement. Je la salue d'un signe de tête avec une mimique de compassion et elle me répond par un pâle sourire. Enfin, Donald s'arrête et nous désigne un banc. Les quatre personnes vêtues de noir qui l'occupent déjà se décalent pour nous faire de la place.

– Merci, chuchote Aubrey à Donald en lâchant son bras. Et… je suis vraiment désolée pour la perte de votre ami.

– Il est en paix, maintenant, répond gravement Donald. N'est-ce pas ce à quoi nous aspirons tous ?

ALLISON
JUILLET 1996

Allison s'examina dans le miroir de sa chambre. Elle avait meilleure mine que ces derniers temps, mais c'est souvent le cas quand on porte une robe de bal et un diamant en pendentif, non ? Elle avait redouté que le tissu blanc ne fasse qu'accentuer sa pâleur, mais la teinte particulière de la robe – le blanc bleuté, chatoyant d'une couche de neige sur un lac gelé – ramenait un semblant de couleur sur ses joues.

Elle n'avait pas eu de mal à remonter la fermeture éclair, et s'était dit aussitôt : Ah, tu vois ? Tu n'as pas grossi. Tu ne peux pas être enceinte. Avant que son cerveau ne lui rappelle perfidement qu'elle en était à plusieurs semaines de retard de règles et qu'elle était assaillie par les nausées, ce qui n'avait rien de normal.

De toute façon, elle n'était sûre de rien. Elle avait fourré le test de grossesse sans l'ouvrir sous une pile de pulls dans son placard. Elle allait commencer par essayer de survivre au gala d'été, et elle ferait le test ensuite.

Ou pas.

– Toc-toc ! fit une voix enjouée dans le couloir, accompagnée d'un coup frappé énergiquement à sa porte. Tu es décente ?

– Oui, entre.

La porte s'ouvrit sur Archer en smoking, son nœud papillon pendant autour du cou.

– Non mais quelle classe ! Joli diamant. Hé, devine ce que j'ai trouvé !

Refermant la porte derrière lui, Archer brandit une bouteille verte au col drapé d'or.

– Dom Pérignon en avait marre de glander avec ses copains.

Allison fronça les sourcils, prise d'un nouvel assaut de nausée rien qu'à l'idée de toucher à une goutte d'alcool.

– Tu ne peux pas attendre qu'on y soit ?

– Tu sais ce qu'on dit des rêves qu'on remet à plus tard, répliqua son frère.

Comme elle ne réagissait pas, il compléta lui-même le proverbe :

– Ils s'assèchent comme raisin au soleil. Ou ils pourrissent...

– C'est bon, j'ai saisi l'idée. Moi aussi, j'ai eu Mme Hermann en cours de littérature. Mais pour une fois, tu pourrais essayer de t'abstenir de te ridiculiser ou de comater avant minuit. Voire les deux.

– Ouh, ça, ça fait mal, fit Archer.

– Mère a passé beaucoup de temps à préparer ce gala, figure-toi. C'est pratiquement la seule chose qui lui ait fait du bien cet été. Tu pourrais peut-être faire un effort pour ne pas tout gâcher ?

– Oh, ça va, je ne vais rien gâcher. La prochaine fois, un simple « non merci » suffira.

Allison s'en voulut aussitôt devant le regard blessé d'Archer. Elle n'avait aucune raison de s'en prendre ainsi à son petit frère. Ni aucune excuse, en dehors du fait qu'elle était une vraie boule de nerfs. Mais Archer n'y était pour rien.

– Pardon, je disais juste ça pour...

Mais il était déjà en train de ressortir.

– Laisse tomber. Message reçu. Dom et moi, on se rend bien compte quand on n'est pas les bienvenus.

Il disparut sans attendre de réponse. De toute façon, elle n'aurait pas su quoi dire.

Après avoir retouché son maquillage jusqu'à en devenir dingue, elle se décida à sortir de sa chambre. Comme toujours ces derniers temps, elle se sentit poussée vers une porte qu'elle avait réussi à éviter jusque-là.

Cette fois, elle y frappa doucement.

– Entrez ! lança la voix impatiente d'Anders.

Il ne lui restait plus qu'à enfiler sa veste de smoking et à ajuster son nœud papillon, qu'il était en train d'attacher devant le miroir en pied en face de son lit.

Il haussa un sourcil railleur face au reflet de sa sœur.

– Qu'est-ce qui me vaut le plaisir de ta visite ?

Elle referma la porte et s'assit sur son lit.

– Je n'arrive pas à tenir en place.

– Tu l'as fait ? demanda-t-il sans préambule.

Elle sut parfaitement de quoi il parlait.

– Non.

Il leva les yeux au ciel.

– Franchement, Allison ! Si tu continues comme ça, tu vas accoucher avant d'avoir admis que tu avais *peut-être* un problème. Oh, saloperie de nœud pap !

Il le dénoua et recommença.

Allison avait désespérément besoin de se confier sur sa peur d'être enceinte, mais elle ne pouvait pas se résoudre à en parler à sa mère ni à ses amis. Elle avait brièvement rêvé de laisser un message sur le répondeur de Matt – peut-être qu'alors, il se déciderait à la rappeler –, mais son orgueil la retenait. Ce qui ne lui laissait que deux possibilités : tout garder pour elle, ou en parler avec Anders.

Anders qui était né dépourvu du gène de l'empathie. Mais face à une situation critique, il serait peut-être capable de se montrer à la hauteur pour une fois.

– J'ai peur, lui dit-elle.

Anders ricana en tirant sur son nœud papillon.

– Tu m'étonnes. Moi aussi, j'aurais la trouille si je devais faire entrer le sang des Ryan dans cette famille. Ça ferait dramatiquement chuter la moyenne de notre QI.

Tandis qu'elle le fixait d'un air de reproche, les joues en feu, son frère ajouta :

– Je ne comprends même pas pourquoi tu es allée traîner avec ce mec, en plus.

– C'est tout ce que tu trouves à dire ?

Il haussa les épaules.

– Fais ce foutu test et qu'on n'en parle plus. Et fais un peu gaffe, la prochaine fois qu'un crétin du coin s'intéresse à toi.

OK. Ce n'était pas cette fois-ci qu'il assurerait.

– Tu peux parler. Le grand, le génial Anders Story, tellement au-dessus de tout ça, tant que Kayla ne le siffle pas comme un caniche. Parce que là, tu rappliques en courant.

Anders acheva d'attacher son nœud papillon et passa une main dans ses cheveux pleins d'épis, à l'opposé des crinières ondulées d'Adam et d'Archer.

– Je ne cours pas, je m'amuse. Et jusqu'ici, j'ai réussi à le faire sans mettre personne en cloque. Prends-en de la graine, sœurette.

– Ah oui ? Et quand Kayla t'a largué pour Matt, tu t'es bien amusé, aussi ?

Allison sut qu'elle avait tapé juste en voyant son frère se raidir en plissant les yeux dans le miroir. Tout en se disant qu'elle ferait mieux de se taire, elle ne put s'empêcher de se réjouir sadiquement qu'il se sente aussi mal qu'elle. Même si ce n'était que pour une minute.

– Et à mon avis, elle ne va pas s'arrêter là. Je les ai vus flirter plus d'une fois cet été, tous les deux.

Elle balaya la chambre d'un geste de la main.

– C'est drôle, non ? Alors qu'on a tout ça à offrir, ils ont l'air de se suffire largement l'un à l'autre.

– Ils auraient bien tort, dit calmement Anders.

Il prit sa veste de smoking sur le dossier de sa chaise et l'enfila.

– Maintenant, dégage de ma chambre.

Allison obéit, en regrettant déjà de ne pas avoir su tenir sa langue. Anders allait être infernal pendant toute la soirée. De retour dans sa chambre, elle fit le chemin, devenu rituel, qui reliait sa porte à la pile de pulls dans son placard. Elle prit la boîte du test de grossesse et en sortit une bandelette.

Résultat en cinq minutes !

Sans se laisser le temps de réfléchir, elle alla à la salle de bains en serrant le test dans son poing. Faire pipi en robe de bal n'était pas une mince affaire, mais elle finit par s'en sortir. Puis elle posa le test sur le réservoir des toilettes, se lava les mains et attendit.

En moins d'une minute, une seconde ligne apparut, aussi nette et sombre que la première. Allison eut un coup au cœur, et ne put réprimer un nouvel accès de cette nausée qui l'empoisonnait depuis des semaines. Elle vomit bruyamment dans la cuvette, jusqu'à en avoir mal aux côtes et la gorge en feu.

Quand son estomac cessa enfin de se soulever, elle tira la chasse d'eau, enveloppa le test dans d'épaisses couches de papier toilette et le jeta à la poubelle. Puis, un peu étourdie, elle se brossa les dents pendant trois bonnes minutes. Enfin, elle se rinça avec un bain de bouche, remit du gloss, se lissa les cheveux et rajusta son pendentif.

Allison ne pouvait pas s'offrir le luxe de s'effondrer. Il était presque l'heure de partir pour le gala, et elle savait quelle image de la famille sa mère voulait projeter : celle d'enfants toujours en deuil de leur père, bien sûr, mais forts et unis, promis à un brillant avenir. Pas celle de gamins effrayés, rejetés, amers, et encore moins celle d'une fille enceinte.

Descendant le grand escalier, Allison arriva dans l'entrée, où Mère exposait ses œuvres d'art préférées. Un homme se tenait devant la sculpture en bronze la plus récente, la tête penchée sur le côté comme s'il se demandait ce qu'elle représentait. Donald Camden, l'avocat de Mildred.

– C'est une mère et ses enfants, explicita Allison en soulevant sa robe pour négocier les dernières marches. Mère l'a fait venir de Paris.

– Ta mère a des goûts intéressants, commenta Donald avec diplomatie en se tournant de nouveau vers la sculpture. Bien qu'il me faille admettre que je ne vois aucune famille là-dedans.

Pas étonnant, songea Allison. Donald Camden était le vieux garçon type. Il ne devait voir de famille nulle part.

– Vous accompagnez Mère ce soir ? lui demanda-t-elle.

– J'ai cet honneur, répondit l'avocat en inclinant légèrement la tête.

Allison serra les lèvres pour ravaler un nouvel accès de nausée qui, heureusement, passa presque aussitôt, et fit de son mieux pour lui sourire.

– Nous avons tous hâte d'être à ce soir.

– C'est bien naturel, observa Donald d'un ton solennel. La famille Story ne brille jamais avec autant d'éclat que lors du gala d'été.

CHAPITRE SEIZE

MILLY

Je ne résiste pas. Une fois parée de pied en cap pour le gala, d'une robe parfaitement ajustée et de diamants qu'on m'a prêtés – des vrais ! –, j'envoie un selfie légendé à ma mère :

Prête pour le gala.

Elle me répond immédiatement :

Tu es superbe ! Comment va Mère ?

Je fixe l'écran un moment. Bonne question. Je finis par taper :

On n'a pas encore trop eu l'occasion de discuter.

Tu me raconteras !

Promis !

Puis je range mon portable. Cette robe est le vêtement le plus parfait que j'aie jamais porté. Non seulement elle est magnifique et me va comme un gant, mais elle a de grandes poches dans lesquelles on peut mettre un téléphone et un tube de rouge sans déformer sa ligne.

Aubrey revient de la salle de bains, où Brittany, qui fait le service au gala ce soir, l'a conduite pour se maquiller parce que c'est mieux éclairé là-bas. Brittany étant une grande fan du smoky eyes et du rouge criard, j'avais un peu peur du résultat, mais elle a eu la main légère : juste un peu de mascara, une touche de blush rosé et du gloss. C'est parfait. Aubrey n'en croise pas moins mon regard avec un air inquiet.

– C'est too much ?

– Pas du tout.

Je me rends compte tout à coup, avec un petit pincement au cœur, que c'est moi qui aurais dû l'aider à se maquiller. J'aurais dû le lui proposer le jour du shopping, en voyant à quel point tout ça la mettait mal à l'aise. Mais j'étais trop minée par la rancœur à cause du brunch.

Du coup, j'ai fait la gueule toute la semaine, ce qui a fini par la mettre sur la défensive. Depuis, il y a une distance entre nous que je n'arrive pas à réduire. J'en ai vraiment envie, pourtant. Bien plus que je ne tiens à être la chouchoute de Mildred, parce que ce privilège ressemble à la pomme empoisonnée de Blanche-Neige : un cadeau offert avec malveillance qu'on peut vite regretter d'avoir reçu.

Alors pourquoi ça me blesse autant qu'elle me le refuse ?

– Tu es très belle, dis-je à Aubrey en chassant ces pensées.

Elle a un sourire timide.

– Toi aussi. Alors, prête ?

– Autant que possible.

Brusquement, j'ai envie de la prendre par la main, de secouer toute la tension accumulée cette semaine et qu'on reforme notre team du début. Si on ne se serre pas les coudes, je ne sais pas jusqu'où on va pouvoir tenir ce soir, sans parler du reste de l'été. Mais trop tard. Aubrey est déjà sortie.

Jonah est parti avant nous. Ce matin, Carson Fine nous a informés que Mildred nous envoyait deux voitures. On ne pouvait être que deux à l'arrière si on ne voulait pas froisser nos robes.

« Vous devrez y aller séparément, nous a-t-il expliqué. Aubrey et Milly dans une voiture et Jonah dans une autre. »

« Pourquoi je ne m'assois pas à l'avant, tout simplement ? »

Carson a paru choqué.

« Parce que ça ne se fait pas. »

Tout ce cinéma est carrément absurde, d'autant que les chambres des saisonniers ne se trouvent qu'à cinq minutes à pied de l'hôtel. Mais ce que Mildred veut, Dieu le veut. Dehors, un chauffeur en grande tenue, uniforme et gants blancs, nous ouvre la portière d'une voiture rutilante.

– Mademoiselle Story. Mademoiselle Story-Takahashi, dit-il en inclinant la tête deux fois. Bonsoir.

– Bonsoir, dis-je en étouffant un rire avant de me glisser sur la banquette.

Il flotte une odeur incroyable dans cette voiture, un mélange de cuir de luxe et de forêt en hiver. En face de moi, sur une console, il y a deux flûtes de champagne bien frais. Je dispose ma robe autour de moi tandis que le chauffeur referme la portière pour escorter Aubrey de l'autre côté.

Dès que je suis installée, je m'empare d'une flûte pour boire une longue gorgée. Ce serait grossier de ne pas y toucher.

Aubrey s'assoit précautionneusement à côté de moi, et ouvre de grands yeux en me voyant faire.

– Tu es sûre que c'est une bonne idée ?

Je sais bien qu'elle me demande ça uniquement parce que le gala la rend nerveuse. Pas parce qu'elle me juge, ni parce qu'elle s'estime supérieure à moi, ni pour aucune des raisons mesquines qui se mettent à fourmiller vicieusement dans ma tête. Ça ne m'empêche pas de vider la moitié de ma flûte avant de lui répondre assez sèchement :

– Je suis sûre que c'est une *excellente* idée.

Son visage criblé de taches de rousseur, d'habitude si ouvert, est totalement crispé.

– Je déteste tout ça.

– De quoi tu parles ?

Je vois parfaitement ce qu'elle veut dire, étant dans le même état d'esprit. Mais la rancœur qui pourrit nos échanges depuis huit jours me pousse à pencher bêtement la tête en arrière pour vider ma flûte.

– Souris un peu, c'est censé être une fête.

Puis, en reposant ma flûte à côté de la sienne restée intacte, je vois des larmes dans ses yeux.

Ça me colle un deuxième coup à l'estomac. Cette fois, je lui prends la main.

– Ne pleure pas, dis-je, paniquée. Ton mascara va couler.

Des dizaines d'arguments que j'aurais pu invoquer, c'est le seul qui m'est venu.

– Je m'en fous, de mon mascara, renifle-t-elle.

– Nous sommes arrivés, annonce le chauffeur.

Je regarde dehors et, en effet, nous sommes déjà en train de nous garer sur la pelouse, devant la porte de service de l'hôtel. Le trajet a duré exactement quatre-vingt-dix secondes.

– Je suis désolée, soufflé-je à Aubrey.

Mais déjà, ma portière s'ouvre sur Donald Camden dans toute sa gloire, chevelure argentée et smoking impeccable.

– Bonsoir, mesdemoiselles. J'ai l'honneur de vous escorter.

Les deux hommes nous aident à descendre de voiture et nous nous retrouvons chacune à un bras de Donald, qui nous entraîne à l'intérieur. Impossible de parler si ce n'est pour répondre à ses questions polies, et je suis mal à l'aise que les choses en soient restées là avec Aubrey dans la voiture.

– Et nous y voilà, déclare Donald en s'arrêtant à la porte de la salle de bal.

Elle est remplie de musique, de rires et de gens en grande tenue. Les lustres en cristal étincelants jettent des reflets d'or sur les tapisseries murales. Un quatuor à cordes se tient entre les deux fenêtres, et une partie de la grande salle est occupée par des tables rondes, soigneusement disposées à intervalles réguliers.

Mon humeur s'allège quelques secondes – il n'y a pas à dire, les fêtes, j'adore ça – jusqu'à ce que Donald déclare :

– Votre grand-mère souhaite que je vous amène à elle à tour de rôle pour pouvoir vous parler individuellement avant le dîner. Elle aimerait vous voir en premier, Aubrey.

Ben tiens. Je ravale un commentaire acerbe, mais Aubrey a eu le temps de le lire sur mon visage.

– On pourrait peut-être commencer par Milly, suggère-t-elle.

– Non, non, ça me va, dis-je d'un ton crispé en me libérant de la main de Donald. Je vais me mêler aux invités.

– Milly… commence Aubrey d'un air consterné.

Mais Donald est déjà en train de l'entraîner vers la table d'honneur. Attrapant une coupe de champagne au vol sur le plateau d'un serveur, j'en bois une lampée bien plus longue que ne le recommande l'étiquette avant de m'avancer dans la salle.

Le gala d'été. J'ai toujours imaginé ça comme un événement merveilleux, le summum de la classe. J'adorais regarder des photos de ma mère à dix-huit ans dans sa robe de bal blanche, et m'imaginer que je me retrouvais à sa place d'un coup de baguette magique. Maintenant que j'y suis enfin, j'arrive juste à espérer qu'elle n'était pas aussi malheureuse que moi ce soir-là.

– Salut, Milly.

La voix me fait sursauter. C'est Hazel Baxter-Clement, dans une robe de bal bordeaux, les cheveux ramassés en chignon haut, une coupe de champagne pleine à la main, l'air fatigué et les traits tirés.

– Oh, Hazel, je suis désolée de ne pas avoir pu te parler à la cérémonie, dis-je en lui prenant la main. Toutes mes condoléances pour ton grand-père. C'était quelqu'un de vraiment charmant.

Les funérailles mêmes se sont déroulées en toute intimité, uniquement en présence de la famille proche. Nous n'avons assisté qu'à la messe.

– Merci. Je me dis qu'il a eu la chance de vivre longtemps. Et puis, son Alzheimer empirait…

Elle soupire.

– Ma mère dit que ce n'est pas forcément plus mal qu'il n'ait pas eu à subir les dernières phases de la maladie. Je ne sais pas, elle a peut-être raison. Mais j'aurais voulu qu'il meure dans son sommeil, paisiblement.

Je ne trouve rien de réconfortant à répondre, parce qu'elle a raison. Finir noyé dans une flaque derrière chez soi, c'est horrible. Je finis par me rabattre sur :

– Je ne l'ai rencontré que deux fois, mais on voyait à quel point il était fier de toi. Et tu t'occupais super bien de lui.

Son expression s'assombrit.

– Ça, je ne sais pas. Je n'aurais pas dû le laisser sortir. Mais il était dans un bon jour ce matin-là, et il m'a dit qu'il avait rendez-vous avec un ami…

Mes cheveux se hérissent sur ma nuque.

– Tu sais qui ?

– Malheureusement non. Personne ne s'est manifesté. J'aurais bien aimé savoir avec qui il a passé sa dernière matinée.

Je repense à la lettre que le Dr Baxter a envoyée à oncle Archer. *Il y a des choses dont j'aurais dû te parler il y a des années.*

– Euh, ton grand-père t'a dit, pour Archer ?

Hazel bat des paupières, un peu surprise par ma transition.

– Alors c'est vrai, ce qu'on raconte ? Il est revenu sur l'île ?

Puis, semblant retrouver une partie de son énergie, elle ajoute :

– Plusieurs personnes m'ont dit qu'elles l'avaient vu au Dunes, mais il a l'air d'avoir disparu depuis. Mais non, mon grand-père ne m'en a pas parlé. Vous avez vu Archer, vous ?

J'hésite. La soirée avec oncle Archer remonte à huit jours et Aubrey est persuadée qu'il a quitté l'île. On est passées deux fois chez lui, mais les volets étaient fermés et personne n'a ouvert. J'en ai déduit qu'elle avait raison, et je ne vois pas ce qu'il y a de mal à satisfaire la curiosité de Hazel, surtout après la semaine qu'elle vient de passer.

– Oui. Il logeait dans le bungalow d'un ami. Mais…

– Chérie.

Une femme apparaît à côté de Hazel, son portrait craché avec vingt-cinq ans de plus.

– Quelqu'un qui a fait médecine avec ton grand-père voudrait te rencontrer. Il est à la table de Mme Story. Je peux vous la voler ?

Alors qu'elle se tourne vers moi avec un sourire d'excuse, une étincelle s'allume dans ses yeux.

– Oh ! En parlant des Story… Vous devez être Milly. Je suis Katherine Baxter, la mère de Hazel. Il y avait une très jolie photo de vous devant l'église aux funérailles de mon père, dans *La Gazette de Gull Cove*.

– Bonsoir, dis-je en lui serrant la main. Ravie de vous rencontrer. Et toutes mes condoléances.

– Merci. C'est gentil. Je ne voulais pas vous interrompre…

– Pas de problème. On se recroisera sûrement plus tard.

À vrai dire, je suis contente d'avoir une excuse pour m'enfuir. J'aime bien Hazel, mais il y a suffisamment de rumeurs autour d'oncle Archer sans que j'en rajoute. J'en ai sans doute déjà dit plus que je ne l'aurais dû. Autant limiter les dégâts.

En m'éclipsant, je frôle un serveur muni d'une bouteille qu'il penche aussitôt au-dessus de ma coupe à moitié vide.

– Champagne, mademoiselle ?

Je n'ai pas le temps de répondre qu'il passe à l'action.

Bon. À Rome, fais comme les Romains. J'avale une gorgée pétillante en laissant mon regard errer sur l'assemblée. Droit devant moi, je repère une chevelure blonde qui m'est familière : Reid Chilton.

N'ayant pas la moindre envie de lui parler, je me retourne et manque de rentrer dans quelqu'un qui se tient derrière moi.

Une main se pose sur mon bras pour me retenir de trébucher.

– Oups, pardon. Je voulais juste…

C'est Jonah, superbe dans son smoking. Il écarquille les yeux, se tait quelques secondes, et je vois sa pomme d'Adam monter et descendre plusieurs fois avant qu'il reprenne :

– Je ne sais plus ce que je voulais faire, parce que… mon cerveau vient de se mettre sur pause. (Il déglutit une fois de plus.) Tu es magnifique, Milly.

Une fois de plus, j'ai des papillons dans le ventre.

– Merci. Toi aussi.

Et je ne mens pas. Le fait que les meilleurs couturiers de l'île se soient activés autour de lui cette semaine y est sûrement pour quelque chose, mais il a l'air né pour porter un smoking. Pour une fois, ses cheveux bruns lui dégagent le front, et même si j'aime bien son habituel air échevelé, on ne peut pas nier que sa coiffure met en valeur les angles de son visage. Je lui montre ma coupe avant de boire une nouvelle gorgée.

– Tu as goûté le champagne ?

– Non, j'ai pris un chocolat chaud.

Comme j'ouvre de grands yeux, il hausse les épaules.

– Genre préparé à base de cacao importé de France et moulu à la main avec un mélange de cannelle et de muscade. Et aussi un peu de piment, si je me souviens bien de ce qu'a dit Carson.

– Et c'était bon ?

– Le meilleur de ma vie ! me répond-il avec un enthousiasme qui me fait sourire.

– Il faut reconnaître que Mildred s'y connaît en fêtes, dis-je.

Je me détends pour la première fois de la soirée, et je presse sa manche du bout des doigts dans un élan affectueux.

– Je suis contente que tu sois là.

Il sourit largement, avec un mélange de gêne et de plaisir.

– C'est pas comme si j'avais eu le choix. Ordre de Mildred.

– Je sais, je ne parlais pas de la fête. Je voulais dire *là* en général. Sur l'île.

Il a encore l'air un peu perplexe. C'est ma faute, mes pensées sont un peu moins ordonnées que je le voudrais.

– Ce que j'essaie de dire, c'est que… je suis contente de te connaître.

Je rougis. Je ne dis pas ce genre de choses en temps normal, et, sans aller jusqu'à le regretter, parce que c'était sincère… il n'est pas impossible que boire autant de champagne ait été une grosse erreur.

Le regard brun de Jonah s'adoucit.

– Moi aussi, je suis content de te connaître. Vraiment.

Il passe la langue sur ses lèvres, et tout à coup j'ai envie de suivre le mouvement du bout des doigts. Bon, c'est clair, j'ai trop bu. Constat qui ne m'empêche pas de prendre une autre coupe sur le plateau d'un serveur. Les yeux de Jonah se posent sur mon verre, et il tire sur ses manches en reprenant :

– Le truc, c'est que…

– Ah, te voilà ! nous interrompt une voix. Je t'ai cherchée partout, Milly. Salut, Jonah.

C'est Reid Chilton, affublé d'un nœud papillon géant et d'un sourire mielleux. Le nœud papillon XXL est très branché cette année, d'après *GQ*. J'ai presque honte de savoir un truc pareil. C'est le genre d'informations inutiles que j'accumule depuis des années pour éblouir ma grand-mère de la haute le jour où elle daignera s'intéresser à moi. Ça m'apprendra…

– Quoi ? fait Reid, les sourcils froncés.

Jonah me regarde bizarrement, lui aussi, et je comprends que j'ai pensé à voix haute.

– Je disais : « J'adore ton nœud pap. »

Ils voient bien que je mens, mais ils sont tous les deux trop polis pour le faire remarquer.

– Merci, répond Reid. Mais pour ce qui est du style, personne dans cette salle ne t'arrive à la cheville.

Oh non, au secours. Soudain je me fige, craignant d'avoir encore parlé tout haut. Mais il faut croire que non, parce que Reid sourit toujours.

– Je crois qu'on est à la même table, reprend-il. Ma mère est venue à l'invitation de ta grand-mère. Tu as sans doute entendu parler d'elle ? Genevieve Chilton, la sénatrice démocrate du Massachusetts.

– Ma mère à moi est une démocrate de New York. Mais elle n'est pas sénatrice. Et elle n'est pas là.

J'entends Jonah marmonner un truc comme « ça promet ».

– L'histoire de ta famille a l'air passionnante, déclare Reid, dont le sourire s'est un peu crispé.

Je ne comptais pas continuer à boire, mais ma coupe s'est vidée sans que je sache comment pendant que Reid parlait. Un bavard, celui-là. Impossible de l'arrêter.

– On peut le dire comme ça, lâché-je.

J'ai voulu accompagner ma remarque d'un rire léger, qui sort sous la forme d'un ricanement. Ce qui me fait rire encore plus. Reid me fixe avec perplexité tandis que Jonah me prend par le coude.

– Ma cousine et moi, on allait prendre un peu l'air, déclare-t-il.

Je ris toujours. Qui aurait cru que Reid était aussi drôle ?

– Il commence vraiment à faire chaud, ici, continue Jonah. On y va, Milly ?

– Absolument, dis-je en visant une diction royale mais en dérapant sur le *bs*.

– On se retrouve au dîner, fait Reid.

– Ne parle pas de malheur ! lâché-je.

Et je me laisse entraîner par Jonah en gloussant.

– Tu as bu combien de coupes ? me demande-t-il à mi-voix.

Trop. Ça devient très clair quand la salle se met à tourner autour de moi. J'ai l'habitude de boire des cocktails avec mes copines, mais pas de descendre des litres de champagne l'estomac vide.

– On s'en fiche. Mildred me déteste déjà, de toute façon.

– Mais non.

– Mais si. Elle préfère Aubrey. Et elle te préfère aussi, alors que t'es même pas de la famille, dis-je en enfonçant l'index dans sa poitrine.

– Chut, me souffle Jonah.

Il me fait contourner un petit noyau de clones de Donald Camden – cheveux gris argenté et joues marbrées de rouge – qui ricanent doucement d'un air distingué, les mains autour de leur verre de whisky. Je manque de le signaler – *Hé, t'as vu, il y a plein de Donald !* – mais Jonah ne m'en laisse pas le temps :

– Tu ne dois pas te laisser atteindre comme ça, Milly. Je ne pense pas que ta grand-mère soit vraiment quelqu'un de bien. Elle l'a peut-être été, mais ce n'est plus le cas aujourd'hui.

On est arrivés devant un grand rideau doré que Jonah tire pour révéler une porte-fenêtre. Il l'ouvre et… oh, de l'air frais, c'est délicieux. On se retrouve sur un balcon en pierre, qui, une fois refermé, est l'endroit le plus privé qu'on puisse espérer trouver à ce gala.

Je m'appuie à la rambarde en repoussant mes cheveux d'un geste approximatif. Le ciel est dégagé, d'un bleu de velours piqueté d'étoiles.

– Alors, Jonah, tu t'amuses bien à la fête super importante de ma grand-mère ?

– Et toi ?

– Je m'éclate. (Je dois me mordre les lèvres pour ne pas me remettre à rire bêtement.) Ça faisait totalement partie du plan de me bourrer la gueule. Mission accomplie.

– Tu as juste besoin de prendre un peu l'air, répond Jonah sans conviction.

Je me tourne vers lui. Le mouvement fait vaciller le balcon et je tends vivement les mains pour m'agripper à la rambarde. Je ne la trouve pas, mais Jonah me rattrape par le bras.

– Ce balcon… n'est pas très droit, dis-je gravement.

– C'est aussi ce que je me disais, acquiesce-t-il en hochant la tête.

– Il est vieux, cet hôtel. Il aurait besoin d'une petite rénovation.

Jonah s'éclaircit la gorge.

– Écoute, pour une fois qu'on est tous les deux, je voulais te dire un truc. Sur la raison qui m'a amené ici.

Comme mon vertige ne passe pas et que Jonah me paraît stable, je glisse les bras autour de son cou pour me stabiliser. C'est beaucoup mieux.

– Tu es là pour m'empêcher de tomber ?

– Pas exactement, me répond-il avec un petit rire. Même si je suis ravi de pouvoir le faire. Mais…

Il se tait et passe de nouveau sa langue sur ses lèvres. Cette fois, cédant à mon impulsion, je lui lâche la nuque d'une main pour suivre sa lèvre inférieure du bout du doigt. Il se raidit, mais se laisse faire.

– C'est pas facile de se concentrer, avec toi, achève-t-il.

– Tu parles trop.

Et je lève la tête pour effleurer sa bouche avec la mienne.

Puis je me détache un peu, juste assez pour voir ses yeux s'agrandir, avant d'être distraite par ses mains qui encadrent mes joues et qui m'attirent à lui.

– Je fais ce que je peux, murmure-t-il avant de poser sa bouche sur la mienne.

Elle est chaude et avide, et je suis assaillie par un désir si violent, si inattendu, que j'en suis pétrifiée. Bon, c'est ce que je voulais, clairement, puisque c'est moi qui ai commencé. Mais je n'avais pas réalisé à quel point. Mes bras se replient de nouveau autour de son cou, mes doigts se perdent dans ses cheveux et mon cœur me martèle la poitrine. La langue de Jonah se glisse dans ma bouche et un goût de chocolat aux épices me fait défaillir.

– Oh, mon Dieu !

Le cri qui nous interrompt exprime le choc, et la fraction de seconde que l'on met à se séparer Jonah et moi suffit à me dégriser totalement. Ses yeux fixent les miens, et j'y lis précisément la question que je me pose : *Merde, qu'est-ce qu'on a fait ?*

La réponse ne se fait pas attendre. En me retournant, je vois Donald Camden qui nous dévisage bouche bée, accompagné d'une Aubrey écarlate. Le rideau or est ouvert, ainsi que la porte-fenêtre, et tous ceux qui se tiennent derrière Donald – ce qui fait *beaucoup* de monde – nous regardent fixement.

Y compris ma grand-mère.

CHAPITRE DIX-SEPT

AUBREY

Je n'ai jamais assisté à un cataclysme dans la vraie vie, mais la métaphore prend soudain tout son sens. Autant regarder Milly et Jonah est une torture, autant je suis incapable de détourner les yeux.

Surtout que c'est un peu de ma faute, tout ça.

Je savais que Milly n'était pas dans son assiette quand Donald m'a kidnappée pour me conduire à la table de Granny. Tout le temps où ma grand-mère me parlait, j'ai essayé de garder l'œil sur ma cousine, mais j'ai fini par la perdre de vue. La dernière fois que je l'ai aperçue, elle était en train de disparaître sur le balcon avec Jonah. Alors quand Granny a demandé à Donald d'amener mon cousin, j'ai dit : « Il vient de sortir, je peux aller le chercher. » À quoi elle a répondu : « Un peu d'air frais nous fera du bien ! Donald et moi, on t'accompagne. »

Et voilà.

Je devrais dire quelque chose. Je ne sais pas quoi, mais tout vaudrait mieux que le silence horrifié de deux cents invités qui s'imaginent qu'ils viennent de voir deux cousins s'embrasser après des années sans se voir. Ce serait le moment idéal pour signaler qu'ils ne sont *pas* cousins. Mais je ne vois pas comment me lancer, et Granny intervient avant que j'aie pu trouver.

– Ça m'apprendra à ne pas écouter mon instinct, j'imagine, déclare-t-elle froidement. Vos parents ne m'ont apporté que des déceptions, et vous ne valez pas mieux qu'eux.

Cette généralisation à l'ensemble de ses enfants me fait monter le rouge aux joues. Fixant Jonah les yeux plissés, Mildred ajoute :

– Je ne devrais pas m'étonner que le fils d'Anders soit aussi *dépravé*.

Jonah, qui semblait perdu depuis qu'il s'est séparé de Milly, sort du brouillard en entendant prononcer le nom d'Anders. Avec une expression de pure haine, il franchit la porte-fenêtre et s'arrête à quelques pas de Mildred.

– Ouais, eh bien j'ai un putain de message de la part d'*Anders*. Il vous hait, et il vous a toujours haïe.

Il a lâché ça d'une voix sourde, mais parfaitement audible par tous dans le silence.

Les gens réagissent par des exclamations étouffées tandis que le visage de Granny se couvre de plaques rouges. Je regarde Jonah avec stupéfaction, en me disant que j'ai dû mal comprendre. Pourquoi, dans une situation aussi horrible, choisirait-il de *l'aggraver* ? À côté de moi, Donald inspire entre ses dents et semble sur le point de le balancer du haut du balcon.

Le balcon ! La pauvre Milly y est toujours, toute seule, paralysée. Je vais pousser Donald pour la rejoindre lorsqu'une autre voix résonne par-dessus les murmures.

– Quel mensonge éhonté ! En même temps, que peut-on attendre d'autre de la part d'un *imposteur* ?

Je me retourne, mais je ne vois pas qui a parlé. Granny agrippe le bras de Donald en se raidissant et écarquille les yeux d'un air presque terrifié.

– Partez, lui dit-il à mi-voix. Je m'en occupe.

Et… elle s'en va. Comme ça. Elle tourne les talons et repart vers le fond de la salle aussi vite que sa robe longue le lui permet.

Celui qui a parlé traverse la foule et s'arrête en voyant Donald. Il est petit et maigre, et pourtant étrangement imposant, chargé d'une énergie contenue. Il a un visage étroit de furet et une épaisse chevelure brune. Je le reconnais tout de suite.

– Salut, Donald, dit-il en fourrant les mains dans les poches de son smoking avec un sourire goguenard. Ravi de vous revoir.

– Qu'est-ce que tu fais là, Anders ? Qui t'a laissé entrer ?

Oncle Anders hausse les épaules.

– La sécurité dans cet hôtel n'est plus ce qu'elle était. Cela dit, vous devriez plutôt me remercier de rétablir la vérité avant que tous les invités ne fassent un scandale à l'idée d'une relation entre cousins. Lui, là ? Ce n'est pas mon fils. Le voilà, mon fils. JT !

Il a haussé la voix, et une autre silhouette s'avance à contrecœur. Même sans l'avoir jamais vu, je l'aurais reconnu n'importe où. C'est la copie conforme de son père. La seule différence est qu'à la place du sourire narquois et plein d'arrogance, son petit visage pointu affiche un air fuyant.

– Donald, permettez-moi de vous présenter Jonah Theodore Story.

– Ben merde ! souffle une voix près de moi tandis que toute la salle se remplit d'un seul coup de murmures excités.

C'est Brittany, dans sa tenue de serveuse. Lui saisissant le bras, je suis presque soulagée de constater qu'elle est en chair et en os.

Toute cette histoire a quelque chose de si irréel que je n'aurais pas été étonnée de n'attraper que du vide.

– Jonah n'est pas Jonah ?

– Si, dis-je tout bas. Enfin, plus ou moins. C'est compliqué.

– Du coup, Milly et lui ne sont pas vraiment…

Elle se met à hocher la tête en les regardant tour à tour.

– Je comprends mieux, maintenant.

– Qu'est-ce que tu as inventé, cette fois, Anders ? demande Donald.

L'intéressé porte la main sur son cœur.

– Moi ? Mais absolument rien. En revanche, vous m'en voyez désolé, mais vous avez tous été victimes d'une mystification. JT est le seul de la dernière génération de Story à avoir sa conscience pour lui.

Je commence à craindre le pire quand oncle Anders continue :

– Vous devez tous penser que ma mère a invité ses petits-enfants. Il n'y a rien de plus faux. Laissez-moi vous expliquer ce qu'il en est réellement.

L'attention générale est rivée sur lui, et il en joue en lâchant un gros soupir.

– Mon frère Archer a contacté son neveu et ses nièces en se faisant passer pour ma mère et leur a proposé des jobs d'été à l'hôtel dans l'espoir de regagner ses bonnes grâces. JT étant le seul à avoir refusé, Archer lui a trouvé un remplaçant. Je ne soupçonnais rien de tout cela, jusqu'à ce que je découvre une photo du fils de mes voisins aux funérailles de Fred Baxter. J'ai demandé à mon fils ce que Jonah North pouvait bien fabriquer à Gull Cove avec ses cousines, et on a fini par reconstituer ce qui était arrivé.

Je serre les poings, furieuse contre nous. Se faire avoir par *La Gazette de Gull Cove* ! On aurait pu se douter que nos parents jetteraient un œil dans le journal local. En voyant cette photo, oncle Anders a dû comprendre aussitôt que son fils l'avait embrouillé. Il n'a pas dû mettre longtemps à lui faire cracher la vérité – pas seulement la supercherie impliquant Jonah, mais aussi le fait qu'Archer était derrière tout ça. Après, il ne lui restait plus qu'à nous faire porter le chapeau, en arrangeant un peu les faits pour sauver ses chances de se réconcilier avec sa mère.

Et ça a l'air de marcher. Autour de nous, les gens murmurent avec la main devant la bouche, convaincus par le numéro d'Anders.

– Vous êtes qu'une merde et un menteur, lui lance enfin Jonah, en crachant presque les mots. Vous essayez de manipuler tout le monde exactement comme vous avez manipulé mes parents. C'est votre fils qui m'a envoyé ici, et il…

– Sérieusement, Jonah, le coupe Anders avec un sourire qui réussit à exprimer à la fois la tristesse et l'indulgence. Inutile de t'enferrer. Personne ici ne croira un mot de ce que tu pourras raconter.

Lâchant le bras de Brittany, je saisis celui de Donald Camden que je secoue pour le forcer à me regarder.

– Il a raison ! Je veux dire, Jonah North dit la vérité ! C'est JT qui l'a payé. Et jusqu'à la semaine dernière, on ne savait pas que c'était oncle Archer qui nous avait fait venir. Il était…

Je ne vais pas plus loin, parce que la façon dont Donald Camden me fusille du regard m'indique que ça ne ferait qu'aggraver les choses.

– Vraiment, Aubrey ? C'est bien Aubrey, n'est-ce pas ? reprend Anders en se tournant vers moi avec un sourire condescendant. Ainsi, tu avoues que tu étais au courant que ce garçon n'était pas ton cousin, et tu n'as pas jugé utile d'en informer ta grand-mère.

Et maintenant, il faudrait que les gens te croient quand tu essaies de me faire passer pour un menteur ? Soyons sérieux.

Il prend un ton mielleux pour ajouter :

– Enfin, je comprends que tu aies marché dans la combine. Ton père a son caractère. Ça ne doit pas être évident de se faire aimer de lui, hein ?

Ces paroles me font l'effet d'un coup au ventre. Bien qu'il ne m'ait pas revue depuis ma petite enfance, oncle Anders a su exactement où frapper. Tout en présentant les choses de telle manière que JT et lui en sortent blancs comme neige et qu'on apparaisse comme des rapaces sans scrupules. Et le pire, c'est que la version qu'il propose est aussi crédible que la réalité.

– Où est Mère ? demande Anders. Il faut qu'elle sache qu'elle a quand même *un* petit-fils qui a appris les valeurs de l'honnêteté et du respect.

Les sourcils froncés, il scrute la foule, réalisant enfin que la spectatrice la plus importante de sa petite comédie ne se trouve pas dans le public.

– Dieu merci, ta mère est partie avant d'avoir à assister à cette pantalonnade, lui répond Donald. Je vais te demander de sortir.

Il claque des doigts, et trois hommes en costume noir semblant surgir de nulle part saisissent Anders sous les bras. Celui-ci devient cramoisi de colère.

– Qu'est-ce qui vous prend, Donald ? braille-t-il. Je suis en train de vous sauver la mise !

– Son fils aussi, précise Donald aux vigiles. Ainsi que l'autre garçon. Faites-les sortir d'ici.

Tout à coup, c'est la pagaille, un mélange de cris et de bousculade. Oncle Anders essaie de se libérer des vigiles qui l'entraînent vers la sortie en criant à pleins poumons :

– C’est chez moi, ici, Donald ! Pas chez vous, espèce de connard ! Chez *moi* !

D’autres vigiles font leur apparition, entourent JT et Jonah et les escortent dehors manu militari sous le regard éteint de Milly.

Oh non. Milly.

Elle n’a pas bougé du balcon. Me frayant un passage dans la foule, je franchis la porte-fenêtre pour rejoindre ma cousine.

Il me suffit de croiser son regard vitreux pour comprendre que l’association du choc et du champagne a neutralisé son sens de la repartie. Dans n’importe quelle autre circonstance, oncle Anders aurait trouvé en elle une adversaire à sa mesure. Mais quand je glisse mes doigts entre les siens, elle se contente de fixer nos mains comme si la sienne était un appendice étranger qu’elle découvrait pour la première fois.

– J’aurais dû m’en douter, dit-elle d’une voix pâteuse. J’ai été débile.

J’écarte une mèche de cheveux de son visage.

– Tu es tout sauf débile. Et te douter de quoi ?

– Que c’étaient les parents de Jonah.

Je ne saisis pas. Je sais bien qu’elle n’a pas tous ses esprits, mais j’ai besoin qu’elle se concentre.

– Hein ? Tu peux m’expliquer, là ? Vas-y doucement, comme si tu parlais à une gamine de quatre ans.

Elle passe la main sur son front comme si ça allait l’aider à rassembler ses pensées.

– J’ai lu un article dans le *Providence Journal* sur tous les gens qui ont été ruinés par oncle Anders. Il y en a un qui avait déposé le bilan et… ahhhh. Il s’appelait Frank North. Mais je n’ai pas fait le lien.

Ses traits se durcissent et une petite étincelle de sa flamme habituelle se rallume dans ses yeux.

– Pendant qu'on le couvrait, lui, il nous cachait la vérité. Il n'allait pas se fatiguer à nous dire: « Tiens, au fait, j'ai plein de raisons d'en vouloir à mort à votre famille. »

– Oooh, fais-je. C'est pour ça qu'il déteste autant oncle Anders.

Je repense alors à quelque chose qu'il a dit tout à l'heure: « exactement comme vous avez manipulé mes parents ». Sur le coup, ça m'est passé au-dessus de la tête, mais je comprends beaucoup mieux maintenant son comportement en général. Pas étonnant qu'il ait pété un plomb face à Anders.

– Et nous avec, je parie, complète Milly en serrant les bras sur sa poitrine. On lui a juste servi de couverture. Il nous a baladées en attendant de pouvoir sauter à la figure de tout le monde et d'humilier publiquement la famille. Et je lui ai fourni l'occasion rêvée.

– Non, Jonah n'est pas comme ça.

Elle ne répond pas.

– Allez, Milly, dis-je en lui pressant le bras. Même si c'était un parfait connard, ce que je ne crois pas, il n'est pas assez bon acteur pour ça. Tu l'as démasqué tout de suite, je te rappelle.

– N'empêche que je me suis fait avoir, réplique-t-elle d'un air maussade.

Alors que je cherche les mots pour la consoler, Donald Camden passe la tête par la porte-fenêtre. Son visage est un masque de colère froide.

– Vous deux. Retour dans votre chambre. Je m'occuperai de vous demain.

CHAPITRE DIX-HUIT

JONAH

De toutes les fins que j'aurais pu imaginer pour mon séjour à Gull Cove, aucune n'aurait inclus deux types en costume noir se dressant au-dessus de moi dans ma chambre pendant que je fourre tout ce que je possède dans mon sac de voyage.

– Je suis en état d'arrestation ? dis-je enfin.

Costard numéro un lâche un gros rire. Ils sont tous les deux blonds, autour de la trentaine, mais il est plus grand et plus large que l'autre. Il porte la housse contenant mon smoking, qu'ils m'ont demandé d'enlever dès que j'ai franchi la porte. Au moins, ils ont attendu dans le couloir le temps que je me change.

– On n'est pas des flics, le môme. On est des vigiles. Notre boulot, c'est de te faire sortir de la propriété et de te déposer dans une chambre d'hôtel au village. On te laisse la nuit pour t'organiser avec tes parents. Mme Story veut que tu aies quitté l'île d'ici demain soir.

Et il conclut d'un ton plat, presque las :

– Ce qui t'arrive ensuite, c'est pas nos oignons.

Je ferme mon sac en guise de réponse, ce que Costard numéro deux prend pour le signal de me saisir de nouveau par le bras.

– OK, on y va.

– C'est bon, dis-je vivement en me libérant. J'ai juste besoin d'envoyer un message.

– Grouille, réplique-t-il d'un air toujours aussi indifférent.

Il me pousse dans le couloir avant de refermer la porte derrière nous. Après la lumière tamisée de la chambre, les néons font danser des taches noires sur ma vision. Lorsqu'elles disparaissent, je découvre autour de moi une demi-douzaine de visages de curieux. Tous les Tohis qui ne sont ni au travail, ni au gala sont venus assister à ma marche de la honte. Les nouvelles vont vite sur une île de vingt kilomètres de long.

– Bon vent, Jonah, me lance le camarade de chambre de Reid Chilton. Si c'est bien ton *nom*.

– Rentrez dans vos chambres, dit Costard numéro deux. Y a rien à voir.

Personne ne l'écoute. Je garde la tête basse en sortant sous l'escorte des deux vigiles, le nez dans ma liste de contacts. Mais je ne cherche pas le numéro de mon père. Je verrai ça plus tard. J'appuie sur celui de Milly. Une fois à l'arrière de la voiture, je boucle ma ceinture et j'écris :

`Je suis désolé. J'ai tout fait foirer.`

Chaque fois que je pense à ce que j'ai fait ce soir, ça me donne envie de vomir. Quand Donald Camden a déboulé sur le balcon alors que j'embrassais Milly, mon numéro de Jonah Story a officiellement pris fin. Et quelque part, je me suis senti soulagé. Ce que j'aurais dû faire alors, c'était prendre la main de Milly et dire à tous ceux qui pouvaient m'entendre que je n'étais pas son cousin. Ils auraient arrêté de la dévisager d'un air horrifié pour concentrer toute leur énergie négative sur celui qui la méritait :

moi. Comme ça, c'est moi qui aurais essuyé le plus gros de la tempête, ou on aurait pu l'affronter ensemble, tous les deux. C'est ce que je souhaitais depuis le moment où elle m'a démasqué en regardant dans mon portefeuille.

Au lieu de ça, j'ai foncé tête baissée dans mon fantasme de vengeance contre Anders Story. J'avais pourtant décidé de laisser tomber le jour du brunch à la villa. Ça ne valait pas la peine de mettre Milly et Aubrey en porte-à-faux. Sauf que ce soir, sous le coup de l'humiliation, du stress, et poussé par la réaction de Mildred, je me suis laissé rattraper par ma rancœur. Or, non seulement c'était un coup pourri à faire à Milly, mais ça n'a pas du tout marché. Tout ce que j'ai réussi à faire, c'est donner à Anders un boulevard pour déverser ses mensonges.

Pris dans mes pensées, je ne remarque qu'on est arrivés au village qu'en voyant les lumières vives du quai. Costard un, qui est au volant, se gare devant un bâtiment en brique rouge.

– Ça marche, dit Costard deux dans son portable.

Puis il ajoute en se tournant vers moi :

– C'est l'hôtel Hawthorne, là où tu… là que tu dors cette nuit. Tu peux commander à manger à hauteur de cinquante dollars. On t'a réservé un billet pour le ferry de demain, il suffit que tu les appelles pour le retirer. Le premier part à 7 heures et le dernier à 16 heures. C'est clair ?

– Et si je les rate ?

Il me répond du ton monotone qu'il conserve depuis le début :

– Je ne te le conseille pas. Bon, on y va, je t'accompagne.

On entre dans l'hôtel tandis que Costard un reste dans la voiture en faisant tourner le moteur. La réceptionniste n'a pas l'air de trouver bizarre qu'un vigile vienne déposer un ado à l'hôtel à 9 heures du soir.

– Chambre 215, m'informe-t-elle, les yeux sur son écran d'ordinateur. L'ascenseur est à gauche au bout du couloir, ou vous pouvez prendre l'escalier tout de suite à droite. Vous avez besoin d'aide pour porter vos bagages ?

Je soulève mon sac pour le lui montrer.

– Ça devrait aller.

– Une clé ou deux ?

– Une seule, répond Costard deux à ma place.

Elle me tend une carte magnétique avec un grand sourire.

– Bon séjour chez nous !

Après l'avoir remerciée, je m'apprête à me diriger vers le couloir, mon escorte sur les talons. À ce moment-là, la porte d'entrée s'ouvre et je pile en voyant entrer Anders et JT. Ils sont seuls. On n'a pas jugé utile de leur coller des gorilles comme à moi. Ça me met aussitôt en rogne.

– Sales putains de menteurs.

Anders Story a l'air parfaitement calme et détendu. On ne croirait jamais qu'il vient de se faire jeter d'une fête organisée par sa propre mère. Son regard s'arrête sur une coupe posée sur le comptoir, dans laquelle il pioche un bonbon à la menthe.

– J'ai tenté ma chance, Jonah, me répond-il en le fourrant dans sa bouche. JT et toi, vous ne m'en aviez pas laissé d'autre.

Je jette un regard noir à JT, qui fait la gueule derrière son père.

– En plus, c'était *ton* idée, craché-je.

Il hausse les épaules avec un soupçon de l'arrogance qui semble être la caractéristique première d'Anders.

– C'est toi qui n'as pas été foutu de faire profil bas, me réplique-t-il. Te faire prendre en photo à un enterrement et embrasser ma cousine en plein gala, ça ne faisait pas partie du deal. Techniquement, c'est entièrement de *ta* faute.

– Techniquement, c'est entièrement de celle de ton père. Je ne me serais jamais embarqué là-dedans s'il n'avait pas ruiné mes parents. Vous n'êtes qu'un menteur *et* un voleur ! ajouté-je en me tounant vers Anders.

J'attends qu'il se défende, mais il se contente de hausser une épaule en mâchonnant son bonbon avec une lenteur étudiée.

– Tes parents sont grands, ils étaient libres de prendre leurs décisions sur la façon de gérer leur fric. Arrête de rejeter la faute sur les autres, c'est pitoyable.

– Bon, ça suffit, déclare Costard deux en me tirant par le bras. Il est temps de monter, maintenant. Ascenseur ou escalier ?

– Je peux monter tout seul, dis-je en essayant de me dégager.

Mais pas moyen, il continue à me tenir d'une poigne de fer.

– J'ai ordre de te conduire dans ta chambre et c'est ce que je vais faire, répond-il, toujours aussi flegmatique. Ascenseur ou escalier ?

– Escalier, dis-je entre mes dents.

La seule chose plus insupportable que de me faire envoyer dans ma chambre devant Anders et JT serait de devoir attendre l'ascenseur sous leurs yeux.

Je monte les marches en silence avec Costard deux et on débouche dans le couloir désert du premier étage. La 215 n'est pas difficile à trouver : pile à côté de la cage d'escalier, en face du distributeur. En clair, je me suis fait fourguer la chambre la plus bruyante et sans doute la moins chère de l'hôtel. Une lumière verte clignote sur la porte quand je glisse la carte dans la serrure.

– Pitié, dites-moi que nos chemins se séparent ici, dis-je en tournant la poignée.

– Tout à fait.

Costard deux autorise enfin une petite lueur d'amusement à flotter dans son œil. À tout prendre, l'épisode de ce soir a dû créer un peu d'animation dans sa routine.

– Bonne chance, le môme.

J'entre et je referme la porte derrière moi avec un soupir de soulagement. Enfin seul. Je sors mon portable de ma poche dans l'espoir de trouver un message de Milly ou d'Aubrey, mais rien. J'hésite à en envoyer un deuxième à Milly, avant de me dire qu'il vaut mieux que je lui fiche la paix. Si elle avait envie de me parler, elle m'aurait répondu.

Sans avoir le luxe de celles des clients de l'Anse aux Mouettes, la chambre est toujours mieux que celles des saisonniers. Il y a deux lits jumeaux avec couvre-lits à rayures marine, un petit bureau devant la fenêtre et une télé à écran plat qui occupe presque tout un mur. La salle de bains est propre et lumineuse, et les muscles de mes épaules réclament une bonne douche bien chaude. Je devrais appeler mon père, mais on n'est pas à cinq minutes près.

Ces cinq minutes sous la douche en deviennent plutôt vingt. C'était une idée de génie. Ça me permet de passer sur pilote automatique, en exécutant mécaniquement des gestes que j'ai déjà exécutés des milliers de fois. Du coup, pendant un moment, je peux me persuader que tout est normal, voire que tout va bien. Mais une fois que j'ai vidé tous les mini-flacons disponibles et que la salle de bains n'est plus qu'un nuage de vapeur, je suis bien obligé de quitter la cabine de douche. Carson Fine ayant fait nettoyer nos vêtements hier, au moins, mes affaires sont propres.

Une fois habillé, je ne peux plus reculer. Assis au bout d'un lit, portable à la main, je réfléchis à la manière d'entamer la conversation. *Au fait, papa, à propos de mon job d'été super cool…*

Je devrais peut-être commencer par lui envoyer un message. En ouvrant l'appli, je suis surpris de découvrir que j'ai zappé le dernier que j'ai reçu de lui, datant de cet après-midi. Le début du texte qui s'affiche dit :

Salut, Jonah, l'audience au tribunal s'est

J'étouffe un juron. J'étais tellement stressé par le gala d'été que j'ai oublié que l'audience avait lieu aujourd'hui.

– Jamais deux sans trois, grommelé-je en ouvrant le message.

C'est mon père dans toute sa splendeur ; un seul paragraphe de dix kilomètres au lieu d'une succession de petits messages.

Salut, Jonah, l'audience au tribunal s'est mieux passée que prévu. Apparemment, on va pouvoir maintenir l'Empire ouvert. On attend d'en savoir plus, mais on est optimistes pour la première fois depuis longtemps. Enzo travaille dans un magasin de bricolage. On est en contact tous les jours et on espère pouvoir le reprendre d'ici la fin de l'année. Essaie de ne pas trop t'en faire. Profite bien de ton week-end, on se parle bientôt.

Posant mon portable sur le couvre-lit, je me prends la tête entre les mains avec un long soupir saccadé. Je me frotte les yeux, qui me piquent. Je n'avais pas osé espérer, mais… ils ont réussi. Mes parents se sont battus sans rien lâcher pour montrer au juge qu'ils pouvaient régler leurs créanciers et continuer à gérer leur affaire, et on dirait qu'il les a écoutés.

Arrête de rejeter la faute sur les autres. Anders Story a beau être un connard dénué de scrupules, il n'a pas tort. « Vous pouvez prouver l'escroquerie et récupérer votre argent », a dit l'avocat de mes parents. Pendant longtemps, ils n'ont pas voulu l'entendre, et moi non plus. En fait, ça nous faisait du bien d'être en colère. Sauf que ça n'a rien réglé. J'éprouve un nouvel accès de culpabilité en repensant à Milly, et à la façon dont ça aurait pu se passer ce soir si je m'étais libéré plus tôt de cette rage aveugle.

Un coup frappé à ma porte me tire de mes pensées.

– Oui ! dis-je sans relever la tête. Qu'est-ce qu'il y a encore ?

Un nouveau coup retentit, plus fort que le premier.

– Minute, papillon ! crié-je, en souriant malgré moi de mon petit hommage à Enzo.

Je vais ouvrir en m'attendant à tomber sur Costard deux, venu s'assurer que je ne suis pas ressorti par la fenêtre, mais ce n'est pas la personne que je découvre devant moi.

C'est tout juste si j'arrive à le reconnaître. Il est rasé de près, habillé d'un tee-shirt à manches longues et d'un jean bien repassés, souriant, l'air fatigué, mais l'œil vif.

– Salut, Jonah, je peux entrer ? me demande Archer Story.

Archer a commencé par lancer un raid sur le minibar et se tient assis derrière le petit bureau, sur lequel il a aligné quatre petites bouteilles. Il n'a ouvert que la vodka, dont il a pris deux gorgées.

– Excuse-moi de boire devant toi, dit-il. J'essaie d'arrêter, mais je ne peux pas me permettre de tomber dans les vapes, surtout si je dois tenir une conversation sérieuse. Je vais juste rechuter si je fais ça.

Son regard se pose sur les flasques.

– Je ne boirai pas tout. Même pas la moitié. Mais ça me rassure de savoir que je peux le faire.

– Pas de problème. Comment tu as su où me trouver ?

Comme il n'y a pas beaucoup de place pour s'asseoir dans cette chambre, je me suis affalé sur un lit.

– J'ai encore des amis à l'hôtel. Même si je ne les mérite pas.

Il frotte son visage maigre et anguleux. J'ai du mal à me faire à la disparition de sa barbe de bûcheron.

– Juste pour être sûr, parce que je m'y perds dans le paquet d'informations dont j'ai été bombardé ce soir : tu n'es pas mon neveu, c'est bien ça ?

– Exact.

Il me gratifie d'un sourire de regret qui me laisse penser que ça ne lui aurait pas déplu, et je me mets à déballer tous les détails sordides de l'histoire qui m'a amené ici. Quand j'ai fini, il secoue la tête et reprend une petite gorgée de vodka.

– Faut admettre que dans le rôle du fils d'Anders, tu faisais un peu erreur de casting.

– On n'arrête pas de me le dire. Comment tu as su ce qui s'était passé ?

– J'ai été soigneusement exclu de la liste des invités. Mais on m'a tout raconté, y compris le come-back de mon frère. (Nouvelle gorgée de vodka.) J'aimerais bien parler à Milly et Aubrey. Pour autant que je sache, elles sont retournées dans leur chambre, mais je voudrais être sûr que ça va. Et puis m'excuser. C'est pour ça que je suis là. Pour te faire mes excuses, à toi aussi. Désolé d'avoir disparu comme ça. Je suis tombé sur un article qui parlait de moi dans *La Gazette de Gull Cove* le lendemain et ça m'a fait un choc. J'ai eu l'impression que j'avais tout gâché et j'ai paniqué. Et quand je panique… enfin, j'ai tendance à perdre le peu de contrôle que j'ai.

Archer semble désespérément en manque, mais se retient de toucher à la flasque de vodka.

– Je vous ai fait venir ici, et puis je vous ai lâchés. C'est impardonnable. Vous n'êtes que des mômes. Je suis désolé que mon refus de me comporter en adulte une seule fois au cours des dernières semaines – ou des vingt dernières années, pour être honnête – ait abouti à l'horrible soirée que vous venez de vivre.

Je prends le temps de réfléchir à ses paroles.

– Ça fait beaucoup d'excuses.

L'ombre d'un sourire passe sur son visage.

– Ouais. Il me semblait que j'avais pas mal de motifs.

– Tout va bien. Je veux dire, moi j'ai menti à tout le monde. Match nul.

J'attends qu'Archer reprenne une gorgée pour lui demander :

– Tu as eu le temps de voir le Dr Baxter pour lui parler de sa lettre avant sa mort ?

Il laisse passer quelques secondes avant d'en boire une de plus.

– Non. Je n'étais pas en état de sortir de chez moi ce jour-là.

– Qu'est-ce qu'il voulait te dire, à ton avis ?

Archer pousse un gros soupir.

– Aucune idée.

– Et tu vas faire quoi, maintenant ? Retourner chez Rob ?

– Oui, mais juste pour quelques jours. J'ai déjà beaucoup profité de sa gentillesse. Je prends juste le temps de me ressaisir, et ensuite je quitte l'île. Retour à la vraie vie. Quoi que ça puisse être, conclut-il avec un nouveau soupir.

Une idée surgit dans ma tête, si brusquement que je me redresse d'un coup.

– Je peux venir avec toi ?

Archer cligne des paupières.

– Tu me la refais ?

– Je peux loger chez Rob avec toi ? Je n'ai pas encore appelé mes parents. Et je… j'ai laissé Milly dans de sales draps.

Je rougis en revoyant son visage quand j'ai pété un plomb devant Mildred.

– Moi aussi, je voudrais m'excuser.

– Je comprends, me répond prudemment Archer. Mais tu peux le faire à distance, une fois que les choses se seront tassées. À mon avis, tu as tout intérêt à partir comme on te l'a demandé.

– S'il te plaît ! Juste un jour ou deux.

Il me dévisage posément.

– Jonah, au cas où ce ne serait pas parfaitement clair… je suis alcoolique.

– Je sais.

– Tu ne peux pas compter sur moi. Et je ne peux pas être responsable de toi.

– J'ai presque dix-huit ans. Je peux tout à fait être responsable. D'ailleurs, c'est le cas depuis que je suis là.

Comme Archer hésite, j'enfonce le clou :

– Allez ! Tu veux que ta mère ait gain de cause à chaque fois qu'elle ordonne à Donald Camden de virer quelqu'un de l'île à coups de pied au cul ?

Un sourire étire le coin de ses lèvres.

– Je dois reconnaître que tu sais trouver les bons arguments.

CHAPITRE DIX-NEUF

MILLY

Je me sens gonflée à bloc en entrant avec Aubrey dans le bureau de Carson Fine. Être convoquée à la première heure n'augure rien de bon, mais j'ai bu trois cafés et je porte la robe rouge de ma mère. Même si je ne sais pas ce qu'on va nous balancer à la figure, je suis prête à me battre.

Malheureusement, l'homme assis derrière le bureau n'est pas notre sympathique responsable de l'hospitalité.

– Asseyez-vous, nous dit Donald Camden.

Il nous éblouit d'un de ses sourires tout en dents blanches – si on peut appeler ça un sourire.

– Nous devons reparler de ce qui s'est passé hier soir.

Au secours. Hier soir. Ça me donne envie de vomir rien que d'y penser. Après que Jonah s'est fait éjecter de la salle, Aubrey et moi avons été reconduites dans notre chambre par deux femmes que je n'avais jamais vues. Je me suis endormie comme une masse dès qu'Aubrey a réussi à m'enlever ma robe. À mon réveil, j'avais deux messages d'Archer – surprise, surprise, il est toujours sur l'île – et six de Jonah.

Je suis désolé. J'ai tout fait foirer.

Je n'aurais jamais dû parler comme ça à Mildred.

On peut se parler?

Je te dois des excuses.

Et une explication.

Ma réponse a été brève:

Tu es venu pour te venger d'oncle Anders? Réponds juste par oui ou par non.

Il n'a mis que quelques secondes.

Oui.

Puis il a continué à m'envoyer des trucs que je n'ai pas lus. De toute façon, vu qu'il est aussi menteur que tous les Story réunis, je ne peux rien croire de ce qu'il me dira.

Mais je n'en reviens toujours pas de ne pas avoir fait le lien entre sa famille et les affaires d'oncle Anders. Ni que… Mais non. Je ne vais pas me mettre à penser à lui alors que je dois garder l'esprit clair pour affronter Donald Camden.

Qui est en train de nous fixer en attendant qu'on s'assoie, Aubrey et moi, sans masquer son irritation. Or, on reste debout toutes les deux.

– Oncle Anders est un menteur. Il…

Mais Donald m'arrête d'une main.

– En effet. Tout comme vous. Alors voici ce qui va se passer: à compter de ce matin, vous n'êtes plus employées par l'hôtel.

Vous recevrez le salaire correspondant à tout l'été, ce qui, de mon point de vue, est particulièrement généreux. À vous de vous organiser avec vos parents respectifs pour repartir dans les trois jours. Un billet de ferry vous est offert, à utiliser entre aujourd'hui et mardi. Cependant, avant votre départ, Mme Story désire te voir, Aubrey.

Ses yeux se rivent sur elle et je la sens se raidir à côté de moi.

– Une voiture passera te chercher à 13 heures précises à l'entrée principale de l'hôtel pour vous conduire aux Airelles.

– Quoi ? fait-elle.

– Seulement Aubrey ? Et moi ? dis-je en même temps qu'elle.

– Mme Story souhaite parler à Aubrey en tant que représentante de ses petits-enfants, réplique Donald, dont les narines se pincent. Personnellement, compte tenu des dégâts que vous avez déjà occasionnés, je lui ai déconseillé tout nouveau contact avec vous. Mais elle a insisté.

Aubrey a un air horrifié.

– La *représentante* ? dis-je. Mais pourquoi elle ?

– Elle ne l'a pas précisé, me répond Donald, les traits crispés. Mais si je devais deviner, je dirais que ta conduite d'hier rend ta présence… moins appropriée.

– Appropriée à quoi ?

Je hurle presque, ce qui aurait tendance à lui donner raison.

– Je refuse d'y aller, déclare Aubrey.

– La décision t'appartient, bien sûr, réplique Donald. La voiture se présentera à 13 heures et attendra quinze minutes.

– Et si on ne part pas ? dis-je.

Je savoure la surprise qui trouble un instant l'expression imperturbable de Donald.

– Si vous ne partez pas ? Mais enfin… C'est-à-dire que… C'est une obligation.

Je croise les bras sur ma poitrine.

– Je ne vois pas du tout ce qui nous y oblige. L'île ne vous appartient pas, pas plus qu'à Mildred. Rien ne nous interdit de rester si on en a envie.

Aubrey me glisse un regard nerveux tandis que Donald retrouve son masque d'impassibilité.

– Comme je vous l'ai dit, vous ne pouvez occuper votre chambre à l'hôtel que jusqu'à mardi. Ensuite, vous devrez nous rendre vos clés et vous n'aurez plus accès au bâtiment.

– Il y a d'autres hôtels dans l'île.

– Dont la plupart appartiennent à votre grand-mère, me signale Donald. En outre, vos indemnités de licenciement dépendent de votre acceptation des conditions soumises par Mme Story.

– On n'en veut pas, de son fric. Vous pouvez le garder.

Puis je lance un regard d'excuse à Aubrey en me rendant compte que j'ai parlé pour elle sans réfléchir. Je sais pourtant que la situation financière de sa famille est beaucoup plus tendue que celle de la mienne, encore plus maintenant, avec la menace imminente d'un divorce. Mais elle acquiesce d'un hochement de tête.

À ma grande satisfaction, une rougeur monte dans le cou de Donald. Mais il se contente de déclarer :

– Vous n'aurez nulle part où aller si vous ne rentrez pas chez vous.

– Dans ce cas, vous n'avez pas à vous inquiéter, pas vrai ?

Je me tourne pour sortir, imitée par Aubrey. Je ne trouverai pas de meilleure dernière réplique.

Aubrey m'agrippe le bras tandis qu'on file dans le couloir vers la sortie.

– T'es sérieuse ? me chuchote-t-elle. Tu veux rester sur l'île ?

– Non. Je voulais juste donner du fil à retordre à Donald. Il a raison, on n'a nulle part où aller.

Je sors mon portable, prête à envoyer un message à ma mère, quand j'en reçois un d'oncle Archer. Après un petit mouvement d'impatience, soudain, j'ai une idée. Je montre l'écran à Aubrey.

– Mais peut-être que si. Ça te dit, une petite balade en voiture ? Je n'ai pas rendu les clés de la Jeep.

Une heure plus tard, on est en grande conversation avec oncle Archer, assises dans son bungalow. Malheureusement, on l'a trouvé en compagnie d'un colocataire imprévu, qui était censé avoir déjà quitté l'île.

J'ai accepté les excuses de mon oncle et fait taire d'un regard la tentative de Jonah. Chaque fois que je le revois en train de m'abandonner sur ce balcon pour régler ses comptes avec oncle Anders – contentieux dont, rappelons-le, il n'avait pas jugé utile de me parler –, je reçois un grand coup dans la poitrine.

– Alors comme ça, vous partez ? nous demande-t-il.

– Ben on n'a pas trop le choix, grommelé-je.

En imaginant le bungalow d'oncle Archer comme un havre temporaire dans la tempête, je n'avais pas envisagé qu'il faudrait le partager avec Jonah.

– Et ta mère, que pense-t-elle de tout ça ? me demande oncle Archer. Et ton père, Aubrey ?

Il a l'air nettement plus en forme que l'autre jour. Devant lui, sur la table basse, il y a un gobelet à moitié rempli d'une boisson incolore dont il boit régulièrement une gorgée, et ses mains n'arrêtent jamais complètement de trembler. Mais il reste parfaitement cohérent depuis le début de la discussion.

– Nos parents ne sont pas au courant, dis-je. Et on ne va pas les prévenir tout de suite.

Comme oncle Archer a l'air un peu ennuyé, je précise :

– On veut d'abord savoir ce que Mildred va dire à Aubrey.

– Oui, enfin, parle pour toi, déclare-t-elle en pâlissant.

Quelqu'un frappe à la porte et oncle Archer fronce les sourcils.

– C'est peut-être oncle Anders qui vient remettre ça, dis-je en regardant Jonah d'un œil torve.

Il a la délicatesse de rougir, et ça me coûte de l'avouer, mais ça lui va bien.

– Pitié, pas ça ! s'exclame oncle Archer en allant ouvrir. Tout ce que je veux, c'est rester sur les bons rails, et ce n'est pas lui qui… Euh, bonjour.

Il recule d'un air désorienté et on distingue Hazel sur le seuil.

– Euh… On se connaît ?

– Non, répond-elle.

Elle serre une enveloppe kraft sur sa poitrine. Son air pensif s'illumine un peu quand elle nous remarque.

– Mais je sais qui vous êtes et je connais les autres, ajoute-t-elle. Je suis Hazel Baxter-Clement, la petite-fille du Dr Baxter.

– Ah, d'accord. Bienvenue, alors !

Oncle Archer ne paraît pas surpris qu'elle ait su où le trouver. Étant celle qui a vendu la mèche, je prie pour qu'il suppose qu'elle l'a su par son grand-père sans s'attarder sur la question.

– Je vous en prie, entrez, venez… enfin, viens t'asseoir, reprend-il en lui désignant le salon. Toutes mes condoléances. J'aimais beaucoup Fred, c'était quelqu'un de bien.

– Je sais, c'est un peu pour ça que je suis là.

Pendant qu'oncle Archer referme la porte, Hazel s'avance puis, après une hésitation, s'assoit entre Aubrey et moi.

– Désolée, je… je ne savais pas à qui d'autre m'adresser, déclare-t-elle.

– Tout va bien ? s'inquiète oncle Archer.

– Bonne question, dit Hazel en triturant une ficelle de son enveloppe. J'ai trouvé ça hier sur le bureau de mon grand-père. C'est à mon nom mais… ça vous concerne.

J'échange des regards intrigués avec Aubrey et Jonah.

– Moi ? s'étonne oncle Archer.

– Du moins en partie. C'est, euh…

Hazel tire une feuille de l'enveloppe.

– Le plus simple serait peut-être que je vous la lise.

Elle s'éclaircit la gorge.

– « Chère Hazel. Je suis très fier de la jeune femme que tu es devenue. Tu es une belle personne, courageuse et soucieuse des autres. Très franchement, je ne méritais pas une petite-fille comme toi. Mais il y a des choses que tu ignores. »

La voix de Hazel se brise, et elle doit déglutir avant de reprendre :

– « J'ai peur d'affronter les conséquences de mes actes, mais l'idée qu'ils risquent bientôt de s'effacer de ma mémoire m'effraie encore plus. Alors je devrais peut-être commencer par essayer de réparer un tort, dans la mesure du possible. J'ai fait subir une grave injustice à Archer Story. »

Elle se tait. Je crois qu'on a tous oublié de respirer. J'attends aussi longtemps que je peux le supporter pour laisser Hazel se reprendre, mais je finis par craquer.

– *Quelle* injustice ?

– Je ne sais pas. Ça s'arrête là.

Je lâche un petit grognement de frustration tandis qu'oncle Archer se passe la main sur le visage.

– Ton grand-père a demandé à me voir juste avant de mourir, annonce-t-il à Hazel. Mais je n'ai pas réagi assez vite. Je ne sais pas du tout de quoi il voulait me parler, ni ce qu'il pense m'avoir fait. De mon côté, je n'ai jamais rien eu à lui reprocher. C'était notre médecin de famille, il a toujours été très gentil avec moi. Point. Je peux ?

Il désigne la lettre et Hazel la lui tend. Oncle Archer la lit rapidement, le front plissé.

– Il ne t'en a jamais parlé ?

– Non. Il n'a même jamais prononcé votre nom devant moi. Mais ce n'est pas tout. Il y a ça aussi.

Rouvrant l'enveloppe, elle en sort une mince feuille de papier. Oncle Archer la prend d'un air perplexe.

– Un rapport d'autopsie ?

– Oui, daté d'il y a vingt ans. Vingt-quatre, très exactement. Celui d'une certaine Kayla Dugas.

– Kayla ? dis-je en regardant Aubrey. La sœur d'Oona ?

– Vous la connaissez ? demande oncle Archer.

– C'est chez elle qu'on a acheté nos robes. Elle nous a un peu parlé de sa sœur. Elle nous a raconté qu'elle sortait avec oncle Anders, et qu'elle est morte à peu près au moment où vous avez été déshérités. J'avoue qu'on a remarqué la coïncidence.

Me tournant vers Aubrey, je rougis en me rappelant à quel point j'ai été désagréable avec elle à la bibliothèque.

– Enfin, Aubrey l'a remarquée.

– Il n'y a pas de mot avec ? demande oncle Archer, toujours aussi perplexe. Quelque chose qui explique pourquoi il voulait me montrer ça ?

– Non, dit Hazel.

– On devrait peut-être contacter Oona. C'est plutôt à elle que revient ce document. D'ailleurs, logiquement, sa famille a dû en avoir une copie à l'époque.

– Mais qu'est-ce que tu penses de la chronologie, oncle Archer ? intervient Aubrey. Vous avez bien reçu la lettre de Mildred juste après la mort de Kayla, non ?

– C'était avant. Je ne me souviens pas de la date précise, mais on s'est pris les deux chocs successivement. D'abord la lettre, puis la mort de Kayla. Mère a refusé de nous voir quand on est revenus pour les funérailles.

– Ah, dit Aubrey. J'avais une hypothèse comme quoi il pouvait y avoir un lien de cause à effet. Quelque chose à propos de la mort de Kayla qui aurait pu mettre Granny assez en colère pour qu'elle vous déshérite.

Archer semble déconcerté.

– Non, ce n'était qu'une coïncidence. Mère n'a jamais été une grande fan de Kayla, cela dit. Son projet, c'était qu'Anders se trouve une gentille étudiante à Harvard. Ce qu'il a fini par faire, d'ailleurs.

Puis il se tourne vers Hazel.

– Il n'y avait rien d'autre dans les papiers que ton grand-père a laissé pour toi, ou pour moi ?

Elle soupire en rangeant la lettre dans l'enveloppe et se lève.

– C'est tout ce que j'ai trouvé. Mais je peux chercher. De toute façon, il faut que je rentre. On est en train de trier ses affaires.

– Ça t'ennuie si je garde ça pour le montrer à Oona ? demande oncle Archer en brandissant le rapport d'autopsie. Elle verra peut-être quelque chose qui m'a échappé.

– Pas de problème. Bon, au revoir, tout le monde.

Et elle s'en va, son enveloppe sous le bras.

Aubrey me tire par la manche.

– On ne devrait pas trop tarder non plus, me glisse-t-elle. La voiture de Granny va arriver. Mais tu préfères peut-être rester ici.

– Non, je viens avec toi.

– Vous revenez, après ? nous demande Jonah.

– Sans doute pas, dis-je sèchement.

Dans un coin de ma tête, je me rends compte que je fais comme ma mère quand elle met quelqu'un sur la touche parce qu'il l'a déçue. Mais le reste de mon cerveau est trop chamboulé pour que je m'en soucie plus que ça.

– Milly, s'il te plaît, je peux te parler une minute ? reprend Jonah à mi-voix en se penchant vers moi.

Oncle Archer s'éclaircit la voix.

– Je vais faire du café, si quelqu'un en veut, annonce-t-il en se dirigeant vers la cuisine.

– Oui, moi !

Aubrey lui emboîte le pas. Sale traîtresse.

Ce faisant, elle a libéré une place à côté de moi, mais Jonah est trop fin pour se jeter dessus.

– Écoute, je suis désolé, déclare-t-il. J'aurais dû te parler du rapport entre Anders et mes parents. Tu n'es pas obligée de me croire, mais je voulais le faire…

– Tu as raison, je ne suis pas obligée.

– Je voulais le faire le soir du gala. J'ai même essayé, quand on était sur le balcon. Mais tu, euh…

Il tire sur l'encolure de son tee-shirt.

– Tu as préféré parler d'autre chose.

Mes joues s'enflamment. Je n'ai qu'un souvenir très brumeux de cette soirée, mais pas au point d'avoir oublié que j'étais ivre morte et que je lui ai sauté dessus.

– C'était un peu tard, tu ne trouves pas ? Tu aurais dû nous le dire dès le début. On méritait bien ça, après avoir gardé ton secret. Sauf que tu ne voulais pas, parce que ça aurait gâché ta *vengeance*.

Je me décide à relever les yeux de mes chaussures pour le foudroyer du regard.

– D'ailleurs, le plus étonnant est que tu te sois fatigué à attendre jusqu'au gala. Tu aurais pu tout déballer à Mildred pendant le brunch à la villa.

– C'est ce que je pensais faire, admet Jonah, à ma grande surprise. Quand elle m'a demandé des nouvelles d'Anders, j'avais un grand discours tout prêt. Mais je n'ai pas pu. Je ne voulais plus. Ça ne m'intéressait plus de faire du mal à Anders si ça devait vous nuire aussi.

J'ignore la sensation de douce chaleur qui m'envahit la poitrine.

– Ça n'avait pas l'air de t'inquiéter tant que ça hier soir.

– J'ai déconné. Je me suis retrouvé en plein cauchemar et j'ai… C'est la colère qui a pris le dessus. Tu ne sais pas ce que ça fait, quand un type comme Anders…

– C'est vrai, je ne sais pas, dis-je en me levant. Vu que tu ne m'en as pas parlé.

Mince. Je n'ai aucune envie de continuer à discuter de ça avec Jonah, et en même temps, je n'arrive pas à lâcher.

– D'abord, tu m'as menti sur qui tu étais. Et quand j'ai découvert ce mensonge-*là*, tu as continué à me mentir sur ce qui t'avait amené ici.

Je lève la main pour l'empêcher de protester.

– Un mensonge par omission reste un mensonge. Tu m'as servi un paquet de demi-vérités tout en me laissant croire qu'on était… amis.

Ma voix bute sur le mot, et, tout à coup, j'ai des larmes dans les yeux. C'est exaspérant. Moi qui ne pleure jamais ! C'est vrai, quoi, je suis la fille d'Allison Story, quand même.

Jonah se lève à son tour et me prend les mains.

– Mais on *est* amis. Enfin, c'est le degré minimum de ce que je ressens. Tu représentes beaucoup pour moi, Milly, tu ne te rends pas compte…

Je recule en voyant revenir oncle Archer et Aubrey.

– Eh non, répliqué-je. Puisque, comme je le disais, tu ne m'en as pas parlé.

Aubrey me tend un gobelet de café au lait en m'annonçant d'un air navré :

– Je suis désolée, Milly, mais si on ne part pas maintenant…

– Pas de problème, dis-je en m'essuyant discrètement les yeux. Je suis prête.

Oncle Archer passe le bras autour de mes épaules, sans insister, comme s'il savait que je n'arriverais pas en encaisser plus.

Puis il m'entraîne un peu à l'écart pour me dire à mi-voix :

– C'est normal que tu sois en colère, Milly. Tu en as parfaitement le droit. Mais demande-toi si tu ne pourrais pas faire preuve d'un peu d'indulgence. S'il y a bien une qualité dont je regrette l'absence chez les Story, c'est la capacité à pardonner.

ALLISON
Août 1996

– Allez, qu'est-ce que t'attends ? demanda Anders d'un ton irrité en donnant un coup de coude à sa sœur. Il est tout seul. Tu es venue pour lui parler, oui ou non ?

Ils étaient assis derrière la vitrine du café Arabella. Allison avala sa salive en regardant Matt disposer des plantes devant la boutique du fleuriste, juste en face. Elle n'en revenait pas de ce qu'elle s'apprêtait à demander à son frère, mais…

– Tu viens avec moi ?

– Oh, pitié, grogna Anders. Non. Je t'ai amenée. J'ai fait mon boulot. Tu ne me traîneras pas plus loin.

Allison gardait les yeux rivés sur Matt, le ventre noué. Elle n'avait pas encore décidé de ce qu'elle allait faire. Certains jours, elle était convaincue que la seule solution était d'avorter. D'autres jours, elle se voyait partir à la fac enceinte sans avoir prévenu sa mère, et faire adopter le bébé après l'accouchement. Parfois, elle songeait même à le garder. Qu'est-ce qui l'en empêchait ? Elle avait des moyens financiers qui faisaient rêver la plupart des gens.

Dans tous les cas, elle devait en parler à Matt. Le problème les concernait tous les deux et elle refusait de l'affronter seule.

– C'est juste que…

Elle se tut en voyant Matt sortir de la boutique et fermer la porte à clé.

– De toute façon, il s'en va. Je n'ai plus qu'à revenir un autre jour.

La vague de soulagement qui venait de l'envahir fut soudain remplacée par la panique.

– Oh, non ! Il vient par ici ! Je ne peux pas lui annoncer ça dans un café.

Elle se leva de son tabouret en tirant son frère par la manche.

– Viens, on s'en va.

– C'est n'importe quoi, lâcha sèchement Anders. Si tu sors maintenant, tu vas juste réussir à lui rentrer dedans. Arrête de te défiler, propose-lui d'aller faire un tour.

– Oui. OK. C'est une bonne idée, dit-elle alors que Matt poussait la porte du café.

Il ne pouvait pas ne pas les remarquer, ils étaient juste à côté. Pourtant, il passa sans réagir.

– Matt, l'appela Allison, au bord du malaise.

Il se tourna vers elle à contrecœur.

– Oh, salut, Allison. Je t'avais pas vue.

– Ben voyons, fit Anders.

Tout à fait le genre de soutien qu'on pouvait attendre de lui.

Allison aurait voulu disparaître sous terre. Mais elle avait trop envie d'en finir.

– Euh, tu crois qu'on pourrait aller faire un tour, tous les deux ?

– Je peux pas. Je prends juste deux cafés en coup de vent, j'ai un truc à faire.

– Dans ce cas, je peux peut-être venir avec toi.

Matt soupira.

– Écoute, Allison… C'était sympa chez Rob, mais ça n'ira pas plus loin. Alors ce serait mieux que tu arrêtes de m'appeler, OK?

Comme Allison restait muette, figée par l'humiliation, il ajouta :

– Je ne suis pas intéressé.

– Tu n'es pas intéressé ? jeta Anders avec un rire agressif. Ah, excellent ! Tu devrais plutôt remercier ma sœur de t'adresser la parole, espèce de petite merde.

Matt serra les mâchoires.

– J'ai une question pour toi, Anders. Si je suis une petite merde, pourquoi Kayla m'a choisi, moi ?

Anders plissa les yeux.

– Elle ne t'a pas choisi. Vous êtes sortis ensemble *une fois*.

– On n'est pas sortis ensemble une fois, *on est* ensemble. Ça fait des semaines. Tu n'as pas remarqué qu'elle ne te répond plus ?

Allison glissa un regard à son frère. La petite crispation autour de sa bouche était presque imperceptible mais elle était bien là, signalant clairement que Matt avait tapé juste. Mais elle savait qu'Anders aurait préféré mourir que de l'admettre.

– Kayla ne tardera pas à revenir. En rampant, comme d'habitude. Profites-en bien tant que ça dure.

– Elle ne…

Matt secoua la tête comme s'il avait honte de lui-même.

– Bah, tu sais quoi ? Je ne vais pas m'abaisser à ça avec toi. Tu crois que les gens t'appartiennent sous prétexte que tu as du fric. Erreur. Il y a une île entière remplie de gens qui n'en ont rien à foutre d'Anders Story. Ni *d'aucun* Story.

Allison reçut comme un coup le fait qu'il l'inclue dans son mépris. Qu'avait-il à lui reprocher, à part d'être amoureuse de lui ?

– Tu te goures tellement que tu me fais marrer, répliqua Anders.

– C'est ça, ouais. Allez, je me casse.

Matt se retourna et ressortit sans ses cafés, ni un regard en arrière pour Allison.

– Quel connard, gronda-t-elle, le ventre transpercé comme par un coup de poignard.

– On est enfin d'accord sur une chose, commenta son frère.

Cela dit, Allison devait *toujours* parler à Matt. Il s'était arrêté sur le trottoir, leur tournant le dos. Alors qu'elle prenait son sac sur la table, elle se figea en le voyant ouvrir les bras pour accueillir une fille qui volait littéralement vers lui. Kayla Dugas.

Je prends juste deux cafés en coup de vent. Il avait rencard avec elle.

Matt embrassa Kayla langoureusement, et Allison eut la nette impression qu'il le faisait exprès pour provoquer Anders. Celui-ci se leva, irradiant la rage.

– OK, viens, j'ai changé d'avis, lui dit-il entre ses dents. J'ai trop hâte de sortir lui annoncer qu'il t'a mise en cloque.

– Non ! s'exclama Allison en refusant de bouger. Pas devant Kayla.

Celle-ci se tourna vers eux précisément à ce moment-là et Allison crut un instant qu'elle les avait entendus, mais c'était impossible. En revanche, elle les avait vus. Un bras autour du cou de Matt, elle fit voler un baiser théâtral en direction du café, avant de se remettre à embrasser Matt plus fougueusement que jamais.

Allison n'avait jamais vu Anders si en colère. Il était cramoisi, la mâchoire serrée.

– Elle va me le payer, lâcha-t-il d'un ton lourd de menace.

– Viens, on s'en va, dit sa sœur.

Alors qu'elle passait son sac en bandoulière sur son épaule, ses yeux tombèrent sur sa jambe et elle étouffa une exclamation. Un filet de sang coulait de son short sur sa cuisse droite.

– Comment je me suis…

Elle examina le tabouret à la recherche d'une écharde ou d'un clou sur lequel elle aurait pu s'érafler, avant de se plier en deux, assaillie par une vague de douleur au ventre. Et elle comprit.

Ce n'était pas le comportement de Matt qui la rendait malade.

Les saignements durèrent une semaine. Allison laissa passer un jour de plus avant de refaire un test de grossesse, qui n'afficha qu'une seule ligne. Elle aurait dû en être soulagée – et le serait sûrement sous peu – mais, sur le coup, elle se sentit juste vide.

Elle sortit de sa chambre peu après, attirée par des voix en bas. Sa mère, Donald Camden, le Dr Baxter et Theresa étaient assis autour d'une bouteille de vin à la table de la cuisine. Allison s'arrêta dans le couloir.

– À vous, Mildred, et à votre caractère irréductible, déclara Donald en levant son verre.

Tous trinquèrent, puis l'avocat prit la main de Mildred pour déposer un baiser sur ses doigts.

Allison fronça les sourcils. La dernière théorie d'Anders, qu'il leur répétait en boucle, était que, maintenant que leur mère était une riche veuve, le Dr Baxter et Donald Camden la poursuivaient de leurs assiduités. Pour lui, le fait que le Dr Baxter soit déjà marié n'était pas un obstacle. « À quoi ça sert, le divorce ? Vous n'allez pas me dire qu'il ne peut pas larguer sa femme du jour au lendemain. »

« Mère n'est pas intéressée », objectait systématiquement Archer.

« Ils sont du genre patient », répliquait Anders.

Allison s'éclaircit la gorge pour signaler sa présence et sa mère la regarda avec un grand sourire.

– Tu es là, ma chérie ! Je ne t'avais pas vue. Viens t'asseoir un peu avec nous.

Allison avait besoin de compagnie, mais ne se sentait pas capable de faire bonne figure en public dans l'immédiat. Elle aurait donné cher pour que sa mère soit seule. Si ça avait été le cas, elle était sûre qu'elle lui aurait enfin confié son fardeau.

– Je cherchais les garçons.

– Archer est sorti avec des amis et Adam et Anders sont à la plage.

Avec une des bouteilles de whisky à cinq cents dollars de leur père, à tous les coups.

– Je vais les rejoindre.

Quand Mère souriait, elle redevenait presque la femme qu'elle avait été avant la mort de son mari. Cela lui faisait du bien de voir des gens, même si ce n'était que ces trois-là.

– Prends un gilet, il fait frais dehors.

– D'accord.

Sortant de la maison, Allison se dirigea vers le gadget de luxe préféré de son père : l'ascenseur extérieur qui offrait un raccourci au long chemin sinueux menant à la plage. Il bourdonna doucement dans la descente et s'ouvrit avec un doux murmure. Arrivée directement sur le sable, Allison prit la direction de la petite crique abritée que ses frères privilégiaient quand ils avaient envie de boire un coup.

Elle les entendit avant de les voir.

– … pourrait les faire virer tous les deux, quand même, disait Adam.

– Et alors ? Qui ça dérange qu'ils perdent leur salaire de merde ? demanda Anders avec un rire dédaigneux. Pas moi, en tout cas. Ils méritent bien pire.

Allison entendit le bruit de verres qui s'entrechoquaient. Même sur la plage, ses frères ne pouvaient pas prendre de gobelets en carton comme tout le monde. Il leur fallait des coupes en cristal. La moitié du temps, ils les oubliaient sur place et elle les retrouvait à demi enfouies dans le sable.

– C'est vrai que c'est pourri, ce qu'il a fait à Allison, déclara Adam.

Sa sœur s'immobilisa. Non. Pitié. Anders ne parle pas de Matt. Il ne lui a pas raconté ça !

– Franchement, coucher avec ce loseur, fit Anders.

Bien sûr que si. Anders disait toujours tout à Adam. Allison aurait voulu se cogner la tête contre un rocher. Ou, mieux, y cogner la tête d'Anders.

– N'empêche, comment il a osé la toucher ? reprit Adam.

Même si ça ne le regardait en rien, Allison eut chaud au cœur de l'entendre prendre sa défense. Malheureusement, il ne s'en tint pas là.

– C'est dingue, il ne se rend même pas compte qu'il ne joue pas dans la même cour que nous. Imagine Mère avec le même petit-fils bâtard que son *assistante* ! Ce n'est pas comme ça qu'on est censés démarrer la prochaine génération. Encore une chance que ce soit réglé.

Allison ferma les paupières. Des larmes de colère lui picotaient les yeux. Elle n'aurait pas dû être surprise. Mais qu'Adam réussisse à ramener même sa fausse couche à sa petite personne…

– Et il ne s'arrête pas là, ajouta Anders. Il est toujours avec ma nana. Quelle pute, celle-là !

– Tu tournes en boucle, là, fit Adam en bâillant.

Allison en avait assez entendu. Alors qu'elle repartait vers l'ascenseur, la réponse d'Anders flotta jusqu'à ses oreilles juste avant que sa voix se perde au loin.

– Le monde se porterait mieux sans ces deux-là.

CHAPITRE VINGT

AUBREY

— Et c'est reparti, murmure Milly au moment où la Bentley de Granny s'engage sur la route principale en direction des Airelles.

– Merci de m'accompagner, dis-je, sincèrement reconnaissante. Je suis super stressée.

– Pas de problème. Mais ça m'étonnerait qu'elle me laisse entrer. Elle a bien précisé qu'elle voulait seulement te voir, toi.

– Je sais. Mais pourquoi c'est toujours elle qui fait la loi ?

– Peut-être parce que c'est elle qui a le blé, suggère Milly avec un sourire ironique.

Ma cousine fait bonne figure depuis qu'on est parties de chez oncle Archer, refusant d'aborder tout autre sujet que mon rendez-vous avec Mildred. N'empêche qu'elle garde un air triste qui me fait de la peine. Je retente ma chance :

– Tu crois que Jonah… ?

Elle se détourne vers la vitre.

– Pas maintenant, OK?

J'observe son profil. Je n'ai pas été étonnée de les voir s'embrasser au gala. À tout prendre, je m'attendais à ce que ça arrive plus tôt. Et je n'en veux pas à Jonah de n'avoir rien dit à propos d'oncle Anders. Après tout, moi aussi, j'ai mes secrets, et je ne sais pas si j'aurais parlé aussi vite à Milly de mon père et de mon entraîneuse si je n'avais pas été dans un moment de faiblesse. Les secrets des Story ont quelque chose de dangereusement séduisant ; ils s'insinuent dans le cœur et dans l'âme, s'y enfouissent si profondément qu'on aurait le sentiment de perdre une part de soi-même en les dévoilant. Au fond, le fait que Jonah ait ruminé sa vengeance contre oncle Anders tout en tombant amoureux de Milly le rapproche plus de nous que ne le feraient des liens familiaux.

Mais je comprends que Milly ne partage pas ce point de vue.

On retombe dans le silence tandis que la voiture poursuit son chemin. J'inspecte mes messages, lisant au passage le dernier de mon père, sur mon ingratitude et la déception que je lui cause, ainsi que le dernier rebondissement dont m'a informée ma mère, et qu'il s'est bien gardé de mentionner : Matson a officiellement annoncé sa grossesse. Ma mère ne va pas jusqu'à admettre que tout le monde connaît l'identité du père, mais ce n'est pas nécessaire. Je sais comment ça se passe dans notre petite ville : rien ne reste secret très longtemps.

Ah, et c'est un garçon.

J'espère que tu ne m'en veux pas de t'annoncer ça par message. Tu n'es pas facile à joindre et je ne voulais pas que tu l'apprennes par quelqu'un d'autre.

Je me sens coupable, tout à coup. Ma mère a raison : depuis que je ne parle plus à mon père, j'ai arrêté de lui répondre à elle aussi. Pas parce que je lui reproche quoi que ce soit, pas une seconde, mais parce que ça a été un énorme soulagement de m'éloigner de cette histoire de grossesse. Avec tout ce qui s'est passé cette semaine, j'avais presque réussi à l'oublier.

Il est environ 10 heures du matin dans l'Oregon, ce qui fait que ma mère est à son travail à l'hôpital et qu'elle ne lira pas ses messages avant des heures. Je réponds quand même.

Merci de m'avoir prévenue.

Je suis désolée de ne pas avoir donné de nouvelles. Il se passe pas mal de trucs ici.

Je t'appelle bientôt pour t'expliquer.

Ah, et aussi, quoi que tu décides de faire dans ce bazar, je suis avec toi.

Au propre comme au figuré.

Genre, j'irai habiter avec toi si ça te va.

AVEC JOIE

J'aurais dû te le dire avant.

Je t'aime très fort.

Au moment où j'appuie sur Envoi, mon portable sonne et je regarde le numéro de Thomas sans y croire.

– Non mais je rêve…

– C'est qui ? me demande Milly.

Je lui montre l'écran et elle fait la grimace en lisant le prénom.

– D'accord. Tu vas répondre ?

– Au point où j'en suis, autant arracher tous les pansements d'un coup… Salut, Thomas.

« Salut, mon pote. »

Je me hérisse. Je déteste qu'il m'appelle comme ça, comme si j'étais un de ses *potes* de l'équipe de volley.

« Alors, c'est vrai que ton père a mis l'entraîneuse en cloque ? »

On arrive à la grille de la villa. Le chauffeur s'arrête en douceur et prend la clé magnétique du portail sur le pare-soleil. Il ne va pas être déçu par ce qu'il va entendre. Tant pis.

– C'est pour me demander ça que tu m'appelles ?

« Oh, allez. Sérieux, c'est dingue. »

– Moi aussi, je suis contente de te parler. Tout se passe bien, je te rassure. Mais toi, j'espère que tu ne t'ennuies pas trop ?

Milly me jette un regard railleur tandis que Thomas s'enfonce dans un monologue insupportable qui n'en finit pas. Sans surprise, il a pris ma question au pied de la lettre. Je finis par l'interrompre :

– C'est super, Thomas. Ça me fait plaisir que ça aille bien à ton boulot. Et donc, pourquoi tu m'appelles ?

« Ben parce que ton père… »

Pour la toute première fois, je n'ai pas un gramme de patience à lui offrir.

– OK. Désolée, je comprends que tu aies envie d'avoir un scoop, sauf qu'on n'est plus ensemble.

« Euh, ah bon ? » fait-il d'un ton hésitant.

Il n'a pas l'air particulièrement peiné. Plutôt étonné que je mette les pieds dans le plat.

– Tu n'as pas répondu à un seul de mes messages depuis que je suis ici.

« J'avais du boulot, réplique-t-il, sur la défensive. En plus, quand je t'en ai envoyé, toi, non plus, tu ne m'as pas répondu. »

Ça me rappelle la phrase d'Oona l'autre jour : *Le numérique, ça ne vous facilite pas la vie.*

– Exact, dis-je. Ça veut bien dire que c'est fini, non ?

« Mais alors, *toi*, tu veux rompre ? »

– Pas toi ?

« Euh, si, admet-il enfin. Ça fait un petit moment, en fait. Mais je ne pensais pas que tu en avais envie aussi. »

Je réprime un soupir. On pourrait discuter pendant des heures sur le fait qu'il a été super nul de me planter comme ça, mais ce n'est pas vraiment le moment. Sans compter qu'on s'en fiche. Depuis que j'ai débarqué sur l'île, j'ai compris petit à petit ce qu'était ma relation avec Thomas : un truc qu'on aurait dû arrêter quelques mois après avoir commencé en quatrième, dès qu'il s'est mis à me traiter comme quantité négligeable. Si on a continué, c'était uniquement parce que ça avait quelque chose de confortable. Comme une habitude.

Le chauffeur s'arrête devant la maison.

– Bien, tant mieux si c'est clair entre nous, Thomas. Passe un bel été.

Je raccroche et Milly se met à applaudir doucement.

– Peut-on s'accorder une petite minute afin de savourer dignement tes progrès pour envoyer bouler les gens au téléphone ? fait-elle avec un grand sourire.

J'exécute une petite révérence, autant que c'est possible en position assise.

– Merci.

– Permettez-moi de vous ouvrir la portière, mademoiselle Story, me dit le chauffeur.

Il joint le geste à la parole, et reste impassible quand Milly sort de son côté de sa propre initiative.

– Bon, allons voir ce que veut Mildred, déclare-t-elle en glissant le bras sous le mien tandis qu'on commence à monter les larges marches en ardoise.

Avant qu'on arrive en haut, la porte s'ouvre sur Theresa.

– Bonjour, Aubrey…

Son sourire vacille à la vue de ma cousine.

– Et… Milly. Madame Story t'attend, Aubrey. Entre, je t'en prie.

Après avoir fait un pas de côté, elle reprend sa position dans l'encadrement dès que Milly fait mine de franchir le seuil avec moi.

– Cette invitation ne s'adressait qu'à Aubrey, Milly.

– Oh, excusez-moi, répond celle-ci d'un ton affable. Nous pensions qu'il s'agissait d'une erreur.

– Non. Mais tu peux attendre dans la voiture. Ça ne durera pas longtemps.

Ça promet.

Milly lui adresse un sourire cajoleur.

– Vous regardez le match ? Je pourrais vous tenir compagnie jusqu'à ce qu'Aubrey ait fini.

Devant l'air d'incompréhension de Theresa, elle ajoute :

– Le programme double entre les Yankees et les Red Sox. Le premier a déjà commencé.

– Je ne suis pas le baseball, réplique Theresa avec impatience. Il faut vraiment que je te demande de partir. Suis-moi, Aubrey.

Je glisse un coup d'œil impuissant à ma cousine tandis que Theresa me tire pratiquement à l'intérieur, avant de lui refermer la porte à la figure.

– Mme Story se trouve sur la terrasse, m'informe-t-elle en me conduisant à l'endroit où on a pris le brunch.

Arrivée là-haut, j'ai une drôle de sensation de déjà-vu : Granny tirée à quatre épingles, en train de boire du thé sous son parasol en tissu diaphane.

– Bonjour, Aubrey, me dit-elle. Je t'en prie, assieds-toi.

– Je serai juste à côté, Mildred, lui signale Theresa en refermant la baie vitrée derrière moi.

Je prends la chaise la plus éloignée de Granny, le cœur battant. Ce n'est pas parce que j'ai traité Thomas avec une aisance qui m'a épatée moi-même que je suis prête à affronter *ça*. Sur un grand plateau posé au milieu de la table, il y a une théière, un pichet fumant qui doit contenir du café, un petit pot à lait et un sucrier en porcelaine. Rien à grignoter. Ce n'est pas un brunch, cette fois.

– Sers-toi une tasse de thé. Ou de café, si tu préfères.

– Du café, oui, marmonné-je.

L'ennui, c'est qu'il s'agit d'un de ces trucs au couvercle compliqué à dévisser. Quand j'arrive enfin à verser le café, il coule si brusquement que ça déborde aussitôt dans ma soucoupe. On fait toutes les deux semblant de ne pas le remarquer.

– Je suppose que tu te demandes pourquoi je t'ai demandé de venir, dit Granny en prenant délicatement une gorgée de thé.

Elle porte un chapeau plus petit que les précédents, une sorte de Borsalino un peu espiègle rabattu en biais sur un œil, d'un ton marron parfaitement accordé avec son tailleur à carreaux. Et elle a remplacé ses gants blancs par des beiges. On dirait une espionne de la Seconde Guerre mondiale qui aurait pris une petite pause pour le week-end.

– Ouais, dis-je.

Puis, en avalant une grande gorgée de café pour pouvoir me verser du lait, je manque de m'étouffer parce qu'il est bouillant. Je me suis brûlé la langue, mes yeux larmoient, mais je réussis à ne rien recracher.

– J'ai voulu te parler à toi seule car tu me sembles être une jeune fille sensée. Milly me paraît instable. Quant à l'autre…

(Son expression s'assombrit.) JT n'est qu'un serpent, comme son père.

La surprise s'ajoute à ma nervosité.

– Vous n'avez pas cru Anders, alors ?

– Je n'ai cru aucun de vous.

Après une nouvelle gorgée de thé, elle pose doucement sa tasse puis, croisant les mains sous son menton, m'observe si attentivement que je finis par baisser les yeux.

– J'aurais dû vous renvoyer dès votre arrivée. C'était l'opinion de Donald et de Theresa, et ils avaient raison. Mais j'étais curieuse de vous voir. *Toi*, en particulier.

Son insistance me fait relever les yeux, et je tressaille. Si j'ai pu avoir l'impression que Granny s'intéressait à moi parce que j'étais sa préférée, je m'aveuglais complètement. Je ne lis que de la haine sur son visage.

– Adam a toujours occupé une place à part dans mes souvenirs. De temps en temps, je me demandais si tu lui ressemblais.

J'ai la bouche sèche.

– Je ne crois pas.

– Non, en effet, dit-elle sans cesser de me fixer. Il doit être très fier de toi.

Pas vraiment, non. Mais je me contente de le penser.

N'obtenant pas de réponse, elle laisse échapper un petit soupir.

– Quoi qu'il en soit, ma curiosité est satisfaite. Ce que je voudrais te dire maintenant, c'est que j'ai rompu tout lien avec mes enfants il y a vingt-quatre ans de manière définitive. J'ai commis une erreur en vous laissant entrer dans ma vie, et je ne la répèterai pas. Certes, je ne peux pas vous contraindre à quitter l'île, mais je compte sur vous pour le faire. Je suis chez moi, ici, et vous n'y êtes pas les bienvenus.

M'étant préparée à ce discours, je ne comprends pas pourquoi il me fait l'effet d'une gifle. Peut-être parce que personne n'avait jamais formulé aussi clairement ce que je ressens depuis toujours à propos de ma position dans la famille Story : *Tu n'es pas la bienvenue.*

Granny se ressert du thé pendant que je cherche la réponse qui convient. Finalement, je choisis de dire ce que je pense.

– Vous n'avez même pas envie de nous connaître ? Ni de savoir ce que nos parents sont devenus, à quoi ils ressemblent aujourd'hui ?

Ma grand-mère me soupèse du regard.

– Penses-tu que ton père soit quelqu'un qui vaille la peine d'être connu ?

Je sens le poids de mon portable dans ma poche, lourd de toutes les raisons qui m'ont poussée à venir ici. Mon père est un tricheur, un menteur et il n'a jamais – pas *une* fois – manqué de se faire passer en premier quelles que soient les circonstances. Mais soudain, je revois la photo de lui avec Granny à L'Angélique : sa main à elle posée tendrement sur sa joue à lui, et leurs sourires à tous les deux, de vrais sourires de bonheur, aimants et sincères. Le genre de sourire que je n'ai jamais obtenu de lui, malgré tous mes efforts pour lui plaire.

– Il aurait pu l'être, dis-je enfin.

Granny boit une gorgée de thé.

– Mais nous ne vivons pas dans le monde de ce qui aurait pu être, n'est-ce pas ? Le seul qui compte est ce monde-ci.

– C'est vous qui l'avez fait tel qu'il est, ce monde.

Ma franchise nous étonne autant l'une que l'autre.

– Je n'ai pas eu le choix, répond-elle en me dévisageant. Tu devrais être capable de le comprendre. Comme je te l'ai dit, tu me parais être quelqu'un de sensé.

– Sensé.

Le mot reste en suspension entre nous, et je comprends ce qu'elle veut vraiment dire. Docile. Je suis celle qui ne fait jamais de vagues, qui n'essaiera pas de la manipuler contrairement à JT, ni de la provoquer comme Milly. Je suis le bon cheval, celle qui gobera tout ce qu'on lui dira et qui ira sagement le répéter au reste de la famille. Tout à coup, ça me donne très envie de ne pas faire ce qu'elle attend de moi, et de ne pas partir sans avoir rué dans les brancards.

– D'accord, je vais quitter l'île. Mais vous pouvez peut-être me dire une chose, avant ?

Elle hausse des sourcils parfaitement arqués.

– Y avait-il quelque chose d'anormal dans la mort de Kayla ?

Je regrette que Milly ne soit pas là pour voir son expression. Elle me fixe, sous le choc, et repose sa tasse si vite que le thé éclabousse ses gants.

– Comment… ?

Elle s'arrête pour prendre une inspiration, et fait un effort manifeste pour retrouver son sang-froid.

– De quoi est-ce que tu me parles ?

Je ne réponds pas tout de suite, ne sachant pas jusqu'où aller. Je ne veux pas créer de problèmes à Hazel ni à oncle Archer. Pour gagner du temps, je veux prendre le pichet de café pour me resservir, mais ma main le heurte brutalement. Pendant une demi-seconde, il penche dangereusement et je réussis presque à le redresser. Puis il bascule en déversant son contenu brûlant sur Granny.

– Seigneur ! crie-t-elle d'une voix perçante en se levant précipitamment.

Elle enlève ses gants, qui ont presque tout pris, et écarte le tissu de sa jupe. Je fixe le désastre avec horreur pendant quelques secondes avant d'avoir la présence d'esprit de me lever à mon tour.

– Je suis désolée ! C'était un accident ! Je suis désolée ! dis-je, affolée, en lui tendant ma serviette.

– Mildred ?

Theresa vient de faire son apparition.

– Que s'est-il passé ?

Elle enregistre la scène, se précipite pour prendre de la glace dans un verre, l'enveloppe dans la serviette et l'enroule autour des mains de Granny.

– Vous vous êtes brûlée ?

– Je ne sais pas. Peut-être, répond ma grand-mère d'une voix hachée.

– Venez vous asseoir, je vais regarder ça.

Puis Theresa se tourne vers moi.

– Je te prierai de partir, Aubrey. Maintenant.

– D'accord, dis-je avec un nœud dans la gorge. Je suis vraiment désolée.

Granny grimace de douleur.

Theresa l'entraîne à l'intérieur et j'essaie de gagner la sortie. Mais un mauvais tournant m'amène dans une bibliothèque, avec des rayonnages de livres du sol au plafond et un énorme bureau placé en face des fenêtres. Juste à côté de la porte, il y a un guéridon délicatement sculpté, sur lequel sont disposés tout un éventail de vases et de coupes décoratives. Machinalement, je repère un objet familier sur un petit plateau en bronze : une carte magnétique argentée, comme celle que le chauffeur a utilisée tout à l'heure pour ouvrir le portail.

Sans hésiter, je fais ce dont Granny ne m'aurait jamais crue capable : je la glisse dans ma poche.

CHAPITRE VINGT ET UN

JONAH

Le dimanche à 17 heures, j'ai officiellement raté le dernier ferry qui devait me ramener à Hyannis. Je n'ai pas une vision très précise de ce que l'avenir nous réserve à moyen terme mais, dans l'immédiat, on fait un barbecue. Ce qui semble bizarrement normal comparé aux événements des dernières vingt-quatre heures, mais on est en été, et il faut bien manger.

Archer retourne des steaks hachés sur le gril qu'il a déniché dans la cabane du jardin *et* qu'il a réussi à allumer.

« Je ne suis pas vraiment un cordon bleu », nous a-t-il prévenus.

Milly et Aubrey sont avec nous. Efram les a ramenées dans la Jeep. Carson Fine a fini par leur reprendre les clés, ce qui aurait ressemblé à un geste à la Donald Camden s'il ne les avait pas aussitôt passées à Efram pour qu'il puisse leur servir de chauffeur. Je regrette de ne pas avoir pu dire au revoir à Carson, qui, au, final, s'est révélé être un chef carrément cool.

Efram a décliné l'invitation d'Archer à rester.

« Ça ressemble un peu trop à une réunion de famille, votre truc. Ou de pseudo-famille, a-t-il ajouté à mon intention avec un grand sourire. Mais c'est sympa de me le proposer. »

Avant de partir, il m'a aidé à rassembler les chaises éparpillées dans la cour pour les disposer en cercle sur la petite terrasse en béton. Milly ne veut toujours pas me parler, mais elle s'est assise à côté de moi, et je crois pouvoir dire sans me tromper que son attitude générale est moins glaciale que ce matin.

Quelqu'un secoue le portillon de la palissade du jardin, qui s'ouvre au bout de quelques secondes, et on voit entrer une femme chargée d'un grand plat recouvert de papier aluminium. Elle est brune, à peu près du même âge qu'Archer.

– Oona ! lance-t-il. Merci d'être venue ! Mais ce n'était pas la peine d'apporter quelque chose.

Elle traverse la terrasse et vient poser son plat sur la table en fer forgé.

– Bah, je n'étais pas trop rassurée sur ce que tu allais donner à manger à ces pauvres gosses.

– Je fais ce que je peux, dit Archer en essayant de retourner un steak haché qui tombe par terre.

Oona secoue la tête, puis adresse un grand sourire à Milly et Aubrey.

– Salut, les filles. J'ai été désolée d'apprendre ce qui s'est passé au gala. Vous méritiez mieux que ça.

Rougissant sous un nouvel accès de culpabilité, je m'attends à ce que Milly me fusille du regard, mais non. Elle se contente de répondre en rejetant ses cheveux en arrière :

– Au moins, on était classes quand on s'est fait virer.

Oona s'assoit en se tournant vers moi.

– Alors, toi, tu dois être Jonah.

– Oui, dis-je, soulagé qu'elle s'en tienne là.

Puis elle se penche vers la table et soulève le caillou posé sur une feuille pour l'empêcher de s'envoler.

– C'est ça que tu voulais que je regarde, Archer ?

– Oui, confirme-t-il en déposant prudemment un steak haché sur un bun. Désolé, je sais que c'est un peu bizarre, pour ne pas dire morbide, mais je n'arrive pas à comprendre pourquoi le Dr Baxter a voulu que je voie ça. Et Aubrey dit que ma mère a eu une réaction étrange quand elle lui a parlé de Kayla cet après-midi.

Il retire un deuxième steak du gril.

– Étrange comment ? demande Oona en parcourant la feuille des yeux.

– Eh bien, dit Aubrey, je lui ai demandé s'il y avait eu quelque chose d'anormal dans la mort de Kayla, et elle m'a semblé... je ne sais pas, pas vraiment étonnée, comme on peut l'être quand ce genre de sujet tombe de nulle part, et plutôt inquiète que j'en parle. Sauf que j'ai renversé toute une cafetière sur elle avant qu'elle ait le temps de répondre.

– Oui, c'est curieux. Et ça aussi, ajoute Oona, toujours plongée dans le rapport.

Archer éteint le gril.

– Quoi donc ? demande-t-il en commençant à distribuer les burgers.

– Ça dit que Kayla avait du lorazepam dans le sang. Ça ne figurait pas dans le rapport remis à ma famille.

– Du quoi ? fais-je avant de mordre dans mon hamburger.

– Du lorazepam. Je crois que c'est un anxiolytique, répond Oona, les sourcils froncés.

Milly a déjà sorti son portable pour vérifier sur Internet.

– Ouais, c'est bien ça, confirme-t-elle.

– Je ne comprends pas, poursuit Oona. Kayla avait tendance à boire – et elle avait un peu bu ce soir-là –, mais à ma connaissance, elle ne prenait pas de médicaments. Et puis c'est bizarre que ce soit mentionné dans ce document et pas dans le nôtre, non ?

– Et si… ? commence Milly en reposant son hamburger.

Du coup, je suis le seul à manger.

– Et si quelqu'un d'autre lui en avait fait prendre et que le Dr Baxter l'avait couvert ? Il a bien parlé d'une injustice, non ?

Oona pâlit.

– Commise envers *moi*, précise Archer. Mais je n'étais pas… Enfin, j'aimais beaucoup Kayla, bien sûr, mais si quelqu'un parmi nous a subi une injustice, c'est plutôt Anders. Il était dévasté. Même si elle venait de le larguer une fois de plus.

– Je me souviens, dit Oona en reposant le rapport d'autopsie d'une main tremblante. Elle est allée le voir à Harvard pour Thanksgiving, et elle est revenue complètement chamboulée. Tout ce qu'elle nous a dit, c'est : « Il faut que je parle à Mme Ryan. »

– L'assistante de Mildred ? s'étonne Milly.

– Oui. Mais je ne sais pas pourquoi. Elles n'étaient pas particulièrement proches. Kayla était sortie un moment avec son fils, mais… (Elle a un petit sourire ironique.) Ce n'était pas le genre de relation où on côtoie beaucoup les parents de l'autre.

– Attendez, attendez, reprend Milly, stupéfaite. Theresa Ryan a un *fils* ?

– Elle avait, rectifie Archer. Il s'appelait Matt. Lui aussi, il est mort. Un an avant Kayla.

Milly ouvre de grands yeux.

– Si je résume, Anders sortait avec Kayla, qui sortait avec Matt, et… Kayla et Matt sont morts tous les deux ? Qu'est-ce qui est arrivé à Matt ?

– Il s'est noyé à la plage des Canots, répond Archer.

Aubrey s'étrangle. Archer s'apprête à lui taper dans le dos, avant de comprendre qu'elle n'était pas en train de manger.

– Qu'est-ce qu'il y a, Aubrey ?

– La plage des Canots ? Mon… Mon père parle de cette plage dans son livre. Ma mère dit qu'il n'a jamais aimé cet endroit.

– En tout cas, la mort de Matt a été un gros traumatisme pour tout le monde, ajoute Archer. Ça s'est produit pendant une fête. On y était tous, et tout le monde était bourré. Il y avait une grosse tempête cette nuit-là. Le temps qu'on réalise que Matt n'était plus là, il était trop tard. On l'a cherché partout, Allison était tellement paniquée qu'elle a insisté pour qu'on appelle les flics, qui ont fini par venir avec les gardes-côtes, et… Enfin, ils ont poursuivi les recherches toute la nuit, mais ils n'ont retrouvé son corps que le lendemain. C'était horrible.

Archer se passe la main sur le visage.

– Mais pourquoi on parle de ça, déjà ? J'ai perdu le fil.

– Je ne sais pas trop non plus, dit Oona, de plus en plus pâle. Mais je n'ai plus très faim. L'idée que Kayla ait pu être droguée par quelqu'un…

– Ça, on n'en sait rien, fait Archer. La seule chose dont on est sûrs, c'est que le Dr Baxter avait deux versions du rapport d'autopsie. Il peut y avoir une erreur dans celui-ci.

– Peut-être, oui, admet Oona d'un air troublé. J'ai toujours culpabilisé à propos de la mort de ma sœur. Je savais qu'elle était minée par quelque chose, mais au lieu d'essayer de l'aider, je ne faisais que lui reprocher de boire trop. Et ensuite, qu'elle soit morte comme ça…

Archer se tourne vers elle avec un mélange de résignation et d'empathie.

– Tu n'aurais rien pu faire. Personne ne peut empêcher quelqu'un de boire s'il ne l'a pas décidé.

Elle soutient son regard avec un sourire triste.

– Peut-être pas. Mais j'aurais au moins pu essayer.

CHAPITRE VINGT-DEUX

MILLY

Après le départ d'Oona, comme oncle Archer pique du nez sur le futon, Aubrey, Jonah et moi nous chargeons de nettoyer le barbecue. Il n'y a pas grand-chose d'autre à faire que récurer le gril, ranger les quelques ustensiles qu'on a utilisés et jeter la vaisselle en carton. Quand on a terminé, Jonah part à la recherche d'une poubelle et Aubrey et moi regagnons la terrasse.

– On n'est pas bien sur ces chaises, déclare Aubrey en jetant un regard accusateur aux dossiers en métal rigide. Elles sont super inconfortables. Attends, je reviens.

Elle rentre dans le bungalow et en ressort quelques minutes plus tard avec une grosse couverture bien moelleuse. Je l'aide à l'étaler par terre et on s'allonge sur le dos, les yeux sur les étoiles.

– En fait, c'est carrément chouette ici, dis-je en étouffant un bâillement. Dommage qu'on doive partir.

– Ouais, soupire Aubrey.

Elle me donne une pichenette sur le bras.

– Tu vas me manquer.

– Toi aussi, tu vas me manquer, dis-je avec une boule dans la gorge.

Puis on se tait quelques instants, chacune perdue dans ses pensées, jusqu'à ce que des considérations plus matérielles s'insinuent dans les miennes.

– T'as réfléchi à la façon dont on va retourner à notre chambre ce soir ?

Aubrey lâche un petit rire.

– Pas vraiment, non. Et si on envoyait un message à Efram ? Sinon, on peut toujours rester ici. Il y a une chambre de libre.

– On n'a pas nos affaires pour la nuit.

– Moi, ça ne me pose pas de problème, dis-je en tirant sur mon short de sport.

On entend un froissement d'herbe derrière nous. C'est Jonah, qui arrive sur la pointe des pieds. Il s'arrête à quelques pas.

– C'est une réunion réservée aux vrais Story ?

Je m'assois en repoussant mes cheveux derrière mes épaules, mon geste de séduction réflexe qui dit : « Ils sont pas beaux, mes cheveux ? » Visiblement, mon subconscient n'en veut plus à Jonah. Et peut-être que moi non plus.

– Non, non, assieds-toi avec nous.

Il s'étale sur la couverture à côté de moi. Alors qu'Aubrey se redresse à son tour, son portable glisse de sa poche ainsi qu'une carte magnétique argentée. Elle récupère le portable mais n'a pas vu la carte, que je ramasse pour la lui tendre.

– Tiens, tu as perdu ça.

Même dans la pénombre, je la vois faire la grimace.

– Oh, merci. J'avais oublié que je l'avais.

Son ton coupable m'intrigue.

– C'est quoi ?

– Euh, alors, c'est la clé magnétique du portail des Airelles. Enfin, je crois. Ça ressemble à celle dont le chauffeur s'est servi. Je l'ai piquée chez Granny quand Mme Ryan m'a mise dehors.

– Tu as *piqué* la clé ? fais-je tandis que Jonah éclate de rire.

– La vache, Aubrey, dit-il. Ça, c'est de la vengeance sournoise de niveau un. Tu comptais retourner là-bas en pleine nuit pour dévaliser la baraque ?

– Je n'avais pas vraiment de plan, admet-elle. J'ai agi sans réfléchir.

Elle range la carte dans sa poche et s'étire.

– Ah, quelle drôle de journée. Et pareil pour la soirée.

– Je n'arrive même plus à faire le compte de tout ce qui s'est passé, dit Jonah.

– C'est quand même curieux comme tout nous ramène à Anders, vous ne trouvez pas ? dis-je.

Pendant qu'on nettoyait, je n'ai pas arrêté de penser au petit sourire satisfait de mon oncle hier soir au gala. Il avait presque l'air de prendre plaisir à balancer tous ses mensonges.

– Pas seulement à lui, me répond Jonah.

Je me tourne vers lui, étonnée. Étant donné sa haine pour oncle Anders, je me serais attendue à ce qu'il aille à fond dans mon sens.

– À chaque fois, on retombe aussi sur Theresa Ryan. Et contrairement à Anders, elle n'a jamais quitté l'île. Elle est restée là pendant tout ce temps, à souffler dans l'oreille de votre grand-mère.

– Qu'est-ce que tu veux dire ?

– Ben, on peut imaginer que cette femme soit… perturbée. Qu'elle ait basculé à cause de la mort de son fils. Du coup, elle a pu s'en prendre à Kayla et demander au Dr Baxter de la couvrir. Peut-être que votre grand-mère l'a découvert, mais qu'elle était trop dépendante de Theresa pour la virer ou la dénoncer.

C'est vrai, elle venait déjà de couper les ponts avec ses enfants, elle n'avait personne d'autre pour s'occuper d'elle.

Jonah hausse les épaules devant mon air dubitatif.

– Ben quoi ? Ce ne serait pas plus bizarre que tous les autres trucs qui se sont passés ici depuis vingt ans.

Je dois lui donner raison sur ce point.

– Mais pourquoi Mme Ryan se serait-elle attaquée à Kayla ?

– Ça, je n'en sais rien. N'empêche que ta grand-mère a eu un coup de flip quand Aubrey lui a parlé d'elle. Ça cache forcément quelque chose.

Aubrey essaie sans succès de réprimer un énorme bâillement.

– Je suis crevée, les gars. Je n'arrive plus à garder les yeux ouverts. Ça t'embête si on dort là, Milly ? J'entends d'ici notre lit qui m'appelle. C'est un lit double, mais je te jure que je ne donne pas de coups de pied dans mon sommeil.

– Ça marche.

Je tire sur ma robe rouge. Pas idéale comme chemise de nuit, mais pour une fois ça ira.

Jonah surprend mon geste.

– Je peux te filer un tee-shirt pour dormir, si tu veux, me propose-t-il. Toutes mes affaires sont propres.

– Je veux bien, merci.

Aubrey se lève avec un soupir d'aise.

– Parfait, je vais me coucher. À demain !

Je la regarde ouvrir la baie vitrée et rentrer dans le bungalow, avant de me tourner vers Jonah avec un sourire timide.

– C'est sympa de me prêter un tee-shirt. Dormir dans une robe, ce n'est vraiment pas confortable.

– Encore moins quand c'est un souvenir de famille, pas vrai ?

Je penche la tête d'un air interrogateur.

– Cette robe a appartenu à ta mère, non ?

Je lâche un rire surpris.

– Oui. Mais comment tu le sais ?

– C'est toi qui nous l'as dit le premier jour. Tu la portais sur le ferry.

– C'est dingue que tu te souviennes de ça.

– Je me souviens de tas d'autres trucs. Tu portais des lunettes de soleil alors qu'il pleuvait. Tu as qualifié mon look de sportswear pseudo branché et tu m'as traité de nerd constipé quasiment dans la même phrase.

Je ricane doucement, parce que ma réplique n'était pas si mauvaise que ça.

– Ensuite tu nous as offert des gin-tonics et tu as essayé de nous faire lâcher quelques-uns de nos petits secrets. Moi, j'en avais trois. Un, je n'étais pas votre cousin. Deux, votre oncle était responsable de la faillite de mes parents et j'avais pris la décision idiote de le faire payer.

– Ça n'a rien d'idiot. J'aurais même pu t'aider si tu m'avais mise au courant.

– J'ai eu tort de ne pas le faire.

Il me regarde droit dans les yeux et, l'espace d'une seconde, l'intensité de son expression me coupe le souffle.

– Mais je n'ai pas arrêté de me laisser distraire par mon troisième secret, qui est que tu étais la fille la plus belle que j'aie jamais vue. Alors, tu vois, conclut-il en me frôlant la main, je me souviens de tout.

Son geste, venant s'ajouter à ses paroles, me donne la chair de poule, mais je retire ma main.

– Ce n'est pas une très bonne idée de se frotter aux Story, dis-je. On est un peu pathétiques.

Il a un petit sourire de travers.

– Qu'est-ce que je devrais dire ? Je n'ai même pas été foutu de me mettre dans la peau du cousin. Et je nous ai fait virer du gala d'été tous les trois.

Oui, mais non. Il a dit quoi, déjà, oncle Archer, tout à l'heure ? *Demande-toi si tu ne pourrais pas faire preuve d'un peu d'indulgence. S'il y a bien une qualité dont je regrette l'absence chez les Story, c'est la capacité à pardonner.* Il avait raison, mais je réalise tout à coup qu'il ne parlait pas seulement de pardonner aux autres. Chose que Mildred n'a jamais su faire. Compte tenu de ce qu'Oona et lui se sont dit ce soir, je crois qu'oncle Archer parlait aussi de savoir se pardonner à soi-même. Mais pour y arriver, encore faut-il commencer par admettre sa propre part de responsabilité.

– C'était ma faute à moi aussi, dis-je. Je me suis jetée dans tes bras alors que tu essayais seulement de m'aider. De toute façon, avec oncle Anders qui a débarqué pour tout gâcher, on était fichus quoi qu'on fasse. Mais la situation aurait été infiniment moins gênante si je ne t'avais pas roulé une pelle au beau milieu de la grande fête annuelle de Mildred.

– C'est le seul moment de la soirée que je ne regrette pas une seconde, fait Jonah avec un grand sourire.

Mon pouls s'accélère tandis que j'avance la main pour jouer avec l'ourlet de son tee-shirt.

– Je n'ai pas de regrets non plus, à part les coupes de champagne. Et les spectateurs.

Il suit doucement le contour de ma pommette du bout des doigts, et un frisson me parcourt le dos.

– Eh bien, ils ne sont plus là, dit-il. Au cas où il te viendrait l'idée de réessayer.

Ce que je fais.

CHAPITRE VINGT-TROIS

AUBREY

À la seconde où je me glisse entre les draps dans la chambre d'amis d'oncle Archer, je sais que je ne vais pas réussir à m'endormir tout de suite. Ça m'arrive de temps en temps : je suis tellement au-delà de la fatigue qu'un deuxième souffle me saisit sans crier gare et que mes yeux refusent obstinément de se fermer. Mais je n'ai pas envie de retourner dehors, je me doute bien que Milly et Jonah préfèrent rester seuls.

Alors je prends mon portable sur la table de chevet. Il ne me reste plus beaucoup de batterie et je n'ai pas mon chargeur, mais je dois encore pouvoir passer un appel. Il faudrait que je parle à ma mère, pour lui expliquer tout ce qui s'est passé et qu'on s'occupe d'organiser mon retour. D'autant qu'elle va avoir besoin d'un peu de temps pour caler tout ça. Je ne sais pas si ça va être simple de changer mon billet pour l'Oregon, qu'on avait réservé pour fin août.

Mais ça m'a mise de mauvaise humeur de ne pas arriver à dormir, et l'envie de régler mes comptes me pousse à taper un autre numéro. Je suis même tellement remontée que je me réjouis qu'il réponde.

« Hé, mais en voilà, une surprise. »

Je cale mon oreiller contre la tête de lit pour m'asseoir.

– Salut, papa. Je voulais juste te dire que je t'en veux à mort d'avoir trompé maman, et de l'avoir fait avec mon entraîneuse de natation en prime. J'estime que tu me dois des excuses. Si tu m'en faisais – je parle d'excuses sincères –, je pourrais peut-être essayer de te pardonner.

« Tu ne te rends pas compte de la complexité de la situation. »

J'étais sûre qu'il dirait ça, mais son ton me serre la poitrine.

« Il faut deux personnes pour qu'un mariage fonctionne. Ta mère… »

– Non. (Je le coupe sans hésiter, ce que je n'aurais jamais osé faire il y a encore quinze jours.) Tu n'as pas le droit de lui reprocher quoi que ce soit.

« Si tu ne veux pas m'écouter… »

– Je ne veux pas, non.

Je suis toujours aussi calme. Mon cœur bat à un rythme normal, au lieu de me marteler la poitrine comme la dernière fois que je lui ai parlé.

– Qu'est-ce que tu as fait à Granny ?

« Pardon ? »

– Qu'est-ce que tu as fait pour qu'elle te déshérite ?

« Je te l'ai dit cent fois, réplique-t-il d'un ton où perce l'énervement. Je n'ai rien fait du tout, merde. »

– Je ne te crois pas.

Il y a deux images mentales dans mon cerveau : l'une est la vieille photo de mon père avec Granny à L'Angélique, où le sourire de ma grand-mère rayonne de fierté et d'amour maternel. L'autre est celle de Granny telle qu'elle m'est apparue aujourd'hui sur sa terrasse, le visage marqué par une vieille douleur remontée du passé, avant même que je renverse du café brûlant sur elle. *Penses-tu que ton père soit quelqu'un qui vaille la peine d'être connu ?*

– Qu'est-ce qui est arrivé à Kayla Dugas ?

« C'est pas vrai. D'où ça sort, ça ? Où as-tu entendu ce nom ? »

– Les gens d'ici continuent à parler d'elle.

« Elle avait trop bu, sa voiture s'est encastrée dans un arbre. »

Mon père semble impatienté et irrité par ma question, mais pas particulièrement perturbé. Je tente une autre approche.

– Et qu'est-ce qui s'est passé à la plage des Canots ?

Silence.

« Qu'est-ce qui s'est passé… où ? Mais tu pars dans tous les sens, ce soir, Aubrey. Tu m'as l'air épuisée. Je pense que tu as besoin de dormir. »

– Dans ton roman, tu parles d'une plage qui lui ressemble beaucoup. C'est le seul endroit de Gull Cove que tu évoques. Pourquoi ? Ça a un rapport avec le fait que Matt Ryan s'y soit noyé ?

Mon père, choqué, prend une brusque inspiration qui résonne dans mon oreille.

« Comment tu… ? Il faut que tu te ressaisisses, Aubrey. Je ne sais pas pourquoi tu t'intéresses tout à coup à ces tragédies vieilles de vingt ans, mais ce qui est arrivé à Matt était un terrible accident qui n'a rien à voir avec ta grand-mère. »

– Je ne te crois pas.

Je ne pourrais pas dire pourquoi je pense cela. C'est juste une voix qui murmure à la lisière de mon subconscient, mais qui refuse de se faire entendre clairement. Cela dit, mon père a raison sur un point : je suis épuisée. Mes paupières se ferment toutes seules, comme tout à l'heure dans le jardin. Je me force à chasser le sommeil de ma voix.

– Pourquoi tu ne veux pas me dire ce qui s'est passé, papa ? Qu'est-ce que tu as fait ? Sois honnête avec moi au moins une fois dans ta vie.

« Aubrey, me répond-il d'un ton glacial. Il ne s'est *rien* passé. »

– Tu mens.

Je raccroche et je remets mon oreiller à plat sur le matelas. Juste avant de m'endormir, j'ai quand même le temps de me dire que j'ai raison. Je le sais.

À mon réveil, Milly dort à poings fermés à côté de moi. Quoi qu'il se soit passé entre Jonah et elle, ils n'ont pas fini la nuit ensemble. Mon portable est à moitié enfoui sous ses cheveux. Je le récupère délicatement pour le ranger, je me lève et je vais au salon.

Oncle Archer n'est plus sur le futon. Il a dû se lever pendant la nuit et aller dormir dans sa chambre. Il y a un gobelet à moitié rempli sur la table basse. Je renifle le contenu : ce n'est pas de l'eau. Après avoir failli le vider dans l'évier, je le repose. Ce n'est pas ce genre d'interventionnisme simpliste qui changerait quoi que ce soit dans le combat qu'oncle Archer mène contre lui-même.

Il n'y a pas un bruit dans la maison, à part le tic-tac sonore de la vieille horloge qui se dresse dans un coin de la pièce. Il est 8 heures, trop tôt pour réveiller les autres. Je déniche du café et des filtres dans un placard de la cuisine. Personnellement, je n'ai pas besoin de café le matin, mais je sais que Milly est incapable de démarrer la journée sans. Une fois la cafetière lancée, j'enfile les baskets que j'ai laissées hier devant la porte-fenêtre et je sors.

Il fait un temps magnifique. C'est un matin d'été parfait, délicieusement frais, au ciel d'un bleu limpide traversé de petits nuages vaporeux. Hier soir, lorsqu'on est allées chercher le gril, j'ai remarqué un vélo dans l'abri de jardin. Je n'ai pas vu s'il y avait un antivol, mais j'ai bien envie d'aller faire un tour dans le quartier en attendant que les autres se lèvent. Peut-être même de pousser jusqu'à la plage la plus proche.

Je souris en constatant que le vélo n'est pas attaché. Les pneus sont en bon état, bien gonflés, et la selle est pile à la bonne hauteur pour moi. Je le sors de l'abri, impatiente de me lancer et de me dégourdir les jambes. Le moment où mon père m'a appris à faire du vélo fait partie de mes meilleurs souvenirs d'enfance. J'avais six ans, ses grandes mains couvraient les miennes sur le guidon de mon petit vélo rose et… Oh.

Au moment où mes yeux tombent sur mes mains, tout s'éclaire brusquement dans ma tête et je manque d'en lâcher le vélo. J'avais presque compris hier soir, en repensant à la photo de mon père avec ma grand-mère à L'Angélique, mais je ne l'avais pas associée à la bonne image mentale. Je comparais cette photo avec le visage de Granny la dernière fois que je l'avais vue, à moitié dans l'ombre de son chapeau, les traits tirés par la tristesse. Alors que j'aurais dû penser à ses mains : non gantées, pour une fois, ridées et couvertes de taches de vieillesse, mais sans marque particulière.

Je fouille ma poche à la recherche de la clé magnétique de la villa ; elle y est toujours. Puis je prends mon portable, sur lequel il ne me reste qu'un pour cent de batterie. Je n'en ai jamais eu aussi peu, mais je devrais encore pouvoir envoyer quelques messages. En fait, j'arrive juste à en faire partir un pour oncle Archer avant que l'écran s'éteigne.

Pas grave. Une fois que j'aurai mis la main sur les éléments dont j'ai besoin pour prouver que j'ai raison, je leur expliquerai tout. Je franchis le portillon, je grimpe sur la selle, et me voilà partie.

CHAPITRE VINGT-QUATRE

JONAH

Je suis réveillé par une odeur de bacon en train de rissoler, ce qui me fait sortir du lit aussitôt. Quand j'entre dans la cuisine, Archer est en train de superviser la cuisson tandis que Milly est assise à table, un mug de café entre les mains. Ses cheveux bruns un peu ébouriffés retombent sur le tee-shirt que je lui ai prêté hier.

– Et Aubrey, elle est où ? dis-je en m'asseyant à côté d'elle.

– Ce n'est pas très clair, me répond Archer en déposant les tranches de bacon sur du papier absorbant. Elle est sortie, et elle m'a envoyé un message bizarre, plus du genre à soulever des questions qu'à apporter des réponses.

– Pourquoi ?

Il dépose l'assiette de bacon à côté d'un numéro plié de *La Gazette de Gull Cove*.

– Elle a écrit : *Il n'y a pas de tache de naissance.*

Milly prend une tranche de bacon avant même qu'Archer ait eu le temps de retirer sa main. Du coup, je me dépêche d'en prendre deux en demandant :

– Et ça veut dire quoi ?

– C'est ce qu'on se demande depuis tout à l'heure, répond Milly en grignotant un bout de bacon. Vu qu'Aubrey *a* une tache de naissance, on ne comprend pas ce qui lui a fait écrire ça.

Archer s'assoit d'un air pensif.

– Ça m'ennuie qu'elle ne réponde pas au téléphone.

– Elle doit être à court de batterie, suppose Milly. Moi, je n'en ai presque plus.

Archer ouvre le journal et commence à le feuilleter.

– Ah, ça va me faire du bien de ne plus lire des trucs sur ma mère partout quand j'aurai quitté cette île, grommelle-t-il.

Milly se raidit.

– Ils ne sont pas repartis sur l'histoire du gala, j'espère ?

– Non. Cette fois, ils parlent d'un tableau qu'elle a vendu aux enchères. Le plus drôle, c'est qu'elle n'a jamais eu aucun goût artistique. On en blaguait souvent. Theresa a dû pas mal la conseiller pendant toutes ces années, pour qu'elle soit devenue aussi bonne connaisseuse.

J'échange un petit regard avec Milly, et je lis sur son visage qu'elle pense la même chose que moi : *Encore Theresa*. On n'est pas restés longtemps sur le sujet, hier soir, mais je persiste dans l'idée que quelque chose cloche chez cette femme et que c'est une piste à creuser. Ce n'est pas normal de passer toute sa vie seule avec sa patronne dans un manoir sur une île, coupée du reste du monde. Mais mes pensées sont interrompues par la sonnette de la porte d'entrée.

Archer se lève en haussant les sourcils.

– C'est peut-être Aubrey.

– On a fermé la porte à clé ? s'étonne Milly.

– Il ne me semble pas, mais…

Archer sort de la cuisine sans finir sa phrase et je reporte mon attention sur Milly.

– Au fait, salut, dis-je.

Ça me donne une drôle de petite décharge électrique de me retrouver de nouveau seul avec elle, même si ce n'est que pour une minute.

Elle avale son bacon, prend une gorgée de café.

– Salut.

– J'aime beaucoup ton tee-shirt.

– Merci. Il est très confortable.

Mes yeux glissent le long de ses jambes.

– Ça me… donne des idées, avoué-je.

– Ben garde-les pour toi.

Mais elle a souri.

Les murmures indistincts qui nous parviennent de l'entrée se rapprochent et Archer revient dans la pièce suivi par Hazel, qui est au milieu d'une phrase :

– … désolée de vous interrompre pendant le petit-déjeuner.

Puis elle nous voit, et agite la main avec un air d'excuse.

– Pardon, de vous interrompre tous les trois. Salut, les gars.

– Salut.

– Pas de problème, lui assure Archer en lui faisant signe de s'asseoir. Joins-toi à nous !

– Non merci, je passais juste vous donner ça.

Hazel ouvre le cabas qu'elle porte à l'épaule et fouille dedans.

– Comme vous m'avez demandé s'il n'y aurait pas autre chose pour vous ou pour moi dans les affaires de mon grand-père, j'ai inspecté tous ses dossiers hier soir. Et j'ai trouvé ce papier sur lequel il y avait un post-it à mon nom. Tenez.

Elle lui tend une feuille.

– Qu'est-ce que c'est ? demande Milly.

Archer lit le recto, puis le verso.

– On dirait un rapport médical au nom de ma mère. C'est un diagnostic de…

Il s'arrête, fronce les sourcils.

– Ce n'est pas possible.

– Quoi ? fait Milly en se levant pour lire par-dessus son épaule. Qu'est-ce que c'est, un… une cardiopathie hypertrophique ? articule-t-elle en séparant bien les syllabes.

– C'est quand le muscle cardiaque est anormalement développé, répond Archer. Ça peut être bénin ou provoquer des complications graves, selon les cas. C'est ce dont mon père souffrait, mais on ne l'a découvert qu'après sa mort. C'est sûrement une erreur. Quelqu'un a dû écrire le nom de ma mère au lieu du sien.

– Il est mort quand ? demande Hazel.

– Fin 1995, répond Archer après réflexion.

– Ce document est daté de 1996. Il y a tous les autres examens, y compris un électrocardiogramme.

– C'est vraiment bizarre, dit Archer, de plus en plus perplexe. Donc, si je comprends bien, ma mère a la même maladie que mon père. Si ce n'est qu'elle, elle vit avec depuis… quoi, vingt-cinq ans ? Elle doit être vraiment très bien suivie. Mais ça ne dit pas pourquoi ton grand-père voulait te montrer ce papier, Hazel.

Il le lui rend.

– Je me suis demandé… reprend-il doucement. Tu ne penses pas que la lettre qu'il t'a écrite et le rapport d'autopsie de Kayla pourraient être une conséquence de son Alzheimer ? Ça se traduit par de la confusion mentale et par de la désorientation, non ?

– Oui, c'est possible, admet Hazel sans conviction.

– N'empêche, Donald Camden nous a effectivement signalé que Mme Story était malade, dis-je. La toute première fois qu'on l'a rencontré. C'est même la raison qu'il a donnée pour nous faire repartir de l'île. Mais chaque fois qu'on l'a vue, elle avait l'air d'aller très bien.

Milly lève les yeux au ciel.

– Personnellement, je ne crois pas un mot de ce que dit Donald Camden quand ça ne sert pas ses intérêts. Et tout ce qui paraît le préoccuper, c'est… Oh… Attendez, ajoute-t-elle un ton plus bas.

Ses joues ont pris une couleur rosée, et une drôle de lueur s'est allumée dans ses yeux. On pourrait presque entendre tourner les rouages de son cerveau.

– Oncle Archer, tu as dit que les goûts artistiques de Mildred s'étaient améliorés avec le temps. Ils étaient si horribles que ça ?

– Oui, pourquoi ?

– Hier… Je n'ai pas fait attention sur le coup parce que tout le reste était déjà super bizarre, mais hier, aux Airelles, j'ai demandé à Theresa si elle voulait regarder le match entre les Yankees et les Red Sox avec moi, et elle m'a répondu qu'elle ne suivait pas le baseball.

– Ah bon ? s'étonne Archer. Ça, ça m'étonne. C'était une grande fan des Yankees autrefois, avec Allison. Les autres s'en fichaient, en revanche.

– Je sais, dit Milly, dont le débit s'accélère. À côté de ça, Kayla avait un truc important à dire à Theresa, non ? Là-dessus, elle meurt. Cette fois, c'est le Dr Baxter qui voulait te parler, *et* il meurt. Imagine que… Oncle Archer, imagine qu'il n'y ait pas qu'eux qui soient morts ?

– Désolé, Milly, je ne te suis pas du tout, avoue Archer d'un air dérouté.

Elle prend le rapport médical des mains de Hazel et l'agite devant lui.

– En 1996, on diagnostique à Mildred une maladie cardiaque potentiellement mortelle. Un an plus tard, elle coupe tout lien avec ses enfants, et personne n'a jamais compris pourquoi. Mais peut-être qu'en réalité, elle n'a rien fait de tel. Parce qu'elle ne le *pouvait* pas.

Archer et Hazel dévisagent Milly comme s'ils la prenaient pour une folle. De mon côté, je commence à voir où elle veut en venir. Tout à coup, je repense au dernier message d'Aubrey et j'en ai le souffle coupé.

– Le message. Ça disait : *Il n'y a pas de tache de naissance.*

– Je sais, me répond Archer. C'est moi qui te l'ai lu.

– Mais oui ! s'exclame Milly en se tournant vivement vers moi. Elle parlait de *Mildred.* Hier, Aubrey a renversé du café sur elle, et elle a dû retirer ses gants. Je vous parie qu'elle n'avait pas de tache de naissance. Vous savez, cette grosse tache lie-de-vin qu'elle a sur la main. Aubrey a la même sur le bras.

Elle s'interrompt, attendant que le visage d'Archer exprime de la compréhension, mais il n'a toujours pas saisi.

– Alors je me dis que… que la femme qui vit aux Airelles n'est peut-être pas ta mère. Ce ne serait pas Mildred mais quelqu'un d'autre qui se ferait passer pour elle.

Un tel silence est tombé sur la cuisine que j'entends mon pouls battre dans mes oreilles.

– Se fait passer pour ma mère, répète Archer d'une voix blanche. Mais Milly, tu délires. On ne peut pas… On ne peut pas prendre la place d'un autre comme ça.

– Et pourquoi pas ?

– Parce que… Parce que… bredouille Archer. Mais parce que tout le monde s'en rendrait compte !

– Pas si on s'arrange pour ne plus voir personne, justement, argumente Milly.

Archer est pétrifié, hagard.

– Arrête, Milly. Tu dis n'importe quoi.

Il lâche un rire rauque et se passe la main sur le visage.

– J'ai besoin d'un verre. Cette histoire est… Tu… Je ne peux pas…

Il se lève pour aller fouiller dans un placard.

– Ma mère n'est pas morte, merde. Les gens s'en seraient aperçus ! Theresa, Donald Camden, le Dr Baxter…

Il est temps que j'intervienne. Milly a besoin de renfort, parce qu'Archer commence à perdre les pédales.

– Justement, réfléchis aux personnes que tu cites. Donald Camden ? On dirait que son boulot consiste principalement à éviter que tout individu portant le nom de Story approche Mildred de près ou de loin. Le Dr Baxter essayait précisément de t'avertir qu'un truc clochait. Quant à Theresa, elle…

– Mais pourquoi ? hurle presque Archer en faisant volte-face, les poings serrés et le regard fou. Pourquoi quelqu'un ferait un truc pareil ? À elle, et à nous ?

– Eh bien, l'argent est souvent un bon mobile, répond Milly d'un ton très calme, comme si elle essayait de rassurer un animal apeuré. C'est le genre de chose qui pourrait motiver Donald Camden, en tout cas. Et peut-être que…

Elle se tourne vers Hazel, qui a l'air d'avoir reçu une bombe sur la tête.

– Désolée, mais il n'y a pas de manière délicate de présenter ça. Ton grand-père n'aurait pas touché une somme importante il y a vingt-quatre ans ?

– Arrête ça, Milly, lâche sèchement Archer. Tu vas trop loin.

– En fait, il a effectivement reçu de l'argent, admet Hazel, la voix nouée.

Archer marmonne quelque chose d'inaudible avant de se remettre à inspecter le placard avec une énergie renouvelée. Quant à Milly, elle écarquille les yeux.

– C'est vrai ?

– Enfin, moi, je n'étais pas là, bien sûr, mais ma mère m'a raconté qu'il était accro au jeu quand elle était étudiante. C'était devenu tellement grave qu'ils étaient sur le point de perdre la maison et qu'elle ne pouvait plus se payer la fac. Ma grand-mère menaçait de divorcer. Et puis tout à coup, sa chance a tourné. (Hazel avale sa salive avec difficulté.) À partir de là, il n'a plus arrêté de gagner.

– D'accord, dit pensivement Milly. Et Theresa a pu toucher de l'argent, elle aussi. Mais pour elle, ce n'était peut-être pas la seule motivation. Peut-être que tu as raison, Jonah, et qu'elle n'a plus été la même après la mort de son fils. Ou peut-être qu'Aubrey a raison… Oh c'est pas vrai !

Pour la première fois depuis le début de cette discussion totalement délirante, elle se met à paniquer.

– Aubrey. Non ! Elle est là-bas.

– Au moins, elle n'est pas ici, lâche Archer avec un rire étranglé. Tant mieux pour elle.

Ayant fini par dénicher une bouteille de vodka, il l'ouvre et remplit un gobelet presque à ras bord.

– Mais non, oncle Archer, tu ne comprends pas !

Avant qu'il ait pu lever son gobelet, elle lui agrippe le bras de toutes ses forces pour l'obliger à l'écouter.

– Aubrey a une carte magnétique du portail de la villa. Elle l'a volée hier, quand elle est allée voir Mildred.

Mon pouls s'accélère, parce que j'ai compris.

– Elle y est retournée, c'est certain ! reprend Milly d'un ton pressant en agrippant son oncle par les épaules. Elle y est, là, *maintenant* ! Son père n'arrête pas de lui répéter qu'elle ne se montre pas assez « moteur ». Elle est allée chercher des preuves pour confirmer ce qu'elle a vu hier.

Comme Archer ne répond pas, elle le secoue.

– Même si tu ne crois rien de tout ce que je viens de dire, s'il te plaît, crois-moi quand je t'assure que *ça craint*, reprend-elle d'une voix paniquée.

– Et merde, lâche Archer.

Son visage se creuse, et il tord le cou pour jeter un regard affamé à son verre. Je m'attends presque à le voir tendre la main pour l'attraper, mais il se contente de prendre une grande inspiration avant de demander à Hazel, toujours figée sur place :

– Tu es venue en voiture ?

Elle cligne des paupières, comme si elle essayait de se réveiller.

– Je suis garée au coin de la rue. Une Range Rover.

Elle fouille dans sa poche, lui lance les clés qu'il rattrape d'une main, et il est déjà dehors.

ALLISON
AOÛT 1996

Jess, le copain d'Archer, venait d'adopter un chien et Archer en était raide dingue.

– Je pourrais tuer pour toi, Sammy, dit-il d'une voix chantante au petit terrier, en s'accroupissant à côté de lui sur le sable granuleux de la plage des Canots. Mais oui, mais oui.

Sammy, béat devant tant d'attention, voulut lui lécher le visage.

– Ce n'est pas un peu extrême? observa Allison.

– Enfin, je ne parlais pas d'une vraie personne, nuança Archer en grattant le chien derrière les oreilles. Ni d'un autre chien, bien sûr. Ni d'un chat. Mais je pourrais sans doute tuer un rongeur. S'il était déjà malade et sur le point de mourir.

Le chien vint se blottir sur ses genoux.

– Tu entends ça, Sammy? fit Allison en s'asseyant à côté de son frère. Si jamais un jour tu te fais harceler par un rat malade, tu sais sur qui tu pourras compter pour te défendre.

Elle contempla les gens qui se promenaient sur la plage en forme de demi-lune ou s'attroupaient autour des deux petits feux de camp. Depuis quelques années, c'était là que Jess Callahan, qui habitait la maison la plus proche de la petite plage, organisait ses fêtes d'anniversaire. Chris, son frère aîné, qui travaillait dans la police de l'île, le couvrait tant que ces fêtes ne dégénéraient pas. Il était même passé déposer deux tonneaux de bière avant de prendre son service ce soir-là.

« Hourra pour les autorités de Gull Cove Island ! » avait alors lancé Archer.

– J'ai l'impression qu'on est les seuls à ne pas être bourrés, dit-il à sa sœur.

– Je pense aussi, admit Allison. Tu expliques ça comment, toi ?

Elle savait très bien pourquoi elle ne buvait pas, et pourquoi elle restait planquée derrière un rocher avec Archer et un chien au lieu de se mêler aux autres. Mais elle n'était pas sûre des raisons de son frère.

– Bah, disons que tu n'avais pas entièrement tort le jour du gala quand tu m'as rappelé que j'avais un certain don pour finir les soirées en connard bourré.

– Je n'ai pas dit ça comme ça, rectifia Allison. Et je me suis excusée, je te rappelle. J'étais stressée, ce soir-là. Je ne le pensais pas vraiment.

– N'empêche que c'est vrai. J'ai un peu poussé, ces derniers temps. Je me dis que je vais boire un verre ou deux et je me retrouve totalement parti sans comprendre comment j'ai fait mon compte. Mais j'ai peut-être envie de voir si je suis capable de m'amuser sans tomber là-dedans.

– Et alors ? Tu t'amuses ?

Sammy se roula sur le dos, les pattes en l'air, et Archer lui donna satisfaction en lui frottant le ventre.

– En fait, pas vraiment, avoua-t-il avec un sourire en coin. Sans vouloir être désagréable.

– Je ne le prends pas personnellement.

Allison ne s'amusait pas davantage. Elle avait hésité à venir. Elle n'en avait pas envie, mais n'avait pas voulu se défiler. Elle savait que Matt serait là et refusait de se tenir à l'écart à cause de lui. Quelque part, elle se disait même qu'elle pourrait peut-être enfin lui parler, lui expliquer ce qui s'était passé. Mais à peine arrivée à la fête, elle avait compris que ce n'était même pas envisageable. Matt allait de groupe en groupe en titubant pour demander aux gens s'ils n'avaient pas vu Kayla, trop soûl pour se souvenir qu'elle travaillait de nuit dans l'équipe de ménage du cabinet de Donald Camden tous les week-ends.

– La mer est super agitée, dis donc, observa Archer.

– C'est à cause de la vague de froid, expliqua Allison. Ça perturbe complètement la marée.

À cet instant, une rafale de vent tourbillonna autour d'eux et lui fit rentrer les mains dans les manches de son pull. Archer frissonna. Il ne portait qu'un tee-shirt. Il se leva et Sammy se mit aussitôt à sauter autour de lui.

– Je vais chercher mon sweat dans la voiture. Tu viens avec moi, le chien ? Mais oui, tu viens. T'es mon pote, toi.

– T'es totalement gaga toi, lui dit sa sœur en riant.

– T'as besoin de quelque chose ? lui demanda-t-il.

Oui, de rentrer à la maison, pensa Allison.

– Non, merci. Je vais essayer de trouver Adam.

Avec un peu de chance, il accepterait de s'absenter de la fête pendant un quart d'heure, le temps de la reconduire aux Airelles. Elle avait réussi à rester presque une heure, ce qui lui apparaissait déjà comme une petite victoire.

Elle se déplaça dans la foule en cherchant Matt du coin de l'œil, mais ne le vit nulle part. Pas plus que ses frères. Elle fit deux fois le tour des groupes rassemblés autour des feux de camp, sans plus de résultat. Archer était revenu et discutait avec Rob Valentine, son sweat sur les épaules et un verre à la main. Mais aucune trace d'Adam, d'Anders ou de Matt. Elle aurait pensé qu'ils étaient repartis si la BMW d'Adam et le scooter vert vif de Matt n'avaient pas été sur le parking.

Prise d'un mauvais pressentiment, Allison s'éloigna le long de la plage, dans le fracas des vagues qui s'écrasaient sur le rivage. Plus qu'à espérer que ses frères n'allaient pas s'en prendre à Matt. Elle lui en voulait toujours de son comportement au café, mais deux contre un, ce n'était pas du jeu.

Elle arriva bientôt à la limite de la plage, marquée par des cabines de bain qui la séparait d'un secteur plus caillouteux. Elles étaient vides, même si elles étaient souvent utilisées comme lieu de rendez-vous par les couples. Allison les dépassa en grimaçant face au vent, qui lui projetait des nuées de sable au visage.

Devant elle, une jetée servant d'appontement à des canots s'avançait dans la mer. Et là, enfin, Allison distingua deux silhouettes debout à son extrémité. Elle pressa le pas en reconnaissant la haute carrure d'Adam ainsi que la silhouette plus frêle d'Anders.

Ils fixaient tous les deux les eaux bouillonnantes sans s'apercevoir de sa présence.

– Tu vois quelque chose ? cria Adam par-dessus le mugissement du vent.

– Non. On ne voit rien avec ce courant.

– Putain, Anders, répliqua Adam avec un rire nerveux. Tu me rappelleras de jamais te chercher d'emmerdes.

– Hé ! lança Allison à l'oreille de son frère en lui secouant l'épaule. Qu'est-ce que vous faites ?

Il sursauta violemment avant de se retourner.

– On règle un problème.

CHAPITRE VINGT-CINQ

AUBREY

Une fois franchi le portail de la villa grâce à la carte magnétique, je laisse mon vélo derrière un gros buisson de chèvrefeuille et je continue à pied en réfléchissant à la manière dont je vais m'y prendre. Je me vois mal frapper à la porte et demander : « Salut, vous voulez bien cracher dans un gobelet ? Je ne fais que passer, il me faut juste votre ADN. »

Le seul fait de formuler l'idée me persuade que j'ai perdu la tête. Les gens normaux ne débarquent pas dans des manoirs pour exiger des preuves que leur grand-mère est bien leur grand-mère. Sur le trajet, je n'ai pas arrêté de chercher une explication à l'absence de tache de naissance sur la main de Mildred.

Elle l'a peut-être fait effacer au laser ?

J'ai abordé l'hypothèse avec mes parents au début de l'adolescence, quand j'en ai eu marre de me faire chambrer à longueur de temps au collège.

« Tu devrais être fière, m'a répondu mon père. Ta grand-mère l'était. Jamais elle n'aurait envisagé de se faire retirer quelque chose qui faisait partie d'elle rien que pour faire plaisir à d'autres. »

Ce qui, pour une fois, n'était pas un mauvais conseil. Ma mère a quand même accepté de me prendre rendez-vous avec quelques chirurgiens plastiques. Ils ont tous dit la même chose : la tache était trop sombre et trop profonde. On pouvait l'effacer partiellement, mais elle ne disparaîtrait jamais tout à fait.

Ou alors elle met du maquillage ?

Dans ce cas, à quoi bon porter des gants ? Tous les jours, même en plein été ?

Je n'ai peut-être pas regardé au bon endroit.

Mais ça ne tient pas. Cette tache de naissance est notre seul point commun, je la connais depuis toujours, sa place est sur le dos de sa main gauche. Or elle n'y était pas. Ça, je peux le jurer.

La végétation luxuriante du jardin me permet de me cacher derrière des buissons tout le long de l'allée centrale, puis jusqu'à l'arrière de la maison. Là, je m'arrête, les yeux sur la pelouse inondée de soleil. On ne croirait pas que ce terrain est si grand quand on voit les Airelles de loin, si près de la falaise. Il est moins bien entretenu que le jardin de devant. L'herbe est haute, les buissons non taillés et les parterres de fleurs négligés. J'entends le rugissement des vagues qui se fracassent sur les rochers au pied de la falaise, et les cris lointains des mouettes qui volent en cercle dans le ciel.

Mais qu'est-ce que je fabrique ?

Je commence à reculer, horrifiée par mes propres intentions. Je m'apprête à m'introduire illégalement dans une propriété privée dont on m'a explicitement interdit l'accès. Voilà ce que je fabrique. Je risque de me faire arrêter. Et tout ça pour quoi ? Il suffirait que j'aille raconter mes soupçons et que je laisse la police ou je ne sais qui faire son travail pour éclaircir toute l'histoire.

C'est à ce moment-là que je la vois : une fenêtre du rez-de-chaussée, à peine à un mètre cinquante du sol, laissée entrouverte. C'est presque un pousse-au-crime.

Je m'approche en douce et je me hisse sur la pointe des pieds pour jeter un coup d'œil à l'intérieur. Je découvre une très belle pièce, avec lustre imposant et moulures au plafond, mais qui semble servir uniquement de débarras. Je n'y vois que des colonnes de cartons, des tapis roulés et des chaises empilées soigneusement les unes sur les autres. La porte du fond, ouverte, donne sur un couloir sombre et silencieux.

Je vais vraiment y aller, alors ? Je ne sais même pas si j'en suis capable. Tout en tergiversant, je replie les doigts sur le rebord de la fenêtre. D'habitude, j'ai plusieurs entraînements par semaine, mais je n'ai pratiqué aucune activité physique depuis mon arrivée ici, et on perd vite sa force musculaire. Heureusement, j'ai toujours eu des facilités pour les pompes.

Après une bonne inspiration, je me hisse sur le rebord, étonnée de trouver ça aussi simple. Je manque de lâcher prise tandis que mes pieds frottent le mur à la recherche d'un appui, mais je réussis à m'agripper au cadre de la fenêtre, ce qui me permet de passer le haut du corps de l'autre côté. Je reprends mon souffle quelques secondes, à plat ventre sur le rebord, avant de me glisser dans la pièce.

J'atterris par terre en pliant les genoux, les paumes brûlantes. *Dans ta face, papa. Comme quoi, la force physique, ça peut servir aussi.*

Je ne sais pas dans quelle partie de la maison je me trouve. Laissant mes baskets sous la fenêtre, je traverse la pièce et je suis le couloir jusqu'à l'escalier, en m'arrêtant à chaque pas. Puis je reste longtemps au pied des marches, à dresser l'oreille, au cas où je percevrais l'indice d'une présence dans la villa. Mais je n'entends pas un bruit.

Je monte avec mille précautions, sur la pointe des pieds, jusqu'au palier. Tout est si calme que j'accélère, enhardie. Peut-être que c'est mon jour de chance et qu'il n'y a personne.

Je monte un deuxième escalier, puis un troisième, à la recherche des chambres. Le seul moyen que j'ai de m'emparer d'un objet personnel de Granny est de trouver la sienne. Tombant sur une porte, je tourne la poignée très lentement et elle s'ouvre avec un infime grincement. Avançant la tête, je découvre un large couloir percé de portes des deux côtés. Mon cœur se met à battre plus vite quand je réalise que je suis tombée sur les chambres.

Aussitôt, j'ouvre la première porte et j'entre. À son atmosphère désertée et aux relents de renfermé, je me rends compte tout de suite qu'elle n'est pas occupée, sans parler des rideaux démodés et des draps qui semblent ne pas avoir été changés depuis des années. Il y a les mots LYCÉE DE MARTINDALE en grosses lettres blanches sur la couverture rouge pliée au pied du lit, et deux crosses de hockey appuyées contre le mur dans un coin.

Minute. Ce ne serait pas la chambre de mon père ? M'avançant davantage, je repère une photo encadrée sur un mur. C'est celle que j'ai vue à L'Angélique, qui représente mon père et ma grand-mère tenant cet horrible tableau en regardant l'objectif avec un sourire radieux. Je fixe la main de ma grand-mère, sur laquelle sa tache de naissance saute aux yeux.

– Jolie photo, n'est-ce pas ?

Faisant volte-face, je tombe sur ma – présumée – grand-mère, debout sur le seuil. Au début, je remarque juste que, pour une fois, elle n'est pas tirée à quatre épingles, ni gantée. Puis je repère le petit pistolet à crosse de nacre qu'elle tient à la main. Il est si mignon qu'on ne dirait jamais que c'est un…

– Oui, c'est un vrai, m'assure-t-elle en faisant un pas dans la chambre. Et il est chargé. C'est une précaution nécessaire pour deux femmes âgées qui vivent seules dans une grande maison.

Le regard qu'elle me jette est presque compatissant.

– Croyais-tu vraiment qu'on pouvait franchir le portail sans déclencher l'alarme ?

Je m'humecte les lèvres, soudain toutes sèches.

– Vous voulez dire que… vous m'avez laissée entrer ?

– Je t'ai même ouvert la fenêtre.

Mais quelle abrutie, me dis-je.

– Eh bien, vous m'avez eue, fais-je avec une imitation de rire coupable qui ressemble à un sifflement. Je voulais voir cette maison une dernière fois. Je cherchais la chambre de mon père. Et je l'ai trouvée, alors… maintenant, je vais m'en aller.

– Oh, pas si vite.

Ma gorge se noue alors qu'elle fait un nouveau pas en avant.

– Hier, je me suis demandé si tu avais eu le temps de voir ma main, reprend-elle. Puisque tu es là, j'en déduis que oui.

Je suis trop pétrifiée pour hocher la tête.

– Et te voilà. La fille d'Adam. Ce serait une tragédie tellement romanesque si je te prenais pour un cambrioleur et que je te tuais dans sa propre chambre, non ?

– J'ai parlé aux autres, lâché-je avec toute la conviction dont je suis capable. Je leur ai dit ce que j'avais vu. Ils sont au courant. Oncle Archer, Milly, Jonah… tout le monde.

Granny, Mildred ou je ne sais qui penche la tête sur le côté.

– Et pourtant, tu es venue seule.

Mon sang se fige dans mes veines. J'ai juste envoyé un malheureux message à oncle Archer, et il y a peu de chances pour qu'il ait compris de quoi je parlais.

– Qu'est-ce que vous avez fait à ma grand-mère ? dis-je d'une voix tremblante.

– Rien, me répond-elle, si vite et si fermement que je la crois. Ta grand-mère est décédée de mort naturelle il y a vingt-quatre ans. Je l'ai retrouvée ici même. Elle aimait passer du temps dans la chambre d'Adam depuis qu'il était parti. (Ses yeux jettent des étincelles.) Il a toujours été son préféré, alors qu'il était pourtant, et de loin, le moins attentionné de ses quatre enfants.

– Vous êtes Theresa.

Elle ne le nie pas.

– Et… Et l'autre Theresa…

Je ne sais pas comment finir ma phrase, et elle ne répond pas à ma question.

– J'ai eu beau prendre tout ce que j'ai pu à Adam pendant toutes ces années, ça n'a jamais suffi. Mais peut-être me sentirais-je enfin satisfaite si je lui prenais son seul enfant.

Tétanisée, je manque de lâcher : « Il en aura bientôt un autre », mais elle ajoute :

– Il m'a bien pris le mien.

Tout se met à tourner autour de moi.

– Mon père… a tué votre fils ?

– Dans un sens.

Un vrombissement à l'extérieur nous fait tressaillir toutes les deux. Instinctivement, je m'approche de la fenêtre. J'ai juste le temps de l'atteindre avant que Theresa m'ordonne de m'arrêter. Mais j'ai pu voir une grosse Range Rover remonter l'allée à toute allure. Cette vision est à la fois tellement étrange, décalée, et en même temps bienvenue, que je manque d'éclater de rire.

– Tess !

Une voix de femme crie d'en bas, avec nervosité :

– Tess, une voiture arrive ! *Tess !*

– J'ai vu, lui répond Theresa.

Elle semble remarquablement calme pour quelqu'un dont la maison risque d'être prise d'assaut d'une seconde à l'autre. La Range Rover s'arrête à quelques mètres de l'entrée. Avec un mélange de soulagement et d'appréhension, je regarde oncle Archer en sortir.

– Ainsi, tu ne mentais pas, déclare Theresa. Bon. Il fallait bien que ça finisse un jour, j'imagine.

Elle abaisse légèrement la main qui tient le pistolet et j'entrevois une lueur d'espoir, mais ses traits se durcissent de nouveau.

– Au point où on en est, autant aller jusqu'au bout. Passe devant.

Puis, me faisant sortir dans le couloir, elle me guide jusqu'à l'escalier.

– Reçois notre visiteur dans la véranda ! lance-t-elle en direction du rez-de-chaussée. Et dis-lui qu'Aubrey arrive !

– Qu'est-ce que vous allez faire ? S'il vous plaît, ne faites pas de mal à oncle Archer.

L'idée qu'il puisse lui arriver quelque chose parce qu'il est venu ici pour moi me met la boule au ventre.

– Descends, m'ordonne-t-elle.

Son regard implacable me pousse à obéir sans discuter. Suivant ses consignes – le petit escalier, puis à gauche dans le couloir, puis encore à gauche –, je me retrouve à l'entrée d'une pièce vitrée sur trois côtés. Au milieu se tient Archer, en compagnie de celle qui est officiellement Theresa Ryan.

– Aubrey !

Alors qu'il s'avance à grands pas en s'apprêtant à ajouter quelque chose, la vraie Theresa surgit derrière moi, pistolet en main. Archer s'arrête net et la fixe dans les yeux.

– Oh non, lâche-t-il d'une voix rauque en portant la main à sa poitrine. C'était vrai, alors. J'étais sûr qu'il devait y avoir une erreur, mais… vous n'êtes pas ma mère.

Un muscle tressaille dans sa mâchoire.

– Si j'avais pu vous approcher, je vous aurais reconnue tout de suite.

– Va savoir, réplique Theresa. On ne voit souvent que ce que l'on veut voir. Maintenant, je suppose que tu comprends pourquoi je devais couper tout contact. Même avec toi, à qui je n'avais pas grand-chose à reprocher dans tout ça, ajoute-t-elle d'une voix adoucie.

– Tout ça, *quoi*? demande Archer. Qu'est-ce qui a pu vous pousser à faire une chose pareille? Qu'est-ce qu'on vous a fait?

Ses yeux papillonnent entre Theresa, le pistolet et moi. Je demande :

– Ça a un lien avec ce qui est arrivé à Kayla? Ou à Matt?

– Paula, dit Theresa.

Alors que je me demande de qui elle parle, la fausse Theresa s'avance.

– Il y a de la fraîcheur dans l'air. Peux-tu aller faire du feu dans le petit salon sud et nous laisser discuter de… de ce qui est arrivé à Matt?

– Tu es sûre, Tess? s'inquiète « Paula ».

– Certaine.

Paula passe devant nous et quitte la pièce.

Archer inspire à fond.

– Matt s'est noyé. C'est terrible, mais…

– Matt ne s'est pas *noyé*, le coupe-t-elle vivement. Il a été assassiné. Matt ne serait jamais allé se baigner tout seul à la plage des Canots une nuit pareille. Certes, il avait bu, mais il n'était pas complètement idiot. Il savait combien les courants peuvent être dangereux quand il fait ce temps-là. Anders, ton serpent de frère, lui a dit que Kayla avait été emportée par le courant et qu'elle avait besoin d'être secourue.

– Kayla ? l'arrête Archer. Mais elle n'était même pas là !

Les traits de Theresa se durcissent.

– Non, en effet, confirme-t-elle. Et Anders le savait pertinemment. Il a menti pour pousser Matt à se jeter à l'eau. Parfaitement conscient qu'il avait peu de chances de revenir. Quant à Adam… il… il était là, avec eux, et il les a laissé faire.

Elle tremble, maintenant, les yeux écarquillés et brillants de larmes.

– Adam l'a laissé y aller.

Adam l'a laissé y aller.

Les mots résonnent si fort à mes oreilles que c'est tout juste si j'entends oncle Archer demander :

– Mais comment pouvez-vous savoir tout ça ?

– Par Kayla. Un soir où il avait trop bu, Anders lui a tout avoué. Je ne pense même pas qu'il s'en soit souvenu ensuite. Mais elle est venue me le raconter. Elle m'a dit qu'il avait toujours été jaloux de Matt, et qu'il lui en voulait encore plus depuis qu'il avait mis Allison enceinte cet été-là.

Theresa a un rire amer devant l'expression horrifiée d'oncle Archer.

– Tu n'étais pas au courant ? Moi non plus. Mon petit-fils et celui de ta grand-mère, tu imagines ? Mais Allison a fait une fausse couche.

– C'est vrai ? dit oncle Archer d'un ton de robot.

– Elle aussi, elle a su ce qui était arrivé à Matt, reprend Theresa d'une voix blanche. Anders le lui a dit le soir même et, à la décharge de ta sœur, elle a quand même donné l'alerte en signalant sa disparition. Mais ensuite, elle a couvert ses frères. Elle a laissé croire à tout le monde qu'il s'agissait d'un accident.

– Kayla vous a raconté tout ça, déclare lentement oncle Archer. En ensuite… que s'est-il passé ? Vous l'avez tuée ? Vous l'avez droguée avant qu'elle prenne sa voiture ?

Theresa sursaute et il enfonce le clou :

– Fred Baxter m'a fait transmettre son rapport d'autopsie. Elle avait des traces d'anxiolytiques dans le sang la nuit de sa mort.

– Ah, c'est pour ça qu'elle m'a parlé de Kayla hier, dit Theresa en me regardant.

Je suis devenue « elle », maintenant. Un élément annexe dans la conversation.

– Vous avez tué une innocente et vous avez le culot de jouer les victimes ? réplique oncle Archer en haussant le ton.

– Non, je n'ai rien fait. C'est juste que… tout s'est précipité. La seule chose qui comptait pour moi était de faire payer tes frères et ta sœur d'une manière ou d'une autre. Et puis ta mère est morte. J'étais seule avec elle dans la maison, ce jour-là. J'ai appelé Donald, parce que… enfin, c'était toujours lui qu'on appelait pour tout. Il a fait une remarque comme quoi vous, les enfants, vous alliez dilapider toute la fortune d'Abraham en un rien de temps. Ça m'a donné une idée.

Les coins de sa bouche se relèvent dans un sourire qui me fait froid dans le dos.

– Au début, ça paraissait insensé. Mais Donald était plus que partant. Il avait toujours rêvé de mettre la main sur l'argent de vos parents. On a mis Fred Baxter dans le coup. Il croulait sous les dettes et on lui a proposé d'arranger son problème s'il continuait à être le médecin de « Mildred ». On l'a enterrée ici, dans la propriété, et j'ai fait venir ma sœur Paula pour prendre ma place. Puis Donald vous a écrit.

Le visage de Theresa se crispe.

– Mais Kayla continuait à essayer de me voir. Elle voulait savoir si j'avais répété à Mme Story les révélations qu'elle m'avait faites, et si c'était pour cela qu'elle avait déshérité ses enfants. Je lui ai parlé plusieurs fois au téléphone en espérant la calmer, mais elle était de plus en plus agitée. Alors j'ai arrêté de prendre ses appels, et elle est allée voir Fred Baxter. Il lui a dit de ne pas s'inquiéter, qu'il valait mieux ne pas parler de tout ça. Mais ensuite, elle s'est adressée à Donald. Et il a pensé que les choses risquaient de devenir compliquées pour nous si elle continuait à attirer l'attention sur les circonstances de la mort de Matt. Personne ne devait savoir que j'avais une raison de haïr les enfants Story. Alors il a décidé de se charger du problème. Fred et moi, nous n'aurions jamais cautionné cela, précise-t-elle, sur la défensive, devant l'air épouvanté d'oncle Archer. Mais le temps qu'on comprenne, il était trop tard.

– Autrement dit, Fred et vous, on aurait pu vous donner le bon Dieu sans confession, déclare oncle Archer d'un ton glacial.

Puis il se fige brusquement.

– C'est pas vrai. C'est aussi ce qui s'est passé pour Fred, c'est ça ? Cet été, il s'est mis à parler, à rassembler des bribes d'aveux dans son cerveau tout embrouillé, et Donald a « décidé de se charger du problème » ? En noyant son ami dans son jardin ?

Oncle Archer fait un pas en avant, et je sens quelque chose de froid et de dur s'enfoncer dans ma nuque. Je lâche un gémissement et il s'arrête.

– Je dois te rappeler qui contrôle la situation, ici ? lui demande Theresa.

Il lève les mains dans un geste de reddition.

– C'est bon, je ne bouge plus. Mais vous devez bien vous douter que tout est terminé, non ? Cette fois, fini les tours de passe-passe.

– Sans doute, en effet. Mais permets-moi de ne pas penser comme toi que tout est « terminé ». Laisse-moi t'expliquer, poursuit-elle d'une voix rêveuse. Adam est le pire de la bande. Anders n'a jamais eu la moindre qualité pour contrebalancer le reste, et Allison est une faible. Mais Adam… J'adorais Adam. J'ai toujours pris sa défense quand tes parents lui mettaient trop la pression. J'aurais fait n'importe quoi pour cet enfant. Mais le jour où il aurait pu empêcher que mon fils meure, il n'a pas levé le petit doigt. Il lui aurait suffi de dire stop. Soit à Anders, soit à Matt. Ils l'auraient écouté, et Matt serait toujours en vie.

Quelle inconscience. Un seul mot de lui aurait pu tout changer. Comprenant enfin ce qu'a voulu dire le Dr Baxter le premier jour à propos de mon père, j'éprouve un brusque élan de compassion pour la femme qui se tient à côté de moi. Mais aussitôt après, le cliquetis sinistre qui résonne à mon oreille me vide de toute autre émotion que la peur.

– L'ennui, avec Adam, c'est qu'il n'a pas assez souffert, poursuit Theresa d'une voix enrouée. Il ne sait pas ce que c'est que perdre un enfant.

Les yeux d'oncle Archer s'agrandissent.

– Theresa, non !

– Que serais-je censée faire d'autre avec la fille d'Adam ? Quelles chances a-t-il données à Matt ? Et moi, je devrais la laisser partir comme si de rien n'était ?

Ma respiration s'accélère. Quelque part dans un coin de mon esprit affolé, j'enregistre une odeur d'essence. Ou de fumée, peut-être.

– Je comprends que vous haïssiez ma famille, argumente Archer à la hâte. C'est parfaitement légitime. Mais si vous jugez que nous devons encore payer, faites-moi payer, moi. Pas Aubrey.

Ses mains, qu'il avait gardées levées pendant tout ce temps, se replient sur sa poitrine tandis qu'il lui offre de le prendre pour cible.

– Vengez-vous sur moi. Moi, j'y étais. J'aurais pu agir pour aider Matt, et je n'ai rien fait. Un assez bon résumé de ma foutue vie, d'ailleurs.

– Non, oncle Archer, dis-je, avec la sensation que mon cœur est en train de remonter dans ma gorge.

– Kayla m'a assuré que tu n'étais au courant de rien, réplique vivement Theresa. Es-tu en train de me dire que c'est faux ?

L'odeur de fumée s'amplifie.

De nouveau, le regard d'oncle Archer saute de Theresa à moi puis au pistolet, avant de revenir sur moi. Sa mâchoire se détend. Mon cœur se serre, puis se dilate douloureusement dans ma poitrine quand je déchiffre son expression. C'est la première fois qu'on me regarde avec cet air-là. Un air *paternel.*

Puis il dit, très simplement :

– Oui.

Ensuite, tout se déroule à la vitesse de l'éclair. Le canon du pistolet n'est plus collé à mon cou. En voyant bouger le bras de Theresa, je réagis sans réfléchir : je la pousse d'un violent coup d'épaule, qui la fait tomber. Une explosion assourdissante résonne dans la pièce, suivie d'un cri d'angoisse déchirant. Je heurte le sol en tombant à moitié sur Theresa et une douleur aiguë me traverse le coude. Quelqu'un crie de nouveau. Tournant les yeux de tous côtés à la recherche d'oncle Archer, paniquée, je vois une flaque rouge s'étaler à mes pieds.

– Aubrey ! Tu es blessée ?

Il se tient au-dessus de moi, le pistolet au bout des doigts, et je manque de m'évanouir de soulagement.

– Je ne crois pas, non.

Je me redresse et Theresa émet un geignement. Il y a du sang partout sur sa jambe et par terre. Elle garde le visage enfoui au creux de son coude, immobile. Elle respire mal.

– Je crois que j'ai tiré sur elle en déviant le pistolet, dis-je.

– C'est elle qui s'est tiré dessus, rectifie-t-il sombrement. On ferait mieux d'appeler les secours. Tu as ton portable ? J'ai oublié le mien.

– Plus de batterie.

Je me relève. L'adrénaline qui courait dans mes veines disparaît à toute allure, et l'odeur de fumée me frappe soudain de plein fouet.

Peux-tu aller faire du feu dans le petit salon sud ?

C'est ce qu'a demandé Theresa à Paula juste avant que celle-ci ne quitte la véranda. Je vais à la porte pour passer la tête dans le couloir. J'entends une espèce de sifflement mêlé de craquements. Le sol est mouillé et glissant.

Tu es sûre, Tess ?

Certaine.

– Il y a un problème, dis-je.

Le couloir est rempli de flammes.

– Merde ! crie oncle Archer tandis que je me réfugie à reculons dans la véranda. Il faut qu'on sorte d'ici ! Venez !

Il se baisse pour relever Theresa, qui lâche un gémissement de protestation et reste aussi molle qu'une poupée de chiffon. Il la soulève dans ses bras.

– L'escalier, Aubrey ! À gauche !

– On ne peut pas !

En quelques secondes, tout s'est métamorphosé autour de nous. Le feu a tout envahi, les flammes dansent et roulent dans le couloir. De gros tourbillons de fumée fondent sur nous et j'étouffe quand le premier m'engloutit, me renvoyant plus loin en arrière dans la véranda. Mes yeux me brûlent.

– C'est le seul moyen, insiste oncle Archer en passant précipitamment devant moi, Theresa dans les bras.

Il fait marche arrière tout aussi vite en suffoquant.

– OK. Changement de plan.

Après avoir déposé Theresa dans un fauteuil, il prend un grand parapluie à l'ancienne dans le porte-parapluies et en frappe la baie vitrée pour la briser. M'emparant d'un autre parapluie, j'entreprends de l'aider, mais mon cœur s'accélère lorsque mes yeux tombent sur l'extérieur.

– C'est trop haut !

– On va bricoler une corde, me répond mon oncle en prenant une couverture sur le dossier du canapé.

J'arrache des rideaux de tulle, en cherchant des yeux ce que je pourrais utiliser d'autre. À cet instant, un rugissement s'élève à la porte. Horrifiée, je vois les flammes lécher les moulures de l'embrasure, avant de gagner la bibliothèque la plus proche. Ce n'est d'abord qu'une petite ligne orangée qui court le long de l'étagère du haut, puis les livres prennent feu.

Il y a un canapé ancien et très lourd près de la baie vitrée. Oncle Archer attache un bout de la couverture à l'un de ses pieds par un double nœud bien serré, et l'autre extrémité au rideau que je tiens. Le tulle ne pèse rien dans mes mains.

– Tu crois que ça va tenir ? dis-je, la gorge nouée.

Oncle Archer teste la solidité des nœuds, et les double encore.

Ses yeux font le tour de la pièce. Les flammes dévorent la bibliothèque et menacent de s'attaquer au plafond. La fumée est d'un gris presque noir, maintenant, de plus en plus suffocante même avec l'air frais qui entre par la fenêtre. Le feu embrase un tapis et s'y étend rapidement.

– Il faudra bien que ça aille, me répond-il en balançant le rideau de tulle par la fenêtre. Tu passes devant, Aubrey. Essaie de ne pas contracter tes muscles et de te réceptionner sur les pieds.

Ce n'est pas le moment de discuter. Les mains repliées sur la couverture sous le nœud qui la rattache au canapé, je passe sur le rebord extérieur de la baie vitrée. Je m'entaille les mains et les poignets au passage sur les tessons de verre, tachant de sang la couverture verte. Puis je me laisse glisser le plus vite possible. Mais en un rien de temps, j'arrive au bout de la couverture, puis du rideau. Je ne suis pourtant pas descendue beaucoup. Je n'arrive pas à évaluer à quelle hauteur je me trouve. Mais ça ne change rien, je n'ai pas le choix.

Je lâche tout.

Mes pieds frappent violemment le sol, mes genoux cèdent et je m'effondre. J'ai mal partout, mais je trouve quand même assez d'énergie pour rouler sur le côté et relever les yeux sur la maison. Tout le rez-de-chaussée est en feu. De la fumée se déverse par la baie vitrée de la véranda. Le rideau pend le long du mur, s'arrêtant à trois bons mètres du sol. Aucun signe de mon oncle ni de Theresa.

Je mets les mains en porte-voix.

– Oncle Archer ! Dépêche-toi !

Je tente de me relever en luttant contre la panique qui m'envahit. Mais la douleur intense qui me vrille la jambe droite me force à me remettre à genoux.

– Ça va, ce n'est pas très haut ! Allez !

Toujours personne à la fenêtre. J'ai mal aux poumons, encore plus quand je crie. Ce qui ne m'empêche pas de continuer à hurler le nom de mon oncle en boucle jusqu'à avoir la gorge à vif.

Enfin, à mon grand soulagement, il apparaît. Il porte Theresa sur son épaule, ce qui ralentit terriblement sa descente. Soit elle est inconsciente, soit elle a décidé de ne rien faire pour l'aider, et tandis que je le regarde peiner au milieu des nuages de fumée, une pensée horrible surgit dans ma tête.

Lâche-la. Laisse-la tomber.

Mais il tient bon. Centimètre par centimètre, il descend le long de la corde de fortune, jusqu'à ce que ce qui reste de la fenêtre s'embrase d'une teinte orangée et que la corde lâche. Ils tombent, et j'entends une plainte qui ressemble au cri de terreur d'un animal à l'agonie. Je mets plusieurs secondes à réaliser qu'il venait de moi.

– Oncle Archer !

Je rampe vers le tas de membres et de vêtements qui a atterri à quelques mètres. La tête de Theresa est tournée vers moi, les yeux vides et grands ouverts. Je lâche un deuxième cri avant de me remettre à ramper jusqu'au bras de mon oncle.

– S'il vous plaît… S'il vous plaît… dis-je à mi-voix en retournant son poignet.

Enfin, je sens son pouls battre faiblement sous mon pouce, et je laisse mes larmes couler pour la première fois de la journée.

CHAPITRE VINGT-SIX

MILLY

Ce jour-là, la villa des Airelles a été réduite en cendres.

La sœur de Theresa, Paula Donahue, l'a entièrement aspergée d'essence avant de craquer une allumette et de disparaître. La police a passé la semaine à ratisser l'île et à enquêter dans les aéroports de la région pour la retrouver, mais en vain. Je suis persuadée qu'elle a quitté le pays avec un faux passeport et qu'elle vit tranquillement grâce à de l'argent de Mildred planqué sur un compte offshore. Ça me met en rage. Au moins Donald Camden, qui n'a pas pu prendre de longueur d'avance, a pu être arrêté dans son cabinet et attend son procès en prison.

Aubrey s'est foulé la cheville en sautant, et oncle Archer souffre d'une commotion cérébrale et d'une luxation de l'épaule. D'après les médecins légistes, Theresa Ryan était sans doute morte intoxiquée par la fumée avant sa chute.

Comme tous les alentours de la villa sont déclarés scène de crime, il est interdit de s'en approcher. Mais le lendemain de l'incendie, Aubrey, Jonah et moi, on est allés en voiture jusqu'au virage d'où on avait découvert les Airelles pour la première fois. On ne voyait pas grand-chose à cette distance, mais il y avait quelque chose de profondément déstabilisant à tomber sur un pan de ciel vide là où aurait dû se dresser la maison. Tout ce qui symbolisait le patrimoine d'Abraham et Mildred Story, la villa où ma mère a grandi… disparu.

Arrivée le lendemain, celle-ci, fidèle à elle-même, a aussitôt pris les choses en main.

« Vous ne pouvez pas rester ici, a-t-elle décrété dès qu'elle a mis le pied dans le bungalow d'oncle Archer. Ce n'est pas assez protégé. Les médias sont déchaînés. »

Et direct, on a déménagé dans une maison de vacances très classe louée aux touristes par Mildred. Depuis, ma mère joue le rôle d'agent de liaison avec la police, les légistes, les journalistes et les avocats qui s'évertuent à démêler plus de vingt ans d'imposture.

En revanche, une chose qu'elle n'a pas faite, c'est parler de ce qui est arrivé à Matt Ryan à la plage des Canots cet été-là, il y a vingt-cinq ans.

J'ai essayé de le lui demander dès sa descente de l'avion à l'aéroport de Gull Cove, mais elle m'a dit en me serrant contre elle d'un geste un peu raide :

« Pas de questions, d'accord ? Commençons par essayer de survivre à cette journée. »

Depuis, elle me répète la même chose tous les jours. J'essaie de la laisser respirer. Je suis consciente qu'en plus de tout ce qu'elle a déjà à régler, elle doit digérer le fait que sa mère, avec qui elle avait toujours espéré se réconcilier, est morte depuis vingt-quatre ans. Et aussi que, en réalité, Mildred Story n'était pas une mère indigne mais juste une femme qui avait été enlevée à ses enfants sans pouvoir leur dire au revoir.

Oncle Anders a filé de l'île dès la parution du premier article. Depuis, il a répondu à une seule et unique interview, donnée à Fox News.

« Tout ça, c'est un tissu de mensonges, a-t-il affirmé à propos du récit de Kayla révélé par Theresa. Des mensonges inventés par une de mes ex pour se venger de moi. Paix à son âme, bien sûr. »

Oncle Adam n'a pas accordé d'interviews mais a fait à peu près la même déclaration par le biais de son avocat. Le comble est que les ventes de son bouquin ont explosé, dix ans après sa publication. À l'instant, à 17 heures tapantes, il vient d'envoyer un message à Aubrey pour l'informer qu'il figure désormais dans la liste des meilleures ventes en poche du *New York Times*.

Elle balance son portable sur la table en fronçant les sourcils.

– Il faut croire que certains n'ont jamais à payer les conséquences de leurs actes, jamais, grommelle-t-elle.

À part ma mère, on est tous dans la cuisine, occupés à préparer du guacamole pour le dîner. Oncle Archer découpe des avocats d'une seule main en faisant la grimace. Son épaule le fait souffrir, mais il refuse de prendre des calmants.

Ce n'est que la dernière semaine de juillet, à peine le milieu de la saison touristique à Gull Cove, mais pour nous elle s'arrête ici. Aubrey et Jonah repartent demain, et je suivrai le mouvement peu après. Mes parents veulent que je loge avec mon père et Surya le temps que ma mère finisse de gérer les retombées de la catastrophe ici.

– Ça, ça reste à voir, répond oncle Archer à Aubrey. Ton père doit vivre avec sa conscience, et ça ne doit pas être facile tous les jours. Quelque chose me dit que la mort de Matt n'a jamais cessé de l'empoisonner.

C'est apparemment la seule punition que mes oncles aient jamais à redouter pour la mort de Matt. Parce que Anders a raison : les révélations qu'une morte a faites il y a vingt-quatre ans, à une femme qui s'est ensuite rendue coupable d'imposture avant de mourir dans un incendie qu'elle a elle-même déclenché, n'ont aucune chance de convaincre la justice.

Cela dit, l'opinion publique n'a pas été clémente. Avant-hier, le *New York Post* a jeté en gros titre sur sa une la question : EST-CE UN MEURTRE ?, et les réseaux sociaux ont répondu massivement : *Pas qu'un peu.* Et bien que le livre d'oncle Adam bénéficie d'une hausse des ventes temporaire, la plupart des lecteurs semblent avant tout motivés par la haine.

Aubrey ayant toujours l'air aussi déprimée, oncle Archer change de sujet.

– Alors, parle-nous de ta nouvelle maison, lui demande-t-il en versant des morceaux d'avocat dans le blender.

Enfin, elle s'illumine. Sa mère est venue passer une journée il y a quelques jours, mais elle a dû repartir s'occuper de la location de leur nouvel appartement. Le déménagement est prévu dès le retour d'Aubrey dans l'Oregon.

– C'est un quatre-pièces adorable, dit-elle. À peu près à mi-chemin entre mon lycée et l'hôpital où ma mère travaille.

– C'est cool, ça, dit oncle Archer.

– Tu pourrais venir nous voir, un jour, ajoute Aubrey avec un sourire timide. Si tu en as envie.

Ils passent beaucoup de temps ensemble depuis qu'ils se sont sauvés réciproquement de l'incendie des Airelles. Je sais que, quelque part, Aubrey sera toujours en manque de la relation père-fille qu'Adam est incapable de lui donner. Mais le lien oncle-nièce a ses avantages.

– Bien sûr ! répond oncle Archer. Mais pas tout de suite.

Comme le visage d'Aubrey se rembrunit, il ajoute aussitôt :

– J'entre dans un centre de désintoxication à Cape Cod la semaine prochaine. Je ne sais pas trop pour combien de temps, mais deux mois minimum.

– C'est génial ! lance-t-on en chœur, Aubrey et moi.

– C'est pas trop tôt, surtout, réplique-t-il.

Son éternel gobelet est posé sur le comptoir mais il n'y a pas touché depuis qu'on est dans la pièce.

– Et pour la suite… je ne sais pas. Une chose à la fois.

Il semble épuisé, tout à coup, et se lève péniblement de son tabouret.

– Ça vous ennuie de finir sans moi ? Je vais essayer de faire une sieste.

On acquiesce et il sort de la pièce. Après quelques minutes de silence, Jonah demande :

– Bon, et vous, vous allez faire quoi quand vous serez rentrées chez vous ?

– Moi, rééducation, dit Aubrey en pelant une gousse d'ail. Ça tombe bien, la natation, c'est excellent pour les foulures. Et puis, j'ai envie de continuer. Je pourrais peut-être même réintégrer l'équipe.

De surprise, je verse trop d'huile d'olive dans le blender, ce qui m'oblige à en retirer à la cuillère.

– Ah bon ?

– On va avoir une nouvelle entraîneuse. Vu que l'autre part en congé maternité. (Aubrey s'assombrit, mais seulement un instant.) Je la connais, j'ai participé à un stage d'été qu'elle dirigeait. Elle m'a contactée pour me dire qu'elle espérait que j'allais revenir. Je l'aime vraiment bien. Et toi ? poursuit-elle en me donnant un petit coup d'épaule. Tu vas faire quoi chez ton père ? Lui aussi, il vit à New York, non ?

– Ouais. Moi, on m'a donné pour consigne de me faire oublier.

– Ça veut dire quoi ? fait-elle en ouvrant de grands yeux faussement innocents. Plus de baisers sauvages sur la plage devant les paparazzi ?

– Une fois ! C'est arrivé *une* fois ! rappelé-je, les joues en feu.

La maison a une plage privée, mais on est harcelés par des hélicos qui rôdent autour de nous à l'affût de photos à voler. Un paparazzi a réussi à prendre un gros plan étonnamment net de Jonah et moi en train de nous embrasser dans l'eau.

Jonah s'éclaircit la gorge.

– En plus, je parie que ça deviendrait un non-sujet dans un endroit plus fréquenté où on pourrait se fondre dans la masse.

Comme je hausse un sourcil, il précise :

– Genre une ville, quoi. New York, c'est pas si loin de Providence. Le trajet en car ne coûte que treize dollars. Enfin, c'est ce que j'ai cru voir.

– En consultant fiévreusement le site de la compagnie de cars ? demande gaiement Aubrey.

Il hausse les épaules.

– Par exemple.

J'essaie de réprimer un sourire.

– Je croyais que tu devais bosser tout l'été.

– Tout l'été, non. Cela dit, poursuit-il d'un air pensif, c'est vrai que maintenant, vous êtes un peu des héritières. Dans ces conditions, ce serait peut-être bizarre qu'on nous voie ensemble.

Le sujet de l'héritage des Story n'a pas été évoqué ouvertement depuis que l'escroquerie de Theresa et Donald a été révélée, mais il est présent dans tous les esprits. Ma mère m'a apporté le fameux pendentif goutte d'eau en diamant qu'elle m'avait promis, mais je ne l'ai mis qu'une fois. À vrai dire, ça rend moins bien sur moi que je ne l'aurais cru. J'ai aussi arrêté de porter la montre de mon grand-père. Ça me fait un peu bizarre de ne plus sentir son poids à mon poignet, mais pas dans le mauvais sens.

Pour l'instant, tout ce qui concerne l'argent des Story paraît totalement abstrait. Alors que Jonah, lui, est on ne peut plus concret. Et on n'a pas plus envie l'un que l'autre de se dire au revoir.

– Ça ne serait absolument pas bizarre, dis-je.

Il me répond par un grand sourire. Je prends une cuillère pour la pointer sur lui en précisant avec emphase :

– Mais hors de question que je prenne le car. Ça, c'est non négociable.

Quelques heures plus tard, alors qu'Aubrey est allée se coucher et que Jonah s'est embarqué dans une partie de jeu vidéo en ligne avec des potes, je vais faire un tour dehors et je vois ma mère et oncle Archer assis dans des fauteuils de jardin sur un bout de plage, à côté de la maison. Alors que je m'apprête à rentrer, ma mère me repère et me fait signe de les rejoindre.

– Attends, je vais te chercher un fauteuil, dit oncle Archer en se levant.

– Non, non, pas la peine. Je ne les aime pas, ces fauteuils, en plus.

Je prends la serviette de plage pliée sur un accoudoir et je l'étale par terre pour m'asseoir à leurs pieds.

– Je disais juste à Archer combien ça me faisait plaisir qu'Aubrey et toi soyez devenues si proches, me dit ma mère.

Sur la petite table posée entre eux, il y a un unique verre de vin. Elle en boit une gorgée avant de reprendre :

– C'est une perle rare. Franchement, je ne comprends pas comment j'ai pu faire aussi peu d'efforts pendant toutes ces années pour te pousser à connaître Aubrey et Jonah.

J'essaie de ne pas penser que ma cousine va bientôt s'envoler à l'autre bout du pays. On n'aura plus qu'à communiquer à distance pendant des heures.

– Bah, en ce qui concerne JT, je n'ai rien perdu.

– Ne dis pas ça, intervient oncle Archer en secouant la tête. Je garde espoir de ce côté-là. Il a juste voulu passer l'été à faire un truc qui lui tenait à cœur. Et je vous parie qu'au fond de lui, il est désolé de ce qui est arrivé.

– C'est vrai que tu as toujours refusé de voir ce qu'il y a de pire chez les gens, Archer, lui dit ma mère.

Ça m'a fait drôle de les regarder retrouver leur mode de relation tout au long de la semaine – celui de leur adolescence –, surtout quand je le compare au ton poli mais tendu qu'ils employaient dans mes souvenirs.

J'avais observé une certaine proximité entre eux sur les vieux films de famille, mais jamais dans la vraie vie, au point que ça pouvait presque passer pour une sorte de magie de la pellicule.

Mais finalement, non.

– Ben ça nous fait un point commun, réplique Archer en lui donnant un petit coup de poing affectueux dans le bras. Toi, tu n'arrivais même pas à le voir chez tes frères.

Ma mère s'agite nerveusement dans son fauteuil.

– J'ai droit à un joker « on parlera de ça plus tard » ?

– Rien ne t'oblige à parler de quoi que ce soit si tu n'en as pas envie. Mais je tiens à ce que tu saches que je suis désolé pour ce que tu as eu à subir cet été-là : ta grossesse, ta fausse couche et le reste. Je sentais bien qu'un truc clochait, mais je ne savais pas du tout quoi.

– Tu ne pouvais pas deviner. Je ne t'ai jamais rien dit, et ça avait à peine commencé que c'était déjà fini, répond ma mère en reprenant une gorgée de vin. J'étais en même temps triste et soulagée. Pendant un moment, j'ai cru que je haïssais Matt, mais au fond, non. J'étais surtout en colère à cause de son comportement. Et puis il a eu cette mort horrible, et Anders m'a raconté ce qu'il avait fait, et je... je ne savais plus du tout quoi faire.

Après un silence, comme ma mère en reste là, oncle Archer demande doucement :

– Tu n'as jamais pensé à en parler à quelqu'un ?

Elle crispe la main si fort sur le pied de son verre que j'ai peur qu'il se brise.

– Tous les jours. J'étais totalement tiraillée. Je me sentais coupable d'avoir provoqué la colère d'Anders en lui parlant de la relation entre Kayla et Matt. Il présentait ça presque comme s'il l'avait fait pour moi, et je ne pouvais pas m'empêcher de me demander si, quelque part, je ne lui avais pas fait passer le message que c'était ce que je voulais ! Et si c'était ma faute ? J'ai mis plus d'un an à comprendre qu'Anders avait uniquement agi dans son intérêt personnel, comme toujours. Mais je ne voyais pas comment me confier à quelqu'un après tout ce temps, ni à quoi ça aurait pu servir. Et puis Donald Camden nous a envoyé la fameuse lettre.

Ma mère finit son verre et le repose d'une main tremblante.

– J'ai eu le sentiment qu'on l'avait mérité. Enfin, sauf toi. Même si je ne voyais pas comment maman avait pu savoir pour Matt. De fait, elle n'en a jamais rien su, bien sûr.

Elle lâche le rire le plus dénué de joie que j'aie jamais entendu.

– Maintenant, je n'arrête pas de me demander ce qui se serait passé si j'avais parlé à l'époque. Est-ce que ça aurait pu changer quelque chose ? Peut-être que Mère serait toujours avec nous et que…

– C'est impossible, Allison. Elle était cardiaque.

– Peut-être, mais il y a quand même un petit côté effet papillon dans tout ça, reprend ma mère d'une voix rauque. Surtout quand on sait que Kayla est morte à cause de moi…

– Kayla est morte parce que Donald Camden est une ordure et un rapace, rectifie oncle Archer, qui se met en colère pour la première fois de la soirée. Et si quelqu'un a déclenché l'effet papillon dont tu parles, c'est Anders. Ce qui est d'une ironie terrifiante. Je suis persuadé qu'il aimait vraiment Kayla, autant qu'il est capable d'aimer quelqu'un. Ça doit être horrible pour lui de se dire qu'elle est morte à cause de ce qu'il a fait à Matt.

Oncle Archer tambourine des doigts sur l'accoudoir de son fauteuil, de l'index au petit doigt, puis retour. *Un, deux, trois, quatre, quatre, trois, deux, un.*

– Je ne te juge pas, Allison. J'en veux à Adam parce qu'il n'a rien dit alors que ça aurait pu faire la différence. Pas à toi, parce que ça n'aurait rien changé si tu l'avais fait à ce stade. Il était trop tard. Franchement, je ne sais pas comment j'aurais réagi à ta place. Comme disait Père, « la famille d'abord, toujours ».

Maman paraît toujours au bord des larmes.

– Il aurait été horrifié.

– Oui, par eux, répond oncle Archer, qui s'est radouci. Tu n'as jamais voulu faire de mal à personne. Il faut que tu te pardonnes, Allison. Vingt-cinq ans à te sentir coupable, ça suffit.

– J'essaie.

Le portable posé sur la table basse se met à sonner.

– C'est qui, Charlotte ? demande ma mère en regardant l'écran.

– Une associée du cabinet de Donald Camden, dit oncle Archer. Je lui ai demandé de nous tenir au courant s'il y avait du nouveau. Par la voie officieuse, bien sûr. Garde ça pour toi.

Et il prend l'appareil en posant un doigt sur ses lèvres.

– Comment fais-tu pour connaître tout le monde ? lui demande ma mère.

– Il suffit de parler avec les gens. Tu devrais essayer, de temps en temps. Allô, Charlotte ? dit-il en se levant pour s'éloigner. Quoi de neuf ?

Ma mère et moi, on reste un moment sans rien dire. Soudain, à ma stupéfaction, elle se penche et me caresse les cheveux. Je ne me rappelle pas la dernière fois qu'elle a fait cela, mais je ne devais pas avoir plus de six ans.

– Je me suis sentie très seule cet été-là, déclare-t-elle soudain. Je n'ai jamais pu me résoudre à dire à ma mère que j'étais enceinte, mais je rêvais qu'elle le devine. Milly, si un jour tu te retrouves dans ce genre de situation, je veux que tu saches que tu pourras compter sur tout mon soutien.

Je repousse le réflexe de lui répondre : « Pitié, maman, on peut parler d'autre chose ? », parce qu'au fond, je *veux* qu'elle en parle. Je préfèrerais juste que ce ne soit pas par rapport à moi. Mais au point où j'en suis, je ne vais pas faire la difficile.

– Je le sais, maman, dis-je.

– C'est vrai ?

Elle a un petit rire amer.

– Je ne suis pas sûre d'avoir toujours fait ce qu'il allait pour te montrer que j'étais là, pourtant.

Je tente de désamorcer :

– Tu avais tes problèmes à toi.

– Je prends cela comme une confirmation que mes compétences parentales auraient pu être meilleures, lâche-t-elle platement.

– Maman, est-ce que… ? (J'ai du mal à me lancer.) Tu as déjà parlé à papa de tout ça ?

Elle glisse une de mes mèches derrière mon oreille.

– En partie seulement. Ton père est l'homme le plus gentil que je connaisse. Il a fait énormément pour m'aider à me remettre de cette histoire. Mais je n'ai jamais réussi à tout lui raconter. J'étais incapable de lui avouer ce qu'avait fait Anders et la façon dont je l'avais protégé.

Elle a baissé la voix presque jusqu'au murmure. Je tourne la tête pour voir son visage, mais le clair de lune est trop pâle pour bien l'éclairer.

– La vérité était devenue une espèce de cancer, tellement enfoui en moi qu'il n'y avait pas moyen de le faire sortir. Alors elle est restée là, à suppurer et à me mettre de plus en plus en colère. Ton père s'est tout pris dans la figure sans jamais pouvoir comprendre pourquoi.

Une grande tristesse m'envahit à la pensée de ce que la vie aurait pu être pour nous si ma mère avait réussi à se décharger de ce poids.

– Je crois qu'il aurait compris.

– Je le crois aussi, dit-elle doucement.

On se tait pendant une minute, en écoutant le roulis des vagues sur le rivage et le murmure indistinct de la voix d'Archer.

– Milly, reprend-elle, je tenais à te dire à quel point je suis impressionnée par la manière dont tu as fait surgir la vérité. Tu as fait preuve de beaucoup d'intelligence.

J'attends la suite habituelle – *Si tu t'appliquais autant en cours, tu aurais A de moyenne en un rien de temps* –, mais elle ne vient pas.

– Et tu as un grand cœur.

Elle ne dit rien de plus, et je sens la douce piqûre des larmes sous mes paupières.

À ce moment-là, oncle Archer revient avec son portable à la main, le souffle court. Ma mère se lève vivement et se dépêche de le rejoindre.

– Ça va ? s'inquiète-t-elle. Tu as mal à l'épaule ? Il faudrait vraiment que tu te ménages.

– Je… Non, répond-il d'une voix tendue. C'était Charlotte.

– Je sais. Tu nous as expliqué.

– Oui, c'est vrai. Sauf que…

Il glisse son téléphone dans sa poche et passe la main dans ses cheveux.

– Je lui avais demandé de me prévenir si ça bougeait et… il y a du nouveau. On n'a pas encore été informés officiellement parce qu'il reste beaucoup de paperasse à éplucher, mais… la villa n'était pas assurée. Pas plus que les bijoux, les meubles, les œuvres d'art, rien.

Je me tourne vers ma mère, qui cligne des paupières d'un air désorienté.

– Quoi ? Mais pourquoi ? Comment une maison pareille peut-elle ne pas être assurée ?

– Ni la maison ni quoi que ce soit d'autre. Les polices d'assurance étaient arrivées à échéance depuis plus d'un an et n'ont pas été renouvelées. Toutes les autres maisons que possédait la famille – y compris *celle-ci* – font l'objet d'une procédure de saisie. Les comptes d'investissement sont vides. Donald et Theresa s'en sortaient en revendant les œuvres d'art. Tout ce qu'ils n'avaient pas vendu est parti en flammes la semaine dernière.

Ma mère ne dit pas un mot. Oncle Archer pose la main sur son épaule et continue patiemment, d'une voix lente et pleine de douceur, comme un médecin révélant à son patient une maladie grave, mais pas fatale :

– Ils ont tout dépensé. Jusqu'au dernier cent. Il n'y a plus de patrimoine Story.

ÉPILOGUE

JONAH

Cinq mois plus tard

Milly tire, et les boules de billard volent à travers le feutre vert. Décidément, elle n'arrête pas de s'améliorer. La dernière fois que je suis allé la voir à New York, elle m'a traîné dans une espèce de « complexe de loisirs » branché où toutes les tables étaient cernées d'une lumière fluo, et j'ai même cru un moment qu'elle allait me battre.

– Toi, tu devrais te préparer à avoir du fil à retordre ! me lance Enzo de derrière son bar.

Il a repris son boulot à l'Empire début décembre, même s'il continue à bosser deux jours par semaine dans son magasin de bricolage.

– Tu t'es entraînée dans mon dos, avoue, dis-je à Millie tandis qu'elle regarde la dernière boule tomber dans une poche.

– Je prends les rayées, annonce-t-elle en me glissant un regard innocent sous ses longs cils.

Et bim. Je me fais avoir à tous les coups par ce regard-là. Oubliant où on est, je lui prends la queue de billard des mains pour l'attirer à moi. Ses longs cheveux soyeux sont détachés, et je les repousse de son visage pour l'embrasser. Elle lâche un petit soupir avant de se laisser aller contre moi, et le supplice des trois interminables semaines qui se sont écoulées sans se voir s'efface de mon esprit.

J'en oublie presque Enzo, qui finit par toussoter.

– Parent en vue, fait-il. Sur le parking.

J'ai juste le temps de lâcher Milly avant que ma mère entre dans la salle.

Cela dit, ce n'est pas elle que ça dérangerait. Elle adore Milly, c'est même elle qui l'a invitée à venir nous voir après Noël. Mais j'essaie d'éviter que Milly se sente mal à l'aise pour qu'elle ait envie de revenir la prochaine fois.

En train, bien sûr. Elle ne blaguait pas à propos du car.

– Viens, voilà le courrier, dit ma mère à Enzo en déposant une grosse liasse sur le bar. Il y a le nouveau catalogue de fournitures de ServMor, si ça t'intéresse.

– Super ! s'exclame-t-il en le sortant de la pile avec un geste plein d'égards.

Maintenant qu'il travaille au magasin de bricolage, il a toujours plein de projets pour améliorer l'Empire. On n'ouvre pas avant une heure, mais il est arrivé en avance pour installer ce qui est censé être une moulure de bar plus solide.

Puis ma mère se tourne vers nous.

– Je vais me préparer un burger-frites avant l'ouverture. Vous voulez un truc à manger ?

– La même chose, dis-je avec un regard interrogateur à Milly.

– Moi aussi. Merci, madame North.

– Parfait. Et toi, Enzo ?

– Rien pour moi, merci.

– OK. Ce sera prêt dans une quinzaine de minutes, les jeunes.

Tandis que ma mère disparaît dans la cuisine, Enzo glisse le catalogue et le reste du courrier sous son bras.

– Je vais regarder ça dans le bureau, nous précise-t-il en s'éloignant. Profitez-en tant que vous pouvez !

Moi qui m'étais éloigné à distance respectable de Milly à l'arrivée de ma mère, je me rapproche d'elle aussitôt.

– Où en étions-nous ? dis-je avec un grand sourire en glissant les bras autour de sa taille.

Elle se hausse sur la pointe des pieds pour déposer un baiser sur ma bouche.

– On ne devait pas appeler Aubrey ? me rappelle-t-elle. Je lui ai promis qu'on ferait un FaceTime à 16 heures.

– C'est dingue, ça, pas moyen d'être tranquilles.

Je ne le pense pas, bien sûr. J'ai hâte d'avoir des nouvelles d'Aubrey.

Je ne savais pas trop ce que ça allait donner entre nous trois lorsqu'on a quitté Gull Cove fin juillet. On venait de passer le mois le plus dingue, le plus bizarre de tous, et je me demandais si la relation intense qu'on avait créée pouvait se poursuivre dans la vie de tous les jours. Qui plus est avec le bazar de la succession des Story, qui est vite devenue un bras de fer entre frères et sœur. D'un côté, Allison et Archer essayaient de démêler tout ça et de régler l'histoire équitablement, et de l'autre, Adam et Anders fuyaient les créanciers tout en lançant des poursuites dilatoires contre tous ceux qui avaient travaillé un jour ou l'autre avec Donald Camden, histoire d'esquiver leurs responsabilités et de gagner du temps.

Au début, je n'arrivais pas à croire que tout le fric s'était envolé. Ce n'est pourtant pas très loin de la réalité. Donald, Theresa, Fred Baxter et Paula ont mené la belle vie pendant ces vingt-quatre années, baignant dans un luxe que je ne peux même pas imaginer. Ils se sont offert des voyages extravagants, ont acheté des œuvres d'art et autres objets de collection hors de prix qu'ils n'ont même pas pris le soin d'assurer, et rénové les biens immobiliers à si grands frais que même les tarifs des chambres de l'Anse aux Mouettes ne pouvaient pas les compenser. Le Dr Baxter n'ayant jamais réglé son problème d'addiction au jeu, il perdait des millions tous les ans à Vegas. Donald Camden avait pratiquement arrêté de travailler. Il gardait juste des bureaux fantômes et un personnel réduit au strict minimum pour donner le change, et ils lui coûtaient plus qu'ils ne lui rapportaient.

Quand il y a eu moyen d'y voir clair dans ce sac de nœuds, il s'est avéré que la fratrie n'avait plus qu'une somme ridicule à se partager, toutes proportions gardées. « Juste de quoi me payer ma désintox », pour reprendre la formule préférée d'Archer. Au moins ça a été efficace, il n'a pas bu une goutte d'alcool depuis cinq mois.

Des quatre, c'est celui qui se fiche le plus d'être fauché. Il est reparti vivre à Gull Cove où il travaille avec Rob Valentine, repeignant les maisons perdues par sa famille avec une sérénité surprenante.

On est allés le voir en novembre avec Milly. Il avait l'air en forme : l'œil vif, rasé de près, juste un peu amaigri.

« C'est l'appât du gain qui a fait exploser la famille, a-t-il déclaré à Milly. Et franchement, s'il était resté une somme importante, à tous les coups ça aurait recommencé. Je n'aurais pas voulu passer le reste de ma vie à me battre contre Adam et Anders sur la fortune des Story. Ni qu'elle vous pourrisse à votre tour. Sans parler de Donald, et de Theresa, et du reste de cette bande de cinglés. »

« Tu as peut-être raison, a admis Milly. Mais ils n'avaient pas le droit ! »

« Non, c'est vrai. Mais regardons le bon côté des choses. Je n'aurais pas voulu de cet argent. Franchement. Je suis bien plus heureux aujourd'hui, avec ma petite vie peinarde, que je l'ai été depuis des années. Allison n'en a pas besoin non plus. Elle s'est bâti une super carrière sans rien demander à personne. Comme Megan a fait pareil, Aubrey aussi est à l'abri. Sans compter toutes les bourses de natation qu'elle va forcément décrocher. Et pour ce qui est d'Adam et d'Anders… (là, Archer s'est offert un petit sourire) ils ne le méritaient pas. »

Le roman d'Adam Story a disparu de la liste des best-sellers au bout de quinze jours. Au début, on était sûrs que son éditeur lui signerait un contrat pour en écrire un autre, mais la seule histoire que les gens attendent d'Adam est celle de sa vie, qu'il refuse de raconter.

Anders Story et sa famille vivent toujours à Providence, mais JT a changé de lycée. Il fait sa terminale dans un lycée privé du côté de Newport. Ça lui fait du trajet, mais l'avantage c'est que là-bas, personne ne le connaît à part de nom. Même s'il ne peut pas échapper totalement au scandale Story, qui a fait beaucoup de bruit sur la côte Est pendant des mois. Anders a lancé une nouvelle boîte, dont je ne sais rien en dehors de ce qu'il a révélé la semaine dernière dans le *Providence Journal*.

« Tout ce que j'ai appris, tout ce que je représente, tout ce que je possède, je le mettrai dans cette nouvelle entreprise », a-t-il promis.

Ma mère a repoussé le journal avec un grognement dégoûté après avoir lu l'article.

« Autrement dit, il n'y mettra rien du tout », a-t-elle résumé.

Paula, la sœur de Theresa, est toujours en cavale. Je dois reconnaître que c'est elle qui m'intrigue le plus dans cette histoire. L'outsider du groupe, toujours dans l'ombre, celle dont la vie était si insignifiante qu'elle a pu facilement tout laisser tomber pour prendre l'identité de sa sœur à la mort de Mildred. Les médias s'obstinent à essayer de cerner sa personnalité, mais ils ne disposent pas de beaucoup d'éléments. Il y a vingt-quatre ans, c'était une femme de cinquante ans qui vivait quelque part dans une banlieue du New Hampshire et qui travaillait pour une compagnie d'électricité. Puis elle a disparu du jour au lendemain. Elle a démissionné et dit à son propriétaire qu'elle quittait son appart pour aller vivre dans un autre État. Personne ne se souciait assez d'elle pour chercher à en savoir plus.

Un jour, j'ai dit à Milly que je trouvais ça triste. Elle m'a foudroyé du regard.

« Au cas où tu l'aurais oublié, tu parles de la personne qui a mis le feu aux Airelles. Elle aurait pu tuer Aubrey et oncle Archer ! Tu n'as pas le droit d'avoir de la peine pour elle. »

« Ce n'est pas le cas. »

Et je ne mens pas, ça me met autant en colère que Milly de me dire que Paula sirote des cocktails sous les cocotiers au bout du monde. C'est juste que… je ne peux pas m'empêcher de me rappeler à quel point ça a été dur de me faire passer pour quelqu'un d'autre, ne serait-ce que pour quelques semaines. Je me demande parfois comment elle a réussi à tenir aussi longtemps. Et chaque fois, je suis frappé par la même réponse : parce que, à part cette sœur pour laquelle elle a accepté de se faire passer, Paula ne manquait à personne.

D'accord, peut-être qu'au fond je ressens une sorte de compassion pour elle. Mais je ne suis pas débile au point de l'avouer à Milly. Milly… je n'y crois toujours pas. Le fait de pouvoir la considérer comme ma petite amie continue à me faire l'effet d'un miracle. On se voit aussi souvent qu'on le peut, et quand on parle de ce qu'on fera après le lycée, la question est toujours de savoir *comment* on va se retrouver dans la même ville, jamais *si*.

Et qui sait, peut-être qu'un de ces jours, on reformera notre trio. Aubrey a reçu une proposition de bourse de Brown University, à Providence, ce qui est génial vu que c'est la ville où j'habite, mais aussi d'autres facs beaucoup plus proches de chez elle. Milly s'est fixé pour mission de l'attirer sur la côte Est. L'opération commence maintenant.

On s'installe l'un à côté de l'autre dans un box derrière les tables de billard et Milly pose son téléphone entre nous. Une fois qu'elle a lancé l'appel, elle enlève sa veste de motard pour bien montrer le tee-shirt Brown University qu'on a acheté ce matin.

Aubrey apparaît sur l'écran, avec un bébé minuscule qui se tortille dans ses bras.

– Hé ! Mais voilà Aedan ! dis-je.

Puis je baisse la tête pour mieux distinguer son visage. La dernière fois que je l'ai vu sur FaceTime, il venait de naître. Maintenant, à deux mois, il commence à avoir une tête bien à lui. Ou, plus exactement, celle d'une autre personne en particulier.

– C'est dingue, Aubrey, c'est ton portrait craché !

« Ouais, hein ? me répond-elle avec un grand sourire. Ça coupe le sifflet à mon père, lui qui n'a pas arrêté de répéter que j'avais seulement hérité des gènes de ma mère. Comme quoi il n'y a pas qu'une seule façon d'avoir une tête de Story. »

Elle caresse le duvet blond du bébé de sa main libre.

Aubrey étant Aubrey, ça ne devrait pas m'étonner qu'elle ait tout de suite craqué pour son demi-frère. Après tout, il n'est pour rien dans le bazar qui a mené à sa naissance. N'empêche que c'est cool de la voir aussi proche de lui, alors qu'elle avait plein de bonnes raisons de faire un blocage.

Oubliant son tee-shirt, Milly croise les bras sur sa poitrine en dévisageant Aedan. Elle paraît réservée, mais disposée à laisser au bébé le bénéfice du doute.

– Et comment vont ses *parents* ? demande-t-elle en lâchant le dernier mot comme s'il avait mauvais goût.

Aubrey berce son frère d'un air incertain.

« Bah… Tout le monde dit que l'arrivée d'un bébé, ça complique les relations dans un couple. Disons que, même s'il est super cool, ce loulou n'est pas de tout repos. On n'entend plus parler de mariage. Matson a reçu une proposition pour un nouveau poste à quelques dizaines de kilomètres de chez eux, mais ce qu'elle veut, elle, c'est rester à la maison avec Aedan. Mon père refuse toujours de se chercher un boulot, bien sûr, et il a déjà dépensé tout le fric des droits qu'il a touchés. À mon avis, elle commence à comprendre dans quoi elle s'est embarquée et ça ne lui plaît pas *du tout.* »

Milly se penche vers l'écran, ayant brusquement oublié ses préventions contre le pauvre bébé.

– Oh, toi, lui signale-t-elle d'une petite voix chantante, je crois que je vais te donner un surnom : Karma.

Aedan la gratifie d'un sourire sans dents tandis qu'Aubrey essaie vainement de ne pas rire.

« Ah, je te reconnais bien là, Milly. Et toi, Jonah, comment vont les affaires ? »

Je lève les deux pouces.

– De mieux en mieux.

« J'ai trop hâte de vous voir ! Désolée si je n'ai pas pu venir cette semaine. J'ai un planning de compètes de malade. Mais aux vacances de printemps, ça devrait le faire sans problème. Et je veux aussi rendre visite à oncle Archer à Gull Cove. »

– Nickel ! commente Milly en se redressant. D'ici là, tu auras accepté la bourse de Brown. J'ai déjà ma tenue pour fêter ça, au cas où tu ne l'aurais pas remarqué.

Quelqu'un me tape sur l'épaule et je me retourne avant d'avoir pu voir la réaction d'Aubrey.

– Tu as reçu une carte, m'informe Enzo en me la tendant.

– Ah bon ?

Bizarre, je ne reçois jamais de courrier.

– Merci.

La carte postale représentant une vue de New York, je pense tout de suite à Milly.

– C'est toi qui m'as envoyé ça ? dis-je en tirant sur une mèche de ses cheveux.

Elle me repousse gentiment en gardant les yeux rivés sur son téléphone.

– Plus tard, je suis en pleine opé recrutement sur la côte Est.

Je retourne la carte, qui m'est bien adressée. Ce n'est pas l'écriture propre et pleine de boucles de Milly. Les mots serrés les uns derrière les autres me rappellent la lettre que Mildred nous a écrite peu après notre arrivée à Gull Cove pour nous dire qu'elle allait à Boston. Enfin, c'est plutôt Theresa qui l'a écrite. Ou Paula.

Merde. Paula. Paula l'outsider. La femme qui ne manquait à personne.

Mes cheveux se hérissent sur ma nuque. Je regarde Milly, mais comme elle est toujours en grande conversation avec Aubrey, je baisse de nouveau les yeux sur la carte pour la lire.

Jonah,

J'ai appris que Milly, Aubrey et toi, vous alliez bien tous les trois, et j'en suis très heureuse. Sincèrement.

Je n'ai aucune animosité contre vous, et, bien qu'il soit présomptueux de ma part de supposer que tes « cousines » et toi puissiez partager ce sentiment, j'ose néanmoins l'espérer.

Entre imposteurs, je me permets de te faire bénéficier d'un petit conseil : que tes parents se tiennent à distance du nouveau projet d'Anders. J'ai toutes les raisons de soupçonner qu'il finira par partir en fumée, pour reprendre l'expression consacrée.

La famille d'abord, toujours,

P.

REMERCIEMENTS

Dans le monde en perpétuel mouvement des maisons d'édition, j'ai eu la chance de conserver les mêmes partenaires de choc pour quatre romans d'affilée. Je leur suis infiniment reconnaissante de continuer à me soutenir et d'avoir fait de la création de celui-ci un tel bonheur.

Mes remerciements infinis à Rosemary Stimola et à Allison Remcheck, pour le talent avec lequel elles me poussent toujours à aller dans la bonne direction, et pour leurs sages conseils sur l'orientation de ma carrière. Merci aussi à Pete Ryan, Erica Rand Silverman et Allison Hellegers du Stimola Literary Studio.

Merci à Krista Marino, ma super-éditrice, pour sa capacité impressionnante à déchiffrer l'âme de chacun de mes livres. J'ai beaucoup progressé au bout de quatre romans avec elle, mais je compte toujours autant sur son œil aiguisé, sur la finesse de son jugement et sur son soutien indéfectible pour me pousser à aller toujours plus loin. Je suis extrêmement fière de ce que nous créons toutes les deux.

Random House Children's Books et Delacorte Press peuvent se vanter d'avoir une équipe incroyable, entre une direction attentive et une approche toujours judicieuse de la conception graphique, de la fabrication, de la commercialisation, du marketing, de la publicité et j'en passe.

Merci à Barbara Marcus, à Beverly Horowitz et à Judith Haut pour avoir trouvé à mes livres le meilleur accueil qu'on puisse rêver, ainsi qu'à l'équipe qui leur a donné corps : Monica Jean, Kathy Dunn, Dominique Cimina, Kate Keating, Elizabeth Ward, Jules Kelly, Kelly McGauley, Jenn Inzetta, Adrienne Weintraub, Felicia Frazier, Becky Green, Enid Chaban, Kimberly Langus, Kerry Milliron, Colleen Fellingham, Heather Hughes, Alison Impey, Kenneth Crossland, Martha Rago, Tracy Heydweiller, Linda Palladino et Denise DeGennaro. Merci aussi à Kelly Gildea de la Penguin Random House Audio & Listening Library pour la production géniale de mes livres audio.

J'ai la chance de collaborer avec de nombreux éditeurs internationaux de renom. Penguin UK m'a permis de travailler avec beaucoup de gens brillants, en particulier Holly Harris, Francesca Dow, Ruth Knowles, Amanda Punter, Harriet Venn, Simon Armstrong, Gemma Rostill, Ben Hughes et Kat Baker.

Cette année, j'ai pu rendre visite à beaucoup plus d'éditeurs étrangers que je ne l'avais jamais fait. Je remercie pour leur hospitalité Christian Bach et Kaya Hoff de chez Carlsen Puls au Danemark ; Nicola Bartels, Susanne Krebs, Birte Hecker, Julia Decker et Verena Otto de Random House Allemagne ; et Susanne Diependaal, Jessie Kuup et Arienne Huisman de chez Van Goor aux Pays-Bas.

Je dois beaucoup à Jason Dravis, mon infatigable agent pour les adaptations cinématographiques, et à tous ceux qui ont permis à ce livre de trouver un foyer à l'étranger : Clementine Gaisman et Alice Natali de l'Intercontinental Literary Agency,

Bastian Schlueck et Friederike Belder de l'agence Thomas Schlueck, et Charlotte Bodman chez Rights People.

Merci à Erin Hahn et Meredith Ireland pour la qualité de leurs retours et pour leur amitié, et à la grande famille de la littérature destinée aux adolescents pour son énergie et sa passion. Je leur suis reconnaissante à tous, depuis les auteurs géniaux que j'ai eu l'occasion de rencontrer numériquement ou de visu, jusqu'aux blogueurs, éducateurs, bibliothécaires, libraires et organisateurs de festivals. Et avant tout aux lecteurs, qui permettent à toutes ces aventures d'exister.

Le cadre de ce roman m'a été inspiré par Martha's Vineyard et Nantucket, îles que j'ai beaucoup fréquentées depuis mon enfance. Je remercie leurs habitants pour l'hospitalité que j'y ai toujours reçue, en espérant qu'ils ne m'en voudront pas d'avoir donné une petite sœur de fiction à leurs îles natales.

Enfin, merci à ma famille, les Medailleu comme les McManus, pour son soutien. Tout mon amour à mon fils Jack et, pour rester dans l'esprit de ce livre, à tous ses cousins et cousines : James, Cassie, Mary, Nick, Michael, Max, Bri, Kelsey, Ian, Drew, Zachary, Aiden, Shalyn, Gabriela, Carolina et Erik.

L'AUTRICE

Karen M. McManus est diplômée d'une maîtrise d'anglais et de journalisme. Elle vit à Cambridge, dans le Massachusetts. Lorsqu'elle n'est pas en train de travailler ou d'écrire, elle adore voyager avec son fils. Ses romans ont tous figuré sur la liste des best-sellers du *New York Times* et ont été traduits dans quarante pays.

DE LA MÊME AUTRICE,
DÉCOUVREZ UN EXTRAIT DE

DÉJÀ EN LIBRAIRIE

« On attend quelques minutes en suant dans la fournaise, jusqu'à ce qu'un break Subaru vert sapin s'arrête à notre hauteur.

La vitre s'abaisse et Mamita passe la tête à l'extérieur. Elle est à peu près comme sur les vidéos, sur Skype, si ce n'est que sa frange grise paraît fraîchement coupée.

– Allez, montez, nous lance-t-elle en glissant un coup d'œil vers le flic qui règle la circulation un peu plus loin.

Puis elle rentre la tête à l'intérieur tandis qu'Ezra se dirige vers le coffre avec sa valise solitaire.

On monte à l'arrière et elle se retourne vers nous, de même que la femme plus jeune assise au volant.

– Ellery, Ezra, je vous présente Melanie Kilduff. Elle habite dans ma rue. Comme je vois très mal de nuit, elle a eu la gentillesse de conduire. Quand votre mère était petite, elle la gardait de temps en temps. Vous avez peut-être déjà entendu parler d'elle.

J'échange un regard médusé avec Ezra. Bien sûr qu'on a entendu parler d'elle !

Sadie a quitté Echo Ridge à dix-huit ans et n'y est revenue que deux fois. La première, c'était un an avant notre naissance, quand notre grand-père est mort d'une crise cardiaque. La seconde remonte à cinq ans, pour les funérailles de la fille de Melanie.

Ezra et moi, on a regardé l'émission spéciale de *Dateline – Mystère à Murderland* avec une baby-sitter, un soir où Sadie était absente. J'ai été captivée par l'histoire de Lacey Kilduff, la ravissante reine du bal du lycée vivant dans la ville natale de ma mère et retrouvée étranglée dans un parc d'attractions sur le thème d'Halloween. Andy de l'aéroport disait vrai : le propriétaire du parc a changé le nom de Murderland pour l'Enclos de l'enfer quelques mois plus tard. Je ne suis pas sûre que l'affaire aurait autant attiré l'attention du public si le parc n'avait pas eu un nom aussi évocateur.

Ou si Lacey n'avait pas été la deuxième jolie fille d'Echo Ridge – habitant dans la même rue ! – à faire les gros titres pour des raisons tragiques.

En revenant de son enterrement, Sadie avait refusé de répondre à nos questions.

« Je veux juste oublier tout ça », nous répondait-elle chaque fois qu'on l'interrogeait.

Exactement ce qu'elle nous disait d'Echo Ridge depuis toujours.

On peut trouver assez ironique qu'on ait fini par y atterrir, mon frère et moi.

– Enchanté, dit Ezra à Melanie.

De mon côté, je réussis à m'étrangler en avalant ma salive de travers. Mon frère me tape dans le dos comme une brute.

Melanie est jolie dans un genre un peu fané, avec des cheveux blond pâle tressés, des yeux bleu clair et un semis de taches de rousseur. Elle nous adresse un sourire désarmant, révélant des dents du bonheur.

– Moi de même, nous dit-elle. Désolée pour le retard, mais il y avait plus de circulation que prévu. Votre vol s'est bien passé ?

Avant qu'Ezra puisse répondre, un coup sourd frappé sur le toit de la voiture fait sursauter Mamita.

– Vous ne pouvez pas rester ici, nous lance le flic chargé de la circulation.

– Quelle ville de *sauvages*, grommelle Mamita.

Elle remonte sa vitre tandis que Melanie se faufile derrière un taxi.

Je tâtonne pour boucler ma ceinture tout en fixant le crâne de Melanie. Je ne m'attendais pas à la rencontrer dans ces conditions. Je supposais que ça arriverait, puisque c'est une voisine de Mamita, mais je m'imaginais lui faire signe de loin en sortant les poubelles, pas passer une heure en voiture avec elle à peine arrivée.

– Je suis désolée pour votre mère, reprend Melanie en s'engageant sur une bretelle d'autoroute ponctuée de panneaux verts.

Il est presque vingt-deux heures et les fenêtres sont éclairées dans le petit îlot de bâtiments qu'on voit un peu plus loin.

– Mais je suis contente qu'elle reçoive l'aide dont elle a besoin, reprend Melanie. Sadie est quelqu'un de fort, je suis sûre que vous vous retrouverez bientôt. Cela dit, j'espère que vous allez vous plaire à Echo Ridge. C'est une charmante petite ville. Nora a hâte de vous faire visiter les environs.

Eh bien, *la voilà*, la bonne technique pour contourner un sujet délicat. Pas la peine de se lancer dans un « Désolée que votre mère soit rentrée en voiture dans la vitrine d'une bijouterie alors qu'elle était défoncée et qu'elle ait dû partir en cure de désintox pour quatre mois. » Admettre l'existence du truc gros comme une maison que tout le monde fait semblant d'ignorer, et faire un pas de côté pour passer à un autre sujet, ça, c'est la classe.

Bienvenue à Echo Ridge.

Je m'endors au bout de quelques kilomètres, et seul un crépitement violent m'arrache à mon sommeil. À croire que la voiture est bombardée de pierres. Désorientée, je me tourne vers Ezra, mais il a l'air tout aussi perdu que moi. Mamita se retourne sur son siège et crie pour couvrir le bruit :

– C'est de la grêle. Ce n'est pas rare, à cette période de l'année. Mais là, c'est du costaud.

– Je vais m'arrêter le temps que ça passe, crie à son tour Melanie.

Elle se gare sur le bas-côté. Ça tombe de plus en plus fort et je me dis qu'elle va se retrouver avec une voiture toute cabossée. Un grêlon particulièrement gros fait sursauter tout le monde en atterrissant en plein milieu du pare-brise.

– Comment c'est possible ? dis-je. Il faisait carrément chaud à Burlington.

– La grêle se forme dans la couche nuageuse, m'explique Mamita en agitant la main en direction du ciel. Il gèle là-haut. Mais les grêlons fondront vite une fois au sol.

Sa voix n'est pas exactement chaleureuse – je ne suis pas sûre qu'elle en soit capable –, mais elle est plus animée que tout à l'heure. Mamita était prof et elle se sent clairement plus à l'aise dans un rôle de pédagogue que dans celui de grand-mère tutrice. Je ne peux pas le lui reprocher. Elle se retrouve avec nous sur les bras, et réciproquement, pendant les seize semaines de cure ordonnée à ma mère par le tribunal. Le juge a insisté pour qu'on soit hébergés par un membre de la famille, ce qui a sérieusement limité les possibilités. Notre père était une aventure d'un soir – un cascadeur, du moins à ce qu'il a prétendu pendant les deux heures qu'il a passées avec Sadie dans un club de L.A. On n'a ni oncles, ni tantes, ni cousins. Personne à part Mamita.

On passe quelques minutes en silence à regarder les grêlons rebondir sur le capot, jusqu'à ce que l'averse se calme. Enfin, le déluge s'arrête. Quand Melanie redémarre, je jette un coup d'œil sur le tableau de bord : presque vingt-trois heures. J'ai dormi pas loin d'une heure. Je décoche un petit coup de coude à Ezra :

– On devrait bientôt arriver, non ?

– Oui, oui.

Et il ajoute en baissant la voix :

– Grosse ambiance, ici. On n'a pas vu une baraque depuis des kilomètres.

Il fait nuit noire. Même en me frottant les yeux, je ne distingue pas grand-chose à part d'énormes masses d'arbres. J'essaie, pourtant, parce que je voudrais voir l'endroit dont Sadie s'est enfuie en courant.

« C'est comme vivre dans une carte postale, nous disait-elle. Joli, propre, et confiné. Tout le monde à Echo Ridge se comporte comme si on risquait de disparaître en passant la frontière de l'État. »

La voiture roule sur un nid-de-poule et ma ceinture me cisaille le cou tandis que je suis projetée sur le côté. Ezra bâille si fort que j'entends sa mâchoire craquer. Je suis prête à parier que pendant que je dormais, il s'est senti obligé de rester éveillé pour faire la conversation, même si ni lui ni moi n'avons dormi correctement depuis des jours.

– On y est dans cinq minutes, lance soudain Mamita. On vient de passer le panneau d'Echo Ridge. Mais il est si mal éclairé que vous ne l'avez peut-être pas remarqué.

Je ne l'ai pas vu, en effet, alors que j'étais décidée à ne pas le louper. Ce panneau est l'une des rares choses d'Echo Ridge dont Sadie nous ait jamais parlé, le plus souvent après quelques verres de vin. « Population : 4 935 habitants. Ça n'a jamais changé en dix-huit ans que j'ai vécu là-bas, disait-elle avec un petit air narquois. Apparemment, quand quelqu'un arrive, quelqu'un d'autre doit partir. »

– On approche de la passerelle, Melanie, dit Mamita d'un ton d'avertissement.

– Je sais.

La route suit une courbe serrée tandis qu'on passe sous une arche en pierre grise et Melanie ralentit en allumant ses feux de route. Il n'y a pas de lampadaires sur ce tronçon.

– Mamita n'est pas terrible comme copilote, me souffle Ezra.

– En tout cas, Melanie est super prudente.

– Ah bon ? Moi je trouve qu'on va un peu vite…

Alors que je glousse tout bas, ma grand-mère tonne « Stop ! » avec autorité. Pendant une fraction de seconde, je me dis qu'elle a une ouïe supersonique et que nos médisances l'ont énervée. Puis Melanie pile si brusquement que je suis propulsée en avant.

– Mais qu… ? lâche-t-on, mon frère et moi.

Melanie et Mamita sont déjà sorties de la voiture. On échange un regard confus avant de les suivre. J'avance en esquivant les grêlons à demi fondus. Mamita s'est arrêtée devant la voiture, le regard fixé sur le carré de route éclairé par les phares.

Et sur le corps inerte allongé en travers, couvert de sang, le cou plié à un angle inquiétant, les yeux grands ouverts sur le néant. »

FSC
www.fsc.org
MIXTE
Papier issu
de sources
responsables
FSC® C022030

N° d'éditeur : 10265957
Achevé d'imprimer sur Roto-Page en mars 2022
par l'Imprimerie Floch à Mayenne
N° d'impression : 99975
Imprimé en France